完美婚姻

The Marriage Pact

Michelle Richmond

[美] 米歇尔·里奇曼／著

刘勇军／译

湖南文艺出版社
HUNAN LITERATURE AND ART PUBLISHING HOUSE

博集天卷
CS-BOOKY

谨以此书献给凯文

1

　　我坐在塞斯纳航空公司的飞机上，随着机身在空中颠簸。我的头跳动般隐隐作痛，我的衬衫上沾着血。我不知道我昏迷了多久。我看看我的双手，原以为会看到手铐，却没有发现异样。只有一条普通的安全带系在我的腰部。是谁帮我绑上了安全带？我甚至都不记得我是怎么登机的。

　　透过驾驶舱打开的舱门，我能看到驾驶员的后脑勺。只有我们两个人。下方的群山白雪皑皑，狂风呼啸着从机身周围刮过。飞行员的肩膀绷得很紧，他似乎一直在专注地操作各种控制装置。

　　我抬起手，摸摸我的脑袋。血已经干了，只剩下一团黏糊的血痂。我的肚子咕噜噜直响。我最后吃的东西还是那块法式吐司。从那时到现在，过了多久了？我身边的座位上有水和一块用蜡纸包着的三明治。我打开瓶子，喝了起来。

　　我拆开蜡纸，只见里面是一个火腿瑞士干酪三明治，我咬了一口。见鬼，我的下巴疼死了，都没法咀嚼。我倒地之后，肯定有人打我的脸来着。

　　"我们是要回家吗？"我问飞行员。

　　"那要看你对家的定义是什么了。我们现在正飞往半月湾。"

　　"他们有没有对你说过我的事？"

　　"只说了你的名字和目的地。我就是个负责开飞机的，杰克。"

　　"但你也是他们中的一员，对吧？"

　　"这是自然。"他说，我听不出他的语气中夹杂着什么感情，"忠诚于配偶，忠实于契约组织，生死相许，至死不渝。"他扭头深深地看了我一眼，意在警告我不要再追问。

飞机遇到了一团猛烈的气旋，我手中的三明治一下子就飞了出去。一阵急切的哔哔声突然响起。飞行员咒骂几声，疯狂地按下各种按钮。他对地面控制中心大吼了几句。我们正在快速下降，我死死抓着扶手，心里想着爱丽丝，回忆着我们的最后一次谈话，心想要是我早把许多心里话都说出来，该有多好。

过了一会儿，飞机忽然拉平，我们开始攀升，一切像是恢复了正常。我从地上捡起散落的三明治，用蜡纸将乱糟糟的配料包起来，放在我旁边的座椅上。

"抱歉，刚才遇到了空气湍流。"飞行员道。

"不怪你。你补救得不错。"

飞机飞到了阳光明媚的萨克拉门托上方，他总算放松了下来，我们聊起金州勇士队在这个赛季表现优异。

"今天是礼拜几？"我问。

"礼拜二。"

看到窗外熟悉的海岸线，我不由得松了口气，小小的半月湾机场出现在我的视线中，更是让我心存感激。降落非常顺利。我们刚一着陆，飞行员就扭头对我说："你不会常去那里吧？"

"我没这个打算。"

我抓起背包，走下飞机。飞行员一直开着引擎，他关上舱门，将飞机掉头，再次起飞。

我走进机场咖啡馆，点了杯热巧克力，给爱丽丝发了一条短信。现在是工作日的下午两点，她八成是在开没完没了的会议。我不想打扰她，但我必须见到她。

她回复了我的短信。**你在哪里？**

刚回半月湾。

五分钟后出发。

从爱丽丝的办公室到半月湾有三四十公里。她发短信说市中心会堵车，于是我点了食物，几乎把菜单左边的菜式都点了一遍。咖啡馆里客人寥寥无几。女招待打扮得很漂亮，穿着熨烫笔挺的工作服。我付账的时候，她说："祝你今天心情愉快，朋友。"

我走到外面，坐在长凳上等爱丽丝。天很冷，雾气弥漫。等到爱丽丝开着她那辆旧捷豹汽车赶来时，我都快冻僵了。我站起来，检查是否带齐了所有东西，这时，爱丽丝走到长凳边。她穿着一件职业装，只是为方便开车，她换下了高跟鞋，穿着运动鞋。她的一头黑发都被雾气打湿了，她的嘴唇是深红色的，我很想知道她的妆是不是为我化的。我希望是。

她踮起脚吻了我一下。到了这个时候，我才意识到我有多么想念她。她站好，上上下下地打量我。

"至少你好好地回来了。"她伸出手，轻轻摸着我的下巴，"出什么事了？"

"不知道。"

我把她抱在怀里。

"那他们把你叫去做什么？"

我有很多话要对她说，但我害怕。她知道得越多，就越危险。而且，还是面对现实吧，真相一定会让她怒不可遏。

我必须从开头讲起。那时候我们还没结婚，芬尼根也没有出现，契约组织更没有将我们的生活搅得天翻地覆。

2

老实说吧，结婚是我的主意。不过，我决定的可不是在哪里结婚、吃什么食物、放什么音乐。爱丽丝知道怎么打理好这一切。但结婚这个主意是我出的。我认识她三年半了，我需要她，而婚姻是确保我不会失去她的最好办法。

爱丽丝可不是个安分的人。她年轻那会儿，性子野着呢，爱冲动，很容易就被光彩照人却短暂易逝的东西吸引，我担心要是我迟迟不采取行动，她就会离我而去。说句心里话，婚姻只是我的手段，目的是与她长长久久地在一起。

我是在一月一个清爽宜人的礼拜二求婚的。当时，她的父亲去世，我们便前往亚拉巴马州奔丧。她父亲是她最后一个在世的亲属，他的突然身故让她备受打击，我从未见过她那样伤心。葬礼结束后，我们花了好几天清理爱丽丝在伯明翰郊区的童年故居。那栋房子里到处都是他们一家生活中的点点滴滴：有她父亲军旅生涯的纪念品，有她亡兄在棒球场上取得的荣誉，有她亡母的菜谱，还有她祖父母的泛黄了的照片，这些犹如失落的古老文明里一个早已被人遗忘的小部落留下的宝藏。

"这世上只剩下我孤苦伶仃一个人了。"她说。不过她倒没有显得楚楚可怜，只是在陈述事实罢了。她母亲是得癌症去世的，她哥哥是自杀身亡的。只有她还活在人世。亲人接连故去，是她心里永远的痛。现在回想起来，我很清楚，她家里最后一个在世的人这一身份，使她变得比有亲人相伴时更有爱心，也更草率。如果她不是孑然一身，我估摸她都不会答应与我结婚。

我几个礼拜前就订购了订婚戒指，她刚刚收到她父亲的死讯，快递就把戒指送来了。我也说不清是为什么，在我们出发去机场前，我悄悄把戒指盒塞进了我的背包。

在去她父亲家的两个礼拜里，我们打电话给房产中介，请他来给她父亲的房子估价。我们进入一个个房间，中介飞快地做着记录，像是正在准备考试。最后，我们站在门廊里，等待他的评估结果。

"真要卖？"中介问。

"是的。"爱丽丝说。

"只是……"他用写字夹板指着我们，"你们为什么不在这里住下来呢？结婚生子，开始生活。这个镇子需要很多的人家，我的孩子们都无聊极了，我儿子只能踢足球，因为镇里的男孩太少了，连一个棒球队都组不起来。"

"嗯。"爱丽丝望着街上说。

"嗯。"那个男人又进入了房产中介模式。他提出了一个价钱，但爱丽丝报了个略低一些的价格。"这个街区里的房屋市价没这么低。"他有点惊讶地说。

"没关系。我就想赶快把房子卖出去。"她答。

他在写字夹板上做了记录。"这下我的工作就容易多了。"

几个小时后，一辆卡车停在房子外面，从车上下来几个人，拉走了屋内的旧家具和老化的电器。只剩下两把躺椅摆在游泳池边上，而这个泳池自从 1974 年挖好、涂上灰泥，就从未改变过。

到了第二天早晨，又来了一辆卡车，从车上下来了另一拨人，他们是房产中介雇来的房屋装饰工。他们把一套新家具搬进房子里，将大幅抽象画挂在墙上，把小巧闪亮的摆件放在架子上。他们动作麻利，举手投足带着自信。完工之后，房子还是那栋房子，却像是变了个样子：更整洁了，屋子里的摆设少了，没有了一些叫人讨厌的东西，但正是那些东西让一个家拥有了灵魂。

到了第三天，好几个房产经纪人带着有意买房的人参观每个房间，那些人嘀咕着，打开橱柜和衣柜，研究着纸上的详细清单。那天下午，房产中介打电话来，提出了四个报价，爱丽丝接受了最高的那个。我们把东西打包，我订了返回旧金山的机票。

到了晚上，满天星星闪烁着光亮，爱丽丝走到外面，仰望夜空，对亚拉巴马州道别。夜晚很是暖和，烤肉的香气自后院栅栏旁飘过来。户外的灯光投射在泳池上，水面泛起点点金光。躺椅坐起来很舒服，肯定就跟她父亲刚把它们拖到露台上来时一样舒服。那个时候，他的妻子貌美如花，有一身小麦肤色，他的孩子还小，是两个小捣蛋鬼。待在亚拉巴马州，我感觉惬意轻松，爱丽丝却满怀忧伤，无视悄悄在我们周围绽放的美丽。

以后，我一定会告诉我们的朋友，我当时求婚，完全是临时起意。我只是想要她的心情好起来，我想要让她知道未来很美好，我想要在这样一个哀伤的日子里带给她幸福。

我走到泳池边，跪了下来，把戒指从盒里拿出来，用汗涔涔的手捧到爱丽丝的面前，我没说话。她看看我，又看看戒指，露出了如花的笑靥。

"我愿意。"她说。

我们的婚礼在俄罗斯河岸边的一个大牧场里举办，此地位于旧金山以北，离旧金山有两个小时的车程。几个月前，我们来看过场地。路上连个路标都没有，我们从牧场边经过了好几次，都没发现那里就是我们要去的地方。等我们打开栅栏门，沿小径向河边走去，爱丽丝拥抱了我，说道："我喜欢这里。"一开始，我还以为她在开玩笑。毕竟有些地方的杂草都有一米五高了。

这片牧场是个大奶牛场，沿河蜿蜒延伸，奶牛在牧场里漫步。牧场主是爱丽丝加入的第一个乐队里的节奏吉他手。没错，她参加过乐队，你甚至还很有可能听过他们的音乐，不过这件事还是容后再聊吧。

就在结婚的前一天，我又开车从这里经过。这次牧场完全变了个样。吉他手简用了好几个礼拜除草、整理、重新铺草皮。简直是不可思议，牧场看起来就像世界顶级高尔夫球场上的球道。草坪一直延伸到小山上，随后向下延伸到河边。简说，他和他妻子一直都想找点事做。

牧场里有一顶大帐篷、一个室外就餐处、一个游泳池和一个很现代的台球室。岸边有一个舞台，而且，从建在土堆上的凉亭可以俯瞰整个大牧场。奶牛依旧在缓慢地游荡，一副若有所思的样子。

他们还准备了桌椅、各种器材、扬声器和雨伞。爱丽丝对婚礼兴致寥寥，却钟爱派对。在我认识她的这些年里，我们没有办过派对，但对她参加派对的故事，我可是早有耳闻。像什么舞厅里的盛大舞会，海滩派对，还有在她从前的公寓里举办的派对。显而易见，这是她的一项天赋。因此，对于婚礼的安排，我主动靠边站，让她包揽一切。经过了几个月的策划，一切都已准备完毕，时间把握得恰到好处。

一共有两百人来参加我们的婚礼。应该是我的亲朋一百人，她的亲朋一百人，不过到最后人数呈现出一边倒的现象。和所有婚礼一样，宾客名单很有意思。有我的父母和祖母，我妻子公司的合伙人，我以前工作诊所的同事，以前的客户，大学和研究所的朋友，爱丽丝从前一起玩音乐的朋友，还有其他形形色色的人。

再有就是利亚姆·芬尼根和他的妻子了。

他们是最后受到邀请的客人，是宾客名单上的第 201 个和第 202 个客人。婚礼的三天前，在爱丽丝过去一年来夜以继日工作的律师事务所，她认识了芬尼根这个人。我知道，我妻子是个律师这件事很奇怪。要是你认识她，你肯定也会很惊讶。对于这件事，我们也是以后再谈。

现在，重要的是芬尼根和他的妻子，也就是第 201 号和第 202 号客人利亚姆和菲奥娜。

在律师事务所，我妻子是芬尼根那件案子的初级律师。他打的是知识产权官司。芬尼根现在是个商人。然而，在很多年前，他是一个爱尔兰民谣摇滚乐队的主唱，而且很有名气。你可能没听过他的歌，但说不定听说过他的大名。英国音乐杂志《Q》《未删减》和《符咒》都报道过他。数十位音乐人都赞扬他是风云人物。

爱丽丝接到任务后，一连几天，我们家里都摆满了芬尼根的磁盘。芬尼根的案子就是一起普通的知识产权侵权案。一支青年乐队剽窃了他的一首歌中的一部分，结果那首歌红极一时。如果你和我一样是个音乐门外汉，对技术层面的知识不了解，那绝对看不出其中的相似之处，但如我妻子所言，你若是个音乐人，那一眼就能看出剽窃的部分。

这件事会闹上法庭，还是因为芬尼根在几年前说过的一句话。他在接受采访时说，那个乐队的金曲听起来有点像他第二张专辑里的一首歌。他本无意深究，但后来，青年乐队的经纪人给芬尼根写了封信，说什么他听到芬尼根的话很遗憾，并且公开宣称他们没有剽窃。事情从此闹得一发不可收拾，最终导致我的妻子为了她接手的第一起大案开始没日没夜地工作。

我说过了，她只是个初级律师，所以当法官判芬尼根胜诉后，律师事务所的几个合伙人包揽了所有功劳。一个月之后，也就是在我们举行婚礼前的一个礼拜，芬尼根去了律师事务所。他得到了一笔巨款，远远超出了他想要的赔偿金额，当然他也不缺这些钱，于是他想要感谢所有付出努力的人。他到了事务所，几位合伙人带他去了会议室，并且吹嘘他们使用的策略有多高明。到最后，他感谢了他们，但他提出是否可以见见所有真正为他的案子出过力的人。他谈到了案子里涉及的陈辩书和请求书，几位合伙人都很惊讶他竟然如此注重细节。

他尤为喜欢的一份陈辩书就是出自爱丽丝之手。那份陈辩书言辞幽默，富于创造性，当然是在法律陈辩书允许的范围内。于是合伙人邀请爱丽丝到会议室来。有人提到她周末就要结婚，芬尼根说他喜欢婚礼。爱丽丝开玩笑地问道："是否赏光来参加我的婚礼？"他说了一句叫所有人都大吃一惊的话："乐意之至。"后来，他在离开的时候去了爱丽丝的工位，她送给他一份请柬。

两天后，投递员把一个盒子送到我们的公寓。那个礼拜我们收到了很多结婚礼物，所以这个盒子并没有叫我们觉得丝毫讶异。回邮地址上写着芬尼根夫妇。我打开信封，只见里面有一张折叠着的白色卡片，正面印着蛋糕的图案，非常雅致。

致爱丽丝和杰克，对于你们即将到来的婚礼，我谨送上最衷心的祝贺。一定要尊重婚姻，那么，婚姻就将给你巨大的回报。利亚姆敬上

我们在此之前收到的礼物都没什么新意。有一个方程式，根据它，我就可以在拆开礼物前预测里面是什么东西。通常情况下，人们不会送给我们多贵的礼物，无非就是他们的净收入乘以我们相识的时间，再除以圆周率。祖母给我们买了一套六人份的餐具。我的堂弟送给我们一台烤面包机。

然而，对于芬尼根，我可就无从计算他送给我们的礼物是什么了。他是个成功的商人，而且刚刚才赢得了一大笔赔偿金，而且，他很久以前是唱过很多歌，但那时他兴许没赚到多少钱。关键问题是，我们和他相识不久。好吧，我们其实压根就不认识他。

好奇之下，我撕开了包装。纸盒又大又重，是用再生木板做成的，顶部印着一个标签。一开始，我还以为是那种昂贵的限量版爱尔兰威士忌，他送这种礼物倒也说得通。就算用我那个礼物方程式来算，也不过如此。

一想到可能是威士忌，我不免有点紧张。我和爱丽丝都没有烈酒。现在我应该解释一下。我和爱丽丝是在索诺玛北部的一家康复机构初次邂逅的。那个时候，我从事治疗师的工作已经有几年了，而且，我会抓住各种机会学习深造。我当时代替一个朋友去那家康复机构，希望能增加工作经验。到了第二天，我负责一个治疗小组，爱丽丝就是其中一员。她说她喝酒太凶，现在必须戒酒。她说了，她也不是这辈子都不喝酒了，只是戒上一段时间，让她可以完成一些改变，好让她的生活稳定下来。她说她以前不是个好酒之徒，只是遭遇了一连串家庭变故，这才恣意妄为，但她不希望继续堕落。她是如此言辞凿凿，又思路清晰，我不由得深感震撼。

几个礼拜后，早已回到城市的我决定给她打电话。那时候，我正在给一群面临同样问题的学生做治疗，希望她同意和他们聊聊。她说起了她自己的挣扎，她的话直指问题的本质，虽然直接，却不乏吸引力。我想要和那帮孩子沟通，而我知道他们肯定会听她的。爱丽丝是个音乐人，这就更有好处了。她爱穿破旧的机车夹克，一头黑发剪得很短，再加上她那些生活在路上的故事，所以不管看起来还是听起来，她都是个很酷的姑娘。

长话短说吧，她同意与我的组员聊天，一切都进展得很顺利，我带她去吃午饭，我们成了朋友，一晃几个月过去，我们开始约会，我们一起买了房子，后来的事你就知道了，我求婚了。

这么说吧，看到芬尼根的包裹，一想到里面可能是难得一见的美酒，我就紧张了起来。在我认识爱丽丝的头几个月里，她一直滴酒不沾。但在后来，她开始偶尔在吃饭时喝一瓶啤酒或一杯红酒。对有过酗酒问题的人而言，这不是什么好事。然而，这么做在爱丽丝身上极为有效。不过仅限于啤酒和红酒。她总是戏称，烈性酒会让人进监狱。很难想象她会进监狱，毕竟她比我认识的人都更为自律。

我把礼物放在桌上。那个木盒沉甸甸的，相当雅致。

然而，正面的标签却怪怪的。

契约。

什么样的爱尔兰威士忌会起"契约"这么一个名字？

我打开木盒，却发现里面还有个木盒放在蓝色天鹅绒上。盒子两侧的天鹅绒上各有一支看起来特别贵的钢笔，可能是银的，或是白金的，还有可能是铂金的。我拿起一支笔，惊讶于钢笔竟然这么重，而且做工精美。人们只会为拥有一切的人买这样精致的礼物，所以对我们而言，这份礼物才显得那么奇怪、突兀。我们的工作都很辛苦，我们的日子是过得不错，却也谈不上什么都不缺。爱丽丝从法学院毕业那会儿，我其实给她买过一支钢笔。我花了好几个月研究钢笔这种高级书写工具，然后从瑞士一家私人经销商那里买了支钢笔。关于钢笔的门道异常复杂，就好像我打开了一扇门，我原以为门内是一个小衣橱，却发现了整个宇宙。我历尽千辛万苦，用一种迂回的方式付了钱，好掩饰那支笔有多贵。假如她把笔弄丢了，我也不愿意把真实的价格告诉她，免得她有负担。

我拿起芬尼根的钢笔。在包装纸的最上方，我用钢笔画了几个圆圈，然后写了一句"谢谢，利亚姆·芬尼根！"钢笔划过光滑的纸张，出墨很流畅。

钢笔的笔身上刻着几个字。

那上面的字太小，我看不清楚。我记得爱丽丝送过我一套棋做圣诞礼物，棋里附送了一个放大镜。我在壁橱里翻找一通，终于在冒险棋、大富翁、串串字连环纸牌后面，找到了那副棋，放大镜依然用玻璃纸包着。我拿着钢笔走到阳光下，用放大镜去看。

赠爱丽丝、杰克。下面是结婚日期，然后只有加利福尼亚州邓肯工坊几个字。我得承认，我有一点点失望。我还以为世界上最伟大的在世民谣歌手之一会有些不一样的想法。就算这支钢笔上刻着生命的真谛，我也不会惊讶。

我拿出另一支钢笔，把它放在桌上。然后，我拿起那个较小的木盒。这个木盒也是再生木材，用的是同样精致的五金配件，正前面也刻着同样的字：契约。盒子异常沉重。

我试着把盒子打开，却发现盒子上了锁。我又把盒子放回桌上，在包装里寻找钥匙。结果，我在盒底没有找到钥匙，而是找到了一张手写的字条：

爱丽丝、杰克，切记一点：契约将伴随你们一生。

我盯着那张字条。这是什么意思？

爱丽丝在加班，要把案件和项目的枝节问题都处理好，才能安心举办婚礼和度蜜月。等她终于回家来了，我们有无数件事要办，就这样，芬尼根的礼物被我们忘得一干二净。

只看头五分钟，就能知道一场婚礼是什么样子。要是人们来得有点晚，动作缓慢，那婚礼肯定单调乏味。然而，到了我们举行婚礼的时候，每个人都来得特别早。我的伴郎安吉洛·福蒂和他妻子塔米开车从市里来牧场，他们开得比预计快。他们在根维尔找了家咖啡馆消磨时间。在咖啡馆，他们注意到另外四对夫妇也穿着参加婚礼的衣服。他们互相介绍，显然派对从那时候就开始了。

亲戚朋友蜂拥而至，我神经紧张，又有很多事要处理，一直到典礼开始之后，我才注意到芬尼根早就来了。我看着身着盛装的爱丽丝独自穿过过道向我走过来，这时候，我的视线越过她的肩膀，落在站在后排的芬尼根身上。他穿了一身无可挑剔的西装，打着粉色领结。他身边的那个女人像是比他小了五岁，穿着一袭绿色长裙。我惊讶地看到他们笑眯眯地站在那里，显然很高兴能参加我们的婚礼。我一直都以为对芬尼根夫妇而言，参加一个律师的婚礼不过是在社交，露个面就行，他们会姗姗来迟，还会提早离开，但现在看来全不是这么回事。

我那时懵然不知，现在则清楚明了。在婚礼上，要是你仔细看，就能发现很多幸福的夫妇。他们也许是为了确认他们的选择正确无比，也许是为了展示他们相信婚姻这一习俗。这样的夫妇有一种神态，很容易就能发现，却难以定义，而芬尼根夫妇就有这样的神情。爱丽丝穿着一袭美丽的无袖白色婚纱，戴着一顶复古筒状小帽，在我把眼神移回到爱丽丝身上之前，芬尼根看了我一眼，对我笑笑，举起了一个想象的酒杯。

宣读结婚誓词进行得很快。然后是交换戒指、亲吻新娘。在爱丽丝从过道走过来的几分钟后，我们就结了夫妇，然后，婚宴进入了高潮。我与亲朋、同事和几个高中同学聊天，根本脱不开身。他们所有人都兴高采烈地重复着他们看到的有关我的故事，他们说的那些事顺序混乱，却都是好事。一直到夜幕降临，我才再次见到芬尼根。他站在乐队池附近，看着爱丽丝那些音乐人朋友表演形形色色的歌曲。他站在他妻子后面，用双臂揽着她的腰。夜晚有些凉，她穿着他的西装外套，他们的脸上依然洋溢着那种满足的表情。

我不知道爱丽丝在什么地方，于是在人群中寻找她的倩影。然后，我才发现她站在台上。自从我认识她以来，她就没有表演过，就好像她彻底抛弃了那一段人生经历。灯都熄灭了，但在黑暗中，我能看到她指着她的朋友们，叫他们上台。有简，有他们从前的鼓手，有带来了电贝斯的律师事务所的朋友，还有其他一些我不太熟的人，有几个我都没见过，他们见证了她在认识我之前的全部生活，而那段生活是她真正内心的一个重要部分，但她从未让我了解那个部分。看到她站在灯光下，我既悲伤，又兴奋。悲伤是因为我情不自禁地感觉自己是个外人，对她一点也不重要。但是，我也很开心，因为她对我而言始终都是个谜，让我捉摸不透，为她倾倒。爱丽丝向芬尼根伸出手。蓝色的灯光开始笼罩四周，看到芬尼根走向舞台，我才发现人们都默默地取出了手机，开始拍摄。

我妻子在台上站了很久。台下声音渐渐消退，仿佛人们都有所期待。最后，她走到话筒前。"各位朋友。"她说，"谢谢大家来参加我们的婚礼。"她说完便指着我，随即她身后响起了一段电子风琴的乐声。是芬尼根在演奏键盘乐器，他不停地演奏，简直如鱼得水，其他乐器也缓缓地加入进来，他们弹奏的乐曲犹如天籁，让人陶醉。爱丽丝站在那里，一边凝望着我，一边随着音乐缓缓地摆动身体。灯光越来越亮，芬尼根开始演奏一首歌，而我立即就听出了那首歌。那是首老歌，是齐柏林飞船摇滚乐队在全盛时期演唱的，旋律很轻，却极富感染力，是一首很动听的婚礼歌曲。歌名叫《我全部的爱》。爱丽丝唱了起来，一开始，她唱得很轻，有几分不确定，但她渐渐自信起来。我也不确定是为什么，就是总觉得她和芬尼根趣味相投。

随着音乐继续，她走到光圈中间，闭上眼睛，重复着动人的合唱部分，歌词是如此简单直白，然而，我是第一次意识到她是真心爱我的。我环顾帐篷，在幽暗的光线下，我能看到我们的亲朋都随着那首歌而轻轻摆动。

然后，那首歌出现了一个小转折，爱丽丝唱出了一句我早已忘怀的关键歌词，这个简单问题让那首歌的其余部分都笼罩上了薄薄一层歧义和怀疑。有那么一刻，我感觉自己有些摇晃。我连忙用一只手扶住椅子，把自己稳住，环顾四周，只见一切都浸淫在明亮的月光下：人群、大牧场、在田野里昏昏欲睡的奶牛，还有那条大河。在舞台的一边，我看到芬尼根的妻子身着绿色礼服，正在跳舞，她闭着眼，沉浸在音乐当中。

派对开了好几个钟头。天亮了，只剩下我们几个人坐在河边，看着太阳在大河上方升起。我和爱丽丝坐在同一张休闲椅上，芬尼根夫妇坐在我们旁边的椅子上。

终于，芬尼根夫妇拿起他们的外套和鞋子，准备离开。"我们送送你们吧。"爱丽丝说。我们陪他们一起沿车道而行，我感觉像是与他们已然结识多年。他们坐上兰博基尼跑车，芬尼根眨眨眼，说这车是找朋友借的。这时，我忽然想起了他们的礼物。"啊。"我说，"我都忘了谢谢你们了。你们送的礼物真是太有意思了。"

　　"当然。"芬尼根说，"我们的礼物是应时应景。"他妻子笑了。"我们明天就回爱尔兰了，不过等你们度完蜜月回来，我会给你们发邮件。"

　　事情就是这样。我们在亚得里亚海岸一家空荡但曾富丽堂皇的酒店里住了两个礼拜，然后坐长途班机回家，忽然，我们又回到了起点，一切的一切都与原先没有区别，只是我们结婚了。这是结局，抑或开始？

3

度完蜜月回来，我们小心翼翼地相处，不然，精彩的派对和两个礼拜阳光沙滩的平和生活过后，我们很容易就会陷入沮丧。我们回到了我们位于旧金山的小房子，此处距离大陆边缘有十个街区，是阳光最少的沙滩。在第一个晚上，我拿出我祖母送给我们的瓷器，在桌上铺了餐巾布，摆了蜡烛，准备了四道菜。我们同居两年多了，我希望结婚之后能有点不同。

我按照从网上找来的菜谱，做了烤肉和土豆。结果做出来的东西活像是一团浓稠的棕色肉泥，看起来怪可怕的。好在爱丽丝吃光了整盘的食物，还直夸我做得好吃。爱丽丝娇小玲珑，穿上她最高的高跟鞋，也只有一米七，却可以吃下一盘子食物来安慰我。我一向都很喜欢她这一点。幸好巧克力糖霜鸡蛋糕还不错，挽救了这顿饭。到了第二天晚上，我试着做了另一种家宴。这次的表现好了一些。

"我是不是太卖力了？"我问。

"你是在卖力把我养胖。"爱丽丝说着用一只鸡腿搅动土豆泥。

这之后，我们恢复了从前的习惯。我们不是订香肠比萨饼，就是叫外卖，然后坐在电视机前吃。那天，我们正在刷一整季的《后幼稚园生活》，看着看着，爱丽丝的手机响了一声，显示她收到了一封邮件。

爱丽丝拿起手机。"是芬尼根发来的。"她说。

"他说什么了？"

她大声读了起来。"非常感谢你们邀请我和菲奥娜去恭贺你们的婚礼。美丽的婚礼和振奋人心的派对是我们的最爱。我们很荣幸能见证你们这个特殊的日子。"

"很好。"

"菲奥娜说，你和杰克让她想起了二十年前的我们。"她读道，"她坚持邀请你们明年夏天来我们在北方的住处住上一段时间。"

"哦。"我说，"听起来像是他们真心想和我们交朋友。"

"最后，我要说一下那份礼物。"爱丽丝继续读，"我和菲奥娜结婚时也收到了契约。那是个礼拜一的早晨，阴雨绵绵，有人把契约放在我们门口的台阶上。可过了两个礼拜，我们才知道送契约的人是我小时候的一个吉他老师，来自贝尔法斯特。"

"是礼物转送吗？"我听得一头雾水。

"不是。"爱丽丝答道，"我不这么认为。"

她低头看着手机，继续读。"事实证明，那是我和菲奥娜收到的最好的礼物，而且，老实说吧，这也是我记得的唯一的礼物。多年以来，我们给几对年轻夫妇送过契约。对了，我们不是逢人便送，但我认识你和杰克的时间虽然短，却感觉应该送给你们。那么，我能问你们几个问题吗？"

爱丽丝马上输入"可以"。

她盯着手机。

叮。

她又大声读了出来："请恕我直言，你们是否希望你们的婚姻可以永恒？是或否？必须说真心话。"

爱丽丝看着我，看样子她有点糊涂，她犹豫片刻，然后输入："是的。"

叮。

她看起来越来越感兴趣，如同芬尼根正带领她穿过一条幽暗的街巷。

"你们是否相信，长久的婚姻会经历幸福和悲伤，高潮和低潮？"

当然。

叮。

"你们二人是否愿意一起努力,让你们的婚姻天长地久?"

"这是自然。"我说。爱丽丝负责输入回复。

叮。

"你们是否会轻易放弃?"

不会。

"你们是否会接受新鲜事物?如果有朋友真心关心你们的成功和幸福,你们是否愿意接受他们的帮助?"

我们听得糊里糊涂。爱丽丝望着我。"你怎么看?"

"至少我会接受。"我说。

"好吧,那我也会接受。"她说着输入答案。

叮。

"太好了。你们礼拜六上午有空吗?"

她抬起头。"我们有空吗?"

"有。"我说。

"有空,你们在城里吗?"她这么输入。

"真遗憾,我在都柏林郊外的摄影棚。但我的朋友薇薇安将到贵府拜访,向你们解释契约组织是什么。如果你们愿意,我将荣幸地欢迎你和杰克加入我们的特别组织。上午十点可以吗?"

爱丽丝翻看手机里的日历,然后回复"可以"。

叮。

"非常好。我很肯定你们和薇薇安能谈得来。"

那之后,我们等了半天,但再也没有邮件进来。我和爱丽丝盯着手机,等它再次响起。

"你不觉得这事有点……蹊跷吗?"最后,我问。

爱丽丝笑了。"坏又能坏到哪里去呢?"

现在来说说我自己吧。我是一名治疗师和顾问。父母对我疼爱有加，在外人看来，我度过了一个田园牧歌般的童年，但我的成长过程也并非一帆风顺。现在看来，不是我选择了我的职业，而是我的职业选择了我。

我在加州大学洛杉矶分校读书，一开始学的是生物学专业，不过我的兴趣很快就转移了。刚上大二那年，我在文理学院担任朋辈辅导员。我很喜欢接受培训，也很喜欢之后从事的工作。我喜欢和人说话，听他们诉说问题，帮助他们找到解决办法。后来，我毕业了，我不希望我做顾问的"职业生涯"终结，便上了加州大学圣巴巴拉分校应用心理学的研究生课程。为了博士后实习，我回到家乡旧金山，辅导一些有心理问题的青少年。

现在，我和在博士后实习期认识的两个朋友合开了一家小型心理咨询诊所。十八个月前，我们在外列治文区一处原本是真空吸尘器维修店的破店面里开业，一开始还担心会没生意。有那么一段时间，我们甚至考虑卖咖啡和我那只在亲朋间受欢迎的巧克力碎屑蛋糕作为副业，不然八成连租金都付不起。

然而，到最后，我们把小诊所经营得有声有色，那些迫不得已的办法都没派上用场。我的两个合伙人一个叫伊芙琳，三十八岁，单身，脑筋特别好使，来自俄勒冈州，是家中的独生女。另一个叫伊恩，是英国人，四十一岁，也是单身，是个同性恋，是家中三个孩子里的老大。他们两个都很有魅力，讨人喜欢，整天看起来乐呵呵的，我觉得正是他们的快乐让我们的生意蒸蒸日上。

我们各有各的工作。伊芙琳主要负责成瘾的辅导对象，伊恩专门研究的是成年人怒气管理和强迫症，我则接待有问题的儿童和青少年。符合这些分类的病患就被分配给相应的合伙人，其他的病患则是平均分配。但在最近，我们决定扩充业务。至少伊芙琳是这样主张的。我度完蜜月回来，就发现她安排我主管婚姻咨询这一拓展项目。

"就因为我对婚姻有经验？"

"没错。"

伊芙琳真是个营销天才，竟然已经为我拉来了三个新客户。我表示抗议，她就给我看她发的电子邮件，她在邮件里清楚地告诉我们的客户，我不仅有多年咨询从业经验，而且我个人还有两个礼拜的婚姻经历。

我真怕自己没准备好。所以，当伊芙琳宣布这个消息时，我立即慌了手脚，马上开始用功，临时抱佛脚。我研究了婚姻的发展，惊讶地发现，西方社会建立一夫一妻制婚姻，仅有八百年。

我还发现，已婚人士比单身人士的寿命长。我对这个说法早有耳闻，却从未看过相关的实际研究。看过之后，我才发现那些研究结果确实非常可信。

但另一方面，格鲁乔·马克思也说过："婚姻就像一个美好的制度，但有谁甘愿生活在制度里？"

我把其他有关婚姻的名言都记录下来，有从网上找来的，还有从书上看来的。

成功的婚姻需要不停地爱上同一个人。

不要让对方透不过气，阴暗处开不出花也结不出果。

反正就是这类的话。只是引用名言或许过于简单，或许是外行的最后一根救命稻草，但上心理疏导课，我喜欢准备一些名言。有的时候，我心中虽然有很多想法，却找不到合适的话将其表达出来。但一两句格鲁乔·马克思的名言就能打破僵局，引出意料之外的收获，至少也能为我争取一两分钟，让我整理思绪。

礼拜六早晨，我们起了个大早，准备迎接薇薇安。到了 9：45，爱丽丝已经用吸尘器清扫完屋子，我则把肉桂卷从烤箱里拿出来。我们十分默契，都打扮了一番。当我穿着好几个月都没穿过的领尖有纽扣的衬衫和卡其裤走出卧室时，爱丽丝笑了起来。

"你怎么穿得像个售货员？"她说，"要是我想从百思买买平板电视，准从你这里买。"

当然了，我们只是要试着让自己和这栋能看到一点太平洋海景的小房子呈现出更好的一面。我也说不准我们为什么要给薇薇安留下好印象，但虽然没有宣之于口，我们却都明白我们想要这么做。

9∶52，爱丽丝换了第三件衣服。她走进客厅，穿着她的蓝色花裙转了一圈。"是不是太隆重了？"

"很漂亮。"

"鞋子怎么样？"

她穿着一双正装鞋，她只在上班时才穿这种鞋。"太正式了。"我说。

"说得对。"她穿过走廊，等回来的时候，已经换上了一双红色弗洛维格牌的鞋子。

"这样好多了。"我说。

我看向窗外，但不见有人来。我有点紧张，像是我们正在等着面试一份我们压根就没申请过的工作。然而，那却是一份我们梦寐以求的工作。木盒，钢笔，再加上那几封神神秘秘的邮件，芬尼根让整件事显得很有吸引力，而且，我不得不承认，他让我们感觉自己是绝无仅有的。从本质上来说，爱丽丝喜欢争强好胜，她不管做什么都必须做完整。而且，她不光要做完，还要成功，也不管那对她自己有没有好处。

9∶59，我又看向窗外。此时雾气浓重，两边的车道都不见有车辆。

过了一会儿，有鞋子踏在楼梯上的声音。是高跟鞋，而且是正装高跟鞋。爱丽丝低头看着她那双弗洛维格牌皮鞋，然后看看我，小声说："选错了！"

我局促不安地走到门边，打开门。"薇薇安。"我说，语气有些过于正式。

她穿着一身做工考究的长裙，只是黄得太过扎眼了。就是环法自行车赛黄色领骑衫的那种黄色。她看起来比我以为的要年轻。

"你肯定是杰克。"她说。"你一定是爱丽丝。"她又说，"你可比照片上漂亮多了。"

爱丽丝没有脸红，她不是那种动不动就脸红的人。她只是歪着脑袋，注视着薇薇安，像是在打量她。我很了解爱丽丝，她八成是在怀疑薇薇安别有用心，但我看得出来，她是以诚待人。爱丽丝时常都能让别人大呼惊艳。然而，我知道，爱丽丝会用她的美貌，会用她的高颧骨、明亮的大眼睛、浓密的黑发，换取一个正常的家庭，这个家充满爱，每个成员都在人世，她母亲的肝脏没出问题，她父亲的肺也没出问题，她的兄长更没有选择那个被人们误认为"简单"的办法来结束生命。

薇薇安周身上下散发着一种自信的美，可以看出她有良好的教养，是个有品位的人。她看上去有八分"职业化"的正式，两分"礼拜六早晨与朋友享受早午餐"的悠闲。她拿着一个高级皮包，戴着璀璨夺目的珍珠项链。她走到阳光下，我才注意到她其实已经有四十六七岁了。她的头发闪动着光泽，皮肤洁白透亮，我估摸她平时肯定常吃有机食品，经常做锻炼，而且过着有节制的适度生活。我猜她是技术行业的精英，拥有股票期权，每年的红利从不会叫人失望。

在我的诊所，第一次见到潜在客户，我通常都可以一次就判断出他们的问题有多严重。就像是河流的弯道一样，压力或焦虑会在人的脸上一点点显露出来，到最后，只凭肉眼就能看出它们的细微形状。

在那一刻，阳光穿透浓雾，照射进我家的客厅，笼罩在薇薇安的脸上，我才忽然发现，眼前这个女人没有任何压力、焦虑，也并不缺乏安全感。

"来杯咖啡吗？"我问。

"谢谢。"

薇薇安坐在我家那张蓝色大椅子上，爱丽丝花了一半第一次从律师事务所领到的薪水，才买下那把椅子。她打开公文包，拿出笔记本电脑和一个小投影仪。

我很不情愿地走进厨房。现在回想起来，我才意识到，我是为留下爱丽丝和薇薇安独处而有些紧张。等我端着咖啡回来，她们正在聊我们的蜜月和美丽的亚得里亚海岸。薇薇安说出了我们住的那个酒店的名字，问起那里怎么样。她怎么知道我们住在什么地方？

我坐在爱丽丝身边，从托盘上拿起三块肉桂卷放在三个空盘里。

"谢谢。"薇薇安说，"我很喜欢肉桂卷。"

薇薇安将投影仪连接到笔记本电脑上，随即站了起来。"不介意我把相片摘下来吧？"但她已经开始动手把相框从墙上取了下来。那是马丁·佩尔拍摄的一张照片，是爱丽丝去年送给我的生日礼物，我一直都很喜欢那张照片，无奈囊中羞涩，根本买不起。由远及近，从照片中可以看到一个人独自暴露在疾风骤雨中，背景是苏格兰的一个荒芜小镇，一片狂野的蓝色大海边有一个破旧的公共泳池，池子里漂浮着几个游泳圈。我问爱丽丝她是从何处买到照片的，她笑着说："买？要是那么简单就好了。"

"那么，"薇薇安转过身来说道，"利亚姆都对你说过什么？"

"其实，"爱丽丝道，"他什么都没说。"

"现在能把木盒打开吗？"薇薇安问道，"只需要比较小的那个。钢笔也需要。"

我穿过走廊走进里屋，我们把尚未抽出时间写答谢卡的结婚礼物都放在那里。礼仪小姐说了，答谢卡要在一年内写，但在现在这个电子邮件和即时信息充斥的世界里，一年就好像千秋万载那么久。我每次看到那些礼物，就非常内疚还有很多答谢卡没寄出。

我把木盒和钢笔都放在薇薇安面前的咖啡几上。

"还锁着呢。"她笑着说，"你们通过了第一项测试。"

爱丽丝紧张地喝着咖啡。她是在度完蜜月后才看到盒子的。当时，她还用一把小镊子撬锁来着，只是没撬开而已。

薇薇安把手伸进公文箱，拿出一套金色的钥匙。她找到适用的那把，插入锁中，但没有转动。

"我需要你们口头确认是否已经准备好继续进行。"她说。她看着爱丽丝，等待回复。

现在回想起来，我意识到，我们当时就该明白事情不对劲。我们应该让薇薇安离开，拒接芬尼根的电话。我们应该让那件事在真正开始之前就告一段落。但我们太年轻了，满心好奇，而且，我们才刚结婚不久。再说了，芬尼根的礼物太过出人意料，他的信使又是那么热情，要是拒绝，就显得太不礼貌了。

爱丽丝一颔首。"我们准备好了。"

薇薇安打开投影仪，一张幻灯片出现在我那张马丁·佩尔的照片几分钟前所在的墙壁上。

那上面写着：契约。

一个字不多，一个字不少。用黑色 Courier 字体的大字写在空白背景上。

"很好。"薇薇安说道，用我们婚礼剩下的餐巾擦擦手指。看到印在餐巾上的我们的名字"爱丽丝和杰克"，我依然深感震撼，不过这份震撼中夹杂着幸福。"我需要问你们几个问题。"

她从手提袋里拿出一个黑色对开本，打开后，里面有一张黄色标准拍纸本。投影仪依旧将"契约"二字投射在我们的墙壁上。我尽量不去看那令人印象深刻的两个字，但它们就摆在我们面前，摆在我们那刚刚结成的脆弱的婚姻面前。

"你们都是初婚，对吗？"

"是的。"我们异口同声地说。

"你们以前谈过最久的一次恋爱是多长时间？"

"两年。"爱丽丝告诉她。

"七年。"我说。

"七年？"薇薇安问道。

我点点头。

"有意思。"她在拍纸本上做记录。

"你们父母的婚姻持续了多长时间？"

"十九年。"爱丽丝说。

"四十多年吧。"我说，对于我父母的成功婚姻，我忽然体会到了一种不应得的骄傲。"他们的婚姻关系仍在继续。"

"太好了。"薇薇安点点头，"对了，爱丽丝，你父母是离婚了吗？"

"不是。"她父亲才刚去世没多久，我看得出来，她不愿意提起这个话题。爱丽丝犹如一本无法理解的天书。作为一名治疗师，更遑论是她的丈夫，我有时候发现，这样的特质让人很难接受。

薇薇安向前探身，把两边手肘搭在拍纸本上。"你们认为在西方世界，最普遍的离婚原因是什么？"

"你先说吧。"爱丽丝拍着我的膝盖说。

这个问题连想都不用想。"没有宗教信仰。"

我和薇薇安都看着我的妻子。"独居恐惧症？"爱丽丝说道。

这不是我希望听到的答案。

薇薇安把我们的答案记录在拍纸本上。"你们认为人们应该为他们的所作所为负责吗？"

"是的。"

"当然。"

"你们认为婚姻咨询有帮助吗？"

"但愿如此。"我笑了起来。

她做着记录。我探身想看看她写了什么，只是她的字太小，我看不清。她合上本子，说到了两个最近离婚的知名演员。在过去的一个月里，到处都能看到他们离婚的低俗细节。"你们认为，"她问道，"在他们两个之中，应该由谁对离婚负责？"

爱丽丝秀眉紧蹙，正在思忖薇薇安想听什么样的答案。就像我说过的，爱丽丝是个争强好胜的人，她不光是要通过这项测试，还想拿到好成绩。"在我看来，他们两个都有责任。"她答道，"一方面，我觉得她对泰勒·道尔做的那些事很不成熟，另一方面，我觉得她丈夫本可以用另一种方法来处理他们之间的问题。首先，他不该发推特。"

薇薇安点点头，爱丽丝挺直腰板，显然对她自己的表现很满意。我忽然想到，她上学那会儿肯定就是这样，无时无刻不掌控一切，热情洒脱，准备充分。她现在这样，看来有些脆弱，不过这样也很好，我妻子身上的这个矛盾点反倒挺可爱，她做着一份体面的工作，处理着数百万美元的庭外和解数额，衣橱里挂着的都是成年人的衣服，但她现在一心只想给出正确的答案。

"和往常一样，我完全同意我妻子的看法。"

"不错的答案。"薇薇安眨着眼说，"还有几道题。你们最喜欢的饮料是什么？"

"巧克力牛奶。"我说，"天冷了，我喜欢喝热巧克力。"

爱丽丝想了想。"以前是蔓越莓汁和伏特加加冰。现在我喜欢卡利斯托加葡萄酒。你呢？"

薇薇安听到爱丽丝的反问，似乎有点惊讶。"可能是绿点威士忌吧，十二年的，不掺水。"她翻看本子。"现在来问最重要的问题：你们是否希望婚姻长久？"

"是的。"我下意识地说道，"这是自然。"

"是的。"爱丽丝说。她像是在说真心话，但如果她这么说，只是为了通过测试呢？

"好啦，问完了。"薇薇安说着把本子塞进皮手袋，"现在我们来看幻灯片吧。"

"契约组织是一个由志同道合之人组成的团体，力求实现一个大致相同的目标。"薇薇安说道，"契约组织由奥尔拉·斯科特于 1992 年创立于北爱尔兰的一个小岛上。自从创立以来，契约组织的规模就一直在成倍增长，会员与日俱增。我们的规则和章程发生了变化，我们的成员也在增加，这些人遍布五湖四海，但是，契约组织的使命和精神始终保持了奥尔拉在创立组织之初便提出的概念。"

她坐在椅子上向前微微挪动了一些，这样一来，我们的膝盖就离得很近了。她的电脑依旧将"契约"二字投射在墙壁上。

"这么说，契约组织是个俱乐部？"爱丽丝问道。

"可以说是，"薇薇安道，"也可以说不是。"

从第一张幻灯片上可以看到一个高挑的女人站在一栋白色小屋前，背景是蔚蓝的大海。"奥尔拉·斯科特是一名律师，专打刑事案件。"薇薇安介绍道，"她很有上进心，用她自己的话来说，她就是个野心家。她结婚了，但没有孩子。她希望能将所有时间都投入工作，并借此进入司法部，而且，她不希望受到任何牵绊。一转眼她三十多岁了，就在短短一年里，奥尔拉的父母双双故去，她的丈夫离开了她，而且，她失业了。"

爱丽丝注视着墙上的照片。我觉得她是与奥尔拉心有戚戚焉。她很清楚失去是什么滋味。

"奥尔拉办过三千多起案件。"薇薇安继续说道，"有传闻称，她赢了所有的案子。在撒切尔夫人领导的国家机器里，她是一个齿轮，但在一夕之间，撒切尔夫人失去了权力，奥尔拉则失去了工作。

"奥尔拉返回了拉斯林岛，那是她长大的地方。她租了一栋小屋，希望能住上一两个礼拜，整理一下思绪，计划下一步该怎么走。然而，在接下来的几天里，她发现自己越来越喜欢岛上的生活节奏，喜欢这份她自小就熟悉的静谧。她这才灵光一闪，她曾经最看重的东西如今看来竟然是那么浅薄。她来岛上，只不过是为了舒缓失去工作后的压力和焦虑，却发现失业期并不像她以为的那样具有毁灭性。事实证明，真正让她备受打击的，是她的婚姻的瓦解。

"她与丈夫是在大学里认识的，那时候，她深深地爱上了他。他们很年轻就结婚了，到了后来，两人开始渐行渐远。当他向她提出离婚的时候，她顿时觉得很轻松，这下婚姻就成了另一个她不必去思考的复杂难题了。当她看清自己的内心，才发现她一直把婚姻当成麻烦，每次她加班加点地工作，总会十分愧疚。

"她是个理想主义者，希望帮助受害者，这才接刑事案件。在离婚后的那几个月里，她开始认真评估她的职业生涯。她每天都过着紧张刺激的生活，麻利地处理一个个案件，根本没有时间从更宏大的角度来看待事物。长此以往，她就成了不断变化的政治舞台的一部分，而她对这样的政治舞台并没有深切的敬意。是每天需要应付的工作产生的惯性在推动她前进。

"她想明白一切之后，便开始分析她的婚姻轨迹。她努力与前夫重修旧好，可惜他早已有了新欢。"

此时，薇薇安的语速变快了，深深沉迷于她说不定已经讲了几十次的故事里。

"一年后，奥尔拉在岛上散步，她遇到了一个人。理查德是一名来自美国的游客，独自到北爱尔兰各岛寻根。理查德取消了回程航班，辞去了在美国的工作，延长了在岛上唯一一家旅店的订房时间，最终向奥尔拉求婚。"

我看得出来，爱丽丝有些不安。"在这个故事中，"她说，"所有人都放弃了工作。你们会要求我们放弃工作吗？我和杰克都很热爱我们的工作。"

"我向你保证，契约组织的许多成员，比如你们的担保人，都拥有非常成功的事业。"薇薇安这样回答，"契约组织希望你们活出真正的自己，并且变得更好。"

我很肯定曾在夏令营中听过这句口号。

"面对理查德的求婚，奥尔拉犹豫了。"薇薇安告诉我们，"她心知肚明，正是她的种种行为，才导致她的婚姻无以为继。她不愿意重复昔日的错误。奥尔拉相信，他们都是墨守成规的人。一旦养成习惯，就难以改变。"

"但改变是有可能的。"我坚称，"我的诊所，乃至我所从事的这个行业，都是以这个概念为基础的。"

"这是当然。"薇薇安说道，"而且，奥尔拉也认同你的说法。她认为，如果她想要第二段婚姻成功，那就需要清晰的战略，方可实现这个目标。一连数日，她在海岸线上漫步，思考着婚姻。她思考哪些因素会导致婚姻破裂，哪些因素可以让婚姻关系越来越紧密。她在她的小屋里，用她怀揣抱负的作家母亲在几十年前用过的打字机把想法打了出来。在十七天的时间里，她把打出来的纸放在打字机的边上，手稿越来越多，维持稳固婚姻的理论体系就这样诞生了。请不要误解，她创造出来的就是理论体系，成效卓著，有科学依据，这套理论体系的好处被一次次证实。奥尔拉相信，婚姻能否成功，不能只靠运气。总而言之，奥尔拉在散步之际得出的理论就成了契约组织的基础。"

"奥尔拉和理查德结婚了吗？"我问。

"是的。"

爱丽丝向前探身。"他们现在仍是夫妻吧？"

薇薇安用力地点点头。"这是自然。我们都是如此。契约组织发挥作用了。对奥尔拉有用，对我有用，也将对你们有用。简单点说吧，契约组织有两点要求：第一，你与你的伴侣要达成契约。第二，你与组织也要达成契约。"她放了一张新幻灯片，指着绿色草坪上的快乐人们，"而且，你们要与志同道合的伙伴一道，支持和实行契约。现在你们明白了吧？"

"还不是完全明白。"爱丽丝笑着说，"但我觉得很有意思。"

薇薇安又放了几张幻灯片。大多数都是照片，从中可以看到穿着考究的人在优美的草坪和配备齐全的房间里，度过着美好时光。她停在一张照片上，可以看到奥尔拉站在阳台上讲话，一群人正全神贯注地听着，她背后是明媚的阳光和广袤的沙漠。

"起初，奥尔拉非常喜欢法律工作。"薇薇安说道，"她欣赏法律规则的不容变更，若是找不到相关的法律原则，司法先例将会照亮黑暗的路途。令人欣慰的是，答案早已存在，只等她去寻找。奥尔拉意识到，婚姻与社会一样，都需要一套律法。

"她相信，数百年来，英国社会得以繁荣昌盛，全靠律法的支撑。每个人都知道应该遵纪守法。有些人或许会欺骗、偷盗甚至是谋杀，但大多数市民则不会破坏法律，因为他们知道后果非常严重。奥尔拉的第一次婚姻失败后，她明白了一点，人们不仅不知道对婚姻有何期望，对结果更是一无所知。"

"这么说来，"我说道，"契约组织是力求将英国的法律原则应用到婚姻这一制度上？"

"我们不光在努力，而且还做到了。"薇薇安关掉了投影仪，"毫不夸张地说，契约组织将社区支持、鼓励和结果带进了婚姻这一制度。"

"你刚才还提到了'结果'。"爱丽丝说，"我不太明白。"

"好吧。"薇薇安说道，"我曾经有过一次婚姻。我当时二十二岁，他二十三岁。我们是高中同学，后来我们约会了，希望能永远在一起。一开始特别刺激，世上这么多人，偏偏是我们两个相爱。但到了后来，我也不太肯定我们的关系是什么时候发生的变化，反正我开始感觉非常孤独。我们之间出了问题，我却不知道该找谁求助。他背着我找别的女人，我不清他为什么那么做，我担心错在我，但我不知道该如何处理这个问题。我们很快就离婚了，好像那是唯一一扇门，而我必须走出去。"

薇薇安的眼角溢出一滴泪。她挺直腰板，用指尖揩掉泪水。"后来我认识了杰里米，不禁有些踌躇不决，就跟奥尔拉当初一样。杰里米向我求婚了，我答应了他，但我一直拖着不肯结婚。我害怕犯同样的错误。婚姻总是会让人产生悲观的想法。"

"你是怎么加入组织的？"爱丽丝问道。

"我再也找不到理由推迟结婚，杰里米决定定日子结婚，我就由着他去做，一切都飞快地向前推进。结婚前两个礼拜，我外出公干。我坐在格拉斯哥维京铁路的休息室里喝哥顿金酒，兴许是喝多了。我记得我独自坐在那里哭，应该说是号啕大哭。我哭得太大声了，搞得周围的人都站起来走到了一边，太尴尬了。过了一会儿，有位老先生走过来坐在我身边，他穿得很体面，相貌堂堂，要去帕洛阿尔托看望在那里上大学的儿子。我们聊了很久，我把结婚的事原原本本给他讲了一遍，对这个陌生人倾诉心中的全部恐惧，感觉真是好极了，而他与整件事根本没有任何利害关系。冰岛有一座火山爆发，原本两个钟头的中途停留时间变成了八个钟头。但那个老人很友好，为人风趣，让我在延误的时间里过得很愉快。几天后，有人给我寄了一份结婚礼物。由此就有了现在的我。我现在结婚六年了，每天都很幸福。"

她伸手拿过木盒，转动插在锁里的金钥匙，打开盒盖。里面有一套用蓝色墨水写在羊皮纸上的文件。她拿出文件，把它们放在桌上。文件下面有两个一模一样的金色皮面小册子。

爱丽丝伸手抚摸那两本书，显然是饶有兴味。

薇薇安各交给我们一本金色小册子。我惊讶地看到书上用浮雕图案印着我们两个的名字、结婚日期，还用大写字母印着"契约"。

"这是手册。"薇薇安告诉我们，"你们要熟记里面的内容。"

我打开小书，翻看起来，里面的字很小。

薇薇安的手机振动起来。她拿出手机，用手指滑过屏幕，说道："第四十三页。你的配偶呼唤你，每次要回应。"我向她投去一个困惑的表情，她则指指手册。

薇薇安走到前门廊，顺手关上门。爱丽丝拿起手册，瞪大眼睛，用口型说了句"对不起"。但她说完就笑了起来。

"没关系。"我用口型回答她。

她靠过来吻了我。

我说过了，我向爱丽丝求婚，是因为我想把她留在身边。自从我们度完蜜月回来，我都担心她会出现婚后沮丧期。我们的生活很快就恢复到了结婚前的轨迹，而且我很紧张。爱丽丝需要刺激。她动不动就会觉得无聊。

到目前为止，从实际意义上来说，结婚就是两个人生活在一起。但是，从心理上而言，婚姻可谓巨大的飞跃。我不知道该怎么解释，但当牧师说出"我现在宣布你们结为合法夫妻"这句话时，我确实感觉到我们结婚了。我希望爱丽丝与我有相同的感受，但我无法确定。她看起来确实比从前高兴多了，但有时候，幸福是会消退的。

出于这些原因，我不得不承认，我喜欢芬尼根硬生生将我们拉进来的这桩怪事。说不定这会给新婚的我们带来更多刺激。或许这能让我们的关系有所不同，并且可以变得更加稳固。

薇薇安回来了。"时间真是过得飞快。"她说，"我该走了。现在可以签署契约了吗？"她把羊皮纸文件推到我们面前。上面的字很小，表格底部有两个签名框。薇薇安在左边"主持人"的头衔上方签上了她的名字。在她的名字之下，是奥尔拉·斯科特用蓝色墨水签的名。她的签名下方的头衔是"创始人"。在右侧，芬尼根的名字签在"担保人"那一栏。我的名字被印在了"丈夫"二字上方。薇薇安把装在木盒里送来的雕刻钢笔递给我们。

"我们能不能看两三天再签？"爱丽丝问。

薇薇安蹙起眉头。"如果你们需要，当然可以，但我今天下午就要出城，我真的希望尽快开始处理你们的文件，我不希望你们错过下次的派对。"

"派对？"爱丽丝问道，立即来了精神。我有没有说过爱丽丝热爱派对？

"到时候肯定特别热闹。"薇薇安若无其事地指着文件说，"但我无意催促你们，你们尽可以慢慢来。"

"那好吧。"爱丽丝说着翻到第一页。她现在更像个律师，而不是音乐人。我看着每一页上的内容，努力集中精神，盼着能揭开晦涩含糊的语言和法律术语那令人费解的面纱。我看着爱丽丝的脸色，她时而笑笑，时而皱着眉头，我猜不透她在想什么。她终于翻到了最后一页，然后拿起钢笔，签下了她的名字。她注意到我脸上的惊讶神色，便拥抱了我，说道："签吧，对我们有好处，杰克。再说了，你觉得我会错过派对吗？"

此时，薇薇安已经开始收拾投影仪。我知道我应该好好看看那些难懂的条款。但爱丽丝想要现在签署，而我想要爱丽丝开心。于是，我拿着沉甸甸的钢笔，签下了我的名字。

对这世上的每一个人而言，我们是谁和我们以为我们是谁之间，都有着巨大的差距。我喜欢认为在我身上，这个差距很小，但我也承认，这个差距是确实存在的。有没有例子可以说明一下？我自认为我的人缘很好，讨人喜欢，而且交游广阔。然而，很多人结婚都没有邀请我，我也不确定他们为什么这么做。有些人，比如爱丽丝，就始终都在婚礼的宾客名单中。

这也有一个好处，那就是我记得我受邀参加的每一次婚礼，这其中就包括我第一次参加的那场。

我当时只有十三岁，我最喜欢的一个阿姨在旧金山结婚。他们的关系进展很快，突然就宣布结婚了。当时是七月的一个礼拜六，婚宴在偌大的爱尔兰联合文化中心举行。地板黏黏糊糊，那些早已被人遗忘的婚礼廉价啤酒的气味从每一道缝隙中飘散出来。一支墨西哥流浪乐队在台上表演，服务员从厨房端来一盘盘墨西哥玉米卷肉饼和玉米粉圆饼。整个后墙都摆着吧台，爱尔兰调酒师忙着拿酒瓶调酒。到处都挤满了人。一个男人给了我一瓶啤酒，好像没人介意我喝酒。事实上，我发自本能地知道，要是我拒绝，别人肯定觉得很没面子。

我的阿姨是一个工会组织的负责人，听起来这工作很严肃。她的准丈夫也是个工会领导者，和她的职位差不多，只是他是在另一个地区。婚礼现场挤满了人，就跟过节一样。就算我当时还小，我也能感觉到当时的场合非常重要。人们不断地从大门涌进来，他们大声说笑，都很开心，他们把大衣、手袋和汽车钥匙都寄存起来，显然打算待上很久。人们喝酒、跳舞、谈笑风生，音乐声从未停止。那是我参加过的最热闹也是时间最长的一次派对。我不记得派对是怎么结束的，我也不记得我是怎么回家的。时至今日，那段朦胧的记忆依然萦绕不去，犹如一个怪异吵闹的梦境，就这么停留在我的童年和成年之间。

　　我不记得曾听说过我阿姨的婚姻画上了句号，只是他们两个的关系渐渐疏远了，我姨夫前一天还在家，转天来就不在了。就这样一晃很多年过去了，他们都在各自的职业生涯中获得了成功，声名远扬。后来，有一天早晨，我看《洛杉矶时报》的时候，才发现我的前姨夫竟然去世了。

　　就在不久之前，我梦到了阿姨的婚礼，音乐、美食和美酒交错在一起，充斥着各种气味的拥挤大厅里洋溢着疯狂的幸福。我不知道那次派对到底是不是真的发生过，那是我第一次真正参加婚礼，或者说，我就是从那场婚礼上弄明白了一件事：婚姻应该带给人幸福和快乐。

　　在薇薇安来访的那天晚上，我和爱丽丝躺在床上，她把我那份手册交给我。"你最好还是好好看看吧，我可不希望你被送去婚姻的监牢。"

　　"太不公平了，你上过法学院，你比我有优势。"

　　手册里的内容分为五个部分：我们的使命、程序规则、契约组织的法则、结果和仲裁。到目前为止，最长的部分是"契约组织的法则"。各个部分包含不同的章节，每个章节里含有不同的单元，各单元有不同段落，每段里含有数句话和着重号标识，而且字非常小。这东西可真叫人头疼，我只是扫了一眼，就知道我看不进去。但是，爱丽丝就爱仔细研究细节和法律术语。

　　"啊。"她说，"看来我要有麻烦了。"

　　"怎么了？"

　　"看 3.6 单元，嫉妒和怀疑。"爱丽丝是个嫉妒心重的人，这不是什么秘密，这是个非常复杂的缺乏安全感的问题，自从我们开始约会，我就一直在试着解开她心里的这个结。

　　"那你要有的烦了。"我说。

　　"你想得美，先生。那这个呢：3.12单元，健康和健身。"

　　我一把拿过她手里的手册，但她哈哈笑着又把手册抢了回去。

　　"今天晚上看得够多了。"我说。她把手册放在床头柜上，随即将她的身体贴在我身上。

4

我的办公室里到处都是有关婚姻的书籍和文章。美国罗格斯大学的一项研究发现，如果一个女人对婚姻满足，那她的丈夫会更加幸福；然而，男人在婚姻中的满足感与他妻子的幸福毫无关联。

矮个子男人比高个男人维持婚姻关系的时间更久。

婚姻是否成功，最优预测因素是什么？信用评分。

巴比伦律法要求，如果妻子对丈夫不忠，就会被判处沉塘。

从学术方面来讲，一项出色的研究要想有合理的结果，往往需要查找大量的数据。数据越多，异常值就越少，就越能找到真正的真理。然而我发现，有的时候，数据太多，反倒会造成信息过剩，如此一来，真相就会变得难以捉摸。我说不清婚姻是什么，当然了，过去那些成功和失败的婚姻都可以供我们借鉴。然而，难道每一桩婚姻不都是独一无二的吗？

丽莎和约翰是我的第一对客户。在请他们来我的办公室之前，我做了方方面面的研究，这就是我的工作方式，这就是我的工作。那天阴雨绵绵，外列治文区的天比以往都要阴沉。约翰是个承包商，丽莎从事销售工作，他们于五年前结婚，在米尔布雷一个高尔夫球场举行了隆重的婚礼。

我一见到他们，就觉得他们很合眼缘。她戴着一顶她亲手编织的彩色帽子，看起来非常朴实，而他很像我在高中的一个好朋友，只是他聪明得多。婚姻咨询也不错，说不定可以抵消我在处理儿童案例时感受到的负面影响。我或许会喜欢和成年人在一起，好有个改变，那样我就能进行一些成年人的对话，用不着聊着聊着，话题就要转向尼采、旅客乐队和科学证明大麻都有哪些坏处。千万别误会，我这人挺喜欢孩子，但儿童非常脆弱，他们能够发现这世上的新鲜事物，同时却被绝望纠缠，他们还相信他们的想法独特又新颖，这样一来，他们就变得非常啰唆。有些时候，我恨不得在我的办公室门上挂块牌子，上面写着：没错，我看过《弗兰妮与祖伊》那本书，不，无政府状态不是一种实际可行的政府形式。因此，丽莎和约翰对我而言就像是一片未经开拓的新土地。我喜欢帮助和我有类似问题的人解决问题。如果是在其他情况下，我几乎可以和他们交上朋友。

约翰每天都在他那个科技创业公司没日没夜地工作，开发一款他不能解释得太明白的开创性应用软件。丽莎的工作则是负责推销某某医院有多了不起，但在她看来，医院不过是处理病人的工厂，所以她对她的工作厌烦不已。"我感觉自己就像个骗子。"丽莎坦白道，同时调整了一下她的编织帽，"我想念我的朋友，我想要搬回……"

"你只是想念一个朋友而已。"约翰插口道，"把话说清楚点。"然后，他看着我，重复了一遍："她只是想念一个朋友。"

她没有理会他。"我想念在首都的刺激生活。"

"什么刺激？"约翰嘲笑道，"就算是天气好，华盛顿特区的人也照样宅在家里。十家饭馆有九家是自酿小酒馆，连好的沙拉都吃不到。可别告诉我你想继续过吃洋葱圈和冰山生菜的日子。"我能感觉到，他的负能量让丽莎神经紧张。

她说，在六个月前，她在高中的一个男朋友通过脸谱网联系上了她。"他现在从政。"她说，"他做的都是大事。"

"真不晓得是哪件事更糟。"约翰说，"是我妻子有了婚外恋，还是她的婚外恋对象是个自负傲慢的政客。"

"丽莎。"我说，"约翰认为你有了婚外恋，那你会不会把你和你前男友的关系称为婚外恋？"有些时候，直奔主题是好事，但在其他时候，就需要旁敲侧击。我也不肯定现在属于哪种情况。

丽莎瞪了他一眼，继续说了起来，但没有回答我的问题。"他来这里出差，我们就一起喝了咖啡。第二次，我们一起吃了个饭。"她提到了一个特别贵的餐厅，她说他们只是简单吃了个饭，但她在讲述的时候带着一种格格不入的惊叹感。我挺想告诉她，通过脸谱网与旧爱重燃爱火、抛弃配偶的事屡见不鲜。我也很想告诉她，她和她的前男友并不是在白费力气做重复的事，他们只是走上了一条崎岖不平的路，而且，路尽头不会有好结果在等待他们。但我没有说，我没有立场说这些，我有预感，约翰要是和她分手，肯定会更好。没有了丽莎，不出几个月，他就会找到一个做程序员的好女孩，两个人一起骑单车去看日落。

丽莎说到了"心有灵犀，性趣协调"，就好像她看过手册似的。她提到了"自我实现"这个词，虽然从原则上来说，她的观点听来倒也不错，但这个词的意思早已变成"管他会伤害谁，我只做对我最好的事"。随着时间的推移，她变得越来越恼火，而约翰却越发失望沮丧。很快，我就意识到，他们迟早会走到离婚这个终点，而我只是他们在中途遇到的一个休息站而已。在两个礼拜后的周四，约翰打电话取消预约，我很为他伤心，并且对我自己失望，却一点也不觉得惊讶。

薇薇安来访的三天后，我们受邀参加爱丽丝律师事务所的年度派对。说受邀可能不太准确：事务所对初级律师的要求是"不得缺席"。派对在诺布山顶的马克·霍普金斯酒店举办，今年是我第一年在宾客名单之列。她所在的是一家墨守成规、保守和传统的公司，他们不欢迎员工的男女朋友，但是，配偶则不得不参加。

我翻箱倒柜，拿出我那套最好的泰德·贝克牌西装，这可是我的结婚礼服。我本想穿绿格子衬衫、打红色领带，但爱丽丝看看我，马上皱起了眉头。她把一个诺德斯特龙百货公司的纸盒放在床上。"穿这个，是我昨天买的。"里面是一件剪裁精良的蓝色衬衫。"还有那个。"她说。她指的是一个领带盒,也是从诺德斯特龙百货公司买的。领带是丝绸的,深蓝色,比那件衬衫的颜色深一点,带着淡淡的紫色条纹。衣领摩擦我的脖子,我费了很大劲,才戴好领带。一直到三十一岁,我才真正学会打领带,我说不清是该为了这事骄傲还是尴尬。

我想要爱丽丝过来帮我打领带,电视里的妻子不都这样?但她当然不是那样的妻子。她不是那种擅长熨烫、知道如何打领带,并且从后面勾住你的脖子,挑逗地看着镜子里的你的妻子。她很性感,但不是家庭主妇的那种性感,这也不错。而且她何止是不错,简直是美极了。

爱丽丝穿了一条剪裁得体的黑色长裙,搭配一双黑色蛇皮高跟鞋。她戴了珍珠耳环、金手镯,没戴项链和戒指。我见过一些照片,里面的她戴了很多手镯、耳环和项链。但在现在,在佩戴珠宝这方面,她开始模仿前美国第一夫人杰奎琳的风格:两件刚刚好,三件有点过,再多还是拿掉吧。她的衣橱是从什么时候开始,从二十世纪九十年代的摇滚蒸汽朋克风转变成了初级律师的时髦优雅风?不管怎样,她都是女神。

我们在诺布山顶的环状交叉路口把汽车交给代客停车的服务员。我们来早了几分钟,爱丽丝讨厌早到,于是我们在周围散了散步。她并不酷爱化妆,却非常喜欢涂大红色的口红,并且喜欢锻炼带来的健康红润的肤色,等我们来到派对,她的脸颊粉扑扑的,可爱至极。"准备好了吗?"她说着拉起我的手,她很清楚我有多讨厌这种场合。

"你只要别拉着我和别人说什么侵权就好了。"

"我可保证不了。记住,现在是在工作。"

我们走进派对,一个负责餐饮的服务员给我们送来了香槟。"我看现在不适合要百利甜酒加冰块吧。"我小声对爱丽丝说道。

她按按我的手。"你这个年纪的男人就不该要求喝百利甜酒加冰块。"

爱丽丝为我引见众人,我微笑、点头、握手,逢人便说"见到你很高兴"，反正这么说万无一失。有些人开起了针对治疗师开的玩笑："弗洛伊德会就这杯鸡尾酒发表什么高见？"还有，"你能不能光是看着我，就知道我那些最阴暗、最隐秘的秘密？"

"事实上，我可以。"我严肃地对一个叫詹森的男人说道，我说得很大声，那家伙非常傲慢，在我们刚认识的头一分钟里，他就把哈佛法学院这几个字说了三遍。

在这样应付了十几个人之后，我便和爱丽丝分道扬镳，犹如一艘航天飞机与母机分离。我径直向甜品台走去，那里有精致的花色小蛋糕、小冻糕和成堆的块状巧克力糖，数量不下数百，每一款都很有特色。我钟爱甜品，但大厅的这个角落真正吸引我之处在于这里没人。我讨厌闲聊，我不愿意用这种虚假的方式结识他人，在闲聊结束之后，你对他们的了解还不如闲聊开始之前。

最重要的客户来了，我从远处看着那群律师开始工作。从这个层面上来说，派对不像是派对，更像是在做生意。爱丽丝在人群中游走，我看得出来，她非常优秀。一看就知道，合伙人对她青睐有加，她的同事们也很喜欢她，她也很吸引客户。这自然也是个公式：律师事务所想要呈现出一个完美无瑕的团队，其中既要有年纪大、富有经验和公平无私的合伙人，又要有充满活力、满怀抱负的年轻律师。爱丽丝娴熟地扮演了她的角色，她周旋于客户之间，客户都面带笑容，看起来非常开心。

即便如此，当我看着用一只手举着半杯香槟的爱丽丝，还是感觉有些不对劲。用她老板喜欢说的话来讲，她现在可是"业内精英"，但我却有点难过。当然了，钱是好的，没有了钱，我们连房子都买不起。然而，我想到迈克尔·乔丹在职业中期放弃了篮球，要去职业棒球大展身手。我想到了大卫·鲍威花了那么多时间在表演上，他演的电影是很优秀，但这终究还是让他的音乐生涯留下了些许缺憾。

一个叫瓦蒂姆的年轻律师走到甜品台边上，他看起来不像是为了和我说话，而是要躲开那场在大厅里进行的游戏。他穿着一件绿色衬衫，打着红色领带，显然他没有妻子为他培养上佳品位。他紧张兮兮地为我介绍了他自己，他是事务所的调查员。他说他是计算机科学专业的博士，在谷歌创投公司干了四年，我这才明白事务所为什么雇用他，我也明白了他为什么永远都无法完全融入这样的环境。在这种逼不得已的谈话中，我们聊到了一些非常奇怪的话题，比如我们聊了很久他害怕蜘蛛这事，又比如他脑筋一热，和一个俄罗斯姑娘好上了，结果到了后来，那个女人被控犯有商业间谍罪。

他们说瓦蒂姆是硅谷的未来，还说很多瓦蒂姆这样的人和女程序员生下新一代非常聪明的孩子，那些孩子拥有的另类社会技能在未来不会被当成缺点，而是进化的一个不同分支，并且是人类在美好新世界里生存的必备技能。我倒是相信这个理论，就好像那些学基础艺术和科学的人，但我有时候发现很难和瓦蒂姆这种人相处。

然而，在聊了他的职业经历、蜘蛛以及与女间谍那段长期复杂的关系后，我们也终于相处融洽了，因为瓦蒂姆真正想聊的是爱丽丝。他显然不知道我是爱丽丝的丈夫（不过我也不肯定，如果他知道了，又会有什么不同？），他说："我觉得爱丽丝很有吸引力，她不光整个人光鲜亮丽，而且，她的内在也非常吸引人。"然后，他就开始分析他的竞争对手。"当然了，首先是她的丈夫，不过还有德里克·斯诺。"他说完指向一个高大英俊的男人，那人留着一头鬈发，扎着一条兰斯·阿姆斯特朗式的黄色腕套，他站在爱丽丝身边，还搂着她的肩膀。我看着德里克，心想瓦蒂姆说得对：他并不是事务所里唯一觊觎我妻子的男人。她以前也算小有名气，又有音乐天赋，在一个挤满了常春藤名校毕业生的公司里，她自然是个异类。

"他们还打赌呢，看她是不是真会嫁给那个治疗师。"瓦蒂姆说。

"啊？"

"我当然没有参加，用别人的关系打赌是荒谬的行为，不可预料的因素太多了。"

"有多少人下注？"

"七个。德里克输了一千美元。"

我拿起一块甜点，标签上写着橙皮屑有机无花果无面粉牛顿馅饼，我一口把点心吃掉。"现在我们来表明身份吧。"我坦白相告，"我就是那个治疗师。"

"你一直在骗我！"瓦蒂姆大声说道。他显然并没有因为我的隐瞒而生气，他扭过头，实实在在地对我评价了一番。"是的，你和她在外形上倒也相配。"他做出判断，"人们都以为女人会选择不太有吸引力的男人。这人有没有魅力，要看身高、体形和样貌是否端正。你的身高属于中等偏上，看起来像个爱跑步的人，五官虽然谈不上完美，倒也周正。你下巴上的凹痕弥补了额头的缺陷。"

我摸摸我的额头。我的额头到底哪里不好了？

"爱丽丝好像没觉得我的额头不好看。"

"从统计学上来说，男人下巴上的凹痕能弥补很多细小的缺憾。真正的事实是这样的：有酒窝的女人格外有魅力，但要是女人的下巴上有凹痕，就魅力大减，因为那个凹痕会让女人有男相。不管怎么说，如果把吸引力比作音节，那你们两个就处在很近的位置上，可以产生和谐悦耳的声音。"

"谢谢，我知道了。"

"当然了，我无法得知你们两个在智力上是否相配。"

"不管你信不信，反正我很聪明。无论如何，都谢谢你没有参加赌注。"

"不客气。"

他问起了我们的婚礼、蜜月、酒店和飞机，而且他一直都在打听更多的细节。我总感觉他是在收集数据，用来预测我们的婚姻能否成功，以及他有多大机会将我挤下去。我也不肯定是为什么，但我提到了契约组织。"我和爱丽丝的关系很稳定。"我说，"毕竟，我们有契约组织。"

"没听说过。"

"是个俱乐部。"我解释道,"帮助已婚人士维持长久的婚姻。"

他拿出手机,开始输入信息。"我能不能上网找找这个俱乐部?"

幸好在我向他透露关于契约组织的真正细节之前,爱丽丝走过来拯救了我。"嗨,爱丽丝。"瓦蒂姆紧张地说道,"你今天晚上太迷人了。"

"谢谢,瓦蒂姆。"她说着露出甜美的笑容。然后,她对我说:"我还得再待一会儿,但你已经完成了你的责任,我替你叫车了。"我就喜欢她这么体贴,我还喜欢她当着德里克·斯诺、大献殷勤的瓦蒂姆、她老板和所有人的面给了我深深一吻,这个吻清清楚楚地表示:"我被这个男人迷住了。"

第二天早晨,我坐在厨房里吃早餐,这时候,我的电话响了。我不认得来电号码。

"嗨,杰克,我是薇薇安。你们怎么样?"

"很好。你呢?"

"我只有一分钟。我在面包店为杰里米买蛋糕。"

"替我祝他生日快乐。"

"不是他过生日。他喜欢吃蛋糕,所以我来给他买。"

"你真好。"

"没错。你显然没看手册。"

"我看了,但没看多少。蛋糕和手册有什么关系?"

"你看了就能知道。但我打电话不是为这件事。长话短说,我有两件事通知你:第一,你们受邀参加你们的第一次契约组织派对。你身边有笔吗?"

我从厨台上拿来一支笔和一个笔记本。"是的。"

"十二月十四日,晚上七点。"薇薇安说道。

"我有时间，不过爱丽丝的日程排得比较满。我得去和她确定一下。"

"这可不是正确答案。"薇薇安的语气突然变了，"你们两个都有空。现在可以记地址了吗？"

"说吧。"

"希尔斯堡城青山法院路四号。你重复一遍。"

"希尔斯堡城青山法院路四号。十二月十四日……晚上七点。"

"很好。现在说第二件事，不要对任何人提起契约组织。"

"当然没有。"我说着立即在脑海里回放我和瓦蒂姆在派对上说过的话。

"对任何人都不要说，"薇薇安强调，"那不是你的错。"

不是我的错？她怎么知道我提到契约组织了？

"手册上也列明了保密条款，不过可能怪我没有充分强调阅读手册的重要性。一定要看完整本手册，并且要谨记其中的内容，杰克。奥尔拉相信清晰的沟通和明确的使命，是我没有与你沟通好。"

我想象薇薇安因为违反规则而罚站的样子：绝不允许不清不楚。真可笑，她是怎么知道的？一定是爱丽丝说漏了嘴。"薇薇安，"我道，"你没有……"

但她打断了我。"那就十二月十四日见吧。告诉爱丽丝，我爱她，支持她。"

爱丽丝越发沉迷于工作。最近，每到凌晨五点左右，我把手伸到床的另一边，就发现她已经起来了。几分钟后，她淋浴的声音便会响起，但我一般都会继续睡。等我在七点左右穿过走廊，她早就出门了。来到厨房，我准能看到到处都是脏杯子和空包装盒，还有揉皱的黄色法律文件。这就好像每天晚上都有一头拥有法律学位的浣熊闯进我家，专门找昂贵的冰岛酸奶来喝，喝完就趁着黎明的光线逃之夭夭。偶尔我还会发现其他东西，比如她的吉他在沙发上，她的苹果笔记本电脑里的音频工作站软件打开着，还有记录着歌词的笔记本。

一天早晨，我发现她的手册放在蓝椅子的扶手上。我也看手册了，毕竟这是薇薇安的命令，不过我通常都在工休时间看。好吧，我只是泛读而已。里面的内容一章比一章详细，用的专业术语也越来越多，最后一章达到了顶峰，在这一章节中，法律法规都是用编号的段落写成，而且极其注重细节。

对于手册，我一方面觉得它很有趣，另一方面又对它很排斥。

在某种程度上，这让我想起了我的大学生物课。就跟那学期第一天上的羊心脏解剖课一样，手册也是把一个活物——在现在的情况下，就是婚姻——切割成最小的细胞，好去看它如何运转。作为一个喜欢纵观大局的人和统计课上的最后一名，我感觉自己更喜欢比较笼统的章节。第一部分是最短的：我们的使命。

现在来解释一下，契约组织的创立是出于三个原因：第一，建立一套清晰的定义，以理解和讨论婚姻契约；第二，建立让婚姻参与者遵守的规则和规定，旨在巩固婚姻契约，确保婚姻得以成功（"了解规则和规定，犹如有了一份定义明确的清晰地图，照亮了通往幸福的道路"）；第三，建立一个共同体，其中的每个人都有共同的目标，都愿意帮助彼此完成各自的目标，即使婚姻成功，这样一来，这个共同体就能变得越来越强大。出于这些原则，其他的一切都应该按照逻辑进行。根据手册所写，除了在使命宣言中写明的使命，契约组织没有其他目标。此外，契约组织不涉及政治，也不会区分种族、国籍、性别或性取向。

第一部分还说明了如何寻找、挑选和批准新成员。挑选新夫妇，要看他们是否有能力"为整个共同体带来有个性的东西，能否提供支持"。拥有至少五年会龄的契约组织成员可以每隔两年推荐一对新夫妇进入批准流程。然后，需要任命一名公正调查员，他要提供有关被提名人的详细资料。批准委员会则根据公正调查员的决定，来确定是回绝还是批准提名。并且直到被提名人成功获得批准加入组织，方能向他们透露提名一事。绝不可让未得到批准的夫妇得知契约组织的存在或他们未能成功入选。

看爱丽丝那本手册，她果然是对有关规则和规定的部分更感兴趣。她的手册打开到"3.5 规则：礼物"那一页。

会员每个月都必须送给配偶一件礼物。可以是特别而又出乎意料的物品或是做一件非常有心的事，从挑选礼品和（或）做那件事中展现出对配偶的关心。礼物主要是为了表现配偶是会员生活的核心，不仅受尊重，而且非常珍贵。这份礼物还应该体现出会员对配偶及其兴趣和目前的心愿有着独一无二的了解。礼物无须昂贵或稀有，只要有意义即可。

每一项规定都有惩罚，它们的编号都是相对应的。礼物一项的惩罚编号为 3.5b，具体如下：

一个月未送礼物，应该被认定为三级轻罪。连续两个月未送礼物，应该被认定为二级轻罪。一年内连续三个月及以上未送礼物，应该被认定为五级重罪。

那天晚上，爱丽丝下班回家，还是按照平常的顺序脱下高跟鞋、袜子和裙子，把衣物丢得满走廊都是，然后，她换上宽松运动长裤，抓起手册，便来到卧室看了起来。她经常都在下班回家后看书。那是她的仪式，是她的停工期。半个小时后，就像是上了发条一样，她会走进厨房，准备和我一起做晚餐。我等她提起她看过手册后有何感受，但她始终没提半个字。我觉得我们都有点不愿意说到契约组织、与薇薇安的奇怪会面以及整件事，因为关于这些事，我们都还没想明白。一开始，很容易就把整件事当成怪事一桩，加以嘲笑，但我觉得我们都意识到那不公平。契约组织的目标是让志同道合的人互相帮助，创造美好巩固的婚姻，这不仅值得赞扬，而且极为可取。

第二天早晨，我走进厨房，发现爱丽丝已经走了，而且里面依然是一片狼藉，有废纸、空咖啡杯、吃剩半碗的麦片，她平时总喜欢舀一勺阿华田饮品加在麦片里，此时，那勺饮品依然漂在最上面。

然而，桌子中间有一个小包，包装纸上印着跳舞的企鹅。她用胶布把一张白色卡片贴在礼物上，用金色墨水在卡片上写了我的名字。我拆开包装，只见里面是一把这世上最酷的刮铲。顶部是我最喜欢的橙色，底部是黄色的。标签上用英语和芬兰语两种语言写着这把刮铲是芬兰制造。这东西未必很贵，却非常完美，而且可能很少见。我把卡片翻过来。我妻子这样写：*你做的巧克力碎饼干天下第一。我爱你。*

拿出刮铲之后，我马上穿好衣服，举着刮铲，笑眯眯地自拍一张。我用电邮把照片发给爱丽丝，只写了一句话"我也爱你"。那天晚上，我用新刮铲做了饼干，我们都没提这件礼物与契约组织及其规定有关系。

虽然我到现在仍然不确定我们为什么会被吸收进契约组织，但我还是很高兴爱丽丝接受了契约组织。我知道，她接受契约组织，就证明她很在乎我们的婚姻。

在随后的几天里，我想要向她表示，我也愿意接受契约组织，更重要的是，我和她一样，致力于维护我们的婚姻。于是，我开始潜心研究手册。章节3.8的标题是"旅行"。

一方面，家是幸福婚姻的避风港，另一方面，旅行也是必不可少的。出门旅行，就可以在一个充满阳光和空间宽阔的更有利环境中，增进婚姻关系。出门旅行，伴侣就能在共同的行动中越来越紧密。出门旅行，离开了日常生活，夫妻双方将展现出不同的面貌。旅行可以给个人充电，而夫妻双方一起旅行，则可以为婚姻充电。

3.8a：会员必须在每个季度策划一次共同旅行。所谓旅行，就是离家不少于三十六个小时。会员在旅行之际，不能有朋友、家人或同事等人在场。大部分旅行只能有夫妻双方，但可以接受并且鼓励与契约组织的其他成员一起旅行。不需要去很贵、很远的地方，也无须去很久。

3.8b（1）：惩罚：成员若是未能在九个月内计划至少一次旅行，应视为二级轻罪。成员若是未能在十二个月内计划至少一次旅行，应该视为五级重罪。

看到这些，我情不自禁地笑了起来。轻罪？契约组织似乎动不动就给人扣罪名。然而，我能看得出来，旅行这条规则会给婚姻带来很多激动人心的时刻，于是我开始计划符合契约组织定义的第一次旅行。

在收到刮铲的四天后，在爱丽丝准备上床休息时，我悄悄走进厨房，把一个写了她名字的信封放在餐桌上。信封里装着我计划去内华达山脉吐温哈特度过周末的旅行细节。我租了个小屋，那个小屋没有地址，只有名字，叫作高山红宝。在租房合同上，我用曲别针别了一张从高山红宝前窗看到的风景的照片：蓝色湖泊绵延数公里，远处是巍峨群山，峰顶覆盖着皑皑白雪。

我和爱丽丝忙着工作和圣诞大采购，结果，十二月十四日来得比我们预料的还要快。

爱丽丝接了个新案子：一位隐居作家雇她的事务所为他状告一家电视台，称这家电视台擅自使用他的三篇短篇小说来创作他们的新电视剧。这位作家预算有限，便由爱丽丝负责这个案子。她每天为了这个案子加班加点，早出晚归，不管这个案子结果怎样，她都可谓居功至伟。

这天，我提早下班，前往艺术学院。我从前有个病人，十八岁，在他上高一和高二那两年，我一直在给他做治疗。他邀请我去观看圣诞颂歌的午场演出，他在里面出演主角。他是个很可爱的孩子，只是有社交障碍症。他下了很大功夫排演这出戏，能去看他表演，我很兴奋。

我和爱丽丝甚至都没讨论过今晚在希尔斯堡城举行的派对。薇薇安打电话来，我立即把这件事输入我们共享的 iCloud 日历，但后来我就把这事给忘了。我和爱丽丝以前会聊上好几个钟头，但她的工作越来越忙，我们聊天的机会也就变少了。我早晨九点上班，根本不可能五点起来送她上班。大多数晚上，她十一点后才回家，在回来的路上，她会去街角一家二流中餐馆买外卖。虽然尴尬，但我还是得承认，我们都习惯了一边看电视，一边吃我们的深夜晚餐。

最近我们一直在看爱丽丝为作家伊里·卡简打的那起案件的争议电视剧。冲突故事正是他的短篇小说集《愉快白日梦》中的一部分。这部电视剧讲的是一对男性朋友，一个年老，一个年轻，他们住在一个未知名国家的小镇里。电视剧叫《标语》，而这恰好也是她客户那本书中一个短篇故事的名字。这部剧是付费有线电视，网络电视很少播出这种电视剧，但就是因为很奇怪，才会吸引一大群忠实观众观看这部有五季的电视剧。在司法调查的过程中，爱丽丝的事务所收到了全部五季电视剧的 DVD，因此，我们每个晚上都会看上一两集。

听起来像是我们挺无聊，但事实并非如此。我们很喜欢那部剧，而且，工作了一天，精神疲劳，看剧放松也挺不错。再说了，这样感觉很居家，又惬意又舒服。如果婚姻开始时像是装在独轮手推车里的湿水泥，无形无状，最终有可能变成无数种形状，那晚上吃外卖看《标语》就是给了我们的婚姻一个机会，让水泥变硬、定型。

在演出幕间休息期间，我给爱丽丝发短信，确定她是否看到了日记上希尔斯堡城派对的行程。

刚看到。她回短信说，怎么了？

我们应该去，可能很有意思，你有时间吗？

有是有，但参加狂热信徒的聚会，应该穿什么衣服？束腰长袍？

我的长袍在洗衣店。

我得走了。还有五分钟证人就要宣誓做证了。

我们 6∶15 出发。

好吧。*亲亲抱抱。*

我最近看的一篇杂志文章提到的一项研究显示，白天给彼此发短信的夫妻会有更为活跃的性生活，而且对配偶的满意度也比较高。我一直记得那篇研究，所以每天白天都不忘拿起手机给我的妻子发一条短信，哪怕只有短短几个字。

5

十九世纪九十年代，铁路和银行巨头建造了希尔斯堡城，希望能远离旧金山无处不在的地痞流氓。那片居住区里的道路狭窄弯曲，犹如迷宫一般分布在峡谷中，像极了折纸作品。希尔斯堡城只有很少几条人行道，没有商店，分布着覆满常春藤的院墙和墙内的大宅。如果不是警惕友好的警察总是愿意为擅闯者指出出城的路，那他们肯定会在迷宫般的街道转悠好几天也出不去，最终用尽汽油，不得不从摆在高墙大院外面的堆肥桶里，掏出鱼子酱残渣和有机松露羊腿来充饥。

我们在七点十五分来到高速公路出口。爱丽丝加班，很晚才到家，她匆匆试了七套不同的衣服，我们才能出门。我们出了出口，我打开 GPS，却显示这里没有信号，我不由得有点神经紧张，满心焦虑。

"放松。"爱丽丝道，"有哪个派对是准时开始的？"

一辆 1971 年产的捷豹 XKE 汽车从我们边上疾驰而过。那辆车真漂亮，是绿色的英国赛车，有汽车顶盖，后部是圆弧形。我的合作伙伴伊恩曾告诉我，那是他的梦想汽车。我把车开得飞快，盼着能追上人家。"快给伊恩拍张照片。"我这么告诉爱丽丝。但她还没找到手机里的相机图标，那辆捷豹就拐到一条很长的车道上，消失不见了。

"那里就是青山法院路四号。"爱丽丝指着一个邮箱说道，捷豹就是拐进那里不见了。

我放缓车速，看着她。"我们真要去吗？"

青山法院路四号的那栋房子有个名字，叫船底座别墅。这个名字被刻在铸铁院门上的一块石板上。起初，在希尔斯堡城方圆数百亩的花园和树林之中，只有九片庄园，别墅里面设有客房、马厩和用人区。看样子，这里就曾是其中一栋庄园的主入口。

砖砌车道很长，两侧是修剪整齐的树木。我们终于来到一片宽阔的区域，这里的路面铺着石头，一排汽车在一栋四层大宅的衬托下，显得那么渺小。爱丽丝数了数，一共有十四辆车，大多数都是特斯拉牌汽车，还有一辆旧玛莎拉蒂、一辆修复过的雪铁龙2CV、一辆蓝色宾利、一辆橘红色阿万蒂，再有就是那辆捷豹了。

"你看。"爱丽丝鼓励地指着一辆黑色奥迪——说不定是薇薇安的车——和一辆深灰色雷克萨斯厢式轿车，"都是大众款汽车啊，这下我们不会格格不入了。"

"也许现在还可以回头。"我说，其实并不全是在开玩笑。

"算了吧。这地方八成装满了摄像头。我敢说已经有人从屏幕上看到我们了。"我把我的吉普切诺基开到远端，停在一辆迷你乡下人汽车旁边。

爱丽丝打开乘客座上方的小镜子，检查唇膏，又扑了些粉，我则用后视镜检查我的领带。

我走下汽车，转到爱丽丝那边，为她打开车门。她下了车，站直身体，挽住我的手臂。明亮的灯光从上面几层楼倾泻下来。我们从那排汽车旁边向大门走去，这时候，我从捷豹车的车窗上瞥见了我们两个的影子。我穿着泰德·贝克牌的西装，打了一条新领带，爱丽丝身着一袭深红色长裙，这是她买来在我们度蜜月时穿的。"成熟性感。"她这么评价那条裙子。她的头发向后梳，虽然显得很正式，却非常美丽。

"我们是什么时候长大的？"我小声说。

"我们应该拍张照。"她说，"谁知道从此以后我们是不是每况愈下呢。"

每次我觉得自己老了——最近我越发频繁地觉得自己老得快——爱丽丝就让我自拍一张，并且想象二十年后的我看着自己这张照片，想象我曾经是多么年轻，希望我曾经享受过青春，或是至少认可我的青春。她这招通常都很管用。

我们走到大宅边，能听到里面传来说话声。我们绕过树篱，就看到薇薇安站在台阶底部，正在等我们。

她没说过着装要求，也没说过应该带什么，我也是此刻才想到，这八成又是一项测试。我忽然很高兴我今天下午特意出去一趟，买了瓶上好的红酒送给主人家。薇薇安又穿了色彩鲜艳的裙子，这一件是紫红色的。她一只手拿着酒，那酒是透明的，加了冰块，另一只手拿着一束黄色郁金香。

"朋友们。"她说着拥抱了我们，没有弄洒一滴酒。她把郁金香交给爱丽丝，然后退后一步，打量着她。"黄色郁金香是传统，不过我也说不清什么时候有的这个传统，也不知道为什么会有这个传统。来吧，我都等不及要把你们两个介绍给大家了。"

我们走上石头台阶，爱丽丝看了我一眼，像是在说：现在想回去，也来不及了。

偌大的门后是一个极为宽敞的大厅。不过这里有点超乎我的想象，没有大理石，没有浮华烦琐的法式家具，也没有挂在壁炉上方的去世已久的铁路大亨的肖像画。大厅中铺着天然木地板，一张拉丝钢桌上摆着一个水泥花盆，里面种着多肉植物，此外就是开阔的空间。大厅另一边是一个很大的房间，装着落地窗，可以看到一群人站在庭院里。

"大家都很高兴能认识你们。"薇薇安说着带领我们穿过客厅。我从壁炉架上的镜子里看了爱丽丝一眼，很难读懂她此时的表情。她捧着黄色郁金香，那样子很是赏心悦目，鲜花为她整个人平添了一份柔和。自从她在事务所上班后，她的棱角都变得坚硬了，夜以继日的紧张工作让她像个小顽童一样不耐烦。

一个年届五旬、风韵犹存的女人拿着一个空托盘，快步向我们左边的一扇门走去。她看起来有些疲惫不堪，不过别看她情绪紧张，神态却依然优雅，应该是个既富有又有影响力的女人。

"啊。"薇薇安说，"你们来得正好，我来介绍一下我们的女主人凯特吧。凯特，这两位是爱丽丝和杰克。"

"果然是他们。"凯特说着用肩膀推开门，可以看到门内是一个大厨房。她把托盘放在厨台上，随即转身面对我们。我伸手和她握手，但她给了我一个久久的拥抱。"朋友。"她说，"欢迎你。"距离这么近，我闻到她身上有股淡淡的杏仁膏香味。我注意到她的下巴左边有一道疤，她化了妆遮掩疤痕，却依然看得出来那道疤很深。我很想知道这是怎么回事。"我亲爱的朋友，"她说着拥抱了爱丽丝，"你和薇薇安说的一模一样。"

她扭头看着薇薇安。"先带他们去外面，给大家介绍一下吧，我这里还有事。现在没有帮手，我一个人要招待三十六个人，我很久没这么忙过了。"

"组织有条规矩，季度派对不能有非会员在场。"薇薇安解释道，这时候，凯特关上了厨房门。"没有酒席承办人，没有服务员，没有厨师，也没有清洁工。当然了，这是出于安全考虑。注意了，很快就轮到你们了。"

爱丽丝扬起眉毛看看我，显得很兴奋。我看得出来，她已经在脑海里盘算该怎么开派对了。

后院非常大，有一个亮晶晶的蓝色长方形游泳池，一个火坑，葱茏的草坪边上栽种着榆树，看起来活像是高档家具杂志里的照片。雅致的提基火把为院落增添了温暖的光亮，借着淡淡的光线，我能看到宾客三五成群站在一起。

薇薇安递给我们每人一杯香槟，带着我们走向院落中心。"朋友们！"她边喊边拍了两下手。人们停止交谈，扭头看向我们。我不是个动不动就害羞的人，但我不喜欢成为众人的焦点，我感觉我的脸顿时就红了。"朋友们。我很荣幸地向大家介绍爱丽丝和杰克。"

一个穿着蓝色运动上衣和深色牛仔裤的男人向前走了一步。我忽然注意到，大多数男人的打扮都差不多，更像是硅谷的创业者，而不是华尔街的金融家，这下子，我真希望我没穿身上这身西装。他举起酒杯，"敬我们的新朋友。"他说。"敬我们的新朋友。"那群人异口同声道。我们都喝了酒。人们冲我和爱丽丝点头致意和微笑，然后，其他人便继续说他们的谈话，那个男人则走到我们身边，介绍他自己。

"我叫罗杰。"他说，"真高兴能在我家将你们介绍给大家。"

"感谢你的款待。"爱丽丝说。

薇薇安勾住我的手臂。"让他们两个聊一聊吧。我带你去见见别人。"

情况比我想象的要好，没有人表现得傲慢自负，我感觉放松快乐。有两个风险投资家，一个神经病学家和他做牙医的妻子，一个前职业网球运动员，几名技术员，一个当地新闻主播，一个服装设计师，一对从事广告行业的夫妇，再有就是薇薇安的丈夫杰里米，他是杂志出版商。

我们走到最后一群人身边，薇薇安开始做介绍。这时候，我注意到我认识其中一个女人。根据薇薇安的介绍，她叫乔安妮·韦伯，现在冠了夫姓，叫乔安妮·查尔斯。我们念的是同一所大学，不仅如此，我们还是同班同学，上大二那年，我们住的宿舍挨着，我们都是宿舍顾问。那一年，每逢礼拜二都要在灶边休息室举行宿舍顾问周会，我去开会时就能见到她。

我已经多年没见过乔安妮了，但我却经常想起她。正是受了乔安妮的影响，我才当了治疗师。大二中期，在一个温暖的工作日夜晚，我在自助食堂里吃晚饭，这时，我一个室友跑过来，面色苍白，看起来是吓坏了。"斯普尔宿舍里有个人要跳楼。"他小声说，"你快去看看吧。"我飞奔出食堂，穿过街道，上了隔壁宿舍的屋顶。我蹲在边缘，看到一个只是略微有些面熟的孩子，他的双腿悬在七层高的楼外。此外，就只有乔安妮·韦伯在场。我能听到她温柔的声音，她一边慢慢说着，一边靠近。那孩子好像随时都会跳下去。我连忙用楼梯间的电话联系了校警。

乔安妮坐在那个学生身边，她的腿也悬在屋顶外面，我悄悄走了过去。

她轻轻一摆手，示意我不要着急，要尊重隐私。那个学生的声音变得越发烦躁，乔安妮却越来越轻声细语。那个男学生细数了一长串叫他烦恼的事，比如学习成绩、钱、他的父母，再有就是他谈了一段平平常常的恋爱，听来好像那段失败的关系并没有维持多久，而他就是因为恋爱失败，才在此刻坐在了屋顶上。那个学期的早些时候，已经有两个学生从这个屋顶跳下去了，现在听这个学生的声音，我感觉很快就有第三个了。

一连两个来小时，乔安妮就这么和他坐在一起，一群学生、校警和一辆消防车则在下面。每次有人上屋顶接近他们，乔安妮就抬起手，像是在说："再给我一点时间。"过了一会儿，她示意我过去。"杰克。"她说，"我的喉咙有点疼，能不能去自动贩卖机给我买一瓶胡椒博士饮料？"她说完扭头看着那个学生。"约翰。"她说，"要不要也来瓶饮料？"

那个学生似乎有些猝不及防。他顿了顿，盯着她，最后说道："好吧，听起来真不错。"

我也说不清是为什么，但我马上就明白了，就在那十秒里，也就是在询问是否要饮料的这个简单过程中，乔安妮说服那个学生放弃了自杀的念头。我本身就擅长与人打交道，因此我的工作干得不错，但在那一刻，我才意识到，比起乔安妮对那个学生的了解，我可是差了十万八千里。几个月后，我换了专业，改学行为心理学。从那时候开始，每次我在自动贩卖机里看到胡椒博士饮料，我总像是能听到乔安妮在说："要不要也来瓶饮料？"

乔安妮在大学里很朴素，一头长发上带有金色和棕色的条纹。此时此刻，她就站在我对面，在火炬灯光的映衬下，她看起来很不一样。她的头发像是出自联合广场高档美发沙龙中一个独裁严厉的发型师之手，每一根发丝都严格遵循他的命令。这倒不是说她不好看，只是有些出人意料，她是从什么时候学会化妆的？

"见到你真高兴，杰克。"乔安妮说。

"这么说，你们两个认识了。"薇薇安的声音中夹杂着一丝虚假的高兴，"多么美好的巧合啊，真没想到我竟然不知道。"

"我们以前在大学里合作过。"乔安妮解释道，"那都是很久以前的事了。"

"原来如此。"薇薇安说道，"这倒是与组织现在的政策不矛盾。"

然后，乔安妮拥抱了我很久，并且在我的耳边小声说："你好，老朋友。"

一个男人走了过来，那人肤色黝黑，身材健壮，中等身高，穿着一套非常昂贵的西装。"我叫内尔。"他说着紧紧握住我的手，"是乔安妮的丈夫。"

"但愿乔安妮不要嫌我话多。"我道，"有一天晚上，我亲眼看着她救了一个男学生的命。"

内尔压着脚跟前后摇晃，他看看我，又看看乔安妮。我以前见过这种眼神，他是在打量我，也在评估他妻子对我的反应，好确定我会不会构成威胁。"她是个才华横溢的人。"他说。

"什么呀。"乔安妮轻声抗议，"没有的事。"

我们还没来得及深谈，薇薇安就把我拉走了。"你还得见见其他人。"她坚持道，带着我走向女主人凯特所站的地方。在她旁边，有一块用桩子钉在草坪上的塑料油布。凯特正用鞋尖踢那块油布，像是很讨厌那东西。

"需要帮忙吗？"我问。

"不用了。"她答，"该死的蘑菇，我把院子收拾得整整齐齐，结果今天冒出来好几个蘑菇，简直是瑕疵。"

"没关系的。"薇薇安道，"这里的一切都棒极了。"

凯特依然紧皱眉头。"今天下午，我本想把蘑菇拔下来，扔进堆肥，可罗杰从屋里跑出来，阻止了我。这些蘑菇是一种少见的毒蘑菇。很可能会要了我的命。罗杰什么都知道，他以前是个植物学家，后来才进入银行业这一行。我们只好用油布盖住了蘑菇，有人礼拜四会来处理。"

"我小时候住在我家在威斯康星州的农场里。"薇薇安说，"我们有一个重九百磅的蘑菇。那个蘑菇长在地下，一直长到卡车那么大，我们才发现。"

薇薇安是威斯康星州的农家女，这一点我并不觉得惊讶。硅谷就是这样的，只要在那里待上二三十年，他们在家乡养成的粗犷和与众不同的特色就会被磨平，取而代之的是加州北部那种饶舌的热情。"健康外加股票期权。"爱丽丝这样形容。

凯特离开去准备饭菜，薇薇安带我来到另一群人中间。罗杰拿着一瓶红酒和一个干净杯子走了过来。"渴了吗？"

"是的，谢谢。"我点点头。他给我倒了半杯，瓶子就空了。"等等。"他说着从花园桌上的临时吧台上拿起一瓶一模一样的酒，接着从后兜拿出一个椭圆形不锈钢的东西，只见他手腕一抖，那东西就从奇怪的现代艺术品变成了普通的螺旋锥。"我都用了快二十年了。"他说，"是我和凯特去匈牙利度蜜月时带回来的。"

"你们真是大胆。"薇薇安说，"我和杰里米只去了趟夏威夷。"

"方圆几公里只有我们两个游客。"罗杰说，"我请了一个月的假，我们租了一辆车，去匈牙利到处兜风。我们当时住在纽约，匈牙利是我们能想到的与纽约最不挨边的地方。我们开着蓝旗亚汽车来到埃格尔镇郊外，结果有个活塞坏了，车子开动不了。我们就把车推到路边，然后信步而行。后来我们看到一栋小房子，里面有灯亮着就过去敲门，屋主就邀请我们进去了。长话短说吧，我们在他家的小客店里住了好几天。他的副业是做螺旋锥，他就把这把螺旋锥送给我们，作为分别礼物。"

"别看它是个很普通的小玩意。"罗杰道，"但我喜欢，它能让我想起我一生中的最美的时光。"我从没听过哪个男人这么依依不舍地谈论蜜月旅行。我不禁想到，这个契约组织可能真的很特别。

夜色朦胧。食物美味无比，甜点是一大块巧克力泡芙，尤为好吃，我也不肯定凯特一个人是怎么做到的。不幸的是，我太紧张了，都没有好好享受。一整个晚上，我都感觉自己是在接受硅谷的非正式工作面试。大家表面上是在闲聊，实际上却在没完没了地问一些奇怪的问题，不过你其实都知道，对话都是精心设计好的，就是为了引诱对方说出心里的秘密。

在回家的路上，我和爱丽丝交换了一下意见。我担心自己话不多，会让别人觉得闷。爱丽丝却担心她说得太多了。她一紧张就这样。这个危险的习惯总是在社交场合给她带来麻烦。我们驶出车道，沿迂回的马路回到高速公路上，我们都有点紧张。爱丽丝很乐观，甚至都有些忘乎所以了。

"我已经开始期待下次的派对了。"她说。

就在这一刻，我决定不告诉她我与乔安妮第二次碰面的事。当时很晚了，其他人都聚在火堆边上。看来像是特意组织的分享时间，一对对夫妇都在说自从上次季度派对以来，他们给彼此送了什么礼物，又去过哪些地方旅行。我觉得很不自在，又有点无聊，便托词去洗手间。我洗了手，又花了几分钟整理思绪，享受着一整晚闲聊后的清净，然后，我打开门，就看到乔安妮站在那里。一开始，我还以为她也是上楼来上厕所，可我随即意识到她是跟着我过来的。

"嗨。"我说。

她紧张地看了看走廊两侧，小声道："对不起。"

"为什么说对不起？"我惊讶地问。

"你不应该出现在这里的，我在名单上没看到你的名字，他们肯定是趁我们度假那阵子发的邮件，我没法阻止，杰克，我没能救你。现在已经太晚了，对不起。"

她抬头看着我，她那双率真的棕色眼睛至今仍令我记忆犹新。"真的，我真的很抱歉。"

"这个组织不错啊。"我说，有些糊里糊涂，"没什么好抱歉的。"

她把一只手放在我的肩膀上，像是有话要说，但她只是叹了口气。"你还是回去吧。"

派对的第二天，我下班回到家，看到前门廊上有一个沉重的纸箱，里面是一盒匈牙利红酒和一张白色卡片。欢迎你们，朋友们，卡片上的金色草书字母这样写道，期待再次见到你们。

我们深深沉浸在圣诞季的氛围中，爱丽丝却依然忙得不可开交。她把那场新的知识产权官司打得很漂亮，合伙人对她十分欣赏，便又给她指派了很多工作。

我也一头扎进了我自己的工作里。伊恩通过他在教会里的关系，为我找来了更多婚姻咨询客户。他们大多数人都受到了常见问题的困扰，比如孩子的出世、婚外恋、收入减少。

这些人中离婚的占了七成，只有三成得以维持婚姻，但我决心让这个比例翻转过来。现在，在见到客户的头十分钟，我就能预测出他们的婚姻能否维持下去。我不是自吹自擂，我真的擅长观察他人，这是我的一大天赋，而且，通过多年来的实践经验，我在这方面的能力更精进了。有时候，我和客户还没在我的办公室坐下，我就能对他们有大致的了解。夫妇二人一起坐在沙发上，就说明他们依旧在努力维系婚姻；而那些坐在椅子上的，则表示他们至少是在潜意识里已经接受了离婚或分居的最后结局。当然了，还可以从其他信号中看出实情：他们坐下来后，双脚是偏向对方抑或远离对方，双臂是抱怀还是打开，外套是穿还是脱。每一对夫妇都会传递出无数信号，从中就能看出他们的婚姻将走向何方。

一对三十来岁的亚洲夫妇温斯顿和贝拉是我最喜欢的一对夫妻。温斯顿从事生物制药行业，贝拉则是信息技术员。对于他们的问题，他们能用幽默的态度来对待，而且，在大多数时候，他们都表现成熟，不会纠结于琐碎的小问题。而面对一些其他客户，我则必须耗时耗力去处理这些琐事。贝拉有个前男友，叫安德斯，他们虽然分手了，却依然藕断丝连，这件事在贝拉和温斯顿开始谈恋爱之际造成了很大的影响。那都是将近十年前的事了，但到了现在，依然时常给他们的婚姻造成困扰。贝拉坚持称，要不是温斯顿的嫉妒心这么强，又缺乏安全感，她在这些年里压根都不会想起安德斯。不幸的是，温斯顿总是无法忘记他们刚开始恋爱之际那段混乱的日子。

那是个礼拜四，贝拉去了卫生间后，温斯顿问我，爱情若是在开始时磕磕绊绊，是否能够长久。"当然可以。"我说。

但接下来温斯顿这么问我："在我们第一次咨询的时候，你不是说过，一段关系的结局如何，在开始时就决定了？"

"的确如此。"

"我担心的就是我们开始时种下的种子有问题，那时候，她还偷偷和安德斯见面，现在大树已经长成，不可能拔掉了。"

"你们现在来到这里，就意味着你们还有很大的机会得到积极的结果。"我希望我说的能成真，但我也知道，不管温斯顿清不清楚，他虽然希望婚姻顺利，却仍在照料那颗怀疑的种子，给它浇水，让那棵树茁壮成长。

"可我怎么才能跨过那道坎？"他问道。我看得出来他很难过。"你知道，她现在依然和安德斯一起吃午饭。而且，她还瞒着我。都是朋友的朋友告诉我的，我永远都是最后一个知道的。我一质问她，她就有诸多借口，辩称她自己无辜。每次她偷偷和他私会，都是在证明她与他的过去是如此重要，值得拿我们的未来冒险，我又怎么能相信她？"

等贝拉回来，我决定正面面对已经长成大树的问题种子。"贝拉。"我说，"你觉得你为什么到现在仍和安德斯有联系？"

"因为他是我的朋友，我不可能放弃我的朋友。"

"好吧，现在我明白你是怎么想的了。但你要知道一点，那就是这段关系给你的婚姻带来了负面影响，那你会不会考虑以后对温斯顿不要有所隐瞒？举例来说，如果你和安德斯一起去吃饭，能不能告诉温斯顿？可不可以邀请他一起去？"

"没那么容易，要是我告诉他，我们两个准会吵得不可开交。"

"可你瞒着他，同样也会吵架，不是吗？"

"是的。"

"若是夫妻一方有事瞒着另一方，那么，除了担心受欺骗的一方可能做出的反应之外，还有深层次的原因。你能想到这个深层次的原因吗？"

"历史原因有很多。"她承认，"还有很多精神负担，所以我才没有告诉温斯顿。"

我看到温斯顿的肩膀垮了下来，我还看到贝拉的双脚偏离他，转向墙壁的方向，并且把双臂横抱在胸前，我这才意识到，这个案子比我想象的还要难。

"薇薇安给你打电话了吗？"圣诞节前一天上午，爱丽丝在电话里问。

"没有。"我心不在焉地回答。我在工作，手头正翻阅着一个病人的资料，为一场即将到来的心理咨询攻坚战做准备。病人迪伦，十四岁，阳光开朗，爱开玩笑，却常年与抑郁症做斗争。他的悲观绝望和我的无能为力重重地压在我的心头。

"她想跟我一起吃午饭。"爱丽丝听上去有些烦躁，"我跟她说我忙得分身乏术，但她说事情很重要，我不知该怎么拒绝她，她在派对上那么关照我们，我连张答谢卡都没给她寄。"

我合上文件夹，食指留在刚才看到的那一页，说道："你觉得她想干什么？"

"我不知道。我们中午在雾城订了座位。"

"我还想着你能早点回家。"

"难说。不过我尽量早点回去。"

我两点钟回到家，屋里很冷。我生了火，开始包装给爱丽丝的圣诞礼物。礼物主要是她过去几个月提过的一些书和一张专辑，还有两件从她最喜欢的店里买来的衬衫。尽管如此，我还是想把它们包装得漂漂亮亮。主角是一条银项链，项链坠儿是一颗精心打磨的黑珍珠，漂亮极了。

像许多夫妻一样，我和爱丽丝的圣诞计划有些棘手。我小时候，家里过圣诞的方式很奇怪。到了平安夜，我的父亲下班回家后，父母会把我们这些小孩塞进车里，然后父亲谎称忘了拿钱包，回屋几分钟。等他回来时，母亲会把收音机打开，调到唱圣诞颂歌的频道，我们跟着一起唱。父亲坐上驾驶座，在一个大多数比萨店都关门的夜晚开始寻找比萨的旅程。等我们到家，圣诞老人已经来过了。我们的礼物就散落在圣诞树下，没有包装。气氛随即热闹起来。

爱丽丝儿时的圣诞节更传统。在圣诞前夕为圣诞老人留出饼干后早早上床睡觉，第二天早上就能在圣诞树下看到包装好的礼物，之后去浸礼会教堂做漫长的礼拜。

我们一起过第一个圣诞节时，就说好圣诞假期轮着过才公平，奇数年按我的方式庆祝，偶数年尊重爱丽丝家的传统。但是，爱丽丝最好的一点是，她在圣诞前夕吃什么晚餐这个问题上总是迁就我。因为她对比萨的热爱不少我一分。今年正好是双数年，所以我在包礼物。

整个下午我都在家里转悠，等爱丽丝回来。我打扫了卫生，看了《圣诞故事》。等到七点，爱丽丝还没回来。

想到我们可能没时间去买比萨，我开始有点恼，就在这时，我听到车库门打开，她停好了车。我听到她的鞋子踩在楼梯上，还没看到她的人，就先闻到了比萨的香气。她抱着一个大号的意大利香肠比萨，比萨盒上还堆着几个包装好的准备送我的礼物。

"真不错。"我看着闪亮的格子图案包装纸和系好的绿色蝴蝶结,我还看到了能说明一切的旧金山现代艺术博物馆的金色标签。估计爱丽丝全然不记得今晚是平安夜,上午才想起来,可能在去吃午饭的路上顺便去了趟博物馆的商店。

爱丽丝打开比萨盒,往我的盘里放了一块比萨,我注意到她戴着一只我以前从没见过的手镯。手镯款式很现代,是银色的,材质有点像硬的模制塑料,也可能是铝合金或玻璃纤维。镯宽五厘米,紧贴皮肤。我没有看到手镯扣,不知是怎么合上的,更重要的是,不知怎么才能取下来。首饰很酷,不过我有些意外,她天天忙得脚不沾地,居然还不嫌麻烦亲自去购物。

"手镯很漂亮。"我说,"现代艺术博物馆的?"

"不是。"她把自己的比萨竖着对折,"别人送的礼物。"

"谁送的?"我第一时间想到的是她公司派对上那个留着鬈发的家伙,德里克·斯诺。

"我们的朋友薇薇安。"

"哦。"我松了一口气,"她人真好。"

"不见得。"

"什么?"

她吃了几口比萨,说:"这顿午饭透着古怪,古怪至极。我现在甚至都不该提起那件事——我不想让你惹上麻烦。"

这话听得我哈哈大笑。"薇薇安又不是盖世太保,我保证我会好好的,她说什么了?"

爱丽丝皱起眉头,无意识地摆弄着她的新手镯。"显然,在派对上,我确实话太多了。"

"什么意思?"

"薇薇安说派对上有人对我有些担心,他们担心我对婚姻不够专注,就根据契约组织的规定提出了一些看法。"

我停下正在咀嚼的嘴巴，说道："提出什么看法？这是什么意思？"

"一份法庭之友起诉书。"爱丽丝转动着手镯，"简单来说，有人打我的小报告——写了一些不满并递交了上去。"

"递交到哪里去？"我问，简直难以置信。

"'总部'，谁知道是什么地方。"

"什么？这一定是个玩笑。"

爱丽丝摇摇头，说："我起初也这么想，以为薇薇安是在笑话我，但这不是玩笑。契约组织有一个法庭，用来裁决成员之间的事务，甚至还会判处罚款和实施处罚。"

"处罚？你说真的吗？我以为手册上那一部分只是起到象征作用。"

"显然不是。他们用的术语和法条都和正规法院的一样。"

"但是谁告发了你？"

"我不知道，是匿名举报。薇薇安的意思是如果我读完了整本手册自然会明白。对于可能对其他成员和他们的婚姻产生不良影响的因素，组织里的每个人都有责任向上汇报。她一直强调对方'是我们的朋友'，才会提交起诉书。"

"那你觉得是谁？"

"我不知道。"她重复道，"我一直在怀疑起因可能是那次对话，那家伙带法国口音。"

"盖伊？"

"是吗？我记不太清他的名字。"

"对，他就叫盖伊。"我很确定，"盖伊，他的妻子是艾洛蒂，他是个律师，主攻国际法，艾洛蒂在法国领事馆工作，是个副职。"

"没错，他一直问些有关我的公司、案子和工作量的问题。我想起那些无休止的加班，就说我忙得连睡觉的时间都没有。我提及我和你经常夜里很晚才坐下吃饭，他不赞同地看了我一眼。我有些意外，他是个律师——怎么可能不经常加点班？"

爱丽丝脸色苍白，极度缺乏的睡眠和大量繁重的工作让她疲惫不堪。我把另一块比萨放到她盘里，往她跟前推了推，说："这太奇怪了，对吧！"

"'法庭之友'起诉书上说他们很喜欢我们，说我们俩看起来都忠诚于婚姻，但是他们担心我在工作上花的精力和时间太多。薇薇安说这种问题很普遍。"

"我希望你告诉了她，你加班加点跟别人没关系。"

不过，从爱丽丝的表情看，她没说这种话。"薇薇安带来了她的手册，那一页夹着书签。显然，我可能会违反 3.7.65 部分：首要关注点。我不是因为违反规则被投诉，而是举报人担心如果不干预，我将来可能会违反这方面的规则。"

"举报人！天哪！我收回他们不是盖世太保的说法。"

这时我意识到还有其他东西在困扰着我——是爱丽丝脸上的平静，以及她向我转述这一切时表现出的顺从和淡定。"你好像没有生气。"我说，"你怎么会不生气？"

爱丽丝的手又摸上手镯，说："老实说，我觉得我有点着迷了。手册里那些内容，杰克，他们是认真的，我需要重读一遍。"

"那处罚是什么？和薇薇安一起愉快地吃一顿午餐？应该没这么简单吧。"

爱丽丝抬起胳膊，向我展示手镯，说："处罚是这个。"

"我不懂。"我固执地说。

"薇薇安说总部认为我有待进一步观察。"

终于，我茅塞顿开，弄懂了她的话。我拿过爱丽丝的手，仔细打量那个手镯。镯身摸着不凉，很光滑。再细看，内侧有一圈小绿灯镶在塑料里，环绕着爱丽丝的手腕，前面手表表头应在的位置，有许多小洞，形成字母

P① 的形状。"疼吗？"我问。

"不疼。"她看起来太平静了，几乎有点心满意足。我意识到她从回家到现在一次都没提工作，只是在说起手册里的有关规则时才提过一嘴。

"怎么才能把它拿下来？"

"不拿。薇薇安说两个礼拜后我们会再见一面，可能那时候就能拿掉了吧。"

"它有什么用，爱丽丝？"

"不知道，他们应该是用这东西监视我。薇薇安说这是一次机会，可以证明我有多专注于我们的婚姻。"

"GPS？监听器？录影设备？天哪！他们究竟要干什么，居然搞监视这一套？"

"不是录像。"爱丽丝说，"这一点她说得很清楚。但确实是 GPS，说不定也有监听的功能。薇薇安说她没戴过这东西，不确定摘下它会发生什么事。她收到的指令只是把手镯戴到我手上，并向我解释戴它的原因，十四天后要摘下来还给总部。"

我胡乱拨弄着手镯，但找不到摘下它的法子。

"别费劲了。"爱丽丝说，"有钥匙的，在薇薇安手里。"

"给她打电话。"我愤怒地说，"今晚就打，我才不管是不是平安夜，告诉她这玩意必须要摘下来，太荒谬了！"

爱丽丝却出乎我的意料，她的指尖从镯身上轻轻划过，说："你觉得我太专注于工作了吗？"

"每个人都专注于他们的工作，如果你不专注，就成不了好律师，同样，如果我不专注，就不会是个好的治疗师。"不过虽然我嘴里这么说着，心里还是快速地算了算这个礼拜我的工作时长和爱丽丝的工作时长。我数

---

① 代表契约组织。——译注

了数婚后我不回家吃晚饭的次数，一次都没有，而爱丽丝不回家吃晚饭的次数都数不过来。我想到很多个天色还早的早晨，我还在床上，她却在厨房里翻阅案例，给东海岸打电话。我想到在我们越来越少的独处时刻，她的目光不是停留在手机上，就是停留在别处。无论派对上那个举报人观察到了什么，他的结论都不全是错的。

"我的意思是，我想试一试。"爱丽丝说，"我希望我们的婚姻能够长久，我想在契约组织中接受考验，如果这是加入契约组织的一部分，我愿意接受。"她紧紧握住我的手。"你呢？"

我望着她的眼睛，想找出一点做戏的迹象，也许她是说给手镯听的呢。但是，没有这样的迹象。我很了解我妻子的一个特点，她时刻在准备着尝试新鲜事物，总是对健康、科学或社会工程的下一项伟大实验充满热情。作为一个不幸家庭的幸存者，她坚信任何事都不能将她击垮。那会儿埃隆·马斯克征募业余探险家乘坐第一艘载人宇宙飞船去火星时，她甚至还报名了。谢天谢地人家没选她，但重点是，她录制了面试视频，填了纸质材料，真心实意地想离开地球去太空遛一遍，也不怕可能死在途中。她就是这样一个人。爱丽丝让我着迷的一点就是她张开怀抱，毫无保留地迎接所有新体验，甚至到了痴狂的地步。危险吓不倒她，反而让她兴奋。契约组织透着古怪，没错，但与一张去火星的单程票相比，还能可怕到哪里去？

那天晚上，在卧室，在我们高高的大床上，伴着远处太平洋的美丽夜景，我和爱丽丝做爱了。她的动作充满激情，浑身散发着浓浓的欲望，说真的，我很久没见过她这一面了，不过，事前和事后我们都没说话。那种感觉太美妙。后来，她入睡后，我躺在床上，无法让大脑停止运转。这一场酣畅淋漓的性爱，是给手镯的表演还是真情流露？不管怎样，我很感激，感谢我们的婚姻，感谢爱丽丝，甚至还感谢我们踏足接触的这个奇怪的新事物。契约组织貌似真正在发挥着它的作用，让我们更靠近彼此。

圣诞节和接下来的几天幸福得让我感觉不真实。我和合伙人让诊所歇业一个礼拜,算是犒劳过去这艰难却很成功的一年。

我们扩大了知名度,咨询费也涨了。八月,我们购买了诊所新址,是由迷人的维多利亚式两居室改造成的商业间。我们的业务神奇地度过了最困难的时期,目前看来在稳步发展。

不过,圣诞节后第六天,我的好日子到头了。清晨五点半,我醒来发现爱丽丝站在床边,手里拿着我的手机。她身上裹着一条毛巾,毛巾角掖在胸前,头上是一条小号的毛巾,包成穆斯林头巾的模样。她身上有股柠檬和香草的气味,她知道用这种乳液会让我疯狂。我想不管不顾地把她拉入怀中,但她担忧的神色告诉我没戏。

"一共响了四次,我就接了。"她说,"出事了。"

我伸手接过手机,脑子里迅速过了一遍客户名单,好为即将听到的消息做准备。

"杰克?"

打电话的是一个母亲,她的女儿是我每个礼拜二的辅导对象之一,她和组里其他青少年一样,都面临着父母刚刚离异或即将离异的问题。那女人话说得飞快,我没听清她的名字,也没听清她的孩子叫什么。她的女儿离家出走了,她说。我没再问她叫什么名字,而是自己快速排查。前一个礼拜,我的治疗团体里有六个青少年,三男三女。我立刻排除了十六岁的艾米丽,她参加辅导的时间已经长达一年,最近觉得终于能忍受父母离婚的事实,正打算结束治疗。似乎也不太可能是曼蒂,她正盼着去帕克城参加一个礼拜的滑雪活动,给她父亲和他的慈善事业搭把手。那就只剩伊泽贝尔了,她父母最近刚离婚,对她打击很大。我担心,我们圣诞节放假一个礼拜,受影响最大的除了迪伦,就是她。

"你跟你丈夫说了吗？"我问。

"说了。她本来应该昨天乘无轨电车去他那边，但是她根本没去。"那个女人急得快要发疯，"我们今天早上才发现事情不对劲——我丈夫以为伊泽贝尔跟我在一起。你有没有收到她的信？"她的声音颤抖着，夹杂着小心翼翼的希望。

"很抱歉，我没有收到。"

"我们留了言，发了短信，都不下上百条了。"

"你介意我给她打电话吗？"

"请快点打吧！"

那个母亲给了我伊泽贝尔的电话号码，还给了她的电子邮箱地址、推特和快拍用户名。我深有感触，没想到她对她女儿的社交生活这么了解，大多数父母都不知道，但其实社交网络才是很多孩子大多数烦恼的来源。伊泽贝尔的妈妈告诉我他们早就报警了，但是被告知在伊泽贝尔这个年龄，需要到失踪二十四个小时后，警方才能展开调查。这期间，爱丽丝一直站在床边，裹着她轻薄的浴巾，顶着包着头巾的脑袋。我挂断电话后，她想知道发生了什么事。

"你觉得她遇上麻烦了吗？"爱丽丝边问边从衣柜里拿出她的蓝色职业套装。

"伊泽贝尔不是没脑子的人。"我说，"她可能只是跟朋友过了一晚，她现在对她的父母很生气。她告诉我她需要时间，远离他们那些不成熟的举动。"

爱丽丝套上半身裙。"她是这么说的？"

我点点头。

"呀！你告诉她的父母了吗？"

"没有，这是病人隐私。不过我曾叮嘱她不要做傻事。我说即便她的父母举止像小孩一样幼稚，他们还是很爱她，而且是非常好的父母，他们有权知道她的去向。"

爱丽丝套上一件紧身背心，说："听起来好像你搞不定这孩子。"

"谢谢。"

"无意冒犯。"爱丽丝穿上她的海军蓝连裤袜，拉扯着提上去。

"你不应该打电话，应该发短信。"

我调出伊泽贝尔的号码，开始打字：伊泽贝尔，我是杰克·卡西迪。在我的诊所旁边有个咖啡店，三十八大街和巴尔博亚路交口，Z咖啡。我们今天中午能在那里见一面吗？我请你喝热巧克力。我保证，只有我一个人。大家都很担心你。

我特意没用父母这个字眼。父母离异，小孩就变得情绪复杂，他们对自己的父母爱恨交织，既感到愧疚，又充满同情，种种情感纠结在一起让他们难以释怀。

没有回应。

中午之前，我步行去了Z咖啡。我在角落里找了一张桌子，这里的咖啡一般般，糕点价格又贵得吓人，所以常年空荡荡的。我把笔记本电脑放到桌上，旁边摊开一张报纸。如果伊泽贝尔真的来了，我想让自己看起来很放松，而不是气势汹汹的。

我的这项工作，对待成年人客户，有时最佳策略是干脆有力地直面问题；但是对待孩子，最好是旁敲侧击，曲线救国。当面对质常常会激发青少年的抵触心理，我见过的大多数孩子很清楚如何在短时间内筑起固若金汤的防护墙。

中午，我听到门被推开的声音。我抬头看去，希望能看到伊泽贝尔，但是，映入眼帘的是一对盛装打扮的时髦夫妻，从头到脚大牌加身，却愣是穿出了地摊货的感觉，衣服上撕开的破洞巧妙地露出他们的文身，他们手上都拿着最新的苹果笔记本电脑。

到十二点三十分，我开始有点担心。要是伊泽贝尔真出事了怎么办？要是她不只是想离开她那极度不成熟又十分自我的父母冷静一段时间，怎么办？就在我正要放弃，打算去诊所给她母亲打电话时，她一屁股坐在我对面的座位里。她的棕色头发乱成一团，牛仔裤脏兮兮的，眼底有黑眼圈。"你以为我不会出现了，对吗？"

我早已排练过我的开场白，或者说，我的部分开场白。"事实上，还真有点。你在我的印象里不是个爱让朋友干等的人。"

"这倒是真的。"伊泽贝尔表示赞同，跟着，就在我起身的时候，她说，"嘿！你要去哪儿？"

"我欠你一大杯热巧克力。生奶油？"

"我想我需要喝点咖啡。"

我到了前台，便给她母亲发了短信。*伊泽贝尔没事，现在跟我在一起。*

*谢天谢地。*她母亲回信道，*你们在哪里？*

我的诊所附近。给我们几分钟，我不想把她吓跑。

我等着收到一封措辞激动、要求了解更多信息的邮件，但是伊泽贝尔的母亲真不错，她似乎能理解暂时要有点分寸。*万分感谢，我等你的信。*

我端着咖啡回去。

"谢谢你。"伊泽贝尔说，她往咖啡里扔了一个糖包。她看着像是彻夜未眠。

"所以，"我叠着面前的纸问，"家里的事情闹得有点大？"

"是。"

"我跟你母亲说了你没事，正跟我在一起。"

伊泽贝尔的脸唰地红了，她眼神飘忽，不敢直视我的眼睛。我能看出她在愤怒和宽慰两种情绪之间摇摆不定。"好吧，那也行。"

"想不想吃点什么，要不，来个墨西哥卷饼？你知道奇诺餐馆就在前面那个街区吧？我请客。"

"不用了，谢谢，我很好。"

"真的。"我合上笔记本，塞进斜挎包里。"不请你吃点东西让我感到自己很没良心，你显然正饿得慌。"我站起来向门口走去，伊泽贝尔随即跟在后面。

我默默地给自己点了个赞，因为终于把她引出咖啡馆，让她走动起来了。边走边聊通常比坐在一个房间里和一帮同龄人围成一圈更有成效，毕竟后者多出许多人为限制。我们走在路上时，伊泽贝尔像是放松下来了。她十六岁，但是很多时候看起来年纪更小些。不像治疗团体里的其他孩子，她父母的离异让她猝不及防。通常，孩子们早在几个月前就能发现苗头，事实上，许多人在父母终于宣布离婚时甚至松了一口气。伊泽贝尔不是这样。据她说，所有的一切真的很美好，他们的家庭很幸福。她以为她父母的婚姻是美满的姻缘，直到有一天，她的母亲告诉她为了"做真正的自己"，她要搬出去住。

"我知道我不该在意她是搬出去和一个女人同居。"伊泽贝尔把她的杯子抛进垃圾桶，"但是这事真气死我了，这对我爸爸太不公平了。至少她如果是跟一个男的在一起了，也许，我也不知道，他们还有点渺小的希望可以复合。"

"如果她搬出去与一个男的在一起了，"我轻声说，"还会那么不公平吗？"

"我不知道。"伊泽贝尔说，她越来越生气。我感觉她的怒气不是对我，而是对这个世界，对她母亲扔进他们昔日幸福生活里的重磅炸弹。"我是说，她怎么会不知道？她一开始为什么嫁给我爸爸？我有同性恋的朋友，他们才上高中，但是他们早就知道了呀。我不明白，一个人怎么会在过了四十三年的完全异性恋生活后，某一天醒来，突然改变了自己的心意。"

"你妈妈那代人不一样。"

我们沉默着走过一个街区。有事情压在她的心头，最后，她终于开口说道："我可以看到，对我爸爸来说，如果她一开始就知道，他会过得好得多。我一直在想象这种不一样的生活，他可以实现自己的梦想，和同一个人慢慢变老。你能相信吗？自从他们结婚后，他每个礼拜都会存一点点钱，为了能在他们退休后买下那栋海滨别墅。我妈妈很喜欢那片沙滩，别墅本来是他给她准备的礼物，浪漫示爱的大动作。二十年来，他小心翼翼地守护着这个梦，期待有一天能送她一栋海滨别墅，给她一个惊喜。可是，自始至终，那个梦只是一场空，他却从来都不知道。"

"太让人伤心了。"我说。

伊泽贝尔瞥了我一眼。"我的意思是，我的存在是构建在我父亲最终的不幸之上的。但是相对于他的快乐，我还是会选择来到这世上，那不是让我成了一个坏人吗？"

"这是个伪命题。你站在这儿是因为你的父母结婚有了你。你的想法、感受都不能改变这一点。我知道有一件事情很确定，你的父母非常爱你。我保证，他们谁也不会想用你换一种不同的生活。"

我们走过巴尔博亚电影院，里面是《黑客帝国》三部曲专场，我们就这个话题讨论了几分钟。伊泽贝尔说，她曾经参照尼奥穿的那件衣服，设计了一件黑色长外套作为布艺课的结课设计。我被伊泽贝尔身上的不协调深深触动：她掌握的知识、词汇和能力似乎是她同龄人的两倍，但是她对人类行为、真实世界和基本交流的理解好像有些低于她的同龄人。最近这种情形我见过很多。孩子们对越来越多的东西学得越来越快，但是他们对自己和周围人的理解似乎比我小时候发展得还慢。我的同事经常把这种现象归咎于智能手机和电子游戏，但是我不太认同。

"我们到了。"我说道，"奇诺餐馆，有里士满最好吃的墨西哥卷饼。你想要什么？"

"我来点。"她最后下定决心，走近柜台，自信地点了一份加烤牛肉、米饭、不加豆的卷饼和一份欧芹酱。她全程用西班牙语，像一个地道的旧金山小孩。我要了同样的，外加薯条和鳄梨色拉酱，顺便又从冰柜里拿了两瓶芬达。

"我在视频网站上搜索了你的妻子。"伊泽贝尔拧开她的那瓶芬达的盖子，"我把她十年前的四场演出从头到尾完完整整地看了一遍，她真是酷毙了！"

"是的。"我说，"她的确是。"我喜欢时不时听人提起这回事。十年前的爱丽丝在音乐世界里奋力打拼，大多数的夜晚都在西海岸巡回演出，那时我还不认识她。她不伟大，也没有传统意义上那种名气，但是她确实有一批忠实的追随者，会迫不及待地等她出下一张专辑，会放下手头的一切去看她的乐队在山脚下酒吧的演出或在菲尔莫尔为某个大人物做的开场表演。她甚至还有粉丝，当然多数都是迷弟，他们会一场一场地跟着她跑，在演出后执着地找她聊天，但面对她时会不知所措，甚至会流汗和发抖。她曾告诉我，她不怀念那些粉丝，因为他们常常会把她吓一跳，但是她怀念其他的一些东西。主要是音乐本身。

这些时日，我担心她身上的这一部分正渐渐被夜以继日、无穷无尽的法律工作和企业谈话所埋没。

"她的歌词很有才气。"伊泽贝尔说，"她的一切都很棒。我看着她的妆容，脑子里就只有一个想法，我真是个笨蛋，为什么我画不出那样的妆？"

"第一，你绝对不是笨蛋。第二，我确定，只要你想做，你也能做好。"

伊泽贝尔盯着我。"如果我这周末去你家为你和你的妻子做早餐，你觉得她会愿意教我一些化妆技巧吗？"

"当然。"我有些意外。

服务员在叫我们的号，我去取来我们的墨西哥玉米卷，坐在窗户旁边。

"我是个相当不错的大厨。"伊泽贝尔说着把她的玉米卷上的锡箔折下去，"我做的法式吐司特别好吃。"

我用一根薯条蘸起一些鳄梨色拉酱。"爱丽丝很爱吃法式吐司。"

她吃着玉米卷，告诉我她前一晚和一个叫高飞的冲浪手，还有其他一些人在沙滩上过了一夜。"冻死了，我和一个叫 DK 的家伙缩在一起抱团取暖，他身上臭烘烘的，还戴着普克珠贝，傻死了。"

"在我听来一点也不好笑。"我说，"听起来不是特别安全。"

"刚开始挺有意思的，后来就不了。大家都喝醉了，只有我还清醒着。我的手机没电关机了。我妈妈最近给我们都换了新的手机套餐，电话号码也都换了新的，我还没记住它们，所以我都不能借别人的手机给我爸妈打电话。我甚至还想过走路去西夫韦，但是那样貌似特别危险，夜晚海滩上逛荡着很多怪人。今天早上我找到一家咖啡店给手机充电，发现有好多条信息，我就不知道该怎么办了。"

我脑海里浮现出伊泽贝尔蜷缩在沙滩上，不能打电话找人来接她的样子，心里隐隐作痛。我想这就是我说如今的孩子似乎比实际年龄小一些的意思。我小时候那会儿，孩子们在去幼儿园之前先牢牢记住自己的电话号码和地址。"你真的需要回家了。"我说，"即便不是为自己，也要为你的父母想想。可能他们表达情感的方式没那么好，但是你知道他们是爱你的。你也许不愿意听这话，可是他们现在也不好受。你是个大孩子了，一定能懂，父母也都是普通的成年人，有普通成年人的问题，不总是围着孩子转的。"

伊泽贝尔继续折着锡箔纸，她一丝不苟地把它叠成越来越小的方块。

"我还记得我的人生第一课。"我抓住时机。青少年实际上依赖成年人教给他们更多的人生经验和智慧，所以，当成年人表现不好，把自己的错误、缺陷像晾脏衣服一样公之于众时，孩子的整个世界都会崩塌。

"人生第一课？"

"你懂得，一些真实的东西，能引你产生情感共鸣的东西。"

"好吧。"她似乎有点兴趣。

"我就不浪费时间说细节了，就说我当年十五岁，出于种种原因，情况很糟糕。我把事情都搞砸了，只想让自己消失。我在镇上游荡，想搞明白该怎么做，然后我遇到了我的英语老师。那种感觉太奇怪了，在学校以外的地方看到他。他孤身一人，穿着牛仔裤和 T 恤衫，没穿他平时的西装领带那一套。他显然情绪很低落，一点都不像我平日认识的那个稳重、坚定的老师。

"总之，今早我给你发短信时，我就想到了他。我撞见他那一天，他一定立刻看出我心情也不好。他问我能不能给我买一杯热巧克力。"

"听着耳熟。"伊泽贝尔笑着说。

"长话短说，我告诉他自己遇到的麻烦，他没有对我说教。他也没劝我不要对自己犯下的错误感到愧疚。他只是看着我说：'你知道吗，有时你只需走过那座滚烫的桥。'仅此而已。下个礼拜一我遇见他时，他对我们的对话只字未提，只是问：'你走过那座滚烫的桥了吗？'我说是，他点点头，说：'我也是。'就是这样。但是这件事我记得比高中学过的任何知识都清楚。"

我们往回朝我的诊所方向走时，我的电话响了。"是我妈，对吗？"

我点头。

"好。"她说，"跟你做个交易，如果你的妻子答应这周末教我化妆技巧，我就回家。"

"成交。"我同意，"但是你真的得给你父母一个机会。"

"我会试试看。"

我接起电话。"一切都好。"我说，"我们在我诊所外见。"

在我们站着等伊泽贝尔的母亲开车过来时，我给爱丽丝发了短信。你有空吗？

有话快说。

你能教伊泽贝尔几手早前的化妆秘诀吗？

当然可以。

蓝色的萨博旅行车靠路边停下，我为伊泽贝尔打开车门。"礼拜六上午九点。"我说。我给了她地址，又探进车窗与她母亲确认。她紧紧拥抱了伊泽贝尔，久久不肯撒手。我很高兴地看到，伊泽贝尔也回抱了她。

爱丽丝一整个礼拜都没再提手镯这事。不过，我偶尔注意到她的手指在镯子光滑的表面摩挲。工作日她总是穿长袖衣服，不过这更可能是因为冬天的缘故。她如今回来得比平常早得多，一到家，她就迅速脱掉长袖衬衫，换上 T 恤衫，或者什么蕾丝睡衣、吊带背心和轻薄的睡裤之类的。

我实在不愿意承认：自和薇薇安吃午饭以来，她对我用心多了。如果手镯的意义在于提醒她多关注自己的婚姻，那它确实发挥了作用。当然，它真正的目的可能更邪恶。所以，我试着留心自己说的话，我们上床睡觉时我会刻意压低声音，努力不去想有人监视这档子事。尽管如此，我还是十分珍惜我们在一起的时间。我喜欢两人一起做饭、吃饭，喜欢我们每一次的美妙性爱，喜欢一起边吃着冰激凌边窝在沙发上看《标语》。

礼拜六上午，伊泽贝尔来到我家，她对爱丽丝说的第一句话是："我好喜欢好喜欢好喜欢你的手镯，你从哪里买的？"

爱丽丝看我一眼，笑着说："是一个朋友送的。"

按照之前说好的，伊泽贝尔把做法式吐司要用的所有工具都带来了，她开始动手给我们做早餐。爱丽丝打开音乐，伸展腰肢，靠在沙发上读报纸。她穿着她的旧嘟嘟鸡 T 恤衫和一条破洞牛仔裤，完全是我以前的女朋友爱丽丝，而不是我的律师妻子爱丽丝。

后来，我们三个一起吃早餐，我感觉自己好像被卷入了一台时间机器，看到了我们俩的孩子。不过是在很久以后，过了用纸尿裤、妈咪和宝贝一起唱歌、爸爸和宝贝一起做运动的阶段，过了因为去幼儿园而感到宽慰或伤心、为我们的孩子第一次去迪士尼乐园感到紧张和激动的阶段，过了上百次看医生、上百万次拥抱、亲吻、上千次发脾气的阶段，经历了从小孩出生到青少年时期的所有事情。真的很美好！我完全能想象到某一天，我和爱丽丝像今天一样，和我们自己的孩子围在一起吃早饭。尽管我心里很清楚，换成自己的孩子，情况可能更复杂。伊泽贝尔之所以能像现在这样，和我们坐在一起其乐融融地吃饭，是因为我们之间没有过往，没有负担。我们没有令她失望，她没有对我们担心得要死。尽管如此，礼拜六的上午，一家三口在一起，还是让我心向往之。

吃完早餐，伊泽贝尔和爱丽丝转移到里屋捯饬化妆。为了方便找爱丽丝的旧影像资料，伊泽贝尔带来了笔记本电脑，"我想模仿这样的爱丽丝。"我听见她说。

"那一个？"爱丽丝哈哈大笑，"你确定？ 2003 年那会儿我的眼线画得有点重。"

我留她俩单独相处，自己在客厅看书。我仍然能听到她们愉快的笑声，不知不觉中，自己的心情也愉快起来，好像我们是一个完美得不能再完美的家庭。这似乎正是伊泽贝尔需要的，可能也是爱丽丝需要的。因为她的过去，虽然她甚少提及，却不时像一片乌云遮在头顶，挥之不去。爱丽丝对家庭的看法很悲观，但看到她和伊泽贝尔相处的样子，我知道她会是个好妈妈。

到了下礼拜四，我受邀在斯坦福大学的一个会议上做演讲。我回来路过圣马特奥的德雷格超市，便进去逛了逛。我正在冷冻食品柜台找我最爱的香草豆冰激凌，我在契约组织派对上偶遇的大学校友乔安妮便从旧时光中走出来，出现在拐角处，她见到我似乎很惊讶。她的头发梳得一丝不苟，直直垂下，遮住耳朵和肩膀，她的脖子上围着一条金色围巾。

"你好，朋友。"她露出一个有点坏的笑容。然后她回头张望，好像在提防什么人。

"说来也怪。"她说，"我上次见到你后还想给你打电话来着，我在网上找到你的诊所信息，我都把电话拿起了十好几次呢。"

"那你为什么没给我打？"

"这事很复杂，杰克。我为你和爱丽丝担心。"

"担心？"

她上前一步。"内尔在这儿。"她紧张兮兮地说。"如果我告诉你一些事情，"她小声说，"你能答应绝对不告诉别人吗？"

"当然。"

坦白说，她看起来有点神经质。她曾经多么正常，多么淡定。"不，真的，甚至连爱丽丝也不能说。"

我直视着她的眼睛，严肃地说："我从没见过你，我们从没讲过话。"

她一只手提着一袋咖啡豆，另一只手拿着一根包着纸的法棍。"很抱歉我这样疑神疑鬼的，杰克，但是你最终会明白的。"

"明白什么？"

"契约组织，它根本不是表面说的那样。更坏，就是这样……"

"什么？"

她再次回头张望，她的围巾下滑了几厘米。这时我注意到她脖子上有个醒目刺眼的红印，一部分被围巾遮着，但是看着很疼，像是才弄上去的。

"乔安妮，你还好吗？"

乔安妮把围巾往上拉了拉，说："内尔在契约组织里人脉很广，我听到他讲电话了，我知道他们在讨论爱丽丝。"

"是的。"我困惑不已，"她收到一个手镯……"

乔安妮打断我的话，说："事情很不妙，你不能让他们盯上她，杰克，你需要把他们的注意力转移到别处，爱丽丝需要从这里面解脱出来。事情会越来越坏的，我向你保证。好好听话，仔细阅读那本该死的手册，犯错的方式有太多种了，惩罚有的无伤大雅（如果你幸运的话），但也有的非常严重。"她的一只手摸向脖子，疼得脸都变了形。"无论如何，让他们以为一切都好。如果那样还不行，如果他们还监视她，让她怪你。这一点很重要，杰克，把过错和焦点分散到你们两个身上。"乔安妮的脸颊变得通红。看到她慌张焦虑的样子，我很惊愕。我想到被她劝下屋顶的那个男孩，想到胡椒博士饮料，想到她每个礼拜参加研究协会会议的模样，手里拿着钢笔，认真地观察每个人，她曾是那么镇定自若。

她偷偷瞥了一眼身后。"我得走了，从没见过你，从没有过这次对话。"她转身离开，中途又回头对我说，"我喜欢每个礼拜在这个德雷格超市逛两三次。"

说完她就离开了，留下我一头雾水，迷惑不解，而且不得不承认，还十分恐惧。惩罚？严重？搞什么鬼？乔安妮疯了吗？毫无疑问，她一定是疯了。甚至更坏，难道她神智完全正常，但被困在了一个变态的俱乐部里？而我和爱丽丝现在居然成了那个俱乐部的成员？我在两侧摆放着饼干的走道里漫无目的地乱转，消磨时间，不想在收银台撞上乔安妮和内尔。我深受震惊的心神久久没有恢复。过了几分钟，我向收银台走去。我能看到他们正走向滑动玻璃门，内尔在前，乔安妮跟在后面。门打开，内尔走出去，我看到乔安妮迟疑了半秒钟，然后回头瞟了一眼店里，她在找我，我想。这到底是怎么回事？

驶上 101 号公路，横穿 380 号，在 280 号上一路向北行驶。回去的路上我仔细回想乔安妮说过的每一句话。在车道上停车时，我低头看到刚买的一整盒斯特拉·多罗饼干都没了，饼干屑掉得到处都是，虽然我根本不记得吃过。

爱丽丝还没到家，我动手准备晚餐。生菜鸡肉，撒上瓶装酱料。我没有心思做更复杂的东西。

七点钟后，爱丽丝回来，穿着她的香奈儿复古套装，一脸疲惫。我伸出胳膊紧紧抱住她，亲吻她。她双手环在我脖颈后面，手镯滑滑的，有些暖。不过现在，和乔安妮说过话后，它让我感觉冷飕飕的，直打战。

"很开心你早早回家了。"我说，她这么做可能更是为了手镯，而不是为了我们两个。

她用手指按摩着我的后脖颈，说："很开心我早早回家了。"

我把她的手腕牵到嘴边，对着手镯说："谢谢你给我带回来我最爱的冰激凌，你真是太贴心了！"

当然，冰激凌是我带回家的，不过他们无从得知，不是吗？

她笑了。"嗯。"她对着手镯说，"那是因为我爱你，因为嫁给你我很幸福。"

我想告诉她我和乔安妮的偶遇。我想过拿来厨房里桌子上的便签，把事情原原本本写下来，再递给爱丽丝看，这样我们就可以一起无声地讨论这件事，想个对策。但是乔安妮的警告快速闪过我的脑海：一个字也不能外传，甚至爱丽丝也不行。我大脑里较为理智的一部分告诉我乔安妮有事缠身，而且她还无法掌控。我以前见过类似情况——完全正常的人，精神状态稳定，却成为迟发型精神分裂症和妄想症的典型案例：对某些药物有意想不到的反应；触发童年时的一些创伤，让人一夜之间性情大变；中年专业人员，在大学期间嗑了太多的药，突然发现他们的脑子里有条通往精神错乱的古怪的神秘通道。我想相信乔安妮的恐慌，匪夷所思的惩罚故事，是她身体里无法摆脱的魔鬼的杰作。真希望当时在派对上跟她丈夫多聊一会儿，这样我就能了解他是什么样的人。但是一想到有人可能对爱丽丝采取措施，内尔和其他人在讨论她会犯下什么罪过和相应的惩罚，我就浑身起鸡皮疙瘩。我怎么才能确定哪些是真的，哪些是乔安妮疯狂臆想的产物？

我们正摆着餐具，爱丽丝告诉我她第二天要与薇薇安吃午饭。

"已经十四天了。"她提醒我，"明天手镯就能拿下来了。"

那天晚上，爱丽丝略掉半小时的夜读。接下来是一顿持续很长时间的晚餐，没开电视，社区里的散步，爱人间的喁喁私语，卧室里缓慢而异常声大的肉体碰撞，我们将一对幸福夫妻的角色扮演得如此完美，倒显得其他的幸福夫妻，像麦克·布雷迪和卡罗尔·布雷迪或萨曼莎·斯蒂芬斯和达林·斯蒂芬斯他们似乎濒临离婚的边缘。奇怪的是，我们从未承认自己的表演是为了给手镯看，甚至从未承认这种种是一场表演；所以随着夜渐渐变深，我眼中的表演变得别有深意，更加真实。但是第二天清晨一觉醒来，我前一晚的完美妻子已经离开。走廊里她的高跟鞋扔得杂乱无章，到处都是，我差点被绊倒；她的乳液、睫毛膏和口红散落在浴室的梳妆台上；她喝完的酸奶盒和咖啡杯沾着口红印，随意地放在桌上。我隐隐期望有一张卡片，上面写着"昨晚很愉快，谢谢！我对你的爱无法用言语表达"，但是什么也没有。钟表敲响五点钟时，我忠诚的妻子爱丽丝已经变身为聚光灯下兢兢业业的大律师，恐怕对她而言昨晚真的是针对手镯的表演。

准备去上班时，我回忆起我们第一次一起过夜的情景。当时是在她海特街的公寓。我们前一夜熬到很晚，一起做晚饭、看电影，夜深时分拥抱着倒在床上，但是我们没有做爱。爱丽丝想慢一点，我没意见。我喜欢躺在她身边，抱着她，听楼下街道上传来的声音。第二天早上，爱丽丝和我坐在床上一起读报纸。有音乐在流淌，是一首莱斯利·斯宾塞的钢琴名曲。阳光透过窗户照进来，在公寓房间里留下一束灿烂活泼的美丽光束。出于某种原因，时机刚刚好。我知道那幅画面会让我久久难忘。

我常常感到惊奇，因为我们最难以磨灭的记忆往往都是些看似稀松平常的琐事。我不能告诉你我母亲的年龄，她在有我们这些孩子后又做了多久的护理工作，或者她在我的十岁生日派对上做过些什么。但是我能告诉你，二十世纪七十年代的夏天，在一个炎热的礼拜五傍晚，她带我去了米尔布雷的好运杂货店，我们走到门口时，她说我可以买任何我想买的东西。

生命中很多重要的节点我都记不清细节，那些事件本该承载着重大的意义：第一次圣餐仪式、坚信礼、大学毕业、第一份工作的第一天。我甚至记不起自己的第一次约会，但是，我却能向你清楚地描述在米尔布雷的那个夏夜我母亲的穿着打扮：她穿着黄色连衣裙，软木坡跟系着花瓣形状鞋带的凉鞋，她手上抹的杰根斯乳液的香味混杂着冰箱干净的金属气味。银色大购物车，杂货店明亮的灯光，堆在购物车前面底座的毛绒豪猪和鳄鱼玩具，说我是个幸运小子的少年售货员，还有温暖幸福的感觉和当时我对母亲浓浓的爱。回忆，就像快乐，总是在我没有寻找它们的时候悄然靠近。

那天晚上我五点钟到家，想在爱丽丝回家前准备好晚饭。我紧张，又莫名其妙有些激动，盼着听她说和薇薇安吃午饭的细节。我不能确定晚上是该庆祝还是节哀，所以简单地做了些西班牙肉菜饭，开了一瓶红酒，在餐桌上摆好蜡烛。

六点十五分，我听到车库门打开，爱丽丝的车停进去。她上楼用了很久，等得我心慌。我不想表现出不安，好像她和薇薇安的谈话不顺利似的。终于，我听到她上了房后的楼梯，然后门开了。她拿着电脑包、外套和一个文件盒，像往常一样，负担过重。我赶紧看她的手腕，那里被她风衣的长袖遮着。

"好香啊。"她看到炉灶上的平底锅，"西班牙肉菜饭！"

"是的。"我说，"米其林星级新式烹饪。"我接过她的文件盒，拿去客厅放着。回来时，她的鞋子、袜子和短裙都在地上，她的头发披散下来。她站在那里，穿着衬衣、风衣和内裤，一副终于能喘口气的模样。她的左大腿内侧有一点小瑕疵，数月前一根血管微微鼓起一点。当天她就给我看了，她整个人莫名沮丧。"这是什么鬼东西？"她难以置信地说，"我在走下坡路了，很快我就连短裙也穿不了了。"

"很可爱呀。"我安慰她，双膝跪地，亲吻那根血管，慢慢地，我开始向上转移阵地。这后来成了一种暗示：只要她想要那种特殊福利了，就会指着那根血管说："亲爱的，人家好伤心啊。"结果就是，我现在无论什么时候看到那个小瑕疵，都会有些小"性"奋。

"和薇薇安的见面怎么样？"我边问边忙着用脚把鞋子踢到厨房的餐桌下，免得自己被绊倒。我经常想，要是有哪个大胆的小贼从我家前门闯入，没等偷到东西他就会被爱丽丝的鞋子绊倒摔死。

她慢慢扭动，跳起性感的舞蹈，同时脱掉风衣，解开衬衣纽扣，露出肩膀，最后终于脱掉袖子：手镯没了。

我牵起她的手，轻轻地亲吻她的手腕——乍一看有些空荡荡。"我想你了。"我说，我松了一口气，好像肩头卸下了实打实的重担。

"我也是。"说完，她又围着厨房跳起来，双手高举在空中，身上只着内裤和胸罩。

"就是说我们通过考验了？"

"不完全是，薇薇安说，移除手镯不代表威胁婚姻的破坏行为就不存在了。"

"破坏行为？你在开玩笑吗？"

"有时，"爱丽丝说，"除掉手镯后，他们还会继续进行评估。"

我为她拖出一把椅子，她坐下，白皙的腿在身前伸开。

"从头说起。"我说。

"好，我先去的雾城，好预订一张桌子。"

"明智。"

"薇薇安点了金枪鱼沙拉，我要的汉堡包。吃完主菜了，她才提起手镯。她说：'好消息，我收到开你手镯的钥匙了。'她让我伸出手腕，我把手摊到桌上，她从包里掏出一个金属盒，盒盖上有一堆蓝色小灯。她打开盒子，里面有把钥匙，系在一根金属丝上。她拿过我的手腕，把钥匙插进手镯，然后摁了盒子里的一个按钮，手镯就啪的一声开了。她说：'你自由了。'"

"奇怪。"我从厨房里端来肉菜饭，和爱丽丝一起坐在桌前。

"然后薇薇安把手镯和钥匙放回盒子里，合上盖后将它装进包里。拿掉那东西我很开心，不过也不是一切都好，我摆脱手镯是有条件的。"

"不是吧！"我想起在德雷格超市的对话。惩罚，我有种不安的感觉，恐怕乔安妮的话不全是乱说。

爱丽丝尝了一口肉菜饭，连声称赞美味。"你记得吗，当时她介绍奥尔拉的事迹，说契约组织是建立在英国刑事司法体系之上，我们以为她是在打比喻，不是字面含义。结果事实证明，我们错了。"

爱丽丝解释了她恢复自由身的条件，真的就像刑事法庭一样，她不得不签了一些文件，交了五十美元罚款，并答应在接下来的四个礼拜，每周去看一次咨询师。"这是假释。"她说。

"我有事对你说。"

我如实告诉她我在德雷格超市与乔安妮的偶遇以及过去几天心里像压着块大石头似的心情。

"你之前怎么没告诉我？"她有些受伤地问。

"我不知道。契约组织让我变得疑神疑鬼，我不想在你戴着手镯时说任何事情。听了乔安妮的话，我不想让你惹上麻烦，我也不想让乔安妮惹上麻烦，她看起来那么紧张。"

爱丽丝的脸阴沉下来。我知道这种表情，不用她开口我就知道她要说什么。"你说你们在大学里共事过，但你可没说你们有没有一起睡过，你跟她睡过吗，杰克？"

"没有。"我断然否认，"而且，我们真的非得说这些吗？我和你说的事很重要。"

"说吧。"爱丽丝说。但我看得出她心里的怀疑没有散去。

"我想说的是,在你今天和薇薇安再次见面后,我不得不重新审视乔安妮的警告。我们必须从全新的角度琢磨她说的每一件事。"

爱丽丝把她的盘子推开。"现在我也变得疑神疑鬼了。"

等我们收拾完餐桌洗了盘子,爱丽丝才告诉我她这一天遇到的另一件事:公司宣布了年终奖,爱丽丝能拿到手的金额,足以偿还她读法学院欠下的一半贷款。

"这事值得开香槟庆祝一下。"我说。我们拿出酒杯,为奖金干杯,也为我们对抗契约组织抑或在契约组织内取得的胜利干杯。我们举杯庆祝了自己的幸福生活,然后上床,安静地做爱。

后来,快要睡着时,爱丽丝用胳膊搂着我,小声问:"你觉得那个手镯让我成为一个更好的妻子了吗?"

"不管这些,你本来就是个完美的妻子。契约组织让我成为更好的丈夫了吗?"

"我想以后就知道了。"

回想那天晚上,我突然意识到,其实我们两个都有一点害怕,却没生出丝毫警惕心。契约组织有一股神秘的力量,能聚集让你憎恨却又好奇不已的事物:就像午夜车库里的声响,或是你明知要远离却忍不住靠近的人演奏的浪漫乐章,抑或一束引领你走进丛林深处的奇怪光束,不知道它将引你去往何处,或者前路潜伏着怎样的危险。我们两人都被它深深吸引,无视理智。契约组织有一种强烈的难以言表的神奇引力,让我们不能也不愿去拒绝。

很多数据都能预测婚姻是否稳定。统计资料可以随意解读,研究人员一致认同的结论之一是：你的工资越高，越可能结婚。更重要的是，你的工资越高，越有可能维持婚姻关系。附注：你可能以为一对夫妻在婚礼上的花费与他们婚姻成功的可能性成正比，事实上，真相恰恰相反：那些花费少于五千美元的人远比那些超过五万美元的人更能维持幸福的婚姻。

当我与我的合作伙伴分享这条信息时，伊芙琳猜测这与预期有关。"愿意为婚礼挥霍五万美元的人都追求完美，当发现婚姻不那么完美时，他们的失望感会加剧。同时也说明相对于长期的稳定，他们更倾向于短期的满意，更在乎别人的看法。"她说。

伊恩同意。"假如你把那多出来的四万五千美元投资房地产，那你就有了优势。你为自己的未来进行了投资。我不是想性别歧视，但举行婚礼时往往是女人的主场。一个新娘，如果她需要花费五万美元的婚礼，一个美发师，一个婚礼策划师，还需要有五道主菜的正餐和其他，那她可能很难伺候。"

我想到了我们自己低调朴素的婚礼，食物不值一提，但是大家都在喝酒，每个人都玩得很开心。爱丽丝的裙子穿在她身上很漂亮，虽然她是从一家小古董店买的现成货，因为她拒绝花四百多美元买一条她只穿一次的裙子。她的鞋子是在梅西百货半价买的，她曾说："这种白色缎面鞋子能穿几次？"我自己的西装很贵，那是因为我会穿很多年，爱丽丝坚持要给我买好的。

来看看其他有趣的数据：那些在结婚前约会一两年的人离婚的可能性更小。人们结婚时年纪越大，婚姻成功的可能性越大。下面这条似乎不合常理：还未结束一段关系时就开始与现在的配偶约会的人最终更不可能离婚。事实恰好相反。"因为他们的婚姻是主动选择的结果。"伊芙琳猜测道，"他们已经有了一个，然后找到了更好的，所以他们可能很感激他们的配偶在正确的时间出现，把他们从错误的选择中解救出来。而且，这种情况下的配偶会认为自己是被选中的那一个：她们的丈夫或他们的妻子为了和她们（他们）在一起放弃了别人。"我喜欢这种逻辑，特意记下要在下一次与温斯顿和贝拉见面时提起这点。"贝拉选择了你。"我会跟他这样说。我希望能管用。

我做的所有调查都让我对自己的婚姻感觉不错。考虑到我们婚礼的花销，加上我和爱丽丝结婚前就同居了，而且我们结婚时年纪也偏大，爱丽丝三十四岁，我近四十岁，再加上我们认识时她和乐队里的老朋友的纠葛，根据统计资料判断爱丽丝和我的婚姻相当牢固。不过，每段婚姻都是独特的。每段婚姻都是一个小宇宙，遵循着各自错综复杂的运行法则。

6

接下来几个礼拜，我们只在每个礼拜四提到契约组织，每次都是在爱丽丝去见她的缓刑监督官戴夫之后。戴夫是个建筑工程师，在使馆区拥有一间办公室。爱丽丝估摸他大约四十岁，智商一般，魅力一般。爱丽丝坚持认为我们在希尔斯堡城的派对上见过他和他的妻子，但我不记得见过他们。戴夫的妻子有点艺术家的范儿，爱丽丝说，虽然有点信托基金艺术家的感觉。她在马林有一家自己的工作室，参加过几个当地的展览会，但是她似乎没有出售自己作品的必要和欲望。

每到礼拜四，爱丽丝都会提前从办公室溜掉，坐地铁去二十四号街道的使馆区，然后穿过长长的街区去戴夫的办公室赴约。她明明忙得很，却总是设法挤出充裕的时间，为的是不迟到。我和乔安妮的对话让她格外警惕，她通常提早到达戴夫紧靠一家墨西哥快餐馆的现代化办公室所在的街区。

爱丽丝同戴夫的会面通常只持续半个小时。她没有透露过多的细节，因为戴夫告诉过她那是"严重违反规定"的行为，不过她的确说过，会面通常是他们两人坐在戴夫颇具设计感的桌子旁边，喝着他的秘书端进来的菲尔兹咖啡，谈论他们各自一周的生活。戴夫会时不时加点料，简单直接地询问我和我们的婚姻情况。他有时使用手册里的术语，说些正常谈话中通常不涉及的内容，结果就是爱丽丝总是能强烈地意识到自己在某些领域的无知。她坚持认为他们两人的谈话很愉快，但是对方的问题太过直接，她一直都很不自在，也从来没放松到无意中泄露对我们不利的细节。

在最近的一次会面中，戴夫询问了我们的旅行。爱丽丝现在精通手册的每一个细节，她极其详细地转述了我计划的吐温哈特周末旅行和她计划了三个月的大苏尔四日行。我们都还没去，但是既然提上了日程应该就能满足这一季度和下一季度的旅游要求。爱丽丝利用这些谈话尽可能多地确认可能让契约组织高层转移注意力的内容，毕竟乔安妮特别强调了我们必须这样做。

戴夫也分享了他最近的旅行，甚至还写下几条住宿建议。虽然知道他可能会把他们谈话的细节汇报给某个人，她仍然认为他是个真正把我们的幸福放在心上的好人。他没有做出丁点不轨的举动，这一点在她心里是很大的加分项。第一个礼拜过后，她似乎不再介意这种会面。虽然下午翘班非常困难，但她说那可以帮助她梳理思绪，清醒头脑。"就像精神疗法。"她说，虽然她从来没有真正接受过治疗，除非你把我们相识那个礼拜的那个康复中心的那些小组计算在内。

然后，在她第四次也就是最后一次谈话的那天下午，她给我打来电话，我摁下应答键，听到一连串的"天哪！天哪！天哪！"。

"爱丽丝？"

"该死的法官耽搁太久，"她正在跑着，喘得上气不接下气，我能听到她那边街上嘈杂的声音，"我只剩九分钟了，绝对没法准时赶到戴夫那里了。打优步还是乘地铁？"

"呃……"

"优步还是地铁？"

"地铁是你唯一的选择。你把责任推到我身上。"我想起乔安妮的警告，"你就说是因为我你才迟到的。告诉他……"

"不行！"她大喊道，"我不做小人。"

"听我说……"我说，但是电话已经挂了。我给她打回去，但无人接听。

如果快点开车，我能在上次遇见乔安妮的时间准点到达德雷格超市。我担心爱丽丝的迟到会让她再次成为焦点，我想和乔安妮聊聊，问问迟到到底会有什么后果。

我很快就到了。停好车，抓来一辆购物车，我开始在货架之间游逛，但没看到乔安妮。我拿着手机，希望它响一响。爱丽丝一定会打来电话报平安的。整件事情太荒谬了。毕竟，在北加州，晚十分钟赴约就像其他地方提早十分钟到达会场一样，是稀松平常的事情。

我逛了将近半个小时，买了一些麦片、阿华田、做饼干用的黑砂糖，还给爱丽丝买了花。最后，我放弃了，提着一袋价格过于昂贵的食品杂物离开那里。

回城后，还没收到爱丽丝的消息。我开车回家，她的车不在，于是我在车库停好车，步行去了诊所。我第二天有几个客户，但现在还一点准备也没做。电子邮件在收件箱里堆着，文件、日志和内部账单等堆得我满桌子都是。

后来，我收到爱丽丝的一条短信。*不顺利。得回去工作了，晚点回家，我回家后再谈。*

好。你下班时给我短信，我从"缅甸超级巨星"餐馆订晚饭。爱你。

她回了一个字"爱"，后面跟着一个悲伤脸表情符。

晚上十点后我和爱丽丝才终于在厨房的餐桌旁坐下。爱丽丝在门口踢掉了鞋子，她的外衣、套装和连裤袜从我们的卧室到她放法兰绒睡衣的梳妆台扔了一路。她现在穿着睡衣睡裤，这套看着很滑稽的超大号衣服是某个圣诞节我给她买的，上面印着很多猴脸。她涂的睫毛膏花了，显得眼睛下黑乎乎的，左腮的小酒窝左边新冒出一颗很小的痘——她每次极度焦虑不安时都会在那个位置鼓痘。我突然想到，我了解这个女人，真正地了解她，比任何人都了解她，甚至可能比我自己知道的还要了解她。尽管她常常筑起心墙，但术业有专攻，我有自己格外擅长的课程：观察爱丽丝。很多事情她能瞒着我，然而还有很多事情是她无法隐瞒的。老天，我真爱她。

"怎么样？"

爱丽丝起身从冰箱里拿了两罐啤酒，然后开始转述她和戴夫的会面。

"我穿着高跟鞋跑了得有两公里，结果还是晚了十四分钟。如果没有错过第一趟戴利城地铁，我应该晚不了。总之，我全力冲刺跑过二十四号街道，穿过巷子，爬上楼梯，终于到了他的办公室。我的衬衣都湿透了，鞋子基本也毁了。"她嘴里吃着东西，跷着二郎腿，搭在上面的那条腿不住地晃，我很久没见她这么紧张了。"戴夫能看得出我是一路跑来的。他给我一杯水，让我进了他的办公室。"

"那很好，"我说，"所以他能理解你。"

"当时我也是这么想的。我想着在我为迟到道歉时，他会说没问题。我想我这么大老远赶来，甚至还跑了好一段路，他一定印象深刻，很受感动。你知道我的，无论到哪儿，我从来不跑，所以我有点期待戴夫会拍拍我的背，告诉我他有多么欣赏我为了赴约付出的努力。但是，他一关上我背后的办公室门，就径直走到大办公桌后，坐在他的大椅子上，开口道：'爱丽丝，坦白说，我很意外你居然迟到了。整整十四分钟。'我还站那儿大喘气呢。"

"浑蛋！"我低声咒骂。

"是吧！所以我就解释联邦法庭那摊子事。我说了案子，挑剔的客户，不好对付的法官，戴夫全程没说一句话。他只是坐在那儿，手里翻来覆去不停转着一块镇纸，就像詹姆斯·邦德电影里的坏人，没有一点同情心。他只是说：'爱丽丝。'他叫了我的名字很多次，我有没有跟你说过？"

"我讨厌人们直呼我的名字。"

爱丽丝咬了一口芝麻牛肉，把盘子推向我这边让我吃。"他说：'爱丽丝，在我们的生活中，我们都被迫按轻重缓急处理很多不同的事情，有些很大，有些很小，有些是短期的，有些是长期的。'我感觉自己像个站在校长办公室的小学生。他跟我们之前见面时表现得完全不同。就好像有个开关，关了戴夫的亲切友好模式，开了他的专横跋扈模式。他喋喋不休地说家庭、工作、吃饭、喝水、锻炼和休闲等重要事情，我们甚至不需要思考就能将它们置于生活琐事之上，这是根深蒂固的习惯。一个事情重要的时间越久，他说，它就越容易演变为第二天性，牢牢地嵌入我们的心里和行动中。"

爱丽丝喝光了她的啤酒，去碗柜那儿拿杯子。"总之，他说契约组织的一个目的就是帮助人们理清事情的轻重缓急。"

"薇薇安说契约组织的目的是巩固我们的婚姻，她根本没提过什么轻重缓急。"

爱丽丝从水龙头里接了一杯水。"戴夫说了，一切都是关于焦点。生活每天都试图把我们拉向一千个不同的方向。有时，一个发光的物体会吸引住我们的目光，我们对它志在必得。当这些事情变得比婚姻更重要时，我们就会陷入麻烦。"她坐回椅子里，"戴夫说工作尤其阴险狡猾。他说我们与自己的同事相处的时间太久，在自己的职业上投入的时间和精力太多，很容易忘记那根本不应该是我们最先考虑的事情。"

"我不完全反对这种说法。"我想到手镯出现之前爱丽丝晚归的那些夜晚，和有时我自己的脑筋为了客户和他们的问题整晚整晚转个不停的情形。

爱丽丝模仿戴夫低沉的声音："'别误解我，爱丽丝。工作对我们所有人来说都非常重要。你抬头看看，我的会议室里有模型，大堂里也有过去一些项目的照片。'然后他开始炫耀他帮忙为詹金斯在波因特阿里纳设计的会客区'海上之针'。"

"老天，还借名人来抬高自己？"半岛上的商业大楼相当大一部分都是詹金斯家的，海上之针上报好几次，更别说《建筑学文摘》了。我越来越讨厌这个戴夫了。

"总之，他絮叨着如何在那个项目上投入大量时间，如何跟建筑师争论了整整三个月。"

"海上之针。"我说，"真能显摆。"

爱丽丝吃了一小口枇杷沙拉。

"他告诉我自己如何沉迷于那个项目，如何把他的重要事情都搞砸了。'也许你现在不喜欢听这些，爱丽丝，'他说，'但是我很高兴有契约组织帮我调整焦点，看清什么才是最重要的。很艰难，我不跟你说谎，但是我很开心他们在那儿支持我，而且我希望他们能早点帮我。'然后他罗列了一大堆海上之针赢得的奖项，但是……"爱丽丝又模仿他的声音说，"'没有一个项目，这些项目上没有一个细节，没有一个螺栓能像我的妻子或家庭一样重要。到最后，海上之针不是我的，克里才是。没有她，我就像一叶浮萍。'"

"你确定我们在派对上见过克里？"我问，还是记不起她的模样。

"确定，记得吗，那个穿周仰杰牌鞋子的雕刻家、画家兼作家。要我说，如果让我在克里和海上之针之间做选择，我可能会忍不住选那个房子。总之，'契约组织是特别的。'他对我说，'我知道对你而言有些早，可能你还在试着熟悉情况。但是我要告诉你一点：契约组织很清楚他们的使命。'"

"呀！"

"他说二十年后，我们靠着彼此吃季度晚餐时，会对这次的小误会一笑置之。"

"二十年？我可不这么想。"

"'你会感谢我的，'他说，'你和杰克会庆幸芬尼根将契约组织带进你们的生活。现在可能没什么感觉，但这是我们必须跨过的障碍。现在，我的工作就是帮你理清你的轻重缓急，爱丽丝。帮你摆脱错误思想是我的职责。'"

我回想起在大学里参加的一个宣传研讨班。"'错误思想'这个词难道不是早就过时了吗?"

"可能吧。"爱丽丝叹气道,"整场演讲听起来非常专制独裁。'我喜欢你,爱丽丝,'戴夫说,'杰克这个人看起来也不错。工作和家庭的平衡不好把握,所以我们需要实行一次心理调整,让你重新聚焦。'"

"心理调整?他这话什么意思?"

"我不知道。他说有人在会议室等他,我们的时间快到了。但是他想让我知道,在契约组织的发展史中,没有一对夫妻离婚,没有法律判定分离,没有分居,没有这种事情。'契约组织可能会向你索取很多,'他说,'但是相信我,它回馈你的更多。比如,婚姻。'"

我喝了一大口啤酒:"我们必须脱离契约组织,真的。"

爱丽丝又吃了一小口沙拉,把柠果和黄瓜分开。"杰克……我觉得不会那么容易。"

"他们能做什么?把我们押上车送进婚姻的监狱?他们不能强制我们留下。"

爱丽丝紧咬下唇,把盘子都推到一边,探身到我跟前,双手握住我的手。

"就是这才让人害怕。我起身要离开时,直截了当地跟他说:'我一点也不喜欢这些乱七八糟的事情,我感觉你像在欺负我。'"

"说得好!他怎么回答?"

"他只是微微一笑,说:'爱丽丝,你需要与契约组织和平相处。我一直都是如此,杰克也要如此,这是很必要的。你不能离开契约组织,契约组织也不能离开你。'然后他倾身过来,用力抓住我的胳膊,力气大得我都有点疼了,他附在我耳旁轻声说:'因为,没有人能活着离开。'我挣开他的钳制,快要吓死了。然后他又变回派对上那个快乐的家伙,'最后一部分是我开玩笑的。'他哈哈大笑。但是杰克，说实话，他看起来不像在开玩笑。"

我想象着那个浑蛋把爪子放在我妻子身上威胁她的样子，说："不行！我明天去找他。"

爱丽丝摇头。"不行，那只会雪上加霜，好在我不用再见他了。他把我送出来，站在办公室门口告诉我这是我们最后一次会面。'焦点，爱丽丝，焦点，'他说，'搞清楚焦点。帮我问候我的朋友杰克。'说完他走回办公室，留我站在那儿。真是诡异。"

"我们必须找个出路。"

爱丽丝似笑非笑地看我一眼，好像我根本没抓住重点。"废话。但是杰克，我想说的是，我觉得根本没有出路。"她把我的手攥得更紧了，我突然在她眼睛里看到某种不熟悉的情绪，我以前从未见过，"杰克，我害怕。"

是这样：那天我没告诉爱丽丝我每天都去德雷格超市。我不是想瞒着她，只是不想让她更焦虑。我们在一块时，我刻意表现得很正常，试图传达一种我没有失眠的感觉。当她提起契约组织时，通常是说那天她没有收到薇薇安或戴夫的信，我努力让自己看起来没那么担心。"也许是我们想多了。"我会这样说。这话我自己都不信，我想爱丽丝也不相信。但是，随着一个礼拜平安无事地过去，我们的神经似乎慢慢放松下来。

不过，我终于能明白我的病人——那些告诉我他们一直在煎熬地等待父母坦白即将离婚消息的青少年的感受。每一天我都在克制焦虑中度过，在德雷格超市寻找乔安妮，等待契约组织传来坏消息。我们以为最可能发生的情况就是接到薇薇安的电话，她邀请或隐晦地命令我们见面吃午饭。然后她会突然出一记重击，指控我们违反了某种来自上层的命令。

日子一天天过去，没有电话，我告诉自己对契约组织的这种恐惧实在太荒谬。我们为什么要怕这么一个存在？它只不过邀请我们去了一个盛大的派对，为我妻子提供了一件暂时使用的珠宝首饰和四个礼拜的免费咨询，而这四次咨询，除了最后一次，其实都相当明智合理。不过，一如既往地，我还是屈服于多疑的本性。下班后我会步行回家，在巴尔博亚路拐弯走到我们的街区时，我会仔细观察街上有无异常。一天晚上，我看到我们房前的街道上停着一辆雪佛兰萨博班，一个男人坐在车里。我没有上台阶回家，而是绕着街区走了一圈，走到街道另一头，记住他的车牌号，并往黑漆漆车窗里觑了几眼。后来，有人打开街边一栋房子的房门，一个老太太向那辆雪佛兰走去，最终上了车。我感觉自己像个傻瓜。

就这么风平浪静地过了几天，爱丽丝终于开始放松下来。但是她还是没有变回以前的那个自己。她仍然每天晚上准时回家吃晚饭，但是似乎心不在焉，而且也没兴趣做爱。她左脸颊酒窝旁那个因为压力鼓起的痘消了又长。她眼下乌黑，我知道她夜里翻来覆去睡不好，早上起得越来越早，在上班之前忙案子。"我的头发掉得厉害。"一天早上她说，那语气像是听天由命，而不是惊恐焦急。"胡说。"我说，但是我能在淋浴间和盥洗台上看到证据，一缕一缕的头发纠结在一起沾在她的衣服上。我再次跑去德雷格超市，还是一无所获。我开始各种胡思乱想，为什么乔安妮不出现？我好奇，她遇到麻烦了吗？我不喜欢契约组织给我的感觉，我不喜欢它成为遮在爱丽丝头顶的一块乌云。

到了礼拜二，我给薇薇安打电话，问她我们能否见面喝杯咖啡。她立刻建议去日落区的爪哇沙滩咖啡店。"半小时后见。"她说。我没料到她会接电话，也没料到她会提出这么快见面。更重要的是，我还没想明白自己想说些什么话。

是的，我想退出契约组织，但是如何以最好的方式挑起话题？工作这些年，我发现比起说话的内容，人们更在意说话的方式。每个人都会收到好消息和坏消息，毕竟，这是生活的法则。好和坏都不可避免，有时他们一股脑向我们所有人袭来。消息就是消息，但是传播消息的方式、姿态、语言、共鸣和理解，是报信者有能力让事情变得更简单一点或复杂得多的灰色地带。

在开车去往爪哇沙滩的路上，我不断修改润色我必须对薇薇安说的事情。我想把事做对，我想表达清晰但不咄咄逼人，方式随意但是考虑周全。我想说出的话有点像问句，这是为了转移她可能生出的怒意，但是更多地像直接陈述。我要告诉她，我和爱丽丝需要脱离契约组织。它让我们感到压力和焦虑，我们的婚姻关系极度紧张，而这恰恰与契约组织成立的初衷相悖。我会说，我们最好和契约组织里那些善良的好心人分开。我会感谢薇薇安的好意，并为我们改变心意道歉。我会缩短谈话时间，但是明白无误地传达我的意图。然后整件事情到此为止。一直笼罩爱丽丝和我的诡异而不祥的迷雾会彻底消散。

我在爪哇沙滩一个半街区外找到一个停车位。快到咖啡馆的时候，我能看到薇薇安已经到了，她坐在露台的一张桌子旁，面前放着两个杯子。她怎么会到得这么快？她的紫色连衣裙看着随意而昂贵，她的手提包就只是昂贵。虽然有雾，她却戴着大大的太阳镜，喝着咖啡，注视着大海的方向。她就像爱丽丝描述的一样：打眼一看极其普通，但是近看一点都不普通。

周围的人小动作不断，只有她很放松，脸色平静，也没见她带手机或电脑。我想到一个词：闲适惬意。

"朋友。"她说着起身，把我拉过去，紧紧地拥抱我，拥抱的时间比我想象的一秒长。她和蔼地微笑，像拂过海面的微风。

"热巧克力，是吗？"她指着放在我位置前的杯子，摘下了墨镜。

"没错。"我小啜一口，脑海里排练着我的演说词。

"杰克，省得你尴尬，那我先说吧，我知道你为什么来这儿，我懂。"

"你懂？"

　　她伸过一只手覆住我的手。她的手指温热，指甲修剪整齐。"契约组织有时确实有些吓人，甚至直到今天，它还让我惧怕。但是一点点恐惧，在被用于一个崇高的目的时，可以是正面的，是一种合适的激励因素。"

　　"事实上，"我慢慢把手抽回来，试图夺回这场对话的主导权，"关于这种'恐惧'策略……"话一说出口我立即后悔了，语气不对，太咄咄逼人了。我重新措辞。"我打电话的原因有两个。第一，我想谢谢你的好意。"我努力说得很轻松，"爱丽丝很惭愧她连一张像样的感谢卡都没给你寄。"

　　"啊，她寄了呀！"薇薇安提高声音。

　　"什么？"

　　"就在我们上次一起吃午饭后，请转告她黄色的郁金香美极了。"

　　奇怪。爱丽丝没提过送花的事。

　　"我会的。"我说，准备重整旗鼓再接再厉。

　　薇薇安再次从对面伸过手覆住我的手："杰克，我的朋友，请听我说，我知道你来这儿的原因，你和爱丽丝想退出。"

　　我点头，话题开始得这么容易着实出乎我的意料。"我们喜欢在组织里遇见的每个人，无关个人，只是我们不适合这个。"

　　薇薇安笑了，我放松了一点。"杰克，我懂你的意思。但是有的时候，我的朋友，我们想要的并不是对我们最有益的。"

　　"啊，但有时候是。"

　　"我就直说了。"薇薇安放开我的手，她眼睛里的暖意迅速退去，"我不会让你放弃契约组织。而契约组织，你放心，也一定不会放弃你们。契约组织会与你荣辱与共，同舟共济。我们很多人都曾处在你这种境地。我们很多人有过你和爱丽丝现在的感受：害怕，焦虑，对未来感到迷茫，但是我们所有人都挺过来了，我们都因为它变得更好。"薇薇安淡淡地笑着，一脸平静。我意识到过去她定是与很多人有过同样的对话。"杰克，听我的，你需要与契约组织和平相处。这对你最有利，也对你的婚姻最有利。契约组织是一条河，如果你抵抗，它会变得汹涌强硬；如果你顺从，它会是平静安宁的；如果你顺流而行，它会帮你前进，爱丽丝和你的婚姻会到达一处圆满美好的所在。"

我努力保持冷静，就像心理辅导气氛变得紧张时一样。我更加镇定地开口："薇薇安，爱丽丝和我不需要这处美好的所在。我们很好，我们需要找到自己的路，我们也一定能找到自己的路。契约组织吓到爱丽丝了，也吓到我了。坦白说，那些隐晦的威胁和伪造的契约听起来像邪教。"

"伪造的？"她意外地挑起眉毛，"我向你保证，杰克，契约组织里没有一点捏造。"

第一天我和爱丽丝签下我们的名字时我就这样想过，以为一切只是一场有趣的游戏，不需要真正承担后果。那些可恶的钢笔，还有幻灯片，奥尔拉和她在爱尔兰的小屋。

"你不是法律，薇薇安，你或戴夫或芬尼根或者其他人都不是，契约组织没有任何权威。你明白这一点吧？"

薇薇安坐着，安然不动。"我相信你能想起是谁邀请你们加入契约组织的。"她对我说，"芬尼根是你妻子公司最大的客户，不是吗？一个真正有高度、有全球影响力的人。我相信他对公司而言是极其重要的客户资源，也是因为他说了好话才让你妻子有机会接收新的大案子。杰克，我相信你现在已经看明白了，契约组织不仅仅是我、奥尔拉和芬尼根。契约组织是一千个芬尼根，他们在各自的领域杰出卓越，发挥各自独一无二的影响力。律师、医生、工程师、法官、将军、影星、政客——那些让你晕头转向的名人。杰克，你的思想太狭隘、太短浅。你需要花一些时间，认真观察大局，了解前方的道路。"

我感到头重脚轻。我伸手去拿我的热巧克力，但是不知为何错估了距离，杯子掉到下面的水泥地上，棕色的液体溅到薇薇安的手提包上，周围的人都回头看我们。薇薇安用一块纸巾擦干净她的包，丝毫未受影响。

我动手捡起碎片。

　　一个女服务员走过来。"放着吧，我会让安东收拾干净。"她戴着鼻环和唇环，胳膊和脖子上刺着刺青，口气隐隐有种落水狗的气味，好像她是和一大帮动物生活在一起。我突然想伸出双臂搂住她，好像她是一艘救生筏，我实在是嫉妒她，嫉妒她在过着正常的生活。

　　"我想给你们最好的，"女服务员离开后薇薇安冷静地说，"我来这儿是为了帮助你达到那个目的。"

　　"但是你根本不是在帮我们，薇薇安。"

　　"相信我，"薇薇安固执得像个机器人，她完全拒绝理解我的意思，"相信契约组织，我想说的是，杰克，你和爱丽丝必须接受戴夫传达的信息。"薇薇安戴上她的大墨镜。"你必须接受契约组织能影响你的婚姻，你的事业，你的生活。就像很多事情一样，地震，潮汐，飓风，契约组织会为你而动，不可避免。唯一的问题就是你做何反应。"

　　"你好像没有听到我的话，爱丽丝和我要退出。"

　　"不。"薇薇安站起来，拿起她的手提包，"回家吧。去和你可爱的妻子在一起。你是我的朋友，杰克，永远都是。"

　　说完，她转身离开。

　　爱丽丝斜靠在沙发上，书籍、法律研究资料杂乱地堆在她身边。她的笔记本电脑开着放在桌子上，但是她正沉迷于她的吉他，演奏着那首我最爱的朱莉·霍兰的歌，她在我们的婚礼上弹着吉他唱过这首动听的歌。乐声飘荡，盈满空间，我们的房子似乎也在屏息凝神，静静聆听。她抬起头对我微笑，然后唱道："我还穿着昨夜的盛装，柔软光滑的长袜和老旧的巴黎外套。站在街上的公交站台，我感觉自己是个女王。你看你对我做了什么。"

听着她纯净的声音，看到她坐在那儿，我的心疼痛不已。我恨，恨我自己在与薇薇安谈话时败下阵来。

爱丽丝很久没有动过她的乐器了。歌曲是如此轻柔，那一瞬间剥掉了她的层层伪装，那些一直存在的看不见的高墙。我多少次想念躲在律师角色外表之下的爱丽丝，保守的深蓝色套装遮掩住的爱丽丝。早在还是个孩子时，爱丽丝就梦想成为一个音乐家。她的母亲教社区的孩子们弹钢琴、弹吉他，他们的家里总是回荡着动听的音乐。我不能想象爱丽丝童年梦想成为一名律师的样子，但是我遇到她时，她已经在法学院读到第二年。尽管她仍然在录制歌曲，仍然演出，仍然更新她的网站，回复电子邮件，甚至偶尔帮其他音乐人出个唱片，但我知道她已经走上截然不同的道路。她三十岁那年开始读法学院。"年轻时一时冲动走错了路。"她说，结果她成为她们班年纪最大的成员之一。她知道得奋起直追，好好弥补曾经浪费的时间。但是，做她自己喜欢的事，怎么能算是浪费时间？在我心目中，那恰恰不是浪费时间。

"我那时不快乐，"我们正式确定关系几个月后她有一次告诉我，"乐队失控了，因为……"她迟疑了一下，"……我的感情生活。"我从在网上找到的文章中得知，她和贝斯手艾瑞克·威尔逊的关系出了问题，影响了整个乐队。她说他们分手时闹得很难看，音乐也被搞得乌烟瘴气，感觉所有事情都受到了牵连。她决定是时候成长了，所以才开始读法学院。

动听的旋律萦绕耳畔，她的声音回荡在客厅，让人沉醉不已。她演奏完那首歌时，没有跟我打招呼或告诉我她这一天过得如何，只是从沙发一头拿起电子琴，开始弹奏莱昂纳德·科恩的《和我共舞到爱的尽头》。整首歌是科恩人在中年时为爱和失去写的赞歌，唱到高潮时，她看着我，脸上露出狡黠的笑容。

我把包放到桌上，脱下外套，蜷缩在沙发另一头。我就这么看着她，看着她如此自在。

我忍不住去想她放弃的东西。她是为了她自己还是为了我？最后，她把电子琴搁在一边，滑到我坐的这一头。

"你身上真暖和。"我说。我没法鼓起勇气告诉她我和薇薇安的谈话。现在时光正好，我想就这么一直继续下去。我只想回到契约组织出现之前的生活。

我们静静地坐着，不发一言。不一会儿，她把手伸进 T 恤衫口袋，掏出一张皱皱巴巴的纸。

"这是什么？"

看起来像一封电报。开头写着爱丽丝的名字，但没写地址。"是有人送来的。"她说。上面写着：

亲爱的朋友，特此指定你于本周五上午九点钟去半月湾机场。我们的代表将与你见面并传达进一步指示。不需带衣服或杂物。请不要带贵重物品、个人财务或电子产品。这是命令，不是请求。如您所知，若不遵守，请参见第 8.9.12 至第 8.9.14 节。期待与您的会面。一个朋友。

我心一沉，恐惧自心底升起。

"我好不容易要以为自己错怪戴夫了。我几乎要确定一切都平安无事，那只是一次再普通不过的谈话，只不过我在心里将它妖魔化了。"

"现在事情大了。"我说，我把和薇薇安的会面和她说了。

她的眼睛里盈满泪水。

"我太抱歉了，亲爱的。"我把她拉过来搂进怀里，"我根本不应该让我们卷入这种是非。"

"不，我才是罪魁祸首。都怪我愚蠢地邀请芬尼根来参加我们的婚礼。"

"你不能去半月湾，谁知道他们会做什么？"

"很多。如果他们逼我离开公司，如果他们……"我能看到她瞬间思虑万千，渐生惧意。"我们有这么多贷款，到时不会再有精彩的参考文献，不会再有新的工作，还有贷款……"薇薇安说得对，芬尼根的影响力巨大。

而且不仅是芬尼根，还有其他所有我们不认识的契约组织成员。

我突然有个想法："那能有多大关系？你刚才演奏音乐时看起来那么快乐。如果你拿到奖金后离开呢？"

"他们现在还没发奖金，没有支票。我们真的很需要那笔钱。"

"没有我们也能行。"我坚持道，虽然真相是，我们才又向我的诊所投了钱，还背负着那栋维多利亚式房子的贷款，还有这栋住房的贷款，以及生活在世界上物价最高的城市之一里的生活费，我们现在的经济情况很是捉襟见肘。

"我不想再过穷日子，根本没法活。"

"你是说你应该去半月湾？"

"我想我不得不去。但是有个问题，这礼拜五我要出庭，我们准备提出即决审判动议。我一连好几个月都在忙这项工作，这是我们获胜的关键。如果礼拜五我们输了，以后形势就会越来越不利，那上千个小时的工作将毫无意义，没有赢的机会。简直难以置信，那该死的动议是我写的，没人能替我。"

"这封电报提到了后果，那后果是什么？"

爱丽丝起身从书架上抽出她的那本手册。她翻到第 8.9.12 至第 8.9.14 节。"根据犯罪程度的轻重实施惩罚，基于以下列出的分数制度，"她读道，"正如，累犯按 2x 计算，主动合作和自愿坦白可以得到宽大处理。"

"好吧，那倒是挺有用。"我说。

"我们可以逃跑。"爱丽丝提议道，"我们可以移居布达佩斯，隐姓埋名。在桥边的那个大市场里找份工作，吃菜炖牛肉，慢慢长胖。"

"我的确很爱吃菜炖牛肉。"我们表现正常，但是气氛一点也没轻松。貌似我们真的完蛋了。"还有警察呢。"

"那我们能告诉他们什么？告诉他们一个拿着很漂亮手提包的女人给了我一个手镯？说我担心自己可能会丢掉工作？我们会被嘲笑，然后灰溜溜离开警察局。"

"戴夫威胁你了。"我提醒她。

"想象一下把这个故事讲给警察听的情景,他们不可能认真对待的。'没人能离开契约组织?'得了吧。如果他们找戴夫谈话——显然他们根本不会找他——他会告诉他们那只是个玩笑,然后请他们去海上之针逛一圈。"

爱丽丝和我竭力想找出一个解决办法,谁也没说话,空气中一片安静。我感觉我们像两只被困在笼子里的老鼠,还执拗地相信一定有出路。

"去他的芬尼根。"最后她说。她拿起电子琴,又弹奏了一首歌,是她的乐队最后一张专辑中收录的一首忧郁的曲子,在她和当时的男朋友分手过程中一起写的。

"布达佩斯是个好主意。"歌曲接近尾声时我说。

爱丽丝似乎在思考这个提议。我是开玩笑的,但是她可不是。我突然想到自己擅长应对她做出的任何决定。我爱爱丽丝,我想她幸福,我不想她害怕。

她低声说:"他们会找到我们的,不是吗?"我的心沉下去。

尽管今天我遵循往常的模式,醒来,步行上班,与病人见面,但其实一直心不在焉。如果爱丽丝礼拜五要去机场报到,我们无论如何要想出个计划。

昨晚,爱丽丝想理理思绪,于是我们看了《标语》。那一集是关于口号部长费劲从意大利买一只臭猫的故事,很是逗乐。关上电视后,我们上床沉沉入睡。今天早上,一堆纸、打印材料和法律书籍像往常一样乱七八糟地铺在厨房的桌子上,手册搁在蓝色大椅子的扶手上。爱丽丝在"第九章:规程、指令和建议"的第一页夹了个书签。

在接见病人的空当，我试图想出个解决办法。有些人对一个问题考虑得越多疑心越重，我正好相反。到下午三点钟，我几乎说服自己形势似乎并没有昨天看起来那么可怕。我正这样想着，伊芙琳走进我的办公室，将一个白色信封放在我桌子上。没有邮票，外面用金色的字写着我的名字，没有地址。我盯着信封，瞬间浑身冒冷汗。

"一个骑自行车的信差刚才扔下的。"她说。

里面有一张白色卡片和一张手写的纸条，也是金色的字。

兹盛情邀请两位前来参加 3 月 10 日下午 6 点的朋友季度会议。地址是伍德塞德熊峡谷路 980 号。大门密码为 665544。任何情况下，都不得将此地址或密码告知他人。

没有落款，也没有回信地址。

7

礼拜四早晨，我穿着 T 恤衫和平角裤坐在床上看爱丽丝穿衣服上班。"我们要怎么做？"我问。

"我去做我的工作。"她回答道，"你去做你的工作，无论有什么后果，船到桥头自然直。薇薇安拿芬尼根和公司来威胁我，但是如果我不出庭，我在公司的位置一样岌岌可危。"

"还有契约组织的巨大影响力这个问题呢？"

"我不知道。"爱丽丝坚定地说，没有流露出一丝我感到的那种恐惧。她的自信是真的，还是为了使我放心装的？不过，现在的爱丽丝又回归自信，准备上战场迎战，这一事实让我感觉好一些。如果说那个脆弱的、神秘的音乐家爱丽丝是我更希望多见到的，那这个坚强的、聪明的、完全有能力胜任工作的律师爱丽丝则是我很庆幸与我并肩作战的。

"我一整天都会想你的。"我看着她梳头发，向她做出承诺。她涂上紫红色口红，戴上金色小耳环。

"我也是。"她给了我一个温柔的长吻，小心地避免弄花她刚涂的口红。

因为道路施工和停车等一些复杂的问题，她今天早上搭一个同事的车去上班。六点钟，一辆灰色的梅赛德斯奔驰停到路边，然后爱丽丝就走了。离九点还有十五分钟时，我已经坐在办公室里，忧心忡忡地考虑我们未解决的难题。一整天我都心不在焉地应付着一个个病人，焦虑不安地等待另一只鞋子掉下来，不知这次它会以什么方式。"你怎么了，杰克？"伊芙琳想知道发生了什么事，"你都不像你了，你惹了什么事吗？"

"不好说。"我动了要告诉她的念头，可是又有什么用？我想象着她在看热闹和难以置信之间摇摆的样子，她不会立即理解契约组织和它做出的威胁的严重程度。但是我能确定，她的参与会给爱丽丝带来更多麻烦。两点，我的手机响了一声。是来自爱丽丝的短信，一条极其平常的短信。我半夜才能回家。

我去接你，我回信，我大约十一点三十分左右在外面等你。你准备好就下来。经过昨日一事，我想紧紧抓住爱丽丝，亲眼确定她安然无事。

我早早地到了她的办公室楼前。周围一片静谧，夜深寒凉。我带了两个三明治，给爱丽丝带了一瓶冰激凌汽水和两个烤的小面包。我开着空调，试着去读新一期的娱乐周刊。尽管封面故事铺天盖地全是《标语》的消息，但是我集中不了注意力。我频频抬头扫视法务大楼上那些亮着灯的窗户，寻找爱丽丝的身影，盼着她下来。

午夜，门开了。派对上那个家伙和爱丽丝一起走出来，就是那个高个子卷毛男——德里克·斯诺。我把车窗摇下一条缝，我听到他问她愿不愿意去喝一杯，但是她说："不了，谢谢，我丈夫来接我了。"看到她，我有些异常兴奋。我探身到副驾驶座上打开车门，她轻巧地滑进车里，转身把公文包和手提包放到车后座上，然后给了我一个热情缠绵的吻。想到刚才闪过的那一丝担心，我不觉感到愚蠢至极。很明显，那个家伙不是她的菜，我才是。

她看到放在控制台上的袋子，兴奋地尖叫："三明治！"

"没错！"

"你是世界上最好的丈夫。"

我在加利福尼亚街上掉头，爱丽丝一边大口吃着晚饭，一边讲述她一天的生活。她的团队找到了一些有力的新证据，即决审判时他们赢的概率应该很大。直到拐弯开上巴尔博亚路时我才提起我们一直心照不宣地避开的那个话题。

"你明天怎么想的？"

"我给戴夫打电话了。"她回答，"进展不是很顺利。他坚持命令就是命令。他说你对薇薇安玩那一套不管用。然后他重复了同样的话：我们必须与契约组织和平相处。"

"你觉得会发生什么？"过了一会儿，我问。

她不说话。

"我希望你没有告诉戴夫你的出庭日期。我们应该按乔安妮说的做：你把事情都怪到我身上，把责任分散开。"

"有了你和薇薇安那段插曲，"我们开进车库时她提醒，"我有种感觉，他们很快就要惩罚你了。"

礼拜五，黎明时分，我醒了。我没出声，直接溜进厨房里做早饭。我做了培根、华夫饼、橙汁和咖啡。我想让爱丽丝精力充沛，我想让她在法庭上好好发挥。不过更重要的是，我想让她知道我有多爱她。无论今天会发生什么，我想让她知道我站在她那边。

我把早饭放到托盘上给她端去。她穿着连裤袜和内衣，坐在蓝椅子上专心工作。她抬头冲我微笑："我爱你。"

六点钟，她匆匆冲出门。我把房间打扫干净，冲了澡。直到我给我们的前台接待黄打了电话，我才意识到自己要做什么。我告诉他我有点恶心，今天可能上不了班。"食物中毒。"我撒谎道，"你可以取消我的预约吗？"

"当然可以。"他说，"但是博尔顿夫妻俩会不乐意。"

"那倒是。很抱歉，要我给他们打个电话吗？"

"不用，我能处理。"

我留了一张便条，以防爱丽丝到家时我还没回来。*我去半月湾机场了。*

*起码我能帮你做这点事。爱你的杰克。*然后我又加了一句话，虽然写时觉得这句话有些夸张，但是它能准确表达我的感受：*谢谢你嫁给我。*

在环海路上开车时，我说服自己这样做没错。半月湾机场无非就是一条被大片大片的洋蓟淹没的长跑道。在浓雾的笼罩下，我只能辨认出几架被遮盖着的塞斯纳和3-0咖啡店所在的那栋不大的建筑物。我在几近空荡的停车场停好车，进了咖啡店，在一张能看到跑道的桌子旁坐下。这里没有安保人员，没有售票柜台，没有行李提取处，只有一扇没锁的玻璃门把咖啡店和跑道隔开。一个穿着老式服务员制服的苗条女人走过来。

"咖啡？"

"热巧克力，如果有的话。"

"当然。"

我扫视着机场，寻找一切可疑之处。停车场只有三辆车，我的，一辆空的福特金牛座，一辆驾驶座上坐着人的雪佛兰卡车，那人像是在等人。我回过神来，发现自己在轻轻地敲桌子，老习惯，一紧张就会做。未知总是比实际的危险让我害怕得多；有人计划在这里与爱丽丝见面并撂狠话吗？也许可能再给她一个手镯？或者他们是来把她带走？薇薇安和戴夫都没提过坐飞机的事情。薇薇安把马丁·佩尔的照片从我们客厅的墙上取下来，往上面投射幻灯片那天我应该多注意一下的。

一架飞机从群山上空俯冲下来。我看着它拐了个大弯，在翻滚的雾气中慢慢降落。飞机很小，是私人的，不过比飞机库旁边的塞斯纳大，而且更别致。我看了看手表——八点五十四分，还有六分钟，就是那个人吗？

飞机滑到加油管附近。一个工作人员走出来，他和飞行员说了几句话后开始给飞机加油。飞行员朝咖啡店走来。我看到他一边瑟瑟发抖，一边环视停车场。显然，他在寻找什么东西或什么人。他走进来，打量店里面，几乎没注意我。他查看手机后蹙眉，然后朝洗手间走去。

再看不见其他人，或更多前来停驻的飞机——只有我，女服务员，那个工作人员，雪佛兰车里的人和那个飞行员。九点整。我掏出一张五美元钞票放在桌子上，起身。那个家伙从洗手间里走出来，再次扫视一遍，从前门出去，走向停车场。他个子非常高，四十岁出头，红头发，长得不错，穿着牛仔衬衫和卡其裤。

我走出去。"早上好。"我说。

"你好。"他有轻微的口音，不过我分辨不出是什么地方的口音。

"你是不是在找爱丽丝？"

他转身面向我，上下打量，我伸出手，说："我叫杰克。"他狐疑地看着我，然后握了握我的手。

"我叫基兰。"原来是爱尔兰口音。我立刻想起薇薇安说过的奥尔拉和爱尔兰小岛的故事。

"你认识爱丽丝？她应该在这里。"他看上去有点恼怒。

"我是她丈夫。"

"太好了。爱丽丝在哪儿？"

"她来不了。"

他呵呵直笑，好像我在说笑，他问："但是她会来的，对吗？"

"不，她是个律师。她要出庭，走不开。那是件非常重要的案子。"

"哦，这可是破天荒头一遭。"基兰皮笑肉不笑，"你这个妻子很有些胆气。"他从口袋里掏出一条口香糖，剥开包装纸，塞进嘴里。"可能没脑子，但肯定是有些胆子。"

"我替她来了。"我说。

他摇头："你们俩犯了大错。"

我努力抑制内心翻涌而上的各种复杂情感，试图不让它们流露出来，当然，我确定，我没能掩饰住。"她不能来，我不想让你在这里空等，所以我替她来了。出于礼貌。"

"礼貌？你说真的？我不知道该如何把这解释给芬尼根听。"

"芬尼根让你来的？"

基兰眯起眼睛。他似乎被我的愚蠢惊到了。或者说，无知。

"所有的这一切其实是我的错。"我坚持说。这是真话，是我让爱丽丝被卷入这摊烂事。当然，芬尼根是她的熟人，是她自己邀请他来参加我们的婚礼的。但是，结婚是我的主意。如果能一直同居，从我们的关系中获得安全感，爱丽丝可能会更开心。就像我说的，我爱她，但那不是我娶她的原因。

"好吧。"基兰说，"我感谢你的到来，这种行为值得称赞，甚至算得上勇敢，但我们有我们的规矩。"

"她能来的话一定会来的。"

他低头看手表，快速浏览手机里的电子邮件，似乎有点迷惑。"让我确认一下，她真的不来了？"

"不来。"

"好吧。很高兴认识你，杰克。祝你那个妻子好运，她会需要的。"飞行员转身，上了他的飞机。我看着他的蓝色小飞机在雾气中起飞，忽然感觉有点恶心。

回城的路上，我接到黄打来的电话。他本来想取消十一点和博尔顿夫妇的预约，但是那家的太太坚决不接受。

"博尔顿太太真吓人。"他说。

博尔顿夫妇，即珍和鲍勃，结婚四十多年。他们是伊芙琳开展婚姻咨询这项业务后接的第一对客户。我后来弄明白了原因，博尔顿夫妇早已经跑遍了城里其他的咨询室。

我惧怕每个礼拜与他们一起度过的那一个小时。他们是悲惨的一对，他们的结合更是让他们惨上加惨。这一小时过得像冰河流动一样缓慢，我甚至怀疑墙上的钟表出了故障。要不是因为教堂那个固执的牧师非要求他们参加咨询，博尔顿夫妇早在几十年前就离婚了。通常，我会给一个客户六个月的时间，然后评估事情的进展情况。如果我感觉没有任何进展，就会给他们另推荐咨询师。可能这谈不上是成功的商业模式，但我认为这样对客户最好。

对于博尔顿这一对，我大约是在第三个礼拜时问过他们是否考虑过离婚。鲍勃没有一秒钟的犹豫，立即回答道："我过去四十年每天都想。"

那次是我唯一一次看到他妻子的笑容。

"好吧。"我对黄说，"告诉他们我会与他们见面。还是往常那个时间。我十点半就能回办公室。"

"你不恶心了吗？"

"看你说的是哪种恶心了。"

十一点，博尔顿夫妇准时出现。我其实根本没听到他们在说什么，更确切地说，是没听到珍在说什么，因为所有的话都是她在说，但是他们似乎谁也没注意我今天恍神了。我很确定鲍勃大部分时间都在睡觉，睁着眼睛睡觉，像一匹马。事实上，他甚至正在打呼。正中午，我告诉他们时间到了。他们缓慢地走出办公室，鲍勃在抱怨大雾。上个礼拜天气晴朗，他在抱怨太阳。他们一走，黄就满办公室里喷空气清新剂、开窗户。他想让珍的劣质香水味快点散去。

一点四十分，我接到爱丽丝的电话。"我们赢了！"她欣喜若狂地大叫。

"太棒了！我太为你自豪了！"

"我要带团队去吃午饭，你要不要和我们一块去？"

"好好和你的团队一起享受胜利吧，我们今晚再庆祝。你们去哪里吃？"

"他们想去雾城。"

"我希望你不要碰上薇薇安。"

"如果我失踪，记住我的车停在巴特里和内河码头拐角附近。它是你的了。"她声音里的随意让一切都显得如此正常，但是我心里知道一切都不正常。我没有告诉她我去了半月湾机场。在拿这消息烦她之前，我想先让她痛快地享受胜利带来的喜悦。

挂断电话，我坐在桌前，半心半意地查看电子邮件，试图搞清今天早上与基兰的交锋。如果爱丽丝去了会发生什么？基兰会把她带上飞机飞走吗？他们会去哪里？她能回来吗？她会与他抗争，还是接受命运踏上那架飞机？我记起多年前在《生活杂志》上看到的一张怪异的照片：在沙特阿拉伯，一群男人被圈在一个区域里，标题说他们都被判犯有偷窃罪，正在等着被砍掉一只手。那张照片最让人不适的地方是所有男人看上去都那么平静，无动于衷地坐在那儿，等待着不可避免的悲惨结局。

我回到我们的房子，开车去了半岛，我的目的地是德雷格超市。走进门时，一个叫伊丽莎的矮小丰满的女职员朝我招手。如今他们一定把我当成熟客了。"我欣赏购物的男人。"我每次经过她的结账通道时她都这么说。

前后跑了这么多趟，我还是没能成功遇上乔安妮，今天还是老样子。我给爱丽丝买了了花和一瓶凯歌香槟，来庆祝她的胜利。我给自己买了些饼干。

最后我放弃等待乔安妮，走到收银台。"我欣赏购物的男人。"伊丽莎说。然后，在她扫饼干时，她看着我说："你需要在你的篮子里加一些蛋白质，朋友。"

"什么？"我结巴地问。

"蛋白质。"她微笑，"你知道的，比如牛肉、猪肉或一些不含植物奶油的食物。"我无法分辨那是一个真诚的微笑，还是一个警告性的微笑。这是伊丽莎，我告诉自己，亲切友好的伊丽莎。她刚才说的"朋友"只是寻常的称呼，没有特殊的含义，"这些食物能要了你的命。"她向我眨了个眼。

我抓起包冲出门，仔细地在停车场巡视一圈，寻找可能存在的任何麻烦。但我怎么会知道麻烦长什么样？特斯拉、路虎、偶尔出现一次的普锐斯和旁边的宝马三系，和往常一样。别再疑神疑鬼，我暗暗骂自己。或者，继续保持怀疑。

爱丽丝回家时差几分钟六点。我已经把早上写的告诉她我去半月湾的纸条扔了。我决定那个消息等到明天早上说。她还沉浸在胜利中，中午持续很久的庆功宴让她喝得醉醺醺的。她的轻佻情绪感染了我，数月来为了爱丽丝，我第一次能推开那种挥之不去的不适感，不是完全忘掉，是暂时不去想它。我把奶酪和饼干摆到盘上，爱丽丝开了香槟。我们来到卧室外面的微型阳台上。太阳即将落山，起了雾，不过我们仍能看到海洋上的粼粼波光。正是这微小而完美的海景促使我们买下了这栋我们买不起的房子。让这景观如此特别的不仅仅是海洋，还有一排排二十世纪五十年代的低矮房屋，独具特色的后院，以及我们社区和金门公园交界处的富尔顿大街两旁林立的美丽树木。

我们待在阳台上没有离开，香槟瓶已经空了。爱丽丝向我转述整个开庭过程，甚至模仿了对方的每一个律师和脾气暴躁的法官，滑稽的样子让人捧腹。她的表演很精彩，我几乎有种身临其境之感。她为这件案子付出这么多努力，我疯狂地为她自豪。

和飞行员的令人不安的冲突，和博尔顿夫妇让人难受的会面，神经兮兮而一无所获的德雷格超市一行都被抛之脑后。我发现自己正在有意识地让自己努力活在当下，就像流行词说的，用心生活。和爱丽丝一起度过轻松宁静的时光，庆祝她的成功，享受彼此的陪伴，正是婚姻的精髓。我希望把它装进瓶子里，我希望每天都能重复一遍。我想象自己将此时此刻牢牢记住，装进心里封存，留待以后最需要的时候备用。我想敦促爱丽丝也这样做，但这却矛盾，不是吗？如果我告诉她紧紧抓住、好好铭记这一刻，难道不是在提醒她这一刻的幸福转瞬即逝，事情随时都会变得更糟吗？

这时，爱丽丝的手机响了。我从幻想中惊醒，就在我要说"不要接"

时，爱丽丝已经按了接听键。

她笑了，我松了口气。是她的客户伊里·卡简，从他阿尔巴尼亚的海边别墅打来的。他刚得知他们获胜的消息。爱丽丝朗声大笑，一只手捂住手机告诉我，他用她的名字命名了《标语》续集中的一个角色。"我是爱丽丝，解决重要文件中页码缺少问题的打字员。卡简说你可以是达提酒店意式保龄球场的服务员，是个小角色，但是很重要。"

她朝我眨眨眼。"打字员爱丽丝和保龄球服务员杰克能找到真爱和幸福吗？"她问卡简。

接下来是良久的沉默。显然，这个问题有些复杂。爱丽丝转头面对我。"真爱难寻，但是他们会试试。"

我半夜惊醒，确定有人一直在敲我们的前门。我在房子里转了一圈，每扇窗外都查看一遍，又看了监控，什么也没看到。深更半夜，我们的街区静得出奇，海风轻拂，浓雾弥漫，万籁俱寂。我打开手电筒照向前院，什么也没有。扫到后面的篱笆时，我看到四只浣熊的红眼睛怪异地反射着手电筒的灯光。

早上，爱丽丝好像睡死过去一般，整夜保持入睡时的姿势一动不动。我煮上咖啡，开始做培根和华夫饼。

一个小时后，爱丽丝走进来。"培根！"她高兴地吻我。然后她看到我把她所有要洗的衣服都洗好叠好了。"我是睡了几个礼拜吗？今天礼拜几？"

"吃你的培根。"我说。

"我觉得我们是没事瞎担心，"她边吃早饭边说，"我没有在机场露面，结果什么也没发生。"

这时，我才告诉她我遇到那个飞行员的事。我昨晚拖着没说，是不想毁掉她胜诉的好心情，但是她必须知道。我担心薇薇安或戴夫会打来电话，甚至更糟，说不定芬尼根会找上门来，我不想她受到惊吓。我跟她说了飞行员的口音，还说了他很不耐烦，在得知她不会露面后显得难以置信。我复述了我们简短的对话。

"他提到了芬尼根的名字？"她皱眉。

我点头。

她把一只手放到我的颈背，手指伸进头发摩挲着。"你能替我去，实在是太贴心了。"

"我们一起面对。"

"嗯，他看起来像是要去告诉我什么吗？转交包裹之类的？"

"他没有拿包裹。"

"他要把我带到某个地方？"

"对。"

爱丽丝轻吸一口气。眉头之间担心的皱纹越发深刻。"好吧。"

"我们去散步吧。"我说。我想谈谈，但是有了手镯和昨天那一出，我甚至不敢确定在我们自己的房子里说话是否安全。

她回了我们的卧室，回来时穿了牛仔裤、毛衣和鼓胀的外套。走到外面，她目光在街上扫了一圈，我也是。我们左转，沿着平常去沙滩的路走。爱丽丝有意识地走得很快。我们谁也没说话。当我们终于走上沙滩，她放松了一点。我们肩并肩向着海岸线的方向走。"你知道吗，"她说，"我很庆幸嫁给了你，杰克。无论什么都不会改变我的心意。这听起来会有一些奇怪，但我一直在想芬尼根胜诉后我们都在会议室那一刻。合伙人把我叫进去，屋里满满当当都是人，突然我就和芬尼根站在了一起。弗兰克尔提到我要结婚，芬尼根就伸出胳膊轻轻地搂着我，说：'我喜欢婚礼。'我回答：'是否赏光来参加我的婚礼？'

"话说出口之前，我甚至都不知道自己打算邀请他。我也没有太当真。

房间里的所有人都笑了。当他回答'乐意之至'时，有一瞬间诡异的沉默。大家都拼了命工作，就希冀得到他的关注，希望被伟大的芬尼根这个一直保持着疏离感的神话传说注意到，好像他们都被刚才发生的事情、被他的慷慨回复震惊了。不过当然，我确定没有人认为他是说真的，我就没当真。后来，他离开时来到我的工位。婚礼请柬刚被送来，装请柬的盒子就放在我的桌上。芬尼根说：'婚礼在哪里举行，亲爱的？'我就从上面抽出一张递给他。一切似乎都很自然。就像一个玩笑开到最后，我们俩谁也不愿承认那是个玩笑。至少我那会儿是这么想的。直到他离开后我才意识到对他而言那不是玩笑。而且，杰克，奇怪的是，好像他知道事情会这样发展，好像那是他用意志力促成了这一切。"

"不可能。"

"你确定？"

我们现在已经站在了水边。爱丽丝脱下鞋子扔进我们身后的沙子里，我有样学样。我牵起她的手，我们一起迈进海浪里。水冰凉刺骨。

"是这样，杰克。我们举行婚礼的日子是如此神奇的一天，我半点都不后悔。我不后悔认识芬尼根，而且信不信由你，我不后悔进了契约组织。"

我努力消化这句话，我感觉自己理解她的意思，就像伊泽贝尔告诉我她的存在建立在她父亲的不幸福之上时一样。有时，两件事情要分开对待，一旦它们有了瓜葛，就分不开了。时光倒流不会只解决不好的事情，也会带走好的。

"你一直对我那么好，杰克，我只想配得上这份好。"

"你不仅配得上，你还值得更好的。"

几米之外，一个冲浪手在拉紧身潜水衣上的拉链，系踝带。他的狗站在一旁，大口喘气。我和爱丽丝看着冲浪手拍拍狗的脑袋，有些吃力地走进水里。狗跟着他走了一小段路，冲浪手说："回去，玛丽安。"

"在我小时候，"爱丽丝说，"我特别独立，特别坚强。我母亲总是说她同情那个有一天会娶我的男人。待我长大一点时，她开始说她甚至认为我不会结婚。有一次，她对我说，尽管她享受嫁给我父亲的日子，那也不代表婚姻适合我。她告诉我，我需要找到自己的路。我需要创造自己的幸福。但是我也记得猜过她话里的意思，认为她是说我会让娶我的人失望。后来，我和你相识了一段时间，这段时间长到比你想听的还要久，我心里仍然很清楚自己永远不会结婚。"

她的坦白让我大为震惊。冲浪手划着水漂远了，他强有力的胳膊击打着水流。狗在岸上吠叫，雾气吞没了它的主人。

"但是，有趣的是，"爱丽丝继续说，"当你向我求婚时，好像没什么不对。我想嫁给你，但是我担心会让你失望。"

"爱丽丝，你没有。你不会……"

"让我说完。"爱丽丝说，她拉着我向海水更深处走去，冰冷的海水溅上我的脚踝，打湿我的牛仔裤。"薇薇安那天拿来文件让我们签字，我很高兴。她口中描述的听起来像个邪教或地下组织，或是类似那种我通常怕得要死、会远远躲开的东西，但是我不想逃跑。听到她说的关于契约组织、盒子、文件、奥尔拉的那些话，我就想，这是暗示，这是注定的，这是帮我成功经营婚姻的工具，这正是我需要的。我们在契约组织里越陷越深，我仍然对这份礼物心怀感激。甚至连手镯，和戴夫见面的那些个下午，都没有像困扰你那般困扰我。我戴着手镯那两个礼拜是如此兴奋、热切。我知道这听起来很奇怪，但是我感到与你有一种紧密的联系，比我在任何人身上感受到的都强烈。那就是为什么，虽然发生这一切，我仍然不能真心实意地说我希望契约组织一事从未发生过。我们正在经历的好像是我们需要通过的一个考验，不是为了契约组织、薇薇安或者芬尼根，是为了我们自己。"

冲浪手已经消失不见了，玛丽安不再吠叫，而是在悲伤地低声呜咽。我想起我读过的有关初学走路的孩童的内容，他们太小，不能理解一个不在他们跟前的人或物仍然存在的概念。母亲离开房间，孩子哭了，是因为他不知道他母亲还会回来。他和她一起度过的所有时间，她几百次离开他又回来的经历，在当时对他而言毫无意义。他能懂的就只是他的母亲离开了。他真正地感到无助，因为他看不到再和母亲在一起的未来。

一股波浪涌上来，拍碎，打湿我的小腿和爱丽丝的大腿，我们转身奔跑，大声笑着躲避海浪。我把她搂到身前，感受她鼓胀的大外套下纤细的身体。我感到泪水刺痛我的眼睛，但那是感激的泪水。在过去的几分钟里，爱丽丝向我吐露的关于我们的关系、关于我们的关系对她的意义的内容，比我认识她这么些年来都多。我突然意识到，刚才，尽管威胁笼罩着我们，不确定性和未知的深渊迫在眼前，我仍感到前所未有的幸福。

"我想我的意思是，杰克，我很高兴和你一起走在这条路上。"

"我也是，我是这样爱你。"

回到家，在台阶前，爱丽丝吻了我。我一时沉醉其中，闭上了眼睛，恰好没看到那辆黑色雷克萨斯越野车开上我们家的车道。我睁眼时，它已经在那儿了。我嘴巴凑近她的耳朵，低声说："拜托，就跟他们说都是我的错。"

减去睡觉时间，平均每对美国已婚夫妻每天两人独处的时间不足四分钟。

英语中的"新娘"一词由德语旧词"煮饭"演变而来。

超过一半的夫妻在婚后七年内离婚。

每天有三百对夫妻在拉斯维加斯结婚。

结婚的平均花费与离婚的平均花费一样多：两万美元。

在超过 65% 的婚姻中，孩子的出生会降低幸福感。奇怪的是，孩子还能大大地降低离婚的可能性。

现代婚姻生活成功的最好预测因素就是妻子是否觉得家务活应分配平均。

关于婚姻的论著每年出版几千本，毫不奇怪，它们中的许多都经不起推敲。宗教和宗教组织对各种研究的影响是导致相当大一部分信息出现错误的原因。许多被广泛接受的有关婚姻的说法都涉及婚前同居的不利影响、不按宗教习俗结婚和婚前发生性关系这几个方面。

我在一本流行的女性杂志的官方网站上看到，如果一对夫妻在结婚前同居，那他们婚姻失败的可能性高达57%。在一个不起眼的脚注上，杂志引用了美国家庭价值观保护联盟的研究结果。然而，科学调查显示联盟的说法显然是错误的。在我见过的夫妻中，那些婚前同居的婚姻关系貌似更为稳固。

不过，不管来源如何，各项研究中有一条数据比较统一：大部分已婚夫妇声称在婚后第三年最为幸福。我和爱丽丝才结婚数月，我想象不出还有更幸福的生活。相反，我也不能想象结婚三年后我们会越来越不幸福。

8

从越野车上下来一男一女，他们都穿着西装。男人年近四十岁，轮廓鲜明，脸上有雀斑，个头比女人矮。他的西服在前胸和肩膀处绷出褶皱，好像他去裁缝铺做衣服回来后体重突然开始飙升。女人站在雷克萨斯驾驶座一侧的车门旁，双手背在身后。"早上好，我是德克兰。"男人说，他向站在台阶前的我们走来。他像基兰一样，说话带爱尔兰口音。他向我伸出手，我握住。

"我是杰克。"我说。

"这一定是爱丽丝了。"

"我是。"爱丽丝直腰挺胸。

"这是我的朋友黛安。"他说。黛安颔首道："你介意我们进去吗？"

我能看到爱丽丝的微笑里有一丝抗拒，便说："我们有的选吗？"

黛安从雷克萨斯车后座拿出一个黑色大行李袋。德克兰跟在我和爱丽丝身后走进客厅，黛安候在门厅，黑袋放在她脚边。

"喝点东西？"我问。

"不了，谢谢。"德克兰回答，"我们还是去坐一会儿吧。"

爱丽丝坐在蓝椅子里，身上仍然穿着她那件肥大的外套。我站在椅子旁边，胳膊环住她的肩膀。德克兰从他的斜挎包里抽出一个文件夹，将几张纸摊在爱丽丝面前的咖啡几上。"我的理解是，你收到了一条去半月湾机场报到的命令，对吗？"

"对。"

"那天早上她得去联邦法院出庭。"我补充说，"我们表达过脱离契约组织的意愿，在我们的请求被拒绝时，爱丽丝解释过她不能……"

"我相信她有自己的理由。"德克兰打断我的话，"但那不是我或黛安能决定的。"

他把一张纸推向爱丽丝。"我需要你在下面签名并写上日期。如果你愿意，可以先花些时间读一读。上面写着让你于某时去某处的命令。"

"我自己会读。"爱丽丝冷淡地说，她快速扫了几段，就在她准备签名时我阻止了她。她抬头看着我："没事的，杰克，让我来处理这个。真的，就是刚才他说的那些。"她签上名。德克兰将第二张纸推到她跟前："请你也在这张表格上签名。"

"这是什么？"

"这张表格写明你承认我的身份，以及黛安和我必须在薇薇安·克兰德尔的见证和公证下，履行你刚才签署的契约上的要求。"

"什么要求？"我问。

"要求就是今天早上你的妻子必须跟我们走。"

"我也去。"

"不行，只能是爱丽丝一个人。"

"我有时间换衣服吗？"爱丽丝问。

"你不会真要去吧？"我抗议。

她把一只手放在我胳膊上，"杰克，没事。我想坚持下去，这是我的选择。"然后她看着德克兰说，"不过，我不签那个。"

"你必须签。"德克兰说。

爱丽丝摇头。"如果你让我签那个是为了让我跟你走，那么你只能自己离开了。"

德克兰瞥了一眼黛安，她在专心地听，但至今没有出声。

"这是正常程序。"黛安说。

"不管，如果你觉得有必要可以打电话。"爱丽丝耸肩，"我不是什么名都签的，我是个律师，你还记得吗？"

我想起我们一开始签的那些文件，虽然早晨她在沙滩上说了那些话，我还是真心实意地希望她那时像现在一样谨慎就好了。

"好吧。"黛安神色莫测，"我们有一整套程序需要遵守。等你换完衣服再完成。"

"我建议，"德克兰补充道，"你穿点舒服宽松的衣物。"

爱丽丝回到卧室把她在沙滩上打湿的衣服换下来。我想跟她一起，但是我不想留那两人单独待在客厅里，谁也想不到他们会在什么地方藏什么东西。

"她会去多久？"

德克兰耸耸肩。"我也说不准。"

"你们要把她带去哪儿？我能去探望吗？"

"恐怕不能。"黛安说。

"那她至少能给我打电话吧？"

"当然可以。"看德克兰笑的样子，好像他是世界上最通情达理的人。"她一天可以打两个电话。"

"说真的，"我坚持追问到底，"她会去多久？你们打算对她做什么？"

德克兰拽了把西装外套紧绷绷的肩膀。我有种感觉，我问的问题是他不应该回答的。"听着，我真的不知道。"

黛安从口袋里掏出一个手机。"我在外面。"她从前门出去，顺手带上门。

"就你我之间说说。"德克兰告诉我，"如果一定让我猜，第一次，刚结婚不久，新加入组织，我会说最多七十二小时，可能更少。至于对她做什么，是再教育。"

"你的意思是，有点像上课？"

"可能更像是一对一辅导。"

我脑海里勾画出另一个像戴夫那样的辅导人员，不过让人更有压迫感。

"但是我不知道，"德克兰又说，"而且我不能说。今天的话我们从未说过。"

我能听到爱丽丝在我们卧室里火急火燎地翻抽屉，便说："如果她拒绝去呢？"

"老兄，"德克兰淡定地回答，"想都不要想。接下来事情需要这样发展：你的妻子换好衣服，她和我走完程序，我们为她做好旅行准备，然后，我、爱丽丝和黛安会上车离开。至于事情如何发展，则取决于你的妻子。她要坐很久的车，事已至此，真的没必要再搞些不愉快。懂吗？"

"不，我不懂。"我听到自己的话里冒出怒气。

德克兰皱眉。"你们俩看起来都像友好、务实的人。我这边只有极小的变通余地，所以让我利用这点机会让事情尽可能舒心一些。"

黛安不早不晚正好这时候回来了。爱丽丝从卧室出来，她上身穿一件大号运动衫，下身打底裤，脚蹬运动鞋。她提着周末旅行时用的包，一个正面绣着她名字首字母的款式简单的帆布包。我看到上面露着袜子、牛仔裤和她的化妆包。她看起来莫名果断，只流露出一丝紧张。"我可以带手机和钱包吗？"

德克兰点头。黛安拿着一个透明袋、一个标签和一支记号笔走过来。她在爱丽丝跟前撑开透明袋，爱丽丝把她的手机和钱包放进去。黛安封上袋子，在开口处贴上标签，写上姓名首字母，然后递给德克兰，德克兰也写上了自己的姓名首字母。

"不能带珠宝。"黛安说。

爱丽丝把我圣诞节送她的项链摘下来，就是那条带黑珍珠吊坠的项链，我送给她后她每天都戴着。我紧紧抓着她的手，不愿意松开，我很确定自己比她更紧张。她倾身上前吻我，并悄声对我说："会没事的，你不要担心。"然后她看向德克兰，眼神露着挑战的意味，说道："走吧。"

他略有些不自在地看她一眼。"有这么简单就好了。"

黛安把大行李袋放到桌上。"我只需要快速查看一下，确保你没有随身带东西。"

"你是认真的吗？"我问。

"女士，我能让你站到那边，双手扶墙吗？"

爱丽丝做了个鬼脸，好像这一切都是个游戏，根本没什么可担心的。

"可以，女士。"她轻声回答黛安。

"有必要吗？"我质问。

"只是一部分程序。"德克兰躲着不看我的眼睛。"我们不想任何人在我们当班时伤害自己。"

就在黛安上下拍着爱丽丝进行检查时，德克兰对我说："说实话，平时不总是这么平静。当人们无视一条指令时，通常意味着他们并没有做好跟我们走的准备。可以理解，制订这些程序时得考虑到这一点。"

爱丽丝背对着我，她的手扶着墙。这离奇的场景简直不可思议。黛安的手伸进行李袋中，掏出脚镣，她把两边打开套上爱丽丝的脚踝。爱丽丝没有动。

"真的。"我迈步靠近我的妻子，"这太过分了。"

德克兰把我拉回去："所以人们从不无视命令。这是有效威慑。"

"女士，"黛安发出命令，"转过身把双臂伸到身前。"爱丽丝照她的话做了。黛安从行李袋里拉出一个用帆布、带扣和链条制成的物件。没等我看明白，爱丽丝似乎已经意识到了那是什么，她的脸色瞬间煞白。

黛安把约束衣套到她前伸的胳膊上。

"我不会让你这样做！"我扑向德克兰。德克兰一下子用前臂勒住我的喉咙，以左腿为轴原地转身，我就倒在地上。德克兰居高临下俯视着我，我困难地大口喘气，内心震惊不已，一切发生得如此之快。

"别碰他！"爱丽丝无助地大喊。

"我们会采取简单的方法解决这事，对吗？"德克兰问我。

我想说话，但是说不出来，于是我点头。德克兰拉我起来，这时我才意识到他至少比我重四十斤。

黛安看着德克兰："戴口塞吗？"

"口塞？"爱丽丝脱口尖叫。她声音里的恐惧让我听得心碎。

"你能向我保证不大喊大叫吗？"德克兰问她，"我希望安安静静地开车。"

"能，能，当然。"

他考虑了一会儿，点头同意。

在黛安用一根皮带缠住爱丽丝的腿，并开始绑到背后时，爱丽丝问："我们一定得从前门走吗？我不想让邻居们看到我这副样子。我们能从车库走吗？"

德克兰瞟了眼黛安。"我不觉得有何不能。"他说。

我带着他们三个穿过厨房，走下房后的楼梯。我摁下开关，车库门缓缓升上去。德克兰解锁越野车，打开后车门。我不断告诉自己这是一个噩梦，这全都不是真的。

黛安轻揉着爱丽丝从我身边经过。爱丽丝迟疑一瞬，然后转过身面对我。有那么一秒，我担心她会逃跑。"我爱你。"她亲吻着我说。她看着我的眼睛。"不要报警，杰克。答应我。"

我把她拉进怀里，紧紧拥抱着她，心里害怕得不能自已。"我们走。"德克兰命令道。我没动。他用他的大手抓住我的前臂，我立刻跪倒在地，肩膀传来一阵剧痛。

在黛安的帮助下，爱丽丝笨拙地爬进后座。她坐好后黛安拉下安全带帮她系上。我挣扎着站起来，心在怦怦直跳。德克兰递给我一张卡片，上面只有一个电话号码，再无其他。"遇到紧急情况，拨打这个号码。"他紧紧盯着我的眼睛。"遇到紧急情况了才能打，明白吗？手机随身带，她会打电话给你。别把事情想得太糟。"

德克兰和黛安坐上越野车，驶出车道。我对着漆黑一片的车窗挥手，不知爱丽丝能不能看见我。

房间里空荡荡的，静得可怕。我不知自己该做些什么。我看电视，读新闻，在门厅里来回踱步，倒了一碗麦片却心烦意乱喝不下。我一直盯着手机，希望它能响。我想打电话报警，为什么她非让我答应不去报警？我试着猜想她的想法，我想我能理解：一条有关绑架的重大新闻、无数电视摄像机、各种有关我们私生活的变态猜测，那会把她压垮的。

我熬到很晚，我的电话一直没响。我想知道爱丽丝在哪儿，他们去了多远的地方。越野车开到街上时，我注意到车上挂着外地牌照。我辨认不出州名，只看清了颜色和设计。我在网上搜了五十个州的车牌图片，最终断定车子来自内华达。

午夜，还是没来电话。我把手机带到卧室，放到枕头边。我一遍又一遍地查看，确保声音是开着的。我试着睡觉，但睡不着。最后，我找出笔记本电脑，接上电源，开始上网搜。我敲上"契约组织"，但是搜出的所有词条都是有关一部电影及其续集。我之前搜过这个，得到的结果跟现在差不多。再往下是一部同名的流行小说。我又搜"婚姻邪教"，但是什么也没搜到。我又查了一堆各种各样与内华达有关的单词，还是一无所获。我搜了薇薇安·克兰德尔，在领英网上找到了她的名字，但是她的个人资料隐私不可见。如果我登进去看，她就会知道我进去过。其他网站上也有一些有关薇薇安的词条，显示她的事业发展不错，但她对事业并不是很上心。这些信息没有丁点迹象显示她是契约组织成员。我又搜了乔安妮，结果更奇怪：在同学网上有一张她在加州大学洛杉矶分校大三年鉴上的照片，仅此而已。怎么会这样？一个人怎么可能在网络上几乎无迹可寻？我搜了上一次在希尔斯堡城举行派对的房子的地址，和即将到来的派对在伍德塞德的举办地址。房产网上显示两栋房子都价值数百万。不是吧！

接着，我浏览了有关奥尔拉的内容，我们和薇薇安第一次见面后爱丽丝收藏了好几页。与她的工作有关的文章有数百篇，图片几十张。显然，她是个备受尊敬的律师。在她竞选政治职位时，《卫报》上有支持和反对她的评论文章。再无其他。我调出谷歌地图，放大薇薇安提过的那个爱尔兰小岛拉斯林岛。地图分辨率低，模糊不清，典型的谷歌式声明：此岛无现实意义。我细看海岸线地带，寻找房屋和村庄，发现雾气和云遮蔽着大部分地区。维基百科上说这个岛每年的雨季超过三百天。

我一次次查看电子邮件，想知道爱丽丝有没有联系我。没有。我得等多久才能收到她的信？收到信后呢，我该怎么做？给德克兰给我的那个"仅限紧急情况"的号码打电话似乎不是明智的举动。我一直记得爱丽丝的话："我想坚持下去，这是我的选择。"

我给爱丽丝的手机发去好多条短信，但消息应用程序显示它们"未读"。我脑海中浮现出一幅画面，她的手机装在透明袋里，透明袋放在一个小盒子里，小盒子锁在一个大仓库中，和其他数百个小盒子一起，而所有小盒子里都装着手机，所有的手机都在不停地响，不停地振动，直到电量耗尽。

第二天早晨五点四十五分，我的电话响了，我被惊醒，心提到了嗓子眼。有人打错了。

我起床冲澡。穿衣服时，电话又响了，是个未知号码。我的手颤抖着，按了接听键。

"爱丽丝？"我试探着问。

一条电话录音响起："你正在接听一名内华达州监狱犯人的电话。接听请在'嘟'声响起后说'我接受'。"

犯人？"嘟"声响起。"我接受。"

电话里"哔"的一声，又响起另一条录音："以下对话可能会被监听，通话时长只限三分钟。"

又是"哔"的一声，电话连上了。

"杰克？"

"爱丽丝？老天，听到你的声音我真是太开心了！你还好吗？"

"一切都好。"

"你在哪里？"

"内华达。"

"我知道，但是具体在哪儿？"

"荒无人烟的地方。我们上了八十号公路，下来时就进了沙漠，然后一直顺着一条土路往前开，直到到了现在这个地方。我试过注意公里标志牌，但是记糊涂了。这里简直是见鬼的鸟不生蛋——除了几公里外的一家加油站，根本没有文明的存在。这里都是混凝土和铁丝网，有两道巨高无比的隔离网。德克兰说这是契约组织从州政府手里买的监狱。"

"这些人到底是谁？"

"真的，"她说，"我很好，不用担心。"

如果她处在恐慌之中，我能从她的嗓音听出来，这一点我确定。但是，没有恐慌。她听上去疲惫不堪，难以想象的遥远。她不是平常那个自信非常的她，但是也没有惊慌害怕。又或者，她其实害怕得很，只是掩饰得很好。

"不要紧张，杰克，他们把我带到一间牢房。这里地方很大，但是人不多，至少我没见着几个。我进来时数过，我所在的这块分区有四十间牢房，但是我觉得这里只有我一个人，太安静了。床特别小，但是床垫还不错，我一定睡了十个小时。今天早上，有人从门外递进来一个铁盘，那时我才醒。早饭是西班牙腊香肠和煎蛋，很可口。咖啡也相当不错，还有奶油。"

一声尖锐刺耳的"哔"声传来，通话正在被监听的录音自动重复。

"你可遇到其他……"我努力搜寻合适的词语,终于想到时自己被吓了一大跳,"其他囚犯吗?"

"算是有吧。他们还从里诺接来一个人。他的情况很糟糕。我庆幸我们当时那么配合,那个口塞看着让人苦不堪言。他一路走来汗流浃背,却什么也说不了,因为他的嘴被堵着。"

"呸,听起来像在施虐!"

"但是从另一方面看,他的确同意来这儿了,不是吗?他们又不能把他从房子里拖出来。我看着他自己走向那辆车。"

又一条录音提醒我们还有一分钟。

"你什么时候能走?"我绝望地问。

"希望很快吧。我一个小时后要去见我的律师。他们给每个人都安排了一个公设辩护人。太疯狂了。我跟你说,如果不考虑食物好吃和人数少这两点,这里感觉像个真正的监狱。我甚至穿着囚衣。全红的,前胸和后背上印着'囚犯'两个醒目的大字。不过衣服材质不错,很柔软。"

我试着想象爱丽丝穿囚衣的模样,却怎么也想象不出来。

"杰克,你能帮我一个忙吗?"

"别说一个,多少都行。"我想让这通电话永远不挂断。我想再次拥她入怀。

"你能给我公司的艾瑞克发个邮件吗?我刚想起来,我之前跟他说,明天晚上我会加夜班处理一些文件工作。你随便编点什么借口。他的电子邮件地址在我平板电脑里。"

"没问题。你晚点能给我打电话吗?"

"我试试看。"

"哔"声又响。

"我爱你。"

"我……"

爱丽丝开口，但是电话断了。

爱丽丝身着舒适的红色囚衣坐在狭小的牢房里的画面在我脑海中挥之不去。我吓坏了，内心极度惊惶不安。她发生什么事了？她什么时候才能回家？她真的没事吗？但是我必须承认一点：在我的内心，某个隐藏得很深的小角落，我感到零星的幸福。这种感觉复杂得难以言表。看到她为我，为我们的婚姻做出如此不可思议的牺牲，我感到快乐，这是错误的吗？

我把充电器插到手机上，满屋子里找她的平板电脑，但哪儿也找不到。我每个房间都找了，还翻了她所有的包和梳妆台抽屉。然后，我下到车库。她的车是辆旧的蓝色捷豹 X，是她用从一家唱片公司收到的预付款购买的，她在那家公司发行的唱片是第一次也是唯一一次大范围发行。除了塞在我们卧室壁橱后面的乐器和一些衣服，这是来自她的过去的唯一一件东西。她曾半开玩笑地告诉我，如果我不好好表现，她就开着捷豹一路奔回曾经的生活。

纸张、文件和鞋子扔得车里到处都是，不过我知道爱丽丝自以为非常有条理。她发誓她有一套自己的体系，她从来都能找到想找的东西。她在后车座额外备了一双运动鞋，以免哪天下班回家时想停车在沙滩上或金门公园里散散步，但是她还放了一双黑色靴子——她坚决不允许自己穿着耐克运动鞋走在城市的街道上出丑。除了那些，她还放了一双黑色芭蕾平底鞋，万一工作时她的脚累得难受，她需要换下高跟鞋，穿一双让人不那么痛苦的鞋子。还有一个购物袋，里面装着一条名牌牛仔裤、一件黑色羊绒衫、一件白 T 恤衫和一套文胸和内裤，为的是"以防万一"。还有一件滑雪背心，沙滩上穿，一件风衣，城市里穿。当然，在某种程度上那也讲得通，毕竟生活在旧金山就得时刻准备着。你可能离家时穿着短袖，十分钟后就会需要一件外套，看雾大小了。不过爱丽丝走了极端。看着乱七八糟的一堆鞋子衣服，我忍俊不禁，如此让人抓狂，却又如此令人喜爱的爱丽丝。

在手套盒里，我找到了平板电脑。当然，像她的所有电子设备一样，平板电脑关机了。这是她的固有行为模式：她认为给高科技产品充电不可行。当发现它们关机时，她就指责电池有缺陷。过去几年，我一直在帮她寻找手机、电脑、充电器，并将它们各自配对插进厨房的插座上，如果把这些时间都找回来，我现在肯定年轻得多。

上楼，将平板电脑重启后，我登录邮箱查找艾瑞克。我记不起他的姓。艾瑞克是个较年轻的助理，个头矮小，性格友善。我常常好奇他是怎么在爱丽丝的公司里坚持这么久的。那地方是个鲨鱼缸，年轻的助理在饭点被丢进去等着被吃。艾瑞克和爱丽丝之间建立了相当紧密坚固的共事关系，在各种各样的案子和任务上彼此协助。"在打仗一样的环境中，你必须有盟友。"我们在米尔山谷的一家餐厅第一次见艾瑞克和他的妻子时她对我说。我喜欢他们两口子，他们是爱丽丝公司里唯一一对我不介意一起消磨时间的人。

但是，我还是记不起他的姓。我的一个阿姨年纪轻轻便患上一种记忆力严重衰退的病，我自己时不时也会忘记一些简单的小事，这个时候，我会自问是不是我也到了走下坡路的关口。

我搜索了一下，找到了两个艾瑞克。一个是艾瑞克·莱文，另一个是艾瑞克·威尔逊。

我点开第一个，即艾瑞克·威尔逊，然后我立刻想到为什么这个姓听着这么耳熟了。认识我之前，爱丽丝在阶梯乐队里担当主唱，艾瑞克·威尔逊是该乐队的贝斯手和和声。阶梯乐队没火多久，但还不至于销声匿迹到完全没有人知晓。有一次，我在看一本跟信件一块送来的英国音乐杂志的时候，无意中看到里面提到了阶梯乐队。一个来自曼彻斯特伴舞乐队的年轻吉他手在接受采访时说，阶梯的专辑在早期给了他很大的影响和启发。我向爱丽丝提起这个事情时，她只是开了个玩笑，一笑而过，不过后来，还是那个礼拜，我在我们的床头柜上发现了那本杂志，被翻到年轻吉他手受访那一页。

爱丽丝，你打算什么时候离开那个笨蛋，回到我身边来？

这封邮件是我们结婚前那个礼拜发的。我将页面拖到最下面，看到几封友好融洽的来往信件，大部分是关于音乐和旧时光。邮件列表里有几封来自艾瑞克·威尔逊的新邮件，不过数量不是很多。我强忍着才没有打开邮件一探究竟。那样做不对。而且，如果我没记错的话，手册里有好几条与窥探有关的规定。我从客厅拿来我那本，在术语表里找到"电子邮件"，翻到4.2.15那一页。

坚决禁止偷看或监视电子邮件的行为，良好的关系建立在信任的基础之上，偷看会毁掉信任。偷看电子邮件，常常是一时软弱或缺少安全感的结果，应受到二级重罪的相应处罚。屡次偷看会被判同级处罚，外加四点增强。

我翻回术语表，手指顺着"e"那一栏往下移，查找"增强"一词。在相应的那一页，"增强"只有一个解释：可被应用于任何犯罪行为的适当处罚的指数增长。指数增强可以是质量或数量或两者皆有。

这些鬼话是谁写的？

我点开艾瑞克·莱文，给他发了一封邮件，说爱丽丝正在饱受食物中毒的折磨，明天不能按计划上班。我放下平板电脑，将它拿回卧室，想做些工作。埋头苦干数小时后，我睡着了。醒来时，太阳西沉，电话在响。这一天的时间都去哪儿了？我手忙脚乱地奔向厨房，从充电器上拔下手机。

"喂？"

"哇！我还以为你不会接了呢。"爱丽丝说。我下意识地分析她的声音和语气。

"你在哪里？"

"在我律师的办公室外的走廊里坐着。我在他的办公室进进出出一整天，中间停下在一家巨大的餐厅里吃了午饭。那里至少有四十个人，但是我们相互之间不能说话。窗外是绵延数公里的沙漠和仙人掌。我能看到一道巨大的隔离网，还有探照灯和访客停车场，但是没有车。只有一辆囚车、一个院子，还有土路……"

"你能看到人吗？"

"不能。有一个花园，大太阳底下还放着一整套起重装备，就好像他们才刚买来这所监狱，保持原样没动。"

"律师什么样？"

"亚裔，鞋子不错，很幽默。我有种感觉，他的处境跟我们一样。可能他做错了什么，这是他的处罚。他可能在这里待一天、一周、一月，说不准。我觉得他不被允许谈论自己的事情。不知道姓，只知道叫维克托。这里的大多数人都不用姓氏，他们只称呼彼此'朋友'。"

"他们告诉你接下来会发生什么了吗？"

"明天早上我出庭受审。维克托认为如果我想的话，他可以提前解决。他说初犯通常都比较好处理。而且，他和提起诉讼的检察官是朋友。"

"他们到底指控你什么？"

"缺乏专注。一项罪状，即六级重罪。"

我恼火地抱怨："那是什么意思？"

"就是说，根据契约组织的规定，我没尽本分去专注于我们的婚姻。起诉书列了三项公然行为，包括去见戴夫时迟到，但是最主要的是我没有遵守去半月湾的指令。"

荒谬！"缺少关注？简直是屁话！"

"你可以那样说，因为穿着红色囚衣的人不是你。"

"你什么时候能回家？"

"我不知道。维克托这会儿正在和检察官谈。杰克，"爱丽丝加快语速，

"我得挂了。"

电话被挂断。

我还有不少文件要在明天之前看完，但是我无法集中注意力，于是我打扫房间，洗衣服。我把被无视几个礼拜的家务都做完了：换灯泡、修洗碗机的水管。我对打扫卫生很在行，这还要感谢与有洁癖的妈妈和姐姐一起度过的童年时光，不过我对手工杂活等都没有天赋。爱丽丝是我们家负责修坏门把、组装家具的那个人，不过最近她太忙了。我看到过，在家里做传统意义上男性家务的男人和妻子的性生活比打扫卫生的男人频繁，不过，在我们家这句话显然不适应。家里干净时，爱丽丝就能放松，爱丽丝放松时，她就有心情做事。我想起他们带走她时她穿的那套怪异的衣服，惭愧地说，那时我有些"性"奋，因为那让我想起了很久之前我们一起去过的一家虐恋店。那是在索马的一个仓库里，音乐震耳欲聋，灯光昏黄暗淡，楼上特色鲜明，有一条长长的走廊，两侧的房间各自有一个不同的主题，每一个都比前一个程度更严重。

最后，我把这个月爱丽丝买来给我当契约组织礼物的工艺品挂起来。那是一件色彩充沛的版画，一只大棕熊怀抱着我们州的略图，上面写着"我爱你，加利福尼亚"。

放在房间中央的平板电脑"叮"了几次，又有电子邮件来了。我想到爱丽丝从艾瑞克·威尔逊那里收到的邮件，那几封我没有点开的，正吸引着我去读，但是我没有读。我坐立难安，索性拿着手机去了沙滩。

海滩上寒风刺骨，人迹寥寥，只有平日那些无家可归的露宿者和几个青少年在瞎混时间，他们正竭尽全力维持着一堆篝火。不知为何，我想起洛伦·艾斯利的著作《丢星星的人》。故事说，一个学者在一片绵长宽广的荒凉沙滩上散步。远远地，他看见一个模糊的小身影，不断重复着同一个动作。等他走近，他发现那是个小男孩。小男孩周围的沙滩上摊着成千上万只被潮水冲上岸的海星，个个都奄奄一息。男孩正在捡起海星，把它们一只只扔回海里。学者走近小男孩，问："你在做什么？"小男孩告诉他，潮水退了，海星会死。学者迷惑不解："但是有这么多，甚至上百万只，能有什么用？"小男孩弯下腰，捡起一只，把它远远扔进海里。他笑了，说："能救一只是一只。"

我一路往上走，经过悬崖屋，最后在悬崖观景平台的咖啡厅停下。今晚这里有个社区筹款活动，所以营业到很晚。我买了杯热巧克力，之后在礼品店里闲逛，其间我被一些印有旧金山老照片的书所吸引。我发现有一本讲述的是我们社区的发展变迁史，怪异的封面上是一栋爱德华时期的房子，孤零零地迷失在绵延数公里的众多沙丘里。一条空荡荡的路从正中央穿过，路尽头停着一辆有轨电车。我买下这本书，并让店员把它精心包装起来。爱丽丝回来时我想给她一些美好的东西。

回到家，我再次抱着笔记本电脑坐下，仍然试图将前几个礼拜治疗的病人的报告书大致看一遍。我听到平板电脑里电子邮件收件提示音响了三四次。我想起艾瑞克·威尔逊的那封邮件，我试图回忆他的长相并在谷歌图片里搜了搜。搜出的第一张图片是他和我的妻子站在菲尔莫尔前的合照，他们上方的移动字母写着：水男孩合唱团与阶梯乐队联袂演出，九点开始。这张照片一定是十年前的。艾瑞克·威尔逊看起来状态不错，但十年前的我也不差。要不是我看过数百张爱丽丝的照片，我可能认不出这张照片里的她——莫西干发型、蓝色头发、颜色很重的黑色眼线、马丁靴、印着细菌乐队字样的 T 恤衫——她看起来酷毙了。威尔逊也是：墨镜，邋遢的胡子，抱着他的贝斯。我根本想不起上次自己一个礼拜没刮胡子是什么时候。

平板电脑又响了。即便是在我伸手去拿它的时候，我也十分清楚地知道不应该这么做，但我还是忍不住。收件提示音就像一个爱搬弄是非的坏蛋，深深地动摇了我的心。我点着屏幕输进去密码，3399——爱丽丝第一个家的地址，阳光车道 3399 号。

提示音提示的邮件不是她前男友发的。当然不是，有一条法律简讯，一条来自校友会的请求，一条来自乔什·洛兹的广告，和一封工作伙伴艾瑞克·莱文的回信。**希望你早日从食物中毒中恢复，不要再去田德隆区吃东西了。**

我本应该在这时停手，放下平板电脑，回去工作。但是我没有，我拖动邮件列表页面，从无数的邮件中找出十七封艾瑞克·威尔逊的邮件。其中三封里附有音频文件——他写的新歌和伟大的汤姆·威茨的《爱丽丝》。我喜欢这首歌。威尔逊的版本也不坏，它让我直打战，不过不是因为欣赏。

我快速浏览其他邮件。大多数是群发的，有关他们都知道的一个乐队。艾瑞克想见她，但她似乎不感兴趣。说不清。我为自己点开邮件的行为感到羞愧不已，听了那首歌后更是自觉羞愧难当。我为什么要那么做？做这种事不会有好处。缺乏安全感和焦虑不会产生好的结果。我突然有个可怕的想法，我迅速回头看。出于某种怪异的原因，我竟觉得会看到薇薇安站在我身后，看着我，一脸不赞同。我关上平板电脑。

我一夜醒醒睡睡，睡得很不踏实。第二天早上我醒来时，感觉比前一晚入睡时还要疲惫。我给诊所的黄打电话，让他取消今天的预约。我知道自己今天帮不了任何人。淋浴后，我决定做点饼干——巧克力曲奇饼干，爱丽丝的最爱。我觉得她回家后可能会想吃这种东西。

第一批饼干进烤箱后，我的电话响了，未知号码。

"爱丽丝？"

"喂。"一听到她的声音，羞愧感又涌上我心头。我不应该看她的电子邮件。她在那么远的地方，为我们的婚姻做着怪异的牺牲，而我却在这里违反手册的 4.2.15 节的规则。

"今天早上法庭上情况怎么样？"

"我被判有罪。我的律师据理力争，把六级重罪降到一级轻罪。"

我的头一跳一跳地疼。"轻罪的惩罚是什么？"

我想到手册"增强"部分的内容，一切都可随意解读。

"两百五十美元罚款。继续接受戴夫八个礼拜的考察。"

我放松下来。当然，因为缺少专注被罚款有些匪夷所思。不过，我本来以为情况会更坏。

"那还是可以接受的，对吧？"

"做出最终判决后，法官针对婚姻的重要性、确定目标并坚持实现的重要性对我唠唠叨叨训诫了很久。他讲到了诚实、坦率和信任。他说的一切都在情在理，我实在无法不赞同，但是由法官说出来却让我感觉很不吉利。"

"对不起。"我说。爱丽丝显然受到了惊吓，我很难受。我如此迫切地想在她身边与她共同面对。

"最后他让我回到我的丈夫身边。"

"嗯，这个判决我表示赞同。"

"他说我是个好人，他不想再在这儿见到我。就像在真正的法庭上，他们劝诫第一次贩毒和小偷小摸的未成年罪犯一样，只不过受到劝诫的人是我。我是说，站在我站的位置，人生中第一次我终于理解我做'法律援助'工作时一些客户的感受。"

"什么感受？"

"是与不是。法官命令我必须佩戴专注器械。"

"那是什么鬼玩意？"

"我还不知道。"爱丽丝的声音里透着浓浓恐惧，我的心直抽痛。"听着，杰克，我得挂了。但是维克托承诺今天下午我就会被释放。他说你应该在晚上9点在半月湾机场接我。"

"谢天谢地。"我松了一口气，"我都等不及见你了……"

"我得挂了。"她打断我，然后立即说，"我真的很爱你。"

我驾车往南行，一路穿过戴利城，下到阴冷的帕西菲卡，在山路上爬升，在新建成的美丽隧道里穿行。当我来到另一边，入眼是耸立的悬崖、蜿蜒曲折的山路和月光下闪闪发光的沙滩，好像是一个完全不同的世界。我想着每次从隧道出来时都想的问题：我们为什么不住在这儿？这里的平静安宁无可否认，风景也美得让人窒息，房价还比旧金山低。洋蓟和农场里的南瓜的气味混入一点来自太平洋的空气的湿咸。

几分钟后，我在半月湾机场的停车场停车，想着爱丽丝的飞机到达前可以在咖啡厅打发时间。令我失望的是，眼前漆黑一片，咖啡厅关了，周围一盏灯也没有。

我在跑道尽头处的围栏旁停车。我早到了半小时，大半夜的，我不想爱丽丝在半月湾降落时一个人孤零零地等我。我关上车灯，打开收音机，放低座椅。我摇下车窗，吹着小风，凝神听着爱丽丝坐的飞机的动静。这里没有航空管制，跑道上没有灯，不知道飞行员是怎么找到海边这条狭窄的柏油路的。我对小型飞机有种恐惧感，它们不定什么时候会出现危险，突然从空中翻滚着掉落。似乎每个礼拜都会报道一起新事故，某个体育明星、音乐家、政客或者某家高科技公司的CEO，本打算全家坐私人飞机去度假，结果出事死掉。在我看来，将身家性命托付给不靠谱的航空科技简直是疯狂。

吉默音乐台正在广播，播放的是优质节目《一切皆有可能》。主持人汤姆对《标语》创作人的采访即将圆满结束。节目制作人正在勾画新一季的剧情走向。他把和爱丽丝的客户对簿公堂时的失利轻描淡写地归为一次小小的误解，没有提及司法方面的那些龃龉。"书非常精彩。"他说，"我们正与作者合作，我想最后节目一定更好看。"节目结束，新闻开始，我关上收音机。我仿佛听到远处海洋的声音，虽然那有可能是风从洋蓟地里吹过。

我拿起爱丽丝的一本音乐杂志看了一会儿。专题报道是一篇有关诺埃尔和利亚姆·盖勒格的长文章。我放下杂志，在黑暗里静静坐着。我着魔似的一遍又一遍地查看仪表盘上的表：8：43、8：48、8：56。我开始怀疑他们不会来了。飞机场没有灯，只有咖啡厅后面一个房间里照出一束微弱的光。难道我听错了？他们改变主意，不打算释放爱丽丝了？有什么事情发生了？

8：58分。也许飞机根本没有起飞，也许她还不能回家，甚至更糟，也许山里天气恶劣。

然后，表盘显示九点整，世界恢复了生机。跑道两侧突然亮起明晃晃的灯光。我远远听到引擎嗡嗡的声音。我抬头看，但是什么也看不到。然后，远处，树木的上方，出现一架小型飞机的轮廓。飞机飞得很低，很慢，平稳地着陆，滑行一段时间后在跑道尽头停住，距离我停车的地方不超过五十米。引擎熄灭，夜晚恢复静寂。我打开车头灯，示意我的位置。飞机静悄悄的，一动不动。

爱丽丝在哪儿？我再次亮灯，然后下了车。这时，飞机上弹开一扇门，舷梯放了下来，漏出矩形的灯光。我一眼就认出了爱丽丝的脚踝，它从飞机里走出来，踏上第一层台阶。我的心猛地蹿到嗓子眼。她的双腿和腰出现了，随后是她的胸和脸，最后，她完整地站到了跑道上。她身上还穿着几天前德克兰把她带上越野车时穿的那套衣服。她小心翼翼地走过来，身姿笔直得有些古怪。不对劲，我想。她在疼吗？他们对她做了什么？她身后，舷梯被收回飞机里。爱丽丝穿过围栏，向我的车走来时，在灯柱下，我看到了她姿势古怪的原因：她的脖子上套着东西。

她转过身，向飞行员挥手告别，后者啪的一声打开跑道上的灯，发动引擎。我们会面，她双臂环住我，浑身发抖。飞机升到空中时，我把她拉近，紧紧抱住。我的双手抚摸着她柔软的头发，头发下面，是个坚硬的物件。飞行员最后一次打亮灯光，飞机升到树丛上空，向茫茫大海飞去。

爱丽丝紧紧抱着我，我能感觉到她身体里传递出的紧张和不安，但是她站得如此笔直，如此僵硬。我身体微微后仰，仔细检查她，她的脸颊上挂着泪水，虽然她在微笑，"所以，"她后退几步，展示脖子上的大项圈，说，"这就是，注意力项圈。"

项圈围着她的脖子，上部边缘一直延伸到下腭，包住她的下巴，让她无法移动下巴。就像她戴过的那只手镯，项圈有一个光滑坚硬的灰色表面。一道狭窄的黑色泡沫镶在项圈上部边缘，与她的下巴以及下腭骨接触。项圈消失在她的衬衫里，下面伸到肩膀下，上面伸到后脑勺一半的位置。她注视着我，眼里的温柔要溢出来。

"你还好吗？"我问。

"嗯，跟你说个悄悄话，自从他们把这个怪东西套到我脖子上，我脑海里就只想着一件事，唯一一件事，那就是你。"她再次后退几步展示她的新形象，然后语气轻快地问，"我看起来怎么样？"

"比以往任何时候都美。"我说。这是我的心里话。

"请带我回家。"

第二天一大早，我闻到了咖啡的香味。我穿过走廊，以为能在老地方看到我的妻子敲电脑，发疯似的赶工作。但是，她不在那儿。我给自己倒了些咖啡，溜达回卧室，还是没看到爱丽丝。

这时，我注意到客房里射出一道黄色的灯光。我推开门，看到爱丽丝站在穿衣镜前面，身上不着寸缕。爱丽丝坚定地抬着下颌，专注地看着镜子里的自己。她的脖子保持不动，固定在原处，但是视线转移，对上了镜中的我的眼睛。她的目光如此直接，我略略不自在。她脖子上的项圈，有一种不容置疑的纯洁，甚至如雕塑一般。它完美地契合爱丽丝的身体曲线，延伸到肩膀和胸部的部分也无缝贴合。不似在隐藏或约束她，倒似在勾勒她的美。站在略显昏黄的灯光里，我想我不仅理解了项圈这样设计的目的，也明白了契约组织的目的：我的妻子站在我面前，比以往任何时候都真切，都全神贯注，她以惊人的坚定果决面对自己的焦点和方向。

我不知道该说些什么。我站在她和镜子之间，下意识地，我双手放到项圈上，指尖沿着表面移动，沿着围住她下颌的软泡沫。爱丽丝的眼神一直锁定着我，昨夜的泪水早已消失不见，取而代之的是一些不一样的东西。是痴迷吗？薇薇安的声音在我脑海里回响："你需要和契约组织和平相处。"

"不知为何，"我说，"它让你变得更神秘了。"

她上前吻我，但是她无法仰起脖子，我不得不屈膝，用嘴唇迎上她的唇瓣。

我走到角落，坐在窗户旁边的椅子上。她没有从镜子前移开，她并不打算在我跟前遮挡赤裸的身体。我不知道爱丽丝想通没有，但她确实好像到了另一个境界。昨晚我们开车回家时，她精神头似乎不错，不过也有可能只是因为重聚而感到高兴。我让她把这趟旅行的所有细节告诉我，一字不漏，但她只是说："我还活着。"后来，她告诉我她很自豪，因为她克服万难坚持下来了。

"唯一真正让我害怕的一点，"她说，"唯一让我厌烦的一点，就是未知。未知让我恐惧。这场参与，一切都是完全未知。我感到一种奇怪的成就感，就好像我进入了某个完全不可预料的地方，然后从另一边出来了。"

"我也为你骄傲。"我说，"我感觉你做这一切是为了我们两个。这对我而言意味着很多很多。"

"我的确是为了咱们俩。"

晚饭后，她只看了一集《标语》，吃了冰激凌，就回了卧室。我在她头下垫了三个枕头，这样她会舒服些。我以为她几秒就能入睡，但是她没有。她把我拉近，紧紧搂住我，像即将溺亡的人抓住最后一根救命稻草。我问她在想什么，她回答道："没什么。"我每次问她的想法时她都这么回答。

有时，我相信她，不过有时，我知道她的心其实在高速地运转，这就是我当时的感受：我在外面，向里面窥探。

最后，我们做爱了。我不确定自己想在这儿谈论这事，不过我得承认，那次的性爱完全出乎我的意料，有点非同寻常。爱丽丝看起来很坚定，不仅如此，她还很疯狂。我好想知道她在沙漠究竟经历了什么。但是，我屈服于她的激情和坚持，屈服于爱丽丝重施的这种危险的故技。我的爱丽丝，只是她变得不同了。

爱丽丝请了一天假。虽然今天是情人节，但我还是大为惊讶。我想这也讲得通。她优先考虑的事情变了，契约组织发挥作用了。

当然，有一些现实问题：她找不到适合项圈的正装，就连平日穿的外套也不行；而且，她还没想好该怎么解释。她给她的律师助理发了邮件，说食物中毒病情加重，她可能两天甚至三天都不能去办公室。当我连续两天打电话取消预约时，黄让伊芙琳接了电话。

"一切还好吧？"伊芙琳想了解情况。

"还好。"我说，"家里突发紧急事件。"伊芙琳没有深究。

起初，爱丽丝有点不安，她似乎不知该如何自处，但是到十点钟时，她开始享受不工作的时光，后面有一整天的时间供我们支配。

我们散着步来到沙滩。爱丽丝穿着胀鼓鼓的外套，项圈外围着一条羊毛围巾。我带着相机。当我抓拍了她一张照片时，她朝我吼："我不想戴着这玩意照相！"

"别呀。"

"坚决不！"

"就一张？"爱丽丝拽下围巾，脱下外套，露出项圈。她直视着我，伸出舌头。

回家的路上，她甚至懒得去戴围巾穿外套。我想她一定觉得惊讶，从她身边经过的人们似乎没有注意到，或者根本不在意。我们去了趟西夫韦，收银员装完我们买的东西后抬头，"天哪！"她问，"车祸？"

"是的。"爱丽丝回答。

就是这样。接下来的三十天，无论谁什么时候说起来，爱丽丝都只回答那两个字"车祸"。她对同事这么说，对我们的朋友这么说，到我办公室接我吃午饭时对伊恩、伊芙琳和黄也这么说，而且，她以前从没接我吃过午饭。有时，她还会模仿车辆撞击的声音，双手夸张地比画。都没有人再追问，除了黄。"是丰田花冠还是本田小型货车？"他问，"我押花冠——花冠车的司机技术最烂。"

我得承认，每次瞥到那个项圈，或者只是瞥到我的妻子，见到她身姿挺直，或坐或站，高昂着下巴，我都能感受到她的决心。每天晚上，我帮她清洗项圈下面，用一块抹了香皂的热毛巾穿过玻璃纤维支撑，擦拭里面的皮肤。我看着她时，为她做饭时，与她做爱时，拉着手看电视时，我从未对我的妻子说过，从未坦承过：结婚是我的主意，是我留住她的方法，但是，结婚才短短几个月，她的牺牲早已比我多得多。

据估计，超过百分之十的夫妻是在情人节当天订婚的。我习惯让客户说一说他们订婚的原因和时间。有趣的是，我了解到情人节当天订婚的夫妻婚姻关系更脆弱，一起走下去的决心要薄弱得多。我能得出的结论是，一段婚姻若是有着冲动热烈并过于浪漫的开端，那结束时遇到的阻力相对较少。

如果二月订婚，那么离婚多半是在隔年一月。研究表明一月离婚的情况在天气较冷的州更为普遍，不过在洛杉矶和凤凰城这些地方，一月也不是结婚的好月份。如果非让我猜测一番，我会说，节日效应难辞其咎，此外的因素包括期望难以实现，或夫妻二人在不满的家庭成员窥探的眼睛下度过的时间太久。如果近亲属离婚，更会给已婚夫妻带来压力。事实上，一个家庭中有人离婚，是同一个家庭其他直系亲属离婚的强有力的信号。阿尔·戈尔和蒂珀·戈尔的女儿克里斯汀离婚后一年，他们两个也结束了长达四十年的婚姻，然后多米诺骨牌开始坍塌。不到一年，他们三个女儿中的另一个也离婚了；次年，最后一只鞋子掉落，他们的第三个女儿也宣告婚姻破裂。由此可见，当与我们关系亲近的人结束他们的婚姻，离婚就突然变成了可行的选项。

如果离婚能引发离婚，显然，加入一个不仅反对离婚而且以一系列严格规则制度积极地加以阻止离婚的俱乐部，可能会降低离婚的可能性。我想说的是：虽然实施手段相当可疑，手册和法律术语处处透着古怪，还高度保密，但契约组织或许真的可以发挥效力。

9

三月十日，爱丽丝早早回家为契约组织在伍德塞德举行的派对做准备。派对的主人叫吉恩，我们和他在上次的派对上相识，当时他提到过对黑皮诺的热爱。所以我在一家葡萄酒专卖店停下，拿了一瓶产自俄罗斯河畔的高档葡萄酒。酒量很少，瓶子罕见，价格也很昂贵。爱丽丝和我认为这份投资是合适的，也是必须的。

自从爱丽丝从沙漠返家后，我们再没讨论过早前脱离契约组织的意愿。她在那儿度过的时间如此难熬，但自那之后我们的关系如此稳固，以至于我们所憎恨的关于契约组织的一切，不知为何看起来似乎没那么可恨了。就连德克兰和黛安带走她的往事也被赋予了新的意义。这是必须的，黛安往爱丽丝脚踝上锁脚镣时德克兰说，虽然我不相信，但我的确看到那次经历改变了她，改变了我们两个，甚至可能让我们变得更像一对已婚夫妇。我不能否认我们现在更亲近，更相爱。如果说我们还没能与契约组织和平相处，起码现在，我们不抵触它了。

我终于回到家，爱丽丝已经穿戴好准备出发了。在戴了近三十天的项圈，穿了近三十天的高领毛衣、系大蝴蝶结的衬衫和宽松的风衣，围了近三十天的围巾后，她换上了灰色的抹胸连衣短裙，穿着闪耀的高跟鞋和长丝袜，她惊艳了我的眼睛。项圈几乎像是裙子的一部分。她把头发梳得蓬松上挑，搭在上面，显得恰到好处，毫不突兀。从她的头发和深蓝色的长指甲来看，她是 2008 年前后的爱丽丝；从她的连衣裙来看，她是现在的爱丽丝，项圈则完全不相干。

"怎么样？"她别扭地转了个圈。

"美极了。"

"真的吗？"

"真的。"

不过，我仍然猜不出她打算做何表态。是想对契约组织的人嗤之以鼻？这是她在宣告他们不能让她蒙羞，不能束缚住她？或者恰恰相反，她想告诉他们她接受惩罚并且已经能更坚强地面对？不过，话又说回来，也许是我想多了，也许是因为要去一个不必躲避也不需要回答问题的地方让爱丽丝心情很放松，仅此而已。

我匆匆穿上我的灰色泰德·贝克夹克衫，我第一次参加派对时没穿那件。我略过领带，选择了黑色牛仔裤和偏时髦的鞋子。穿鞋时，我突然意识到，爱丽丝和我越来越适应我们在契约组织里的角色。人类，像其他所有的动物一样，有强到不可思议的适应能力——生存所迫。

路上车辆很少，我们到达伍德塞德路出口时还剩不少时间。在城里，我问爱丽丝愿不愿意去乡村小酒馆喝点东西。她考虑了一秒，摇摇头。她不想迟到。

"不过，我的确需要喝点东西。"她说，于是我们停车去罗伯茨市场买了一提六瓶装的佩罗尼啤酒。我把车开到哈达公园，停在一棵枝繁叶茂的榆树下，开了两瓶啤酒，我也需要喝一瓶。我最后还是放弃了，不再去德雷格超市寻找乔安妮。我担心她今晚来参加派对，我又担心她不来。爱丽丝拿她的酒瓶砰地碰上我的，说："干了！"她很难低头豪饮，但还是这样做了，只有几滴酒出来，顺着她的脖子流下，滴到项圈的上部。

也许我们终究是有点紧张。我懂得她豪爽地吞下最后一口酒时的眼神：她在为自己加油鼓劲。我看了看后视镜，隐隐希望警察不久后会出现。

"我们还有时间再喝一瓶吗？"

"也许吧。"我又从包装袋里抽出两瓶。

爱丽丝从我手里夺过一瓶，咕咚咕咚喝了下去。"我酒量不好。"她说，"今晚不要再让我喝了，一瓶也不行。我不能再说些让自己后悔莫及的话。"

爱丽丝有时在派对上控制不好自己。她中学时期残留下的那点胆量不足以支撑她主动挑起话题与人交谈。当她终于开始交谈时，又会说个不停，刹不住车。在我新诊所的庆祝派对上，她把宴会负责人误认为伊恩的伴侣。当然，在那些派对上，多喝一瓶酒，说错几句话只会带来尴尬，可能还需要窘迫地道歉。但今晚，说错一句话，她就会发现自己坐在一辆向沙漠疾驰的黑色越野车里。

"准备好了吗？"

"没有。"爱丽丝深吸一口气。

我们拐上熊峡谷路，在一道气势慑人的大门前停住，眼前是密码锁盘。665544，就像卡片上写的一样。大门轰隆轰隆打开了。

"现在还不算太晚。"我说，"我们可以掉头逃跑，可以去希腊。"

"不行。"爱丽丝说，"希腊有引渡条约，只能去委内瑞拉或朝鲜。"

我们沿着山路一直往上，途经不少房屋和牧场。在每个拐弯附近，如果你仔细看，就能看到隐藏在树林里的豪华别墅。伍德塞德是另一个希尔斯堡城，只是多了马匹。前路漫漫，我们继续行驶。爱丽丝一言不发，就连我确认地址和拐上那条长长的车道时也保持沉默。这里的房屋比不得希尔斯堡城的档次，但是仍然让人印象深刻。招待我们的派对主人吉恩是一名建筑师。分列道路两侧的球状灯一直延伸到主建筑——一栋高大宽阔的雕刻房屋。他们发明房地产色情这个词时，心里想的一定是这里。

我在路尽头找了个地方停下，熄了火。爱丽丝坐着没动，她闭上眼睛。"我可能还需要一瓶啤酒。"

"不行。"我说。

她蹙眉。

"你待会儿会感谢我的。"

"浑蛋！"

我们下了车，一时愣住了，眼前美丽的房子和错综复杂的道路让我们惊叹。我们在路边整整站了一分钟，牵着手，不说话。我们极有可能踏上了错误的道路，不幸的是，我们不能选择转身离去。

事后想来，这一切发生得的确有些快：我和爱丽丝刚认识一年出头，就有了一起买房的念头。当然，要在旧金山置办房产可不容易。从进门到掏出一百多万买下这栋房子，我们只花了不足二十分钟，房价低了两成不说，还没花临时费用。这事过去有几年了，那时候房子还算"承受得起"。

搬进新家几个月后，我发现有条电线一直向上延伸到车库的墙面下。事有蹊跷，我便把胶合板一片片掀了起来。起初，我想无非会见到墙体结构和走线之类的东西。然而，胶合板后面居然藏着一间小屋，里面有一把椅子和一张嵌入式书桌。书桌上摆着一包照片，看上去，像是一家人二十世纪八十年代在西雅图度假时照的。我们刚搬进来时，怎么不知道还有这么个密室？

有时候，爱丽丝也给我这样的感觉。我在不停地搜寻那个小小的不为人知的秘密。虽然多数时候，爱丽丝和我想象的一模一样，但当我偶尔集中注意力，却能够找到那间密室。

爱丽丝从没和我提过她的家人，但最近却说起了她父亲的一次外出，这让我颇感意外。电视机里播放着老剧《勇闯天涯》，主持人在荷兰游历。"阿姆斯特丹是个很棒的城市。"她说，"不过我在那儿总会禁不住乱想。"

"为什么？"

她给我解释了一番。她母亲刚刚过世，哥哥就参了军。我对她哥哥不甚了解，只知道他十几岁时得了抑郁症，还吸上了毒，直到二十左右自杀未遂才幡然醒悟。爱丽丝和我说，大家都觉得他参不了军，他有抑郁史，部队怎么可能荒唐到让他参军。爱丽丝的父亲去找了负责征募的人，列举了她哥哥不能参军的种种理由，劝他放弃她哥哥。不过征募人有指标，一旦应征人签了字，他是不会放他走的。

爱丽丝的哥哥通过了部队的基础训练，一家人大为震惊。他们都为他感到骄傲，但还是不免担心他远赴德国执行任务。"我和父亲说，这不见得是坏事，"爱丽丝说，"没准他能重新振作起来。父亲看了我一眼，就像我是个白痴一样。'这世上就没有奇迹。'他说。"过了十个礼拜，部队打电话说她哥哥不知所踪，他们丝毫没有觉得意外。

"那时候我母亲刚刚过世。"爱丽丝说，"布莱恩的失踪让我和爸爸心情异常沉重。我第二天早上醒来，发现父亲也不见了。他给我留了些现金、一个满满当当的厨房、汽车钥匙和一张字条，说他去找布莱恩了。那时的我感觉世界如此之大，父亲出去四下找寻布莱恩，简直是疯了。"

当天晚上，爱丽丝的父亲给她打了电话。接连三个礼拜，他每天晚上都会给她打电话。每次她问父亲在哪里，他只会草草说在找布莱恩。之后的一晚，她没等来父亲的电话。"我哭了。"爱丽丝告诉我，"以前没有，之后也再也没有那样哭过。我失去了母亲和哥哥，那时，我以为父亲也离我而去了。要知道，我那时只有十七岁，一个人孤苦伶仃。"

第二天，她没有上学。可怜兮兮地蜷缩在沙发上看电视，她不知道该干什么，也不知道该给谁打电话。她给自己做了通心粉和奶酪当晚餐，正在厨房的炉子上吃着时，听到有出租车停下的声音，她撒腿就跑到了窗前。

"简直难以置信。"爱丽丝告诉我，"我看到父亲从出租车一侧下了车，哥哥也从另一侧下来了。他们进了屋，和我坐在一起，吃起了通心粉和奶酪。"

爱丽丝说，她一直以为是布莱恩回了部队，她父亲才想办法让他回的家。几年后她知道了真相，惊讶不已。原来那三个礼拜，她父亲一直在阿姆斯特丹来回转悠，在布莱恩最后出现地方的方圆几百公里内，他寻遍了咖啡馆、旅馆和火车站，每个晚上，他都会在那儿来来回回地找布莱恩。她的哥哥和父亲之间有很强的感应，就像他总能知道布莱恩在想什么一样，爱丽丝说。尽管布莱恩从没去过阿姆斯特丹，但冥冥之中，他们的父亲就是知道他会去那儿。

爱丽丝给我讲的这个故事，如同那间车库小屋一般神秘，让我感同身受，也让我开始重新认识爱丽丝。布莱恩有强迫症，在歧途中越走越远，他在自己的世界中执着前行，周围的一切都毫不理会。爱丽丝的父亲始终不愿相信儿子的离开，强迫情结不亚于布莱恩。即便寻子之路渺然无望他也毫不退缩。布莱恩的病可能随时随地发作。在这个家中，无论好坏，强迫情结都展现得淋漓尽致。从这方面看，爱丽丝的强迫欲无时无刻不占据上风，她那个彻头彻尾的计划，无论指向何方，都说得通。

我挽住爱丽丝的胳膊，和她一起沿着亮着灯的小路向上走去。弯弯曲曲的小路引着我们穿过一个香气扑鼻的果园，到了那栋大房子门口。玻璃、树林、钢梁、闪闪发光的混凝土、室内外的热闹情形和游泳池映入眼帘，从这里，还能看到对面硅谷特别的美景。

"这房子不错。"爱丽丝面无表情地说。

吉恩走出沉重的大门。"朋友们。"

我把酒送给他。他说道："你们不该破费的。"他随后扫了眼酒标。"哇，你们可真不该破费！不过我真高兴你们这样做了。"

他转身和我妻子说："爱丽丝，我的朋友，你美极了。"吉恩岁数不小，本不该说这种话，他显然深谙契约组织的规矩，不会因为注意力项圈大惊小怪。

"谢谢，吉恩。我很喜欢你的房子。"

薇薇安穿过院子，出现在我们面前。"嗯，这不是我最喜欢的小夫妻嘛!"她给了爱丽丝一个大大的拥抱。和吉恩一样,她也没有注意那个项圈。薇薇安转过来亲吻了我的双颊,就像我们从来没有在爪哇沙滩咖啡店告诉她我们打算退出契约组织一般。"朋友。"她在我耳边轻声说,"真高兴能见到你。"可能是我想多了,但我觉得她似乎在用这种方式告诉我,我们之间的不愉快都过去了,她已经忘了我做过的蠢事。

吉恩引我们进了屋,在吧台前停了下来。吧台上摆了两杯香槟,后面还码着一打水晶香槟。他举起酒杯向我们敬酒:"敬各位朋友。"

"敬各位朋友。"爱丽丝重复道。

吉恩发现我一直盯着混凝土壁炉上的油画。上大学时,我的室友有张海报,就是这幅画,他一直把它挂在书桌上面。他之所以买这海报,是想让自己看上去"更成熟"。

这三道线色彩亮丽,再次让我入了迷,它们彼此之间相互补充而又互相对抗,给人一种特别的感觉,既彼此交融,又相互独立。我的思绪不知不觉又回到了寝室,此时此刻,我觉得自己真的成熟了不少。

爱丽丝抬头看了一眼。"罗斯科这幅画倒是不怎么吓人。"

吉恩的妻子奥利维亚走了过来,她的长裙外系着条围裙,走路姿势十分优雅,不过我总觉得她应该是把什么东西溅了一身。她也和薇薇安一样,镇静得有些古怪。

奥利维亚的手搭在我腰上,把我向油画那里推了推。"罗斯科建议从四十六厘米处欣赏,他觉得自己的作品需要亲密的朋友。"她的手一直绕着我的腰,让我觉得很不自在,两条胳膊无所适从,所以我只能双臂交叉,尽量保持一个姿势站着。

"这画讨厌死了。"她评价道。

"此话怎讲?"

"这是吉恩买的结婚十周年礼物。会计让我们拿去做了鉴定,弄得我整天提心吊胆。"奥利维亚拽起我的手,"来,我们去外面找大家吧,他们都在等你。"

在普通的聚会上，客人都时兴晚到，但是这儿不一样。刚刚六点十分，所有的客人似乎都到齐了，他们停好车，开始享用桌上的香槟和开胃小吃。这次的饭菜没有头次聚会时丰盛，显然，不是谁都能闭着眼做出小面包来的。普通的浅口盘里摆着奶酪、水果、简单的蔬菜沙拉和培根虾卷，这让我松了口气。轮到我们招待大家时，我和爱丽丝应该也能弄出这一桌子菜来。

大家都在和我们打招呼，他们冲我们微笑，拥抱我们，还称我们为"朋友"，让我起了一身的鸡皮疙瘩，不过倒是挺温暖。他们似乎对我们的事一清二楚，还有个人对我了如指掌，我不得不绞尽脑汁回想什么时候在爱丽丝的公司见到过他。这些人都很关心我们甚至可能有点太过关心，当然，肯定还有些奉承的成分。对有些人，我只是稍微有些印象，但他们却能走过来，和我聊起三个月前没有聊完的话题。

一个叫哈伦的人问起我出诊的情况，他的妻子则一直在咨询爱丽丝法律问题。恰巧此时，我看到乔安妮在泳池边和一对夫妇聊天，我努力引起她的注意，却没有成功。内尔正好到了我跟前。"乔安妮今晚看上去真可爱，是吧？"他呢喃说，声音小得只有我能听到。

"当然啦。"我说。不过他捏了捏我的肩膀，他太过用力，显得很不友好，这不禁让我觉得自己说错了话。

他看了眼爱丽丝，目光停在了她的项圈上。"我必须承认，朋友，你看上去真惊艳。"

她摸了摸项圈。"我可不觉得是配饰给我加了分。"

我咬了口巧克力蛋糕，正琢磨着和内尔说点什么，上次聚会的东家就来到了我面前。"你没准想一会儿再吃掉它。"凯特取笑说。我迟疑了一下，半张着嘴停了下来。"你好，朋友。"她说，"真高兴又见到你。"

"你好，朋友。"我回答道。爱丽丝吃惊地瞥了我一眼。

凯特侧身亲吻了我的嘴唇。她的口红泛着清香，全身还散发着香草的气息。这一吻没有丝毫情色成分，却让我意识到我们之间的友情居然如此深厚，不过她似乎对待每个成员都是如此。

"你们两个做好称体重的准备了吗？"

我和爱丽丝一脸茫然地看着她。

凯特大笑起来。"你们一定没有好好读附件和附录。"

"我不记得有什么附件呀。"

"指导委员会每年都会更新和制作新规章。"凯特解释道，"你们的手册上应该都有。书后面有几张活页纸。"

"我确定没见过什么活页纸。"爱丽丝皱起了眉头。

"啊？"内尔吃惊地说，"我得和薇薇安说说这事。"

我暗自窃喜，一定是薇薇安搞砸了，真想知道会怎么惩罚。

"噢，好吧。"凯特说，"他们很少出错，不过也不可避免。新的规章恰好在你俩加入之前出来的，没准就是因为这个才出了问题。我们这儿第一季度的会议就是一年一度的称体重项目。我们会在第三季度举办健身比赛。我觉得把它们分开是不错的选择。"

凯特转向爱丽丝。她和别人不同，注意到了注意力项圈。"啊，我相信你已经发现，戴上它，会让你有所领悟。"她说，手指滑过灰色项圈的光滑表面。她吐露说："这是我们之间的秘密，朋友，我也有一个，那是几年前了。新款无疑改进了不少。这几年，我听说他们开始用 3D 打印机，所以每一个看上去都那么合适。它当然很贵，不过就像你可能知道的，投资团队这一年真是风生水起。"

"投资团队？"爱丽丝问。

"当然啦！"凯特说，"伦敦经济学院毕业的三个成员和我们在沙山路的那几个朋友真是帮我们大家改变了一切。但凡契约组织认定的事，几乎都能得到资助。我那个衣领只有几片粗制的边，却重得要命，一点泡沫都没有。"她的手指摸了摸下巴上的划痕。

她接着摇了摇头，一副如梦初醒的样子。"那么，我们先去卧室，把这事解决了？你们是我最后的任务。"她挽起我们的胳膊，押着我们朝大房子走去。爱丽丝笨拙地晃动着身体，趁机给我投来一瞥，她看上去一点都不害怕，反而觉得十分好笑。

凯特带我们进了卧室，这卧室如宫殿一般，有着巨大的落地窗。墙上有张大大的有马特·格罗宁签字的印刷画，这是张辛普森风格的吉恩画像。画上的吉恩和今天晚上穿戴得一模一样，手里也拿着香槟酒杯。画像下面有一行潦草的字：吉恩，这房子太了不起了。谢谢。

"卫生间在那边。"凯特指着说，"能脱多少脱多少，别不好意思，我自己都是脱光了的。每克都是分量。要求是，体重增减不得超过结婚当天体重的百分之五。"

"要是结婚当天我很胖怎么办？我不能减掉超过体重百分之五的分量？"我其实并不胖，不过这是个好问题。

"噢，还从没有过这种事，"她微笑着说，"我们的所有成员，你知道，接到邀请前都会受到全面的审查。不管怎么说，第一个破例的人将接受轻罪六的惩罚。那之后，事情会变得有些糟糕。你们两个真该好好做做功课。"

"说得太对了。"我高兴地说，试图得到响应。

"谁先来牺牲一下？"凯特问。

"我来吧。"爱丽丝向卫生间走去，"要脱掉的每克对我来说都很重要，这项圈对我不利。"

"别担心。"凯特说，"它大概一千四百一十七克重，你的档案里有记录。项圈的重量会被刨除的。"

在等爱丽丝的当儿，凯特摆弄着地板上光滑的体重秤，而后又打开了梳妆台上的笔记本电脑。我看她打开了个网站，上面有一个闪动的蓝色字母 P 和一个登录窗口。她迅速打了几个字，屏幕上立刻出现了一个电子表格。表格左侧有一排照片，我和爱丽丝的也在其中。照片一侧是一串数字。我往梳妆台靠了靠，想好好看看上面是什么，凯特却突然把电脑合上了。

卫生间门开了，爱丽丝站在门口，全身上下只有一个项圈、一件胸衣和一条内裤。她走上体重秤。凯特看了下上面的数字，噼里啪啦地敲进电脑。"到你了。"她对我说。我跟着爱丽丝进了卫生间。

门一关上，我便悄声说："真是奇了怪了。"

"早知道，我就不喝那么多啤酒了。我刚刚一直在这里努力排尿，能排出多少算多少吧。"

"好主意。"我站在热乎乎的日式坐便前说，"我能全脱光吗？他们怎么能知道我结婚当天有多重？"爱丽丝穿上衣服，我也脱掉了鞋子、裤子，解下了腰带。

我还穿着内裤、衬衫和袜子。"亲爱的，"爱丽丝说，"要让体重更加真实，你可能还得脱掉其他东西。"

我想了一下，又脱掉了衬衫和袜子。"平角内裤还是留着吧。"我坚持道。爱丽丝大笑着打开了门，凯特从电脑前转过身，抬头看了我一眼，冲爱丽丝挤了挤眼，似乎在开什么不可告人的玩笑。

我走到体重秤上，虽然丝毫影响不到体重，我还是坚持吸了吸肚子。凯特大声地读出上面的数字，噼里啪啦地敲进了电脑。我在卫生间穿衣服时，听到爱丽丝和凯特在卧室里聊天，爱丽丝询问我们的情况怎么样。

"噢，那可不是我的职责，我就负责把数字敲进电脑。"

"您是如何开始负责称重的呢？"

"就和其他负责人一样。一天，我收到信使寄来的一个包裹。里面有说明书、登录密码、玻璃体重秤和这台电脑。只要是契约组织提供的工作都差不了。"

"每个人都有工作吗？我从来没听人提起过。"

"是的。很快，工作委员会就会根据你和杰克的能力和专长给你们分派工作了。"

爱丽丝挑起眉毛，吃惊地说："那我的工作怎么办？"

"我保证，你会发现契约组织安排的工作也是份真正的工作。相信我，工作委员会只给成员安排力所能及的工作。"

我走出卫生间，问道："要是有人拒绝怎么办？"

凯特稍显不屑地瞥了我一眼。"朋友。"她只说了这句，再无下文。

我们回到聚会现场。晚餐是沙拉和金枪鱼盖饭，虽然很普通，却也说得过去。我打算劝爱丽丝在回家路上再买个汉堡。大家把盘子都刷洗干净后，吉恩和奥利维亚从厨房中推出了一个三层的生日蛋糕，上面插着几十根燃着的蜡烛。这个月过生日的所有成员都站了起来，我们齐声唱起"生日快乐"。

乔安妮向蛋糕那边挪了挪，显然她不久前才过了三十九岁生日。我一晚上都没顾上和她说话。每当我找她时，总会发现她恰好在远远的另一头。按照事先的晚餐安排，我要坐在科学家贝丝和她的新闻主播丈夫中间。

乔安妮离我最远，在桌子另一头。她现在从我身边走过，居然都没有注意到我。我突然发现，她是唯一一个没有夸张地拥抱我，和我说"你好，朋友"的人。

乔安妮穿一条保守的蓝色长裙，看上去消瘦憔悴。我发现她小腿肚上斑斑点点，似乎是瘀伤。

过了一会儿，我和爱丽丝到院子里同恰克和伊文闲聊，我看到乔安妮径直进了屋子。她丈夫内尔则和爱丽丝的顾问戴夫在院子另一头相聊甚欢。他们那儿架起了一个大屏幕，屏幕上即将播放今晚的勇士队的比赛。他们靠在一面一米多高的水泥墙上，这墙更像个雕塑，没什么实际作用。我偷偷开了小差，跟着乔安妮进了屋子。我以为她没有看到我，可当我绕过墙角到了卫生间，却发现她在等我。

"别这么做，杰克。"

"什么？"

"别再去德雷格超市了。"

"什么？"我迷惑不解，一脸窘迫。她在那儿见到了我，却没打招呼？"我有很多问题……"

"听着，我不该说这些，我错了。别往心里去，装作什么都没发生过吧。"

"不行。我们能谈谈吗？"

"不。"

"求你了。"

"在这儿不行，现在也不行。"

"什么时候可以？"

她犹豫了。"希尔斯代尔美食广场，熊猫快餐对面，下个礼拜五，早上十一点。别被跟踪。说真的，杰克。别搞砸了。"她头也不回地走了。

内尔还在屋外观看篮球比赛。戴夫走开了，内尔一个人孤单地坐在水泥墙上，双腿耷拉下来。他让我想起些什么熟悉的事情，却说不清道不明。爱丽丝还在同恰克和伊文聊天。恰克正说得起劲，给爱丽丝讲他们是如何请到吉恩来设计度假小屋的。恰克有点口音，像是澳大利亚腔。"就在我们确定关系前不久，他主动提出帮忙，我们于是忙着四处借钱买房。我朋友维金斯让我们在霍普兰他家附近看看。那儿很便宜，所以我们就买了。无论从哪个角度看，那儿都只有玻璃和混凝土。吉恩真是一个魔术师。"

"你们真该去看看。"伊文说，"周末来我们家吗？"

我绞尽脑汁，希望想出个合适的理由婉拒这次邀请，却听到爱丽丝说："当然了，听上去很有意思。"

我还没来得及反驳，恰克已经开始挑选日子了。"我们是一家人。"他说，"所以这该算作你们今年的一次旅行。"

爱丽丝脱口而出："随你。"

"我们有个泳池。"伊文接着说，"别忘了带泳衣。"

临近午夜，聚会才结束。刚刚还在院子里聊天、喝酒的三十个人一下子走得差不多了，只剩下我、爱丽丝、吉恩、奥利维亚和另一对夫妻。爱丽丝显然还不想走，这倒是出乎我的意料。她的确比我更擅长社交，除了必要的约会之夜，我们很少半夜在外面晃荡，我想单就这点而言，我们和契约组织还是有共识的。我简单的逻辑告诉我，我们似乎很难脱离契约组织，如果脱离不了，最好的办法就是尽量减少和其他成员共处的时间。我们越少见到他们，他们就越少见到我们，我们就不会那么容易陷入困境。越多时间相处意味着越高的风险，难道爱丽丝都忘了吗？

我们道了别，吉恩把我们送到门口。我们下坡向停车场走去，路很长，而我俩却都缄口不言。我打开车门，等着爱丽丝把她自己、项圈和其他东西挪进副驾驶。一上车，我立刻放松下来。我只能说，我们从契约组织的第一个季度聚会中幸存下来。

"那儿挺有意思。"爱丽丝说，言谈中丝毫没有讽刺的意味。

我开了车，发现吉恩和内尔正站在车道尽头看着我们。

礼拜二，薇薇安给爱丽丝打来电话，邀她去金融区的山姆饭店吃午餐，那是家老式意大利餐馆。一整天，我神经都高度紧张，琢磨着她们会聊些什么，薇薇安又会带来什么奇怪的新惩罚、新指示。也没准我们在聚会上表现不错，今天会是好消息。契约组织有过好消息吗？是不用再戴项圈了吗？

五点一刻，我下班回到家，坐在床边一边看书一边等爱丽丝回来。六点一刻，她的车驶入车道。车库门开了，接着，我听到侧面楼梯传来她的脚步声。我在厨房等她，她推门进了屋。我一眼就注意到了她的姿势：更放松、更轻松、更像爱丽丝。她今早戴的围巾不翼而飞了，衬衫的扣子敞开到脖颈，她转了一小圈，冲我咧着嘴笑起来。

"不用戴了。"我说着把她拥入怀中，"自由的感觉如何？"

"太棒了，不过有点别扭。我这么久都没动过脖子上的肌肉，现在感觉真难受，我想去躺一会儿。"

我们一进卧室，爱丽丝直接躺在了床单上。我给她摆好枕头，好让她舒服点，然后坐在床边和她挨在一起。

"和我说说都发生了什么。"

"我到的时候，薇薇安已经在那儿了。"爱丽丝说，"她坐在包间里。我一进去，服务员就把窗帘拉上了，这样没人会打扰我们。我们没有闲聊，她压根也没提上次聚会。她说她接到指示，要收回项圈。不过一点才开始执行，所以我还必须戴着它吃午饭。"她坐起来摆弄了下枕头。"我问薇薇安，我能不能留着它。"

"这是为什么？"

爱丽丝耸耸肩，又向后靠上枕头。"我也说不清，可能是想留个纪念吧。薇薇安说这不符合规定。"

第二天一早，爱丽丝上班后，我在厨房里煮咖啡，一阵敲门声响起，来的是一个自行车信使，这个人二十来岁，手里拿了个大大的信封，信封左上角有个字母 P，说明了它的来源。他累得上气不接下气，我只好请他进屋喝杯水。他跟我进了厨房，整个房间都变得神经兮兮起来，他问了很多我从没想过的问题。"我叫杰瑞。"他说，"三年前，我在一家新公司找到了工作，就从内华达的埃尔科搬到了旧金山。我来了没几个礼拜，那公司就关门了，我就干起了这营生。"

我递给他一杯水，他一饮而尽。"你们在这里土生土长，我还得找工作。要是每个礼拜三送这些包裹赚得不多，我老早就去找别的工作了。"

"你也给别人送这种包裹吗？"

"没错。他们雇的我，不过只有每礼拜三。有时候，我一天能送两三个包裹，有些时候一个都没有。"

"你从哪儿取包裹？"

"二十三号码头上那个小办公室，一般都是同一个人给我派活。他说我是他们唯一的信使，是他们唯一相信的人。申请流程真烦人：背景审查、手印、工作履历。虽然我其实压根没申请过。他们说是从我以前老板那儿知道的我的名字，不过我老板早就跑哥斯达黎加花风投的钱去了。好在考核一过，他们就立马给我派了活。从那时开始，每个礼拜三都是如此，差不多是这样。"

"就在旧金山这片？"

"不是。东湾、半岛到圣何塞，还有马林县，我都去。市里的件我就骑车送，远了只能开车。我不知道他们是谁，只知道他们都挺阔气。因为礼拜三的派送费比一周其他几天加起来还多。呀，我知道我不该和你说这些，不过我们关系不错，是吧？"

"对，不错。"

他放下水杯，看了眼腕带，那是个活动追踪器。"我得走了，我还得去圣马特奥送最后一个包裹。"他边戴头盔边漫不经心地问我，"你知道他们是谁吗？"

这是契约组织的考察内容，还是完全和契约组织无关？只有一个答案毫无破绽："毫不知情。"

我还没来得及再问几个问题，他已经出了门，骑上了车。

信封上面写着爱丽丝的名字，我给她发了信息：契约组织刚刚给你送来一封信。

她的回答是：见鬼。

我冲了个澡，穿戴整齐准备上班。我看了一眼那个没有打开的信封，上面大大的 P 字是用金色的墨水写的，爱丽丝的名字写得十分优雅。我拿起它，冲着光照了照，却什么都看不见。我把它放回桌上，走着去了单位，我发誓不再去想它，但是，我一整天都对它念念不忘。

晚上我赶到家时，爱丽丝正坐在桌子旁边盯着那封信。"我想我们得把它打开。"她说。

"没错。"

她撕掉封条，小心翼翼地拿出文件。里面只有一张纸，被分成了四部分。她大声地读出每部分的内容。先是规章，后面跟着一段关于年度称重的说明。脚注解释这段"节选自最新修订的附录"。这应该就是薇薇安忘记加到我们手册当中的附录。

第二部分是"违规说明"：您超过了允许体重一千五百三十一克。

"都怪那些啤酒。"爱丽丝抱怨说，"称重前刚刚喝了不少，加上我也快来月事了。女人的涨幅应该比男人的高才对。奥尔拉得考虑下这个问题。"

第三部分，赎罪说明，上面写着："据了解，负责人可能忘记将附录加到您的手册中，这件事会另行处理。"

爱丽丝抬头冲我咧嘴笑笑。"看来薇薇安要自食其果了。"

"还说什么了？"

她接着读道："规则就是规则，但是由于管理者的失职，加上这是您第一次违反体重规定，您将得到一次改过自新的机会。"

她沉默了，扫了眼这张纸。

她把纸放下，眼泪直在眼中打转。

"他们这次又想干什么？"我担心地问道。她看上去十分憔悴。

"不，这不是惩罚的问题。杰克，我感觉整件事就是个测试，可我没能通过。"

"亲爱的。"我拉起她的手，"这些规则都是无稽之谈，你已经发现了，不是吗？"

"我知道。"她说着，把手抽了出去。"不过话说回来，你不得不承认，如果我能遵守所有的规则，我会是一个更好的妻子。"

我摇了摇头。"不是的，你已经很完美了，就像你现在这样。"

我拿起文件，读了读第四部分，惩罚说明。

您需要接受一项每日健身任务，并于每天清晨五点到塔拉瓦路与大公路交叉口报到，周末无例外。您的教练会在那里等您。

10

我突然从沉睡中惊醒。我做了个噩梦，却丝毫记不起梦的内容。爱丽丝还睡着。我没有立即躺下，凝视了她一会儿。她的头发乱糟糟的，上身套着件性手枪乐队T恤，下身穿着法兰绒睡裤，看上去和我第一次见到她时一模一样。

噩梦又一次向我袭来：我在水中绝望地踢腿，无休无止地在海中挣扎好几英里——一个被水充斥的梦。几年来，这个梦反反复复，每当从梦中醒来，我都会去做一件事：从走廊迷迷糊糊下到卫生间。接着，我盯着厨房想看看几点：凌晨4：43。见鬼。

"爱丽丝！"我大叫起来，"四点四十三啦！"

我听到她惊慌失措地翻下床，双脚砰砰地砸了地板两下。"闹钟怎么回事？"

"我开车送你一程。把运动服穿上。快点。"

我着急忙慌地到处找钥匙和钱包，套上裤子就急忙跑到车库打着车开了出来。爱丽丝拿着鞋和外套冲出屋子，跳上车。我沿三十八大街左拐到了大公路，恰好把车停在了十字路口塔拉瓦那一侧。有个家伙站在那里。他可能有三十五岁，身材完美，穿一身时髦的欧元颜色也就是军绿色和浅橙色的运动装。爱丽丝跳到车外。我摇下车窗祝她好运，她却连头都没有回一下。

"四点四十九。"那家伙看着手表说，"很准时。我原本以为你来不了了。"

"不可能。"她说，"我来了。"简单寒暄了几分钟后，他开始让她做套踢腿。

我掉头往家开去。过了困劲，我怎么也睡不着，就坐着看了会儿笔记本电脑。

六点十七分，爱丽丝进了门，浑身是汗，精疲力竭。我提议给她做份奶昔。"来不及了，"她坚持说，"我得去上班了。"

"运动怎么样？"

"对不起，我迟到了，晚上再和你说。"

但是那晚，我们两个都累瘫了。我们在电视机前看着《小镇话题》，吃着外卖。电视里播起了药品广告，一位健忘的花艺师微笑着问候她同样健忘的丈夫，我调小了声音。"教练怎么样？"我问。

"他叫罗恩，住在卡斯特罗街，人不错，特别有激情，让我做了很多蹲跳。"她俯下身按摩按摩小腿。电视上又播起《小镇话题》，她杵了我一下，让我把声音调大。

第二天一早，闹钟四点半突然响起来。我翻身去叫爱丽丝，可她早就醒了。她穿着运动装，正在沙发上坐着。她冲我笑了笑，不过她肿胀的双眼和脸上的表情让我觉得她好像一直在哭。我立刻给她冲了杯咖啡。"要送你一程吗？"

"嗯。"

我们一言不发地朝车走去。开车总共用了六分钟，爱丽丝却在这空当睡着了。到了地方，我才叫醒了她。我看到罗恩正沿着塔拉瓦路向我们跑来。他很可能是从卡斯特罗街一路跑来的。

之后的那个清晨，闹钟又在四点半突然响起。我猛地坐起来，正好听到爱丽丝把车开出了车库。

第二天一早，闹钟把我吵醒时，爱丽丝早就不见了踪影。

　　我的新客户是一对来自科尔谷的夫妇，他们一路微笑着走进门，并排坐在小沙发上。似乎压根都没想坐那把舒服的大椅子。他们的婚姻将起死回生，我早就知道会这样。不过，我们还需要再谈谈。不出三次，他们就能达成共识。

　　上次见面，我让他们回忆曾经在一起的一段美好时光。妻子的反应是拿来了一堆结婚时的照片。"你得看看伴娘们的裙子。"珍妮丝说，"伴娘们现在和我还有的聊，我真是吃了一惊。"我大笑起来，照片上，珍妮丝穿着一条简单的白色长裙，左右两侧的两个女孩套着很多层绿色塔夫绸。

　　"传统的伴娘裙是白色的，您知道吗？"我说道。

　　"那谁能分清哪个是伴娘，哪个是新娘？"伊桑问。

　　"分不清。这就是伴娘出现的原因。在部落时代，伴娘都是穿着新娘的裙子当诱饵。一旦婚礼遭到临近部落的袭击，入侵者很难分清状况，没准会无意中把伴娘当新娘掳走。"

　　这是一段轻松的时光。他们显然还爱着对方，只是开始有些疏远。我们谈起一些计划，好让他们能有更多的时间在一起，能够让他们彼此之间有话可说。

　　这不是什么高深的学问，只是些日常的小事，效果却十分明显。我发现自己正在鼓励他们定目标，每季度出去旅游一次，这差点让我笑出声来。

　　偶尔，有夫妻前来咨询，我都搞不清他们为什么会出现在这里。珍妮丝和伊桑就是其中一对。挣他们的钱让我有些许的罪恶感，因为他们压根就不需要我。不过，我还是接受了他们的委托，让事情好起来。我发现自己很是妒忌他们婚姻当中的那些自然而然的起落，那么平静，与契约组织毫不相关。

　　珍妮丝和伊桑走后，我把手机放进密封的信封，去了黄的办公桌。

　　"你为什么不多花些时间吃个午餐呢？"我建议道。

"多长时间？"

"要不去你喜欢的多帕奇的那个地方，我请客。"我递给他两个二十美分的硬币，把信封放在了他的办公桌上，"另外，到那儿以后，你能不能把它带在身上？放在你口袋里就行，不用管它。"

黄盯着信封。"您介意告诉我里面有什么吗？"

"说来话长。"

"反正不会是炸弹什么的吧？"

"当然不会。"

他摸了摸信封，皱起了眉头。"要是必须猜的话，我想说，您把手机放里面了。"

"你会帮我大忙的，"我说，"拿好就行，吃完午饭，你可以把它放在我办公桌上。如果你不介意，别告诉伊恩和伊芙琳。"

"告诉什么？"

"谢谢。我欠你个人情。"

我走回家，开上车去了市中心，把车停在第四大街的停车场上，又徒步去了加州湾区铁路火车站。买了去圣马特奥希尔斯代尔火车站的往返票。

我没有告诉爱丽丝和乔安妮约好的见面。我原本想早上告诉她，不过最后还是在她健身回来前出了门。不管怎么说，我不想因为这个让她心烦。她每天早晨都要去和罗恩健身，每个礼拜还要抽一个下午去见戴夫，这也是考察的一部分。她的工作压力也越来越大，爱丽丝快要受不了了，我不想再把乔安妮的事压在她身上。好吧，坦白说，我不得不承认我可能并不想告诉她。我知道，她会问我乔安妮的各种问题，而我根本不屑回答。她一定不愿意我和另一个女人共进午餐，况且这个女人还不是我的同事。当然，谎称疏忽是违反契约组织条例的。不过从下车到车站，我边走边说服自己，我这么做是很高尚的行为。如果会有人发现我说了谎，那只可能是我自己，况且我让爱丽丝免于卷入另一项罪行，一项契约组织声称十分重视的罪行：嫉妒。

转念来看这件事：我在用爱丽丝未来的罪行交换我当前的罪行，把他们的注意力从爱丽丝身上引开，乔安妮那天在德雷格超市就极力劝说过。

我从车头走到车尾，没有发现任何稀奇的事情。最近，火车里二十四小时都挤满了往返于旧金山与硅谷的技术员。他们大都年轻消瘦，多数都是专业人士。白人和亚洲人的涌入让房租水涨船高。他们根本无暇欣赏旧金山与众不同的美景——他们似乎并不关心大型的书店、独特的唱片店、古老的大剧院。也许把他们混为一谈有失公允，不过他们似乎只关心一件事：钱。他们给人一种浅薄之感，他们好像从不旅游，也不读书放松一下，更不会和洗衣店认识的女孩同床共枕。就在现在，他们坐在二等座上，膝盖上还摊放着自己的笔记本电脑。

我从希尔斯代尔火车站下了车，和我一起下车的还有另外二十个人——有钱的当地人，至少大部分都是，因为技术员是不会从这里下车的，至少现在不会。

我在车站徘徊了一会儿，后来，其他人都走了出去。有个穿着黑色定制西装的女人一直在四下转悠，看上去和这里格格不入，我几乎要断定她是在监视我时，一辆梅赛德斯停了下来，上面坐着一位年轻男人。

她用力拽了下裙子，向他示意她西装下穿了吊袜带。她走到车前，上了车，他们便开走了。

我徒步穿过埃尔卡米诺，向商场走去，我觉得自己有些可笑，像个孩子在玩间谍游戏一般。我告诉自己完全不必在意，不过脑海里却又浮现出手镯、项圈、爱丽丝在沙漠的痛苦旅行，我再次意识到，我真的十分在意。

我在缺德舅餐馆打发时间，警惕着任何一个可疑的人，出来时，只买了一瓶水和三块巧克力条。当然，现在我每次吃甜食，都会本能地想到下一次的称重。这会不会就是让我超重的那一部分？这会不会就是把我扔进沙漠的卡路里？我因此恨透了契约组织。

我溜达进巴诺书店，给爱丽丝买了最新一期的《Q》杂志。封面上是保罗·希尔顿和布莱恩娜·科里根，她看了会很高兴的。我穿过马路进了商场。我还得再消磨半个小时，就在商场里来回转了转。不知道为什么，我一直想要件舒服的法兰绒格子衬衫，弗洛伊德一定会说我很怀旧，所以我迅速逛遍了商场的大小店铺。我看到幸运牛仔在打折，从那儿出来时，我手里拎了个袋子，就像其他从店里出来的人一样，只不过稍微老了点而已。

我到美食广场时，还有七分钟才到时间。我就待在远远的另一头，看着人们从那里进进出出。

我看到乔安妮从侧门进了美食广场，那扇门正好通向停车场。她鬼鬼祟祟地东张西望，就像狂野中的小鹿一般，不禁让我紧张起来。我真的要和她见面吗？我向后站了站，远远地望着她。她坐在熊猫快餐对面靠窗的桌子边。我倒希望她能找个更稳妥的位置。她从包里拿出手机，开始变得焦躁不安。我真希望她没带手机。聚会上她的私语在我脑中回响：别搞砸了。直到现在，我觉得她应该不是那个会把事情搞砸的人。

我望着她，又环视了四周，看看有没有人在跟踪她。她打了个电话，不过只持续了几秒钟。她和我不一样，似乎完全不在意美食广场上的人们。

她从包里拿出样东西，是一个燕麦条，她打开，低着头一小口一小口地吃起来。偶尔，她猛地抬起头，却从没看过我这个方向。她有些偏执，看上去，不过不是特别严重。她有些疯疯癫癫，又有些紧张兮兮，和我大学认识的乔安妮判若两人。那时，乔安妮出奇的冷静是出了名的。即便间不容发，她依然从容不迫。她并不漂亮，甚至没什么姿色，然而她的从容自信，她十足的安全感，还是让她脱颖而出。

我已经认不出坐在对面美食广场上的那个女人了。尽管我对客户绝口不提，但在我内心深处，却越来越相信人的确本性难移。也许他们的某些品格优于他人，但毫无疑问，儿童时期的良好教育能够让人本能地向着积极的方向发展。我大把的职业生涯都在寻找引导人性向着积极方向发展的有效方法。但是，多数时候，我觉得我们都得从打好人生的第一把牌开始。每当人的性格有了极端转变时，我往往就想知道根源所在。颠覆本性的按钮在哪儿？助推点是什么？导火索又在哪里？是什么让一个人在熟识他的人面前表现得与以往截然不同？

像我说过的那样，加班加点的劳累、不安、心理障碍往往都会写在脸上。乔安妮分明发出了危险信号：从左额蜿蜒到发际线的凸起的青筋，下垂的嘴角，眼角的细纹。种种迹象表明，她需要帮助，但我却不能帮她。有个声音让我离开，而我却做不到。

这是因为：我还是想听听她要说什么，我想深入了解契约组织，我绝不放弃希望，一定要让我和爱丽丝脱离苦海。没准乔安妮的焦虑，她脸上和身体上的变化，她的声音，就是契约组织迫害的完美印证。要真是那样，我可不想爱丽丝重蹈覆辙。

我在热狗棍摊位买了两份热狗和两杯青柠水，走到乔安妮桌边，把托盘放在了她面前。

她不再盯着手机，把头抬了起来，额头上的青筋一个劲跳动。"杰克。"她说。只有"杰克"，没有"朋友"。她的声音疲惫无力。除了精疲力竭，她的眼神还带着一丝温暖，这让我轻松不少。

"来个热狗？"

"你真不该破费。"她嘴上说着，却伸手拿了一个，一口咬掉不少，接着又把吸管从塑料盖上的孔穿过去，喝了一大口青柠水。

"我还以为你不来了呢。"她说。

"我爽过约吗？"

"你要是知道明哲保身，肯定就不来了。不过你能来我真高兴。"

她把手平放在桌子上，十个指尖都对着我。我冒昧地瞥了眼桌底，看了看她的脚。人的脚才能——而并非手——揭示他真正的兴趣所在。她的脚指甲很长，还涂着亮粉色的指甲油。我记得大学时，她的脚指甲短短的，也从不涂色。

"我们到底陷进了什么地方，杰克？"

"我希望你能告诉我。"

"我在船底座别墅见到你，就想悄悄告诉你，'快跑，再也别回来'，不过我知道已经太迟了。很抱歉和你说这些，真高兴能见到你，这是为了一己私欲。我真是太孤独了。"

"你说我不该来这里，为什么呢？"

乔安妮摆弄着手机。我感觉她正在考虑该和我说些什么。我几乎都能看到她在脑袋里码字。

"契约组织并不信任我，杰克。如果他们看到咱俩在一起就糟了。对我对你都不好。"

"有多不好？"

"我听说爱丽丝在芬利。"

"你是说沙漠里的那个地方？"

"我去过那里。"她打了个哆嗦，"第一次去还不算太糟，虽然不知所措、狼狈不堪，但还应付得来。"

"之后呢？"

"之后变得越来越糟。"

她含糊其词，让我有些泄气。"有多糟？"

她正了正身子。我又看她在脑袋里码起了字。"你只要竭尽所能别再让爱丽丝回去就行了。"

"天哪，乔安妮，你是怎么卷进来的？"尽管这问题是从我嘴里冒出来的，我脑海中却浮现出其他人，比如黄，也许，或是伊恩，要么是伊芙琳，一脸无辜地问出一模一样的问题。

"听实话？"乔安妮的声音变得尖锐，似乎满腔怒火，"一切都是从那次愚蠢的车祸开始的。我着急回去上班，突然下起雨来，地面变得湿滑。一辆保时捷向我这边并道，别在了我的保险杠上，我的车尾开始来回晃动。我醒来时发现自己躺在医院里，我一直在做一个格外清晰的梦，并非那种色彩艳丽、满是幻觉的清晰，而是一种清晰的意识。要知道，有时会发生些事情，让你突然从一个全新的角度看待这个世界，而解决办法，或至少前进的方向似乎无比明确。不管怎么说，我突然发现自己曾经的人生就是个笑话。什么上学、什么无休无止的论文、什么破公寓，全都不对劲。就像我浪费了那么多时间……"

"你受伤了吗？"

"脑震荡、缝针、肋骨骨折、盆骨骨折，反正是挨着方向盘的地方无一幸免。我运气不错，你知道吗，人体中只有两块骨头骨折会致命。盆骨就是其中之一。"

"真的？那另一块呢？"

"股骨。不管怎么说，我正努力回忆那个清晰的梦，医生走了过来。他说他是内尔·查尔斯医生，然后，他开始问我各种问题，都是很私人的问题。你懂的，说说我脑震荡的情况，问我有没有吓到。直到那时，药物作用还让我有些神志不清。他开始填各种表格，询问我的病史，问我会不会抽烟，会不会喝酒，对什么东西过敏，锻炼情况怎么样，是不是经常有性生活。那之后，护士小心翼翼地脱掉我的病号服。她站在我床边，拉着我的手，内尔给我做起全身检查，看看车祸有没有给我留下瘀伤、擦伤或是伤口。我有种奇怪的感觉，他用他又大又温暖的手抚摸我时，也在检查我这一生中大大小小的伤疤。他几乎摸遍了我全身。我身上插满输液管，谁知道都是些什么，我感觉自己动不了，也没法逃跑，不过我还有点喜欢这样，我感觉很安全。接下来的事就没必要浪费你时间了，杰克。这么说吧，我们结婚了，卡梅尔小镇、成群的宾客、弦乐四重奏。我一百八十度转身，整个人生都变了。"

"听上去不错。"

"不。并没那么好，杰克。那个超级清晰的梦并非真正的顿悟。事后想来，我其实原本就在正确的路上。我做了正确的选择、正确的取舍。我正在攻读精神病学博士学位，只是这一切比我计划的时间要长些，我买公寓贷了款，但这也不该停滞不前。都是内尔的主意，他说我'太聪明'，不适合做精神病医生。"

我咧嘴笑笑。"谢谢，卑微的精神病医生说。"

"内尔什么都不懂。他劝我攻读工商管理，去嘉信理财上班，直到后来我才发现，他是对精神病学心存偏见。长话短说，我们认识几个月后，我放弃了我的博士课程，去了商学院。"

"太可惜了。那以前可是你的擅长领域。"

"要是当时你在，告诉我这些就好了。"她说。我偷瞄了一眼桌下，发现她两只脚都直直地指着我。"你记得我想要孩子，是吧？"

"你曾经说想要一窝孩子。"

"唉，再也实现不了了。"

"对不起。"我说，但不知道她究竟什么意思。

"我也是。事情是这样的，杰克。我怀过孕，我能有孩子的。要不是和内尔纠缠在一起，我没准还能有孩子。但是内尔从来不想谈这事，一次我不小心怀了孕，他说这对我们在契约组织里的生活不利。"

我第一次意识到，契约组织里的夫妻都没有提到过孩子。

"你是说，所有成员都没有孩子？"

"只有几个有，大都没有。"

"因为违反规定还是什么别的原因？"

"不是。不过奥尔拉说，孩子是婚姻的累赘。"

"孩子难道不会在未来壮大契约组织的成员规模？"

"不是那样。即便在契约组织中长大，也不会被自动纳入其中。不管怎样，契约组织只关心婚姻，与孩子无关。你必须爱你的丈夫，一旦有孩子，你就得选择。"

"你试过退出吗？"我开门见山地问。

她苦笑着。"你觉得呢？流产后，我鼓足勇气去见了离婚律师。内尔向契约组织告发了我。他们把我叫过去，给我看了我那个长长的过失单。他们威胁说，如果我离婚，我会失去我的房子、工作和名声。他们说要让我消失易如反掌。最可气的是，内尔压根不想加入契约组织，他也不是会员。我曾收到一个包裹，是原来和内尔合租的人寄来的，那时我就已经后悔嫁给他了。契约组织就像是一生的枷锁。长话短说，我劝内尔试着退出，我们也的确那么做了，但是无论出于什么原因，事情总会偏离我的初衷。而内尔，那个金童却是人见人爱。我一点都不奇怪，奥尔拉给他打电话，还让他担任北美区域理事会会长。"

"区域理事会？"

她转了转棍上吃了一半的热狗，沾了沾番茄酱，我不禁发现，除了指甲光鲜亮丽外，她大拇指边上的皮都磨破了，还流着血。"一共有三个区域理事会，分别由七个人组成。三个区域理事会向爱尔兰的一个小型组织汇报工作。每三个月，他们见一次面。"

"在哪儿？"

"没准，至少每年在爱尔兰一次，有时在香港，偶尔还会在芬利。"

"他们都谈什么呢？"

"无所不谈。"她严肃地说，接着往我跟前凑了凑，"每个人。你知道我在说什么吗？"

我想起手镯和项圈。薇薇安和戴夫似乎总是知道的比我们告诉他们的要多得多。

"他们制定规则。"她说，"他们起草每年的附录、审核评判员决议、倾听上诉，他们管理资金和投资，他们审核问题成员的档案。"

"但是为什么呢？"

"内尔说，理事会成立的目的就是不惜一切代价确保每段婚姻的存续。"

"要是过不下去了呢？"

"他们绝不允许。"

"可要是没有转圜余地了呢？"我坚持道。

她不耐烦地摇摇头。"你知道他们是怎么和你说契约组织里没人离婚的吧？"她咄咄逼人地低声问道。我甚至能闻到她呼出的番茄酱味。"唉，的确如此，杰克。不过他们一定不会告诉你，不是所有契约组织成员的婚姻都会一直存续。"

"我不明白。"

"在芬利受的委屈很糟，糟透了，但只要调整好心态，还忍得了。我甚至喜欢那些规定，比如定期约会、礼物。"

"但是？"

她似乎被无以名状的悲伤压垮了，伤心欲绝。"我没有证据，就算有，也什么都不能说。一次，理事们在旧金山开会，我们和奥尔拉一起吃了晚饭。只有她、内尔和我。我之前从没见过她。内尔执意让我穿上礼服，还让我发誓，决不问任何私人问题。这么多年了，毫无疑问，契约组织问了我太多私人问题——我填的表格、我必须去见的顾问、在芬利的录音会谈。诚实考察，他们美其名曰。"

"他们给你录音？"

乔安妮点点头。"我和内尔说，我很烦，奥尔拉可能已经听过我诚实考察的录音，他并没有反驳。他让我一定表现得体，谈话以奥尔拉为主。"

"那么，她什么样？"

"很有感召力，不过变化无常。前一秒她还对我兴趣浓厚，下一秒就对我视而不见，这真让我不寒而栗。"

乔安妮越说越乱。她口中的奥尔拉和网上资料描述的完全不同。从照片上看，奥尔拉友好、睿智、亲和，就像你总会开心想起的祖母或是高中英语老师一样。"你说契约组织成员的婚姻并不是都能存续，什么意思？"

"契约组织里没人离婚，却有不少寡妇和鳏夫，多到你想都想不到。"

"什么？"我嗓子都干了。

"只是……"她紧张得四下望了望。她额头上满是汗珠，突然向后扫了一眼。"应该没什么。"她避而不谈，玩弄起手机来。"没准是我想多了，内尔也总这么说我。没准是在芬利的日子改变了我。我脑子总是很乱，你懂的。"

"我认识的乔安妮思路清晰。"

"谢谢你这么说，你总是很尊重女性。"

"是吗？"我问，她的奇怪说法让我一时分了心。

"女朋友、朋友、同事。我不想冒犯你，不过在你看来，你妻子就和仙女一样。"

她的语气让我有点不舒服。不过，她的话并不准确。我崇拜爱丽丝，因为她值得崇拜。我爱她，因为她有爱心。我觉得她漂亮，因为……因为她就是很漂亮。

"乔安妮。"我想把她的注意力拉回来，"和我说说寡妇的事吧。"

"原因应该不少。"她突然开口，"和其他人相比，契约组织成员常去旅游，事情也更多。"她环顾四周。"风险无处不在。我是说，要不然，我们也不会加入，是吧？契约组织的确吸引了一类人。"

我想象着他们逼爱丽丝穿上紧身衣，把她塞进满是陌生人的黑色 SUV 送往芬利，想象着驾着塞斯纳飞机的飞行员。"原因多了去了，各不相同。"乔安妮说，像是在说服自己。

"什么原因？什么风险？"

"离奇的事故、溺水、食物中毒。没准是巧合，但不少契约组织成员年纪轻轻就死了，这里肯定有问题。而且要是某个成员的伴侣死了，契约组织一般都会再给他找个伴，然后迅速结婚。"

"谁？"我竭力想知道她提到的事是不是真的发生过，是不是真有其人。

"你知道戴夫和他妻子克里？"

"当然。爱丽丝每个礼拜都会去见戴夫。"

"我知道。"

"怎么了？"我问。可她只在空中挥了挥手，就像这是个毫不相干的细节一般。

"戴夫和克里以前都有过一段婚姻。"她说。

"你是说他们的爱人都死了？"

"是的。几年前，大概在我和内尔加入契约组织那会儿。"

"他们看上去都很年轻。"

"他们是很年轻。他们其实是通过契约组织认识的。没准只是个巧合，但他们的爱人在三个月间相继离世。克里的丈夫托尼在太浩湖翻了船。"她耸耸肩，"戴夫的妻子玛丽擦二楼玻璃时从自家梯子上摔了下来，头撞上了车道的石头。"

"太可怕了。"我说，"不过倒也不稀奇。"

"玛丽没有当场死亡，而是陷入了昏迷。戴夫两个月后决定不再为她继续维持生命。"乔安妮额头上的青筋跳动起来。

"你有证据吗？"

"你想，戴夫的妻子和克里的丈夫都是芬利的常客。他们的想法都'有问题'，内尔和我说的。有小道消息说，从曲解契约组织到通奸，他们无恶不作。我去了戴夫和克里的婚礼。他们在各自配偶过世没多久后就结婚了。

我当时真为他们高兴，他俩都受了那么多苦，我觉得他们的生活应该更美好些。我和内尔刚加入契约组织，我又是那么热心。我甚至没有多想这些巧合，不过我清楚记得婚礼当中那件怪事。"

"什么事？"

"嗯，正常而言，你会觉得这样大喜的日子难免会有些悲伤，没错，他们都失去了那么多。你会觉得敬酒时总免不了提到他们配偶的名字，或是聊天时，他们会惋惜地说起他们死去的妻子和丈夫。毕竟，到场的所有人都认识他们曾经的配偶。但玛丽和托尼像是完全被抛在了脑后。不，不是抛在脑后，是被抹去了。"

"你是说契约组织远不止威胁和诽谤那么简单，还有谋杀。"

乔安妮看向一边。"就在我在船底座别墅聚会见到你的前不久，还发生了件事。"她轻轻地说，"在你和爱丽丝之前有对夫妻加入了契约组织，他们是马林县的潮客伊莱和伊莲恩。船底座别墅聚会九天前，他们的车出现在斯丁森海滩。我问过内尔这事，但他不想多说。我找遍了报纸上的报道，却什么都没发现。他们消失了。杰克，伊莱和伊莲恩刚加入的时候，内尔说过他们。说来也怪，契约组织里的人就是不喜欢他们。我不知道为什么，他们看上去都很好。伊莲恩对别人的丈夫有点过分亲昵，不过没那么严重。他们穿戴有点特别，像在修炼禅定，但那又怎样呢？不管怎么说，他们消失以后，我开始回想戴夫和克里的配偶，还有几年来契约成员的所有婚礼。我听说契约组织有几次把成员外的几个人视为威胁，还想办法针对他们，不让他们破坏契约组织成员的婚姻。"

乔安妮向后靠了靠，抿了一口青柠水。她盯着我，但我完全猜不透她在想什么。一个母亲带着两个孩子坐在我们边上，吃着熊猫快餐。孩子们正对着幸运饼干傻笑。我看了眼乔安妮的手机，它一直都老老实实地待在我和乔安妮中间。

乔安妮放下杯子，她用拇指一个接着一个抚过其余几个指尖。然后，她重复这个动作，敏感却略带疯狂："他们就这样人间蒸发了，没留下一丝痕迹，杰克。"

　　每当有新病人来就诊，我首先要做的便是搞清他们的正常状态。我们的生活中总会有情绪波动，时而高兴时而沮丧。青少年的情绪波动更是大得离谱。我总想知道每个人的"正常"标准，这让我能更快知道他们什么时候最高兴，更重要的是，什么时候最低落。我还在寻找乔安妮的正常点。她显然十分焦虑。我想知道她害怕的是什么，我想了解她告诉我的这些事的来龙去脉。是精神错乱的结果吗？我该相信她吗？看着她的手机，我开始有些担心，要是内尔知道我们见了面会怎样？

　　乔安妮在手掌上慢慢地磨着指甲。

　　"你的指甲以前并不长。"我伸手摸了摸她一个又长又滑的指甲。

　　"内尔喜欢这样，所以我把它们留长了。"她把指甲举到我面前，看起来有种人造的美。我发现她无名指比食指要长。手指长度实际上与忠贞有关。极具说服力的研究表明，无名指长于食指的人出轨的概率更大，这与睾酮水平有关。看了这项研究后，我发现自己盯着爱丽丝的手看了半天，然后终于把心放到了肚子里——她的无名指比食指要短。

　　"我用担心我们的安危吗？"我问。

　　乔安妮想了一会儿。"是的。他们不知道该拿你怎么办，你让他们很紧张。爱丽丝不一样，他们要么喜欢她，要么不喜欢。但不管怎样都对你不利。"

　　"那我该怎么办？"

　　"多加小心，杰克。融进来，凡事别太上心，别争强好胜，别让他们抓住把柄，别给他们留下谈论你的机会。能用嘴说的就不要写出来，能悄声说的千万别大声嚷嚷，能点头表达的就不要说话。别在芬利找麻烦，千万别在芬利找麻烦。"

　　乔安妮拿起包。"我得走了。"

"等等。"我说，"我还有好多问题……"

"我们待得太久了，杰克，这样不好。咱们别一起出去，你在这儿再待几分钟，然后从另外一个门出去。"

我指了指她的手机，它还放在我们俩中间。"那个东西让我很紧张。"

乔安妮低头看了一眼。"没错，但是关机或是把它放在家里会更麻烦。"

"我们还会见面吗？"

"这主意糟透了。"

"不再见面似乎更糟。这个月最后一个礼拜五怎么样？"

"我试试。"

"下次把手机放在家里吧。"

乔安妮拿起手机转身走了，连再见都没说。我看着她穿过美食广场出了门。她穿着长靴，我曾经认识的乔安妮从不穿长靴，我突然想到，这没准也是内尔的主意。婚姻就是妥协，就像手册第二章说的那样。

我又坐了十分钟才离开，脑子里一直在回想刚才的对话。我不知道这到底是怎么回事。我来见乔安妮，暗自憧憬着会发生点什么。我想，要么就是我们一起感叹契约组织有那么多的规章和惩罚，要么就是我将识破她在偏执的边缘徘徊，没准她是偏执，没准我也一样。但是偏执需要前提，惧怕一个组织要算是偏执，起码这个组织不会派人抓你。

我穿过商场出了门，想起这个月还没给爱丽丝买礼物，就在梅西百货给她选了条围巾。我喜欢她戴围巾的样子，虽然我俩认识之前她从没戴过围巾。我觉得蓝色很适合她。在返程火车上，我从手提袋里拿出围巾，双手抚过绸面，突然尴尬起来。我第一次送爱丽丝围巾，她说她特别喜欢。不过除了我让她戴围巾的日子之外，她从没戴过。第二条、第三条也是一样。我是不是和内尔一样，按照我自己的喜好来打扮我的妻子？我把礼物装回手提袋，留在了火车上。爱丽丝已经为这段婚姻做过什么妥协？我给她提过什么过分要求，她又让我做过什么不公平的事吗？

接下来的一个礼拜，我和爱丽丝在里士满吃了顿晚饭，那是这附近我最喜欢的一家饭店，算是庆祝我四十岁生日。她送给我一块漂亮的手表，足足花了她一个月的薪水，表背上刻着：送给杰克，给你我所有的爱，爱丽丝。那之后的一个礼拜，我每天都很晚下班，忙着写会议报告、修改老同事要我署名的一篇论文。回家路上我买了些墨西哥卷当晚饭。我上了台阶，感觉车库里传来音乐的震动声。

我和爱丽丝搬家时，她刚从法学院毕业。她才华横溢，原本不想在法律工作上浪费时间，她有些沮丧，不得不埋头实习，好成为一名地方法官。她总是担心自己做错了选择。她怀念她的音乐、她的自由、她的创作能力，也许，我猜想，她是怀念她曾经的生活。若不是背负了这么多贷款，不得不继续法律工作，她可能早就放弃了。

一次，她心情不好，整个礼拜日都待在楼上学习，我在楼下车库里给她布置一间特别的音乐室。给她留扇通往昔日生活的小门似乎很重要。我把车库后部一个宽敞的角落隔开，墙上顶了些床垫，又在地上铺了几层粗毛地毯。我从箱子里收拾出不少乐器、乐谱架、扩音器和话筒，其中一些还是从那间小小的密室里找到的。傍晚，爱丽丝休息了一下，下楼看我一直在叮叮咣咣干些什么。她见到那间温馨的小工作室，高兴得哭了起来。她抱了抱我，还给我演奏了一段。

从那以后，我经常听到她去那里。我很少去打扰她，任由她演奏完自己上楼来找我。我很庆幸她能这样发泄自己的情绪，很庆幸她每次都会上楼来找我。

我今晚走进家门，发觉车库里的音乐与以往大不相同。起初，我以为她开了功放，而后发现却是现场演奏，而且不止她一个人在那里。我取出墨西哥卷放在盘子上，盼着音乐能停下来，盼着她带着客人们上楼来，我有点后悔没多买点墨西哥卷，但他们却没出现。最后，我不得不打开厨房门来听仔细点。听上去，下面应该有三四个人。我向下走了几步，好能听得更清楚，也不至于被发现。

接下来，他们唱了阶梯乐队首张专辑里的几首歌，一个男声在和爱丽丝合唱。说实话，过去几个月，我原本能多从网上查查资料，了解了解艾瑞克·威尔逊的情况，我原本能留意到他和他的新乐队这个礼拜要在大美利坚音乐厅演出。

唱了几首歌后，嘈杂声变成了原声吉他、风琴和感恩而死乐队的《一匣雨》。我坐在台阶上，听着吉他演奏。爱丽丝的声音穿透杂乱的伴奏，旋律优美、节奏清晰。我打了个寒战。艾瑞克浑厚的男中音与爱丽丝的声音交织在一起，是那么诱人，那么令人不安。

我喜欢音乐，但唱歌总不在调上，我妈曾经就这么说我。听着他们的声音，我感觉自己像个外人，一个偷听当地人谈话的外人，但我还是想听完这首歌。我不想把爱丽丝从她热爱的事情中拽出来。他们的声音是那么和谐，她的声音在他的声音中盘旋，又恰到好处地合二为一。不知道为什么，我坐昏暗的楼梯上，听着最后那段重复的歌词，眼泪不禁涌了上来。

我最近一直在思考婚姻，比以往任何时候思考得都要深入。什么是婚姻？我们通常把婚姻看作两个人的共同生活。而我在思考的是：婚姻需不需要双方放弃各自曾经的生活？是不是必须改变自己？是不是要牺牲我们曾经珍视的东西来成全婚姻之神？

对我来说，和爱丽丝的结合水到渠成。房子、婚礼、共同生活，和我之前的生活天衣无缝地连在一起。我受到的教育、我的工作、我在做的事情，我知道，能够让我们的新生活更加富足。而对爱丽丝来说，却完全不同。她放弃了成为独立艺人的机会，从一个自由洒脱的单身女子变成一个肩负重任的律师，被新的条条框框束缚起来。尽管我经常鼓励爱丽丝做回自己，然而扪心自问，我的努力还远远不够。当然，我会给她些小小的帮助，比如做一间车库工作室。但更多的帮助，像让她接受音乐人邀请，去他们的工作室客串，我从来不会反对，却可能给过错误的暗示。"要不周末我们去俄罗斯河？""我们去和伊恩吃晚饭怎么样？"我可能会这么说。

我决定下楼去。我走得很快，以免让他们分心。到了底下，我发现空荡荡的车库里漆黑一片，只有他们演奏的那个角落有些光亮。爱丽丝背对着我，脸冲着其他几个人，鼓手和键盘手似乎完全陶醉在音乐当中。只有艾瑞克面对着我，他看到了我，却没和我打招呼，反倒和其他人嘟囔了几句。他们四个立刻演奏起《警察局》，红辣椒乐队那首关于两人分分合合的爱情歌曲。艾瑞克的贝斯把窗户震得嘎嘎直响。

爱丽丝靠向他，把话筒放在两人中间一起唱了起来。他们的脸离得很近，都快亲上了。她身上穿着海军服和丝袜，但鞋子不知所踪，她上上下下跳来跳去，汗水浸透的头发晃来晃去。我觉得艾瑞克不光为爱丽丝，更是为我选了这首歌。

歌词结束，但音乐尚未停息。艾瑞克没再看我，他一直盯着爱丽丝。我悄悄挪动身体，好看得更清楚一些，我发现她也在盯着他。随着和弦，她一直看着他的手。鼓手紧闭双眼，键盘手轻轻地冲我点了点头。每当要结束，艾瑞克又开始另一段副歌。毫无疑问，我知道他在做什么，他在想办法激怒我，不过我可不想成为一个小肚鸡肠的人，我可不想是个醋意大发的丈夫。爱丽丝曾说过，她最喜欢我的一点便是自信，做个爱丽丝期望的丈夫对我来说至关重要。

最终，一曲唱罢。爱丽丝抬头看到了我，吃了一惊，她放下吉他，伸手让我过去，亲吻了我。她的汗沾到了我身上。"伙计们，这是杰克。"她高兴地告诉大家，"杰克，这是艾瑞克、瑞安和达里奥。"瑞安和达里奥点了点头，便立刻开始收拾起自己的东西。

"这么说，他就是那个家伙。"艾瑞克说，眼睛一直盯着爱丽丝而不是我。他的手握得我生疼，我使劲握回去，好吧，没准是更使劲。

他抽出手，转过身抱了抱爱丽丝。"今晚来参加演出。"他说，不是征求意见，毫无疑问，是命令，可能是因为和他们在一起，爱丽丝看上去更年轻了。不过他怎么能擅自决定？

不过爱丽丝不是刚才那个爱丽丝了。"今晚不行，我和这家伙有个火热的约会。"她说着伸手抱住了我。

"呵呵。"艾瑞克微笑着。

"新闻快报。"瑞安友好地说，"爱丽丝已经结婚了。"

第二天，爱丽丝和罗恩进行了最后一次训练，他们看日出、做深蹲、做俯卧撑、在沙滩的沙丘上跑上跑下。我还在暖和的被窝里睡着，她就已经起床出了门。不可思议的是，她开始喜欢上和罗恩在一起的时光。

她喜欢听他讲他的男性朋友们，喜欢听他狗血的混乱生活，他的生活似乎一半是运动，一半是派对。不过，最为重要的是，他显然不是契约组织的成员，这让她十分开心。薇薇安雇他带爱丽丝训练，并每个礼拜都会亲自付给他酬金。

爱丽丝减掉七磅肉，还长了几块肌肉。她的肚子硬硬的，胳膊线条清晰，双腿纤细。她的衣服不再合身，原本卡在腰上的裙子都耷拉了下来。一天下午，她让我帮忙把她的衣服拿到车上。她要拿到裁缝店改一下。在我看来，她瘦得完全没有必要，她的脸不再柔软，显出了我没见过的棱角。就为这，我该控诉契约组织。不过，她看上去很开心。

她也似乎不再讨厌戴夫，事实上，她现在还挺喜欢他。再有两次见面，她就完成实习，完全恢复正常的生活。我想起乔安妮讲的可怕的事，从未离婚的夫妻最终和更好的另一半结合在一起。要是爱丽丝越来越好，而我一直原地踏步怎么办？要是这一切都是改变爱丽丝，哄她把我甩掉的阴谋怎么办？我不再去想上层可能已经决定把爱丽丝变成寡妇。

11

一个月很快过去了。约好见面的那天，我发现自己又回到第四大道火车站，等着火车载我穿过半岛到希尔斯代尔商场。我做了很久的调查，但对于上次见面乔安妮提到的那对失踪夫妻伊莱和伊莲恩，我没有找到一点信息。一对夫妻不见了，只留了辆空车，博客上没有关于这事的任何帖子、没有新闻报道、没有阴谋理论，连脸谱网上也没有任何寻人启事。这怎么可能？而我发现不少新闻故意炒作，却不了了之，倒让我有些吃惊。我不禁开始怀疑，这一切是不是都是乔安妮的幻想。

我没告诉爱丽丝我去见过乔安妮，也没有告诉她今天还会去见她。我担心她想和我一起过去，如果乔安妮失去控制把这一切告诉内尔，她一定会遇到麻烦。

我得承认，再去见她有些奇怪，可以说不大妥当。不过我想了解更多伊莱和伊莲恩的细节，我想知道她会不会告诉我更多内尔和契约组织的事。我确定，她上次一定还有什么没有告诉我。我有种感觉，她可能想更多地了解我，只有重新建立起友谊，才会告诉我更多细节。

我没有把手机留在黄那里。我叫了优步去球场附近的咖啡店。等着热咖啡的当儿，我把手机电池抠了出来。之后我去了加州湾区铁路车站，乘第一班火车南下到了希尔斯代尔。我去缺德舅给办公室买了些薯条和糖块，这样一来，我就能拿着袋子在商场里来回转悠。我穿过缺德舅和巴诺书店，警惕着周围的一切。据我观察，我的确是一个人。我又多转了几家店，确认没人跟踪。

离约好的时间还有十分钟，我买了两个玉米热狗和一杯青柠水，坐在美食广场远处的角落里，离上次和乔安妮见面的地方只有大约一百米的距离。我盯着门，等着她走进来。

我等着。十分钟、十九分钟、三十三分钟，我不停地看时间，观察着每一个入口，时间一分一秒地过去，我变得越发不安。一次，我低下头，发现自己已经消灭了两个玉米热狗，但我却不记得是什么时候吃的，青柠水也都喝完了。

乔安妮没有来。见鬼。这什么意思？

十二点四十五，我起身收拾了桌子，原路返回，我乘扶梯上楼，回到了商场。我现在要做什么？我没想到她会爽约。不知道为什么，我说服自己，乔安妮正急着见我，就像我急着见她一样。

我转了转诺德斯特龙百货商店，又去了优衣库，然后从后门出了商场。我很迷茫、焦虑。我替乔安妮担心，也替自己担心，好吧，没准是失望。也许这次见面远不止想了解契约组织那么简单。我发现自己内心其实是想见乔安妮的，这让我心生愧疚。如果爱丽丝在另一个人生阶段是另一副模样，我也一定如此。不同的是，我的另一副模样出现在很久之前。我遇到爱丽丝时，已经完全蜕变成熟。然而在那之前，是大学的我，缺乏自信却盲目乐观，是个天真的理想主义者，而在那些年里，乔安妮一直都在，她知道我的那副模样。

我尽力让自己不再偏执。我决定走回去，再给美食广场一次机会。扶梯一直向下通到美食广场，我站在扶梯顶上，几乎能看到下面的每一张桌子。然而什么都没有。我正要迈步上扶梯时，看到一个穿着黑色高领毛衣的高大家伙站在天妇罗店门口。他独自一人，也没在吃东西。我盯了他好几分钟，看他拿出手机打了个电话。我从来没见过他，但却感觉不大对劲。他不是带爱丽丝去芬利的德克兰，但足以以假乱真。我迅速回到商场，穿过间隙从侧门逃了出去。

一辆黑色凯迪拉克停在路边，并没有熄火。一个女人坐在方向盘后，透过彩膜玻璃，我看不清她的脸。是乔安妮吗？距离这辆 SUV 五个车位的地方有一辆宾利，上面并没有人。那辆车是蓝色的，非常漂亮，就和内尔的那辆一样。随着硅谷的崛起、近期的募资、脸谱和谷歌的股权兑现，最近有大量的资金积聚到半岛上来，所以宾利也不是什么稀罕物。况且一个拥有价值二十万美元豪车的人会来商场买点什么呢？

乔安妮今天爽约能有千万种理由，在回办公室的漫长旅途中，我把它们一个个捋了一遍。

"昨天的见面怎么样？"我问爱丽丝。已经到三月底了，我正期盼着新的一个月的到来。春天总能让我充满正能量，我告诉自己，今年也会一样。

"还行。"她说着，在门口踢掉了脚上的高跟鞋，"时间还早，戴夫就带我在他办公室边上的墨西哥餐厅吃了顿晚饭。他可能是个笨蛋，不过我最后觉得他的初衷总是好的。"

"你真是宽宏大量，不计较他的所作所为。"

她去厨房拿了瓶卡里斯托加酒出来。"实际上我问了他所有的事。"我拿出两个玻璃杯，爱丽丝倒上了酒。"他说他一门心思扑在工作上，差点因此失去他的前妻，他不想看我重蹈覆辙。"

"那么，"我难以控制地挖苦道，"他做了这么多，都是为了我？"

"对。我们现在很幸福，不是吗？"

"当然。"我从冰箱里拿出些奶酪，把黄油放在煎锅里化开，并用酵母面包片夹上奶酪。"那你差不多不用去见戴夫了吧。"

"事实上，他雇我给他打官司，他和一个建筑工人有点纠纷。案子不大，不过为了伙伴，也没什么。"

"你确定这是个好主意？你怎么知道他不是雇你好继续监视你的生

活？"黄油哧哧作响，我把三明治放进了平底锅。

"不是那样的。"她盯着自己的玻璃杯说。但我却不信任戴夫。

"我给你买了样东西。"她说。她去门口过道拿来一件包好的礼物。不用打开我都知道，里面一定是书。

"你用不着这样，你刚刚送过我生日礼物。"

爱丽丝打量我一番："你还没读完手册吧？"

我用铲子翻了翻三明治："太长了。"

"特殊的日子都要有礼物，像生日、圣诞节，还有情人节这样的节日，不会影响我们每个月的礼物。"她列举说。

我打开包装的时候，发现自己遇到了麻烦，我什么都没给爱丽丝买。见鬼，我应该留着那条围巾。盒子里是理查德·布劳提根的《威拉德和他的保龄球奖杯》。几年来，我一直在收集布劳提根的初版畅销书。它们越来越难找，有人开玩笑说，我可能很快就集齐了。爱丽丝从网上抢了几本，而她特别引以为傲的是那几本她到处跑腿才找到的书。每次去湾区外，她都会去旧书店逛逛，看看能不能再找一本。

这是本不错的样品，封皮上甚至还有给一个叫黛利拉的女孩的题词和签名。嬉皮士女孩都很喜欢布劳提根。

"太好了。"我说。我走到客厅，把它插在书架上其他几本书的边上，又回了厨房。我看到爱丽丝把三明治放进盘子，还在上面放了些木莓和几匙酸奶油。她把盘子端到餐厅，招呼我过去坐下。

"我猜这是第三十本。"我说。

"第三十一本。"她看了下表，"七点二十九了，你要是快点，还来得及再买点别的，比如去公园生活商店。"

"好主意。"我咬了几口三明治，把木莓都剩下了。当然，我担心的不是爱丽丝，而是契约组织。不过要是她什么都不说，他们怎么会知道呢？

我花了十六分钟到了公园生活商店，不过当然，那儿没法停车。我围着那片转了两圈，最后还是把吉普车停在了没画线的地方。我走到门口，那儿已经关门了，见鬼。我又跑了三个街区到了书店。书没什么新意，她已经送我书了，不过她确实喜欢读书。书店也关门了。除了酒吧、杂货店和饭店，其他地方都关门了。我死定了。

回到家，我大方地道了歉。"我真的给你买礼物了，但是把它放在火车上了。"

她紧紧地盯着我。"你什么时候坐火车了？"

"去帕罗奥图见了个人。"

"见谁？"

"工作上的事。别因为我烦心。不管怎么说，礼物的事真抱歉。"

"没事。"爱丽丝说，不过她看上去特别失望。而且似乎还在一直琢磨我坐火车的事。"只希望他们不要发现。"

"我明天一定给你买礼物。"我保证说。

第二天，公园生活商店一开门我就开车过去了。以防万一，我买了三份礼物：一个带有着加利福尼亚形状吊坠的镯子、一本描述街拍的咖啡桌书、一件写着"我的心留在了奥斯陆"的 T 恤。我把它们好好包了起来。一到家，我把两份礼物藏到了壁橱里。当然，应该不会有什么规定不允许囤礼物。那天晚上，爱丽丝一下班回家，我就递给她那份最贵的礼物——镯子。

"干得不错！"她说。

我知道，契约组织不可能发现礼物延迟，但还是忍不住担心起来。

下个礼拜，我们该去霍普兰，到恰克和伊文的度假小屋做客。我求爱丽丝找借口推脱，而她却拒绝了。她已经答应把这次周末出游当成她的季度指标之旅，她不想放弃它。

"我们就不能说我工作上出了点问题吗？"我发现和契约组织成员在一起总会格外有压力。我担心自己会做出让自己处于不利状况的事，我甚至更加为爱丽丝担心。

"你得学会和契约组织相处。"她告诉我。自从听到戴夫和薇薇安说这话，我们就一直这样相互安慰。这是我们之间的笑话，是个黑色幽默，提醒我们陷入了这个奇怪疯狂的兔子窝。奇怪的是，但是，爱丽丝这次不像是在开玩笑。"另外，我需要点阳光，听说霍普兰有八十华氏度。"

一个小时后，我们已经坐在车上横穿金门大桥了。我在米尔谷吃了份巨无霸汉堡，心情好了不少。过了圣拉斐尔，天渐渐黑了，我问起爱丽丝今天和戴夫见面的情况。这是他们最后一次见面，她终于熬到头了，我总算松一口气。

"我觉得有个能给意见的人不见得是坏事，"她说，"这能让我思路清晰。我原来一直很奇怪，你的病人们为什么要花大把的钱去找你，我现在知道了。"

"你们都说了什么？"

爱丽丝把座椅向后推了推，光脚跷到了仪表盘上。"我们今天一直在说你。戴夫问起你出诊的事，问是否顺利，问你有没有新客户，都是这种问题。他问了个奇怪的问题，不过，他想知道你会不会想在半岛那边开个诊室，他说圣马特奥那边更需要你这样的人。他让我告诉你，可以去希尔斯代尔商场那边转转。"

"什么？"我脱口而出，有些惊慌失措。

"这好像对他很重要——不知道为什么。"

我知道为什么，当然，但我要是告诉爱丽丝契约组织的人在希尔斯代尔商场那边监视我，我就得告诉她我为什么去那儿。见鬼。

周末比我想象的要有意思得多，虽然我无法全身心放松起来，这源于戴夫提到了希尔斯代尔。我以为我们会一直谈论契约组织，用安利那种热情激昂的方式，然而却没有。聚会上还有另一对夫妻——米克和莎拉，我们事前并不知道他们会来。米克和莎拉和我们一般大，是从北卡罗来纳州搬来这边的。恰克介绍我们时，他开玩笑说，他们是南方的我们。他们都很幽默，热衷于同样的电视剧。米克和我一样，讨厌橄榄和甜椒。莎拉和爱丽丝一样，也带了四双鞋来。老实说，单从美学角度来说，那个丈夫可能略微比我好看些，而妻子却稍逊爱丽丝一筹。莎拉是一家太阳能公司的销售，米克是个音乐人，在一个小有名气的乐队当键盘手。我发现自己看着爱丽丝，好奇地想：要是爱丽丝嫁给像米克这样的家伙会不会更幸福？

不过，天气不错，爱丽丝很放松。恰克和伊文既慷慨又周到。第二天一早，契约组织的人还没出现。恰克出门去跑步，米克和莎拉去了一家葡萄酒厂参观，爱丽丝待在屋里，用笔记本电脑努力敲一篇短文。只有我独自和伊文待在院子里。

"对了，"我佯装漫不经心地问，"你记不记得契约组织里有个人叫伊莱？"

"不知道。"她厉声说。然后起身，径直回了屋。

我独自坐在院子里，望着附近小山上因缺水而枯萎的葡萄藤，想起大学时读过的一部苏联小说。一个服务员住在联排公寓一侧，另一侧则住了一位脾气暴躁的老头。随着故事的发展，警察一次又一次敲开服务员的门，质问他是不是在监视他的邻居。服务员否认后，警察第二天还会再来质问他同样的问题。一连几个礼拜，警察不停地骚扰他，质问他是不是在监视他的邻居。奇怪的是，警察找上门之前，他从没觉得邻居有什么不妥。

被盘问了十几次后，服务员开始琢磨：那个老头成天在干什么，为什么会如此偏执？他在隐藏什么？服务员越来越好奇，他爬上阁楼，向下望着邻居的公寓。房顶突然塌下来，警察出现了，事情从那以后变得十分棘手。

从霍普兰回来两天后，我参加了单亲青少年集体见面会。康拉德和伊泽贝尔早到了几分钟，其他人却都晚到了几分钟。等待会议开始的当儿，我在一张折叠桌上摆好了曲奇、奶酪和饮料。康拉德和伊泽贝尔在同一家贵族私立学校读书，他俩坐在折叠椅上谈论着自己的毕业论文。康拉德开了辆崭新的路虎，住在太平洋高地的一栋豪宅中，他在研究美国的社会主义需求，丝毫没有讽刺的意味。伊泽贝尔则研究邪教。

"你怎么知道哪个是邪教哪个不是？"康拉德问。

她轻轻翻开大大的橙色文件夹，有一页上密密麻麻写了不少字。"这是关键所在。我还在梳理，不过我感觉，邪教必须符合下面几个或是所有特点。"她读起列表来，"1）禁止泄露教派秘密；2）退教惩罚；3）违背主流思想的目标或信仰；4）一个有感召力的领袖；5）让成员向组织无偿贡献劳动、私人财产和金钱。"

"我觉得第二条和第四条最有意思。"她说。

"天主教是邪教吗？"我问，"那儿有一个有感召力的领袖——教皇，而且要是不遵守教规，还会被逐出教会。"

她皱着眉思考起来。"我觉得不是。如果一个东西存在的时间足够长，或是被大众所接受，我觉得就不能被看成邪教。而且，邪教会竭力保住成员，而那些明显违反教义的成员，天主教似乎更愿意把他们驱逐出去。还有，天主教的意图大都很高尚——慈善、做好事，这并不违背主流思想。"

康拉德起身去看了看零食桌。"摩门教徒呢？"

"不是，我觉得他们是合法的。他们的仪式虽然有点古怪，不过世界上其他大型宗教也一样。"

他端着纸盘，拿两听可乐回到围好的圈里，往伊泽贝尔那边挪了一个位置。"合法是相对的，是吧？"他说着，递给伊泽贝尔一听可乐。

她探过身，从康拉德的盘子里拿了块曲奇，我发现这叫他很开心。伊泽贝尔本可以比康拉德做得差些。他是有轻微的富贵病，不过说实话这也不是他的错，此外，他是个好孩子。

"人民圣殿盛行的年代，在旧金山长大是什么感觉？"康拉德问我。看得出，他是想让伊泽贝尔对他另眼相看。

"你觉得我有多大？"我好奇地问。

他耸耸肩。"五十？"

"差不多。"我微笑着说，"吉姆·琼斯蛊惑教众去圭亚那时，我还是个婴儿。不过，长大后，我偶尔听父母说过他们认识的一家人死在了琼斯镇。"我想起几个月前在屠杀纪念日上看到的照片。我惊讶不已，丛林已占领了整片营地，丝毫找不到琼斯和教众曾经去过那里的痕迹。

"好消息是邪教不再像曾经那般盛行。"伊泽贝尔说，"我的论文研究的便是网络的发展和公众信息的增长极大削弱了邪教的吸引力。从事宗教工作的人很难让他们的教众远离信息。"

另外几个孩子艾米丽、马库斯、曼蒂和西奥陆续进了屋。我一直琢磨着刚才的对话。根据伊泽贝尔的定义，契约组织并不能算作邪教。奥尔拉可能是个厉害人物，但是这个组织的目的并不违反主流思想。事实上，契约组织的目标恰恰就是主流思想的诠释。同时，契约组织也不需要任何经济资助，据我所知，实际情况刚好相反，想想那些豪华的派对、私人教练、周末的休闲去处。当然，它的确符合几点：不能和契约组织外的人谈论这个组织，而且，一旦你进来，就很难抽身离去。

不过，契约组织的核心使命和我的人生基本目标完全一致：和我心爱的女人一起经营一份成功幸福的婚姻。在我心里，我知道契约组织很糟糕，非常糟糕，但不可否认，它的目的却是给我一份我最想要的东西。

康拉德从背包里拿出本书，给我看了看封面。"我们的左翼老师让我们读《源头》，可我偏不。"

"你应该读读试试。"我建议说。

伊泽贝尔厌恶地看了眼。"我们为什么要读这种可怕的宣扬法西斯的书?"

"它是很可怕,但内容并不像你们想的那样。可怕的是,你没准会发现自己认同其中的一些东西。"

"你爱说什么就说什么吧。"康拉德说。我扫见他给伊泽贝尔使了个眼色,显然他俩是一伙的。我什么时候变得这么权威了?

每次听到自行车骑过街道的声音,我总会紧张起来,琢磨着我犯过的错。一般我都会屏住呼吸,聆听车轮、车链、变速器从房前飞驰而过,奔向卡布里洛。但是,今天——礼拜三——自行车停在了我家门前。我听到骑行鞋标志性的咔嗒声上了门前的台阶。

还是上次那个信使。"伙计,"他说,"就为了你们这些家伙,我的腿都跑细了。"

"抱歉。喝点什么?"

"好啊。"他随即进了屋。他把信封正面朝下放在了走廊的小桌子上,我没法看到收信人的名字。

我在厨房给他倒了杯巧克力牛奶。我拿出一袋曲奇,他在桌边坐了下来。出于礼貌,我也坐了下来,不过我其实更想过去看看信封上是谁的名字。

他喋喋不休地讲起他女朋友如何从内华达州搬来这里和他团聚。我没心情给他解释,这段感情多半不会有什么结果。各种迹象都能说明问题,我耳朵听着,却在心里不自觉地分析起来。天价房租让她搬进了他的家。他承认发展得太快了,他还没准备好,但是她给了他最后通牒。她要是来不了旧金山,她告诉他,他们就分手。我现在就能看出,仓促的同居,他的无奈,加上她又是那种喜欢发号施令的人,这段感情不会有什么好结果。

他一出门，我就拿起信封翻了过来，顿时五脏俱损。这信是给我的。我觉得有些惭愧，这信是给我的，我应该高兴才对。我记得乔安妮说过：分散过错，别让他们太注意爱丽丝。我唯一能猜出的是，他们知道我忘记给爱丽丝买礼物了。当然，我打了个寒战，没准更糟，没准还会说我去希尔斯代尔商场的事。

我拨了爱丽丝的电话。我吃了一惊，电话刚响了两声，她就接了。我想起手册上写着：爱人的电话一定要接。他们今天在处理一个技术主管的证词，这个主管名声不好，去年还打了一个实习生。显然，法庭里坐满了人，主管厉声训斥实习生做幻灯片磨磨蹭蹭，他一把把她推了出去，可怜的女孩一下子倒在地上，脑袋撞到了桌子上，血流得到处都是。

大家在窃窃私语。"我们只能休息五分钟。"爱丽丝说，"快说。"

"那个自行车信使来过。"

她好久没说话。"见鬼，我讨厌礼拜三。"

"是给我的。"

"奇怪。"是我多心，还是她真的没有那么惊讶？

"我还没看。我想给你打着电话再拆开。"我撕开信封。里面只有一张纸。我听到在电话那头爱丽丝的同事在和她说些什么。

"读读。"爱丽丝听上去很不耐烦。

"亲爱的杰克，"我大声读，"朋友们会定期受邀参与全面的调查。调查是理事会了解及评定组织成员与某件事相关性的机会。是否出席由您自己定夺，这是份邀请，并非命令，强烈建议您出席，协助再教育委员开展相关工作。每个契约组织成员的事就是所有成员的事。"

"是张传票。"爱丽丝的声音透着些紧张。

我读了读这页纸底部的小字。"他们让我今晚九点去半月湾机场。"

"你去吗？"

"我有的选吗？"

电话那边又是一阵混乱。我等着爱丽丝把我拉出来，告诉我这主意糟透了，但是相反，她却说："没有，的确没的选。"

我把信扔到桌子上，向办公室走去。我真希望自己中午没回家吃午饭。

我下午见了一群十来岁的孩子，他们分散了我的注意力，让我暂时把这事抛到脑后了几分钟，至少是这样。十来岁的孩子最难把握，我不得不集中精力，留意他们的每句话和每一个动作。成人的行为大都易于理解，而孩子，他们无法意识到自己的所作所为，很难给他们定性。

那之后，我疲惫不堪，去周围散了散步，从尼布斯买了最后一份柠檬巧克力司康饼。回到办公室，我已打定主意今晚去机场。要对付契约组织，最好的办法就是尽量不让他们注意到你。毫无疑问，我爱爱丽丝。但要是契约组织非要梳理我这个丈夫的作为和不作为，我保证，他们一定会把我说成一个罪恶滔天的人。

我告诉伊芙琳明天不来办公室，她皱了皱眉。我很抱歉，又得临时取消和客户约好的见面，但我又能怎么做呢？

回到家，我收拾了行李，装了一套洗漱用品和一身得体却不会太正式的换洗衣服。爱丽丝 7：03 到家，我坐在蓝色椅子上，脚下放着收拾好的旅行包。

"你要去。"她说。

"我的理智告诉我，不能听他们使唤。但要是不去，我又懒得处理事后的麻烦。"

爱丽丝咬着指甲站在我面前。我想听她说她以我为傲，或至少会有些感激我的即将付出的自我牺牲，但她却十分生气。不是因为契约组织，而是因为我。"你本来就该做点什么。"她说。

"礼物送晚了。"我说。我接着引爆了气氛："你觉得他们是怎么知道的？"

"天哪，杰克。你觉得是我出卖了你？肯定是因为别的事。"她一脸责备地看了我一眼，就像在等我承认什么大错似的。我只是微笑着说："我是无辜的。"

她连大衣和鞋子都没脱。没有拥抱我，也没有亲吻我。"我送你。"

"先换衣服？"

"不用。"她看了眼手表说。"最好现在走。"我有种奇怪的感觉，她只想赶快把我甩掉。

一号公路上车不多，我们还来得及在莫斯比奇吃顿墨西哥卷。"请告诉我今天工作不顺利，"说着，我把牛油果酱和两瓶啤酒摆在我俩中间的桌子上，"你这么冷冰冰，要都是因为我，我可受不了。"

她用薯条蘸了点牛油果酱，慢慢嚼着说："该死的证词真气人，那个主管说我脾气不好，我恨那个浑蛋！让我看看那封信。"

我从包里拿出信。她读信的空当，我去柜台取了墨西哥卷。我回到座位上时，她嘴里正嚼着蘸了最后一点牛油果酱的最后一根薯条。这虽是小事，却不像她的风格——她知道我有多喜欢牛油果酱。

她把信折了两下，从桌子上推给了我。"能有多糟？他们又没派个大汉开着SUV搜你的身，再把你扔到沙漠里去。"

"天哪，爱丽丝，你听上去失望极了。"

"就像你说的，你什么都没做。是吧？"

"没错。"

"不管怎么说，你要是真干了什么，我一定得知道。"她喝了一大口啤酒。她看着我的眼睛，笑了，用搞笑的詹姆斯·厄尔·琼斯的语气说："契约组织的所有条款都归结为一点：没有秘密，和爱人无所不谈。"但凡想到契约组织，我俩总会提到这句话。

"你和我无所不谈，是吧？"她说。

"当然。"

"那你就不会有事，杰克。我们现在走吧。"

半月湾机场的灯都灭了。我和爱丽丝坐在车上，在黑暗中一边聊天一边等着契约组织的人来。她的语气不再尖锐，也不再指责我，我的爱丽丝似乎又回到了我身边，我高兴极了。我开始怀疑自己是不是误会了爱丽丝。8：56，办公楼里的灯亮了起来，跑道闪烁着照亮了夜空。我把车窗摇开条缝，听到一架飞机从水湾那边掉头向跑道驶来。停机坪对面，一辆车里的灯亮了起来，那是辆两厢的马自达。

"那不是恰克和伊文的车吗？"爱丽丝问。

"见鬼。你觉得谁更可能遇到麻烦？"

"恰克，一定是。"

飞机滑翔降落在跑道上，停在了大门外面。我们看着恰克和伊文下了车。他们站在那里，蹩脚地拥抱了一下，然后伊文便又回到了车上。我们也下了车。我亲吻了爱丽丝，她紧紧地抱着我，足足有几分钟，才又放开了手。

我和恰克同时到了门口。我拿着行李包，他却什么都没带。"朋友。"他说着，比画着让我走进门去。

"朋友。"我如鲠在喉。

我们靠近飞机，舷梯放了下来。"伙计们。"飞行员操着一口澳大利亚口音说。我爬上去，直接坐在了驾驶员后面的座位上，恰克则坐在了我身后一排。这飞机真不错——两边都有一排真皮座椅，机舱后部是个休息区，座椅袋上还摆着报纸和杂志。

"可能有点颠。"飞行员一边收起舷梯，关上舱门，一边提醒我们说，"来杯可乐？还是喝水？"

我们俩什么都没要，恰克没有说话，只挥了挥手。

恰克拿起份《纽约时报》读了起来，所以，我觉得闭上眼小睡一会儿也无妨。真高兴刚才喝了点酒，要不然我肯定睡不着。一会儿飞机的降落装置嗡嗡作响，吵醒了我。飞机落在了一个凹凸不平的跑道上。

"睡得好吗？"恰克问。他的情绪似乎好了点。

"这就是我想到的那个地方？"

"大名鼎鼎的芬利。好在你睡了一觉，没有力气，在这里可撑不住。"

我们乘坐的飞机沿跑道滑行，随后停在一道电网边上，两三分钟后，飞机门打开，舷梯放了下来。"好戏开场了。"恰克说道。

一个男人和一个女人沿柏油碎石跑道向我们走过来，他们都穿着深蓝色的衬衫和裤子。男人示意恰克到一边，他要求恰克站在一条黄线上，并让他举起双手。他用一个金属探测器扫描恰克全身，进行了非常详细的检查。恰克站在那里，脸上没有丝毫表情。我看得出来，这不是他第一次来芬利。检查完毕，那个男人拿出手铐和脚镣，这两样东西都连接在一条很宽的皮带上，而他把皮带系在了恰克的腰上。我打起精神，准备迎接同样的程序，但那个人并没有那么做。"准备好了吗？"守卫喊道。我听到了一声很大的嗡嗡声，电网门滑开。恰克走了进去，仿佛他对这里的门道一清二楚。那个男人跟在他身后，相距大约六步远。我和那个女人则站在那里看着他们。我感觉这是某种仪式，只是我对此一无所知。

恰克沿黄线向前走，这条线很长，从降落跑道一直延伸到一栋巨大的混凝土建筑前。警戒塔、双重栅栏、带刺铁丝网和探照灯，通通都表示这里曾经是现在也是监狱。我打了个寒战。又一声嗡嗡声响起，恰克走进了建筑，那个男人跟在他后面。他们进去后，大门砰的一声关闭了。

那个女人扭头看着我，对我笑笑。"欢迎来到芬利。"她友好地说。不知怎的，她这么说，并没有让我放松下来。

她指指我们的左边，只见一辆高尔夫球车正在等我们。我把我的背包扔到车后。我们驱车驶过跑道，她一言不发，我们在监狱里绕了一圈，来到一条很长的柏油路面上。爱丽丝说过这里很大，但看到这个地方的规模，我还是不禁深感震惊。我们停在一栋华丽的建筑前面，这里看起来更像是一栋豪宅，而不是监狱。这栋建筑的另一边是电围网和水泥场院。不过在这一边，有一排苍翠繁茂的绿树、一片十分美观的草坪、一个网球场和一个游泳池。那个女人跳下高尔夫球车，抓起我的背包。

走进这栋大楼，感觉这里就像个度假村。一个干净秀气的年轻人站在一张闪闪发亮的红木桌后面。他穿着制服，那是一套双排扣深蓝色西装，还佩戴着看起来很夸张的肩章。

"你是杰克？"

"我认罪。"我说完就为自己的口不择言感到后悔。

"我为你准备了基尔肯尼套房。"他把一张带有打字字迹的纸推过桌子，"这是你明天的日程表，还附着一张场地和设施的地图。这里限制使用手机，所以，如果你需要打电话，请通知我，我可以带你去会议室。"他在一张纸上画了一份草图，指出通往我房间的路。"我们这里提供二十四小时服务，你有任何需要，都可以下来找我们。"

"钥匙呢？"我问。

"不需要钥匙。豪华套房没有锁。"

我很想问我到底何德何能，竟然可以住在豪华套房，但我看得出来，我不该问这样的问题。现在的经历处处透着怪异。就算他们像对付恰克一样给我戴上手铐，带我离开，我也不会像现在这么惊讶。

升降梯里有一盏枝形吊灯。我抬头看了看是否有摄像头。

就在天花板一角有一个摄像头。我住在317室，位于一道铺着红毯的长走廊的尽头。房间十分宽敞，摆着一张大床和一台平板电视，从窗户能看到外面的网球场和游泳池。这里没有光污染，我能看到无数星星在天空里闪烁。我意识到，爱丽丝在这里得到的待遇与我的截然不同，我不由得心怀愧疚。

我躺在床上，打开电视。我把所有频道都看了几遍，才明白这栋大楼连接的是一个欧洲卫星。有欧洲体育台，还有英国广播公司一台到四台，有的频道在播放关于爱尔兰大饥荒的纪录片、波罗的海海岸的特别节目，有的在重播巨蟒剧团节目，还有的在播放瑞典大型障碍滑雪比赛。

我查看了一下日程，发现在明天早上十点，我应该去楼下的休息室。在那之后，日程上只是写着从十点到中午"开会"，会后用餐，然后又是两个小时的会议时间。要是那上面写着"返航：下午三点"，我肯定会觉得更自在。

我看了两个小时的蹩脚欧足联球赛，终于睡着了，到了六点才起来，这下可睡过头了。我才从浴室出来五分钟，就有人来敲门。我打开门，只见外面有一个托盘上放着法式吐司，一杯放了大量生奶油的热巧克力，还有一份《国际纽约时报》。

我很想去这个地方到处转转，不过我神经太过紧张，所以我只是在房间里干坐着。我很想知道爱丽丝此时在做什么，很想知道她有没有想我。

到了9∶44，我穿着宽松长裤和礼服衬衫，乘坐升降梯来到大厅。接待员快步走过来，又给我端来一杯热巧克力，请我先坐一会儿。我坐在一张豪华的皮椅上等待。十点整，一个男人走进了大厅。

"我叫戈登。"他说着向我伸出一只手。此人中等身材，留着一头黑发，只有两鬓是斑白的。他穿着一套非常考究的西装。

我站起来和他打招呼。

"终于有机会见到你了，我很高兴。我听说过很多关于你的事。"

"但愿都是好事。"我强挤出笑容。

他眨眨眼。"我们都是有好有坏。你去这里转过了吗？"

"还没。"我说，真后悔一直窝在房间里。

"真糟糕。这个地方挺不错的。"

很难评价戈登这个人，我看不出他是什么脾气秉性，也猜不出他多大年龄。他看起来有五十五岁，但也可能年轻一些。他说话带着爱尔兰口音，但他的一身黝黑皮肤告诉我，他已经很久都没在爱尔兰待过了。

我们穿过如同迷宫一样的走廊，走上四层楼梯。走到最后一层台阶的顶端，我们进入了一个两边都是窗户的走廊。这条走廊约长一百米，像是连接着两个世界。在这一边，只能看到这栋建筑作为度假村的部分，有绿树、草坪、游泳池、高尔夫练球场，还有一个像是温泉浴场的地方。度假村区域三面都是高墙，整面墙上都画着精美的壁画，画中有极具田园风格的海滩、碧海和蓝天。围墙很高，从我所站的高处，都看不到度假村的另一边。而在走廊的另一边，能看到的景物就完全不同了：那里有一栋很大的监狱楼，还有电围网、警戒塔和水泥内院，穿着灰色连体服的人在一条泥土小路上缓缓走着。在此之外，可以看到沙漠绵延数公里。监狱看起来十分丑陋，叫人胆战心惊，不过外面的荒漠更加恐怖，令人望而生畏。在这样的监狱里，就算没有了守卫，围墙也坍塌了，你也逃不出去。

戈登在一个按键上输入了一长串密码，大门随即打开。豪华地毯不见了，迷人的景物也不见了，现在能看到的只有刷成单调绿色的混凝土墙壁。戈登在另一个按键上输入了一串密码，然后示意我进去。一个身穿灰色制服的年轻人忽然从阴影中走了出来。我感觉到他的呼吸扑到我的脖子上，不由得哆嗦了一下。我们一直往这栋水泥建筑的深处走。我在戈登身后，距离有几步远，那个年轻人在我身后几步远的地方。每走一百步左右，就会出现一扇门。每次，戈登都要输入密码，打开密码门。每扇门都伴随着金属哐当声在我们身后关闭。这就好像我们是在深入一栋冰冷建筑的心脏。随着每一扇门关闭的声音，我在对抗着越来越深刻的绝望。

最后，我们走下了一道陡峭的楼梯。我数了数，一共有三十三级台阶。来到楼梯底部，我们先向右转，又向左转，随后再向右转。我努力记住转了几道弯，但我们又穿过了很多扇门，经过了更多走廊。戈登是不是在每扇门都输入相同的密码？还是他记住了几十个密码？到了现在，就算我有密码，也不可能找到路走出这栋建筑。我被困住了。

我忽然想到，就算我死在这里也没人知道。我告诉我自己，如果契约组织想要了我的命，那在我走下飞机的那一刻，他们用一颗子弹打爆我的头就好了。当然了，戈登可能只是很享受游戏的乐趣，带着我这只小老鼠往迷宫深处走，直到我在疲倦和恐怖中死去。

我听到前面有动静。我抬头看了看右边的一条走廊，很想知道要是我拔腿就跑会怎么样。肯定有出口。戈登像是能读懂我的心思，他问道："要不要去这部分转转？"

"好啊。"我答。

显然我这么回答是正确的。"太好了。只要再弄清楚几个问题，我们就可以去参观了。"

什么问题？我怎么才能知道正确的答案？我估摸要是我答对了，就能重获自由，要是答错了，就会被送进更昏暗的走廊，见到更多穿着西装的暴徒。

我们来到最后一扇门边，戈登最后一次输入密码。然后，我、戈登和那个穿制服的家伙来到一个小房间，这个房间有三米见方，白得耀眼。房间中央摆着一张桌子和两把椅子，桌上摆着金属环，还放着一个素色马尼拉纸文件夹，其中一把椅子是固定在地上的。一面墙上覆盖着一块很大的黑色平板玻璃。难道是双向镜？"请坐。"戈登指着固定在地上的那把椅子说道。我坐下，尽量不去看就摆在我面前的金属环。刚来这里那会儿，我是哪根筋不对了，竟然被豪华客房和五星级的服务迷惑住了？

戈登坐在我对面，另一个人一直站在关闭的门边。"杰克。"戈登说，"感谢你抽时间帮助我们进行这次调查。"

听到我自己的名字，我吓了一大跳。组织成员好像只彼此称呼"朋友"，戈登为什么直呼我的名字？

"你们带我来这里干什么？"我说，尽量维持平稳的声音。

戈登把手肘搭在桌上，用手指在他的脸前搭成尖塔状。这是表示鄙视的常见手势，传递出一个信号：他认为他比我聪明。

"对于引起我们重视的问题，我们都会进行调查，这样就可以有更深刻的探究。问题各种各样，我们会调查到底，直到找出合理清晰的解决办法。"

又来这一套。对于契约组织，我还注意到一点，那就是他们从来不会用简单清晰的语言把他们的想法说出来。他们一张口都是打着官腔，说起话来云里雾里，滴水不漏。我想象某个闷热的房间里有一本字典，里面写满了奥尔拉和她那些密友创造出来的各种词汇，而组织成员必须背下来，动不动就得说上几句，大肆宣扬。纵观历史，法西斯分子和邪教组织都有自己的暗语，用来混淆视听，隐瞒真相，却可以让其成员感觉自己和普通人不同。

戈登打开他面前的文件夹，翻阅里面的文件。"那么，我想知道，你是否可以花点时间，给我讲一讲关于乔安妮·查尔斯的事。"

我的心一凛。

"乔安妮·查尔斯？"我重复了一遍，试着表现出惊讶和冷淡的样子，"我对她了解不多。"

"那就说说你了解的那些吧。你们是怎么认识的？"

"我和乔安妮·韦伯，啊，现在是乔安妮·查尔斯，我们在大学里共过事。"

戈登轻轻地点点头。"接着说。"

"我们上大二那年，都是宿舍顾问。我们去开宿舍顾问会议，参加培训活动，每个礼拜都能见上两三次。后来，我们成了朋友，偶尔在一起讨论这份工作有多难做，交换交换意见，有时候还会八卦一下。"

戈登又点点头，几秒钟过去了，他显然是希望我继续往下说。对这样的策略，我早已司空见惯：一个处在劣势的人一定会不停地说话，以掩盖尴尬的沉默。我才不会这么做。

"我一整天都有时间。"戈登催促道，"几个小时，就算是几天也无所谓。我们需要多少时间，我就有多少时间。"

"我不知道你想要我说什么。我都说过了，我和乔安妮并不太熟。"

他笑了。门边的那个男人动了动，他的制服沙沙作响。"或许，你可以多讲一些你们一起共事的经历，我觉得说说也没有大碍。"

我想了想，如果我一个字也不说，他们会把我怎么样？我十分肯定戈登会无限期把我关在这个房间里。"在我们上大三那年，"我说，"我们学校只有四个连任顾问，我和她都在其中，所以我们的关系更近了一点。我们经常在午休时间见面，偶尔在社交活动上也会见到。"

"你们一起吃过饭吗？"

"吃过几次。"

"你觉得你们两个是朋友吗？"

"我想是的。但从大体上而言，我会将我们两个的关系描述成工作伙伴。当然了，我们两个的宿舍距离很近，彼此也都熟悉。"

"你见过她的家人吗？"

我回想往事。"也许吧。不过那都是很久以前的事了。"

站在门口的那个人开始显得有些不耐烦。见状，我紧张起来。"有没有这样一个可能……"戈登翻看文件，停顿了片刻，"在你们上大三那年，你去了帕洛斯弗迪斯，在她父母家和她的家人一起吃了感恩节大餐？"

他是怎么知道这件事的？

"是的，有这个可能。"

"那之后，你又去过她父母家吗？"

"可能吧。我说过了，那都是很久以前的事了。"

"有没有可能你又去了她父母家五次？"

"我这人没有写日记的习惯。"

他权当没注意到我声音里的怒气。"你和乔安妮有关系吗？"

我低头看着桌上的金属手铐。他们为什么不给我戴上手铐？他们这是在威胁我吗？我给出什么样的答案，才会刺激到那个穿制服的家伙，让他走过来，将手铐强行戴在我的手腕上？

"恋爱关系？"戈登把话挑明。

我摇摇头。"没有。"我断然道。

"但你非常了解她？"

"我想是的。很多年前，的确如此。"

"就在刚才，你说你和她不太熟。"

我瞥了一眼双向镜。谁在镜子后面？为什么他们这么在意我和乔安妮的那段往事？"二十年了，人会有很大的改变。事实上，我现在的确和她不太熟。毕业后，我们去了不同的州读研究生。"

"从那以后，你们在船底座别墅是第一次重逢？"

"是的。"

"不过，你们肯定通过电邮或是信件吧？"

"我和很多我在大学认识的人都通过电邮，我记不清了。"

"你在船底座别墅第一次见到她，马上就认出她了？"

"当然。"

"你见到她开心吗？"

"当然，为什么不开心？乔安妮是个……她以前是个很出色的人。在一个奇怪陌生的场合中见到老朋友，当然叫人高兴。"

"在那之后，你什么时候和她见的面？"

我尽可能不犹豫。然而，在我心里，还是觉得有人站在双向镜后面，在仔细观察我的一举一动。说不定他们正用隐蔽的电子设备监视我的心率和体温，评估我的非语言线索。"是在伍德塞德的季度派对上。"

"她看起来怎么样？"

"她和她丈夫内尔在一起。"我沉着地说，"他们在一起，看起来很幸福。"

"你还记得她当时穿了什么衣服吗？"

"一件蓝色的裙子。"我说完就后悔了。我知道他在想什么：我为什么会这么关注她？

"这之后你们又见过吗？"

"这是我最后一次见到她。"我尽量用冷漠的语气说出这句话。不管是对是错，我都决心撒这个谎，现在，我唯一的选择就是等着看结果如何。

戈登笑了，他翻看文件，抬头看看那个穿制服的人。"最后一次。"他说着咯咯笑了起来。

"是的。"

我们默默地坐着，我的谎言就这么存在于我们之间。

"乔安妮在这里吗？"我终于问道。这么问或许很蠢，但我必须化被动为主动。

戈登像是有些惊讶。"事实上，她确实在这里。你想见她吗？"

见鬼。我都问到她了，再说我不想见，那肯定很可疑，不是吗？"反正在这里我也不认识别人。是的，我想见见她。"

"或许我们可以在这里随便转转。"戈登告诉我，"然后，我们用最早的飞机送你回半月湾。"

"听起来挺不错的。"我说，尽量不显得过于心切。这是不是表示我通过测试了？我不需要按照日程上写的，在午饭后开两个小时的会？

穿制服的男人冲双向镜一点头，门随即便开了。这次由这个年轻人走在前，我在中间，戈登跟在我身后。我们走过了两三条走廊和一扇门，来到一个运动场，四面都是监狱高墙。我深深吸了一口干燥温暖的空气，在突然笼罩我周身的阳光下眨眨眼。这里只有一个篮球场和煤渣跑道。一个上了年纪的金发老人穿着大红色连体服，坐在篮球场远端的一张长凳上。他看到我们，马上立正站好。穿制服的那个人向他走过去。

我们走过篮球场，戈登简要介绍了这个监狱的历史。"内华达州于1983年建造了这座监狱。"他说道，"在十三年的时间里，这里曾关押过九百八十名中级和重级的囚犯。二十世纪初，内华达州决定将这座监狱的大部分囚犯转移他处，如此一来，芬利就荒废了。这个地方很不便利，而且太过昂贵，有些囚犯试图越狱，很不幸，他们都死在了沙漠里。"

我们来到另一栋建筑的门前。我回头看到穿制服的男人和穿连体服的男人站在一起，不，不是站在一起，而是站在那人的身后，他似乎是在给那个人戴手铐。

我们又走进一扇门。来到里面，只见一个女人坐在一张办公桌边，她前面是一面平板玻璃窗。墙上安装了几十个监控显示器。她的视线离开显示器，冲戈登点点头，然后，她将一个连接在勋带上的亮橙色徽章通过玻璃下面的窄孔递了过来。戈登接过勋章，谢过了她。"戴上这个吧。"他说着把勋带挎在我的脖子上。

女人按了一下开关，一扇钢铁大门随即打开。现在看来，我们像是来到了监狱的核心。我们的左右两侧都有走廊，前面也有一条走廊。每道走廊都分三层，我飞快地数了数，每层都有二十个牢房。这里十分安静，不过偶尔会有声音响起，由此可见，并不是所有牢房都是空的。

"要不要去牢房里感觉一下？"戈登问道，此时，我们正穿行于监区。

"有意思。"

"我不是在开玩笑。"

在一个牢房里，一个男人坐在小床上，正在看《手册》。这是发人深省的一幕。简陋的牢房，大红色连体服，那个男人的精致发型和精心保养的手，看起来不协调到了极点。

我们来到一个食堂。所有桌子都是空的，但我能听到锅碗瓢盆的叮咣声。长金属桌和长凳都固定在地面上，一看就是监狱里原有的设备。这里的气味也很格格不入，我闻到了新鲜蔬菜、调味料和烤鸡的香气。

"这里的食物很美味。"戈登说，像是再次读懂了我的心，"做饭的都是犯人。这个礼拜呢，我们有幸能尝到一位先生的厨艺，他在蒙特利尔可是拥有一家米其林星级餐厅。他昨天做了一道巧克力慕斯，那味道堪称一绝。要是你留下来，绝对不会后悔。"

我明显感觉到他是在耍我。要是我留下来。说得好像在这里，一切事都凭我自己做主一样。

厨房里忽然没有了声音，我们踩在富有光泽的水泥地面上发出的脚步声，是四下里唯一的声响。

"你刚才说乔安妮在这里？"我紧张地问。

"是的。"戈登说道，"耐心点。"

我们又走进一扇门，来到了一个八角形的房间。中心区域周围有八扇门。每扇门的中间都有一个窄孔。我忽然惊恐地想到，我们来到的是一个单独监禁的区域。我竖起耳朵，想听听牢房里是否有人。我只听到了一声咳嗽，接下来便是一阵死寂。

作为一名治疗专家，我不光害怕，还很愤怒。他们怎么能把人关禁闭呢？"谁在里面？"我说，有点希望听到乔安妮用惊恐的声音叫我。

戈登一把抓住我的手臂。"放轻松。"他说，但看他抓我的力道，就知道他一点也不放松，"有没有人强迫你来这里？"

"没有。"

"说对了。这栋监狱里的每个犯人都跟你一样，也跟你那位迷人的妻子爱丽丝一样。"

听到她的名字从他的嘴里说出来，我感觉不寒而栗。"杰克，没有人是被迫到这里来的。我们的犯人都很清楚他们犯了什么罪，并且很感激有机会在一个支持性的环境里进行改造。"

他走到那个牢房边上，俯下身透过窄孔说话。"你是自愿来这里的吗？"

有那么一会儿，没有人回答。然后，一个男人的声音响起："是的。"

"你是被迫拘禁的吗？"

"不是。"那个人的声音很轻，透着疲惫。

"你在这里，目的是什么？"

这次，那个人回答得更快，没有丝毫犹豫："因为我多次犯下了情感背叛的罪行，在这里进行改造。"

我分辨不出此人的口音。有可能是日本人。

"那你的进展如何？"

"进展稳定。我很感激能有机会，在我的婚姻界限之内，按照契约组织的规章，改造我的行为。"

"非常好。"戈登对着牢房说，"你有什么需要吗？"

"我有了我需要的一切。"

见鬼。这可能是真的吗？

戈登转身面对我。"我知道你在想什么，杰克。我看到了你脸上的担忧表情。我可以向你保证，这些牢房原本是用来单独监禁犯人，但我们更喜欢将其视作过隐修生活的房间，在这里，偏离轨道的会员可以重新认识自己，找回他们曾经的美好时光和许下的誓言。"

"他在这里待了多久了？"

戈登笑了。"会有人问修道士在隐修房间里待了多久吗？会有人要求修女为她们对上帝的虔诚而受罚吗？"

他又拉住我的手臂，只是这次力道很轻。"走吧，就快到了。"

我们又走进一扇门，他指指右边一个像是等候室的地方。"那里是预审等候区，你妻子在那里和我们待了一段时间，她非常合作，对我们这个设施而言，她是一个理想的访客。审判室、预审会议室和律师都在那里。不过我们今天去的不是那边。"

他向左转，一扇双开门出现在我们的视线中，其他的门边都设有键盘，但这扇门则是用铁链和挂锁锁住的。

"这里是预审的长期专用区域，你的朋友乔安妮就在这里。事实上，乔安妮的事很有意思，让人出乎意料。我们的大多数访客都发现，诚实有助于更快解决问题，这种态度对所有人都好。"

戈登转动挂锁上的轮子，挂锁弹开，他嘎啦啦解开铁链。我们走进去，大门在我们后面砰的一声关闭了。运动传感器咔嗒响了一声，一盏探照灯亮了起来，照亮了这个房间的中央部分，只见那里有一个正方形高台。高台边有两级混凝土台阶，高台周围有厚玻璃墙，一面玻璃墙上有一把锁和一个把手。戈登站在台阶顶层，把一把钥匙插进锁里，打开玻璃门。

"你可以随便进去，杰克。"

有个人窝在一角，呈现出胎儿的姿势，此人靠在玻璃墙上，强烈的灯光照射在她的身上。我不想进去，我只想转身，若是有必要，我会解决掉戈登，逃离这栋可怕的建筑。但我马上就知道我不能这么做。我们身后的门锁上了，上锁的声音依旧在水泥墙壁之间回荡着。

我走上台阶，走进玻璃墙环绕的房间。听到玻璃门在我身后关闭，我的心直翻腾。玻璃笼子里面没有椅子，也没有床和毯子，只有一个金属马桶在角落里，地面坚硬，非常冰冷。除了我们所处的地方有灯光之外，其他空间一片漆黑。我知道戈登就在玻璃墙外，但我看不到他。

"乔安妮？"我小声说。

她不再蜷缩成一团，而是抬头看着我。她眨了眨眼，随后用手遮住眼睛，声嘶力竭地大叫起来。她肯定在黑暗中待了一两天，也可能更久。她浑身赤裸，一头缠结的棕发垂在肩上。她缓缓地把手拿下来，茫然地盯着我，仿佛是我将她从沉睡中吵醒了。"杰克？"

"是我。"

她坐起来，背靠在玻璃墙上。她把膝盖拉到胸前，试着掩盖赤裸的身体。

"他们收走了我的隐形眼镜。"她说，"我看不清楚。"

我环顾房间寻找话筒，却没有发现，不过，这是什么意思啊？我能感觉到戈登就在笼子外面，看着我们，听我们说话。

我坐在乔安妮对面，背对玻璃板，希望能在戈登那双窥探的眼睛的注视下，为她提供一些安全感。"他们向我打听你的事。"我希望先把我的事说清楚，免得她说出一些让我们两个都惹上麻烦的话。当然了，也有可能她已经把我们在希尔斯代尔见面的事和盘托出了。一想到他们可能已经知道了一切，我就不寒而栗。

"我把真相都告诉他们了。"我清楚地大声说道，"我说了，自从吉恩在伍德塞德举办的派对之后，我就没见过你。"她依然是那副有气无力的样子，所以我压根就不确定她是否听明白了我的话。"我告诉他们，你和内尔在一起很幸福。"

"真够尴尬的。"她眨着眼睛说。他们是不是给她下药了？"你已经有二十年没见过我赤身裸体了。"

我立即想起了在她的宿舍度过的那个夜晚，虽然我们笨手笨脚，却十分甜蜜。我记得她当时非常窘迫。

我有些尴尬。她为什么提起这件事？这与我所说的情况正好相反。

"你说的是别人吧。"我感觉戈登正在评估我说的每句话，仔细观察我的一举一动，我忽然清楚地却也恐怖地意识到，我住的那个富有欺骗性的豪华客房，在如迷宫一样的监狱里晕头转向地转来转去，对男犯人的问话，以及参观禁闭室，整个行程其实都是在为现在这一刻做铺垫。

"光就光着好了，我不应该尴尬才对。"她继续说道，像是并没有听到我的话，"这就是他们的如意算盘，不过没有理由尴尬。"她伸直手臂，把双腿放平，她的双脚正对着我。她的乳房很小，身上的皮肤十分苍白。忽然之间，她微微张开双腿。我的目光不由自主地落在她的私处，我的脸腾一下就红了，赶紧望着她的脸。她冲我笑笑，那个笑容很怪，一闪而过。

就在此时，一声轰隆声忽然想起，我背靠着的那面玻璃墙动了起来。

一开始，我还以为那不过是我的错觉。但是，我看到乔安妮身后的玻璃墙也在动。我向前挪了挪，乔安妮也向前挪动。

"每隔四个小时，"她说，"这个房间就会收缩两厘米。"

"什么？"

"整个房间在收缩。这说明他们对我很不满。等我变成一块赤裸裸的扁平薄烤饼，他们也不会相信我说的都是真话。"

她声音中夹杂的冰冷让我浑身战栗。她怎么能这么满不在乎？他们真的会做那么骇人听闻的事吗？当然不会。我想到了我在大学里看到过的心理学实验，我和乔安妮在深夜学习讨论会上还就此讨论过。那些实验都很残酷，以致在多年后，实验对象仍然会噩梦连连，出现人格分裂。我们的一位教授甚至还让我们设计关于顺从的假设实验。在那个时候，那些实验看起来很抽象，没有实际意义。

"乔安妮，他们觉得你在哪些方面撒谎了？"

"他们认为我和你有奸情。不止你，还有别人。内尔在我的手机里找到了一份表格。他误会了，他觉得我在希尔斯代尔商场有一个秘密约会地点。"

"胡说八道！"我大声说。

"说得太对了。"她表示同意，"多浪漫啊，希尔斯代尔商场。你说多讽刺吧，他怀疑我跟你上床了，而他的惩罚就是把我送到这里，把我扒光了，和你关进一个笼子里。他这个人真是妄想狂，还很愚蠢。"

我还没来得及回答，门就开了。戈登站在玻璃墙外的台阶顶部，看起来很恼火。

"你待在这里有问题吗？"我问乔安妮。这真是个荒唐的问题，当然有问题。

她再次将膝盖抱在胸前。"不用担心我。"她冷冷地说，"他们没告诉过你吗？所有人都是自愿来这里的，我们都渴望得到改造。其实，他们是在帮我。"

她抬头瞪着戈登，目光充满挑衅。

"到时间了。"戈登说。

我走出玻璃笼子，走下台阶，跟着戈登走向大门。我回头看了一眼，乔安妮站了起来，面对着我，两只手按在玻璃板上。

我抓住戈登的手臂："我们不能把她丢在这里。"

但我还没来得及继续说下去，就感觉到有东西重重击中了我的膝盖后部。我的腿一弯，整个人倒在地上。我的头碰到了水泥地，跟着，我的世界陷入了黑暗中。

12

　　我坐在塞斯纳航空公司的飞机上，随着机身在空中颠簸。我的头跳动般隐隐作痛，我的衬衫上沾着血。我不知道我昏迷了多久。我看看我的双手，原以为会看到手铐，却没有发现异样。只有一条普通的安全带系在我的腰部。是谁帮我绑上了安全带？我甚至都不记得我是怎么登机的。

　　透过驾驶舱打开的舱门，我能看到驾驶员的后脑勺。只有我们两个人。下方的群山白雪皑皑，狂风呼啸着从机身周围刮过。飞行员的肩膀绷得很紧，他似乎一直在专注地操作各种控制装置。

　　我抬起手，摸摸我的脑袋。血已经干了，只剩下一团黏糊的血痂。我的肚子咕噜噜直响。我最后吃的东西还是那块法式吐司。从那时到现在，过了多久了？我身边的座位上有水和一块用蜡纸包着的三明治。我打开瓶子，喝了起来。

　　我拆开蜡纸，只见里面是一个火腿瑞士干酪三明治，我咬了一口。见鬼，我的下巴疼死了，都没法咀嚼。我倒地之后，肯定有人打我的脸来着。

　　"我们是要回家吗？"我问飞行员。

　　"那要看你对家的定义是什么了。我们现在正飞往半月湾。"

　　"他们有没有对你说过我的事？"

　　"只说了你的名字和目的地。我就是个负责开飞机的，杰克。"

　　"但你也是他们中的一员，对吧？"

　　"这是自然。"他说，我听不出他的语气中夹杂着什么感情，"忠诚于配偶，忠实于契约组织，生死相许，至死不渝。"他扭头深深地看了我一眼，意在警告我不要再追问。

飞机遇到了一团猛烈的气旋，我手中的三明治一下子就飞了出去。一阵急切的哔哔声突然响起。飞行员咒骂几声，疯狂地按下各种按钮。他对地面控制中心大吼了几句。我们正在快速下降，我死死抓着扶手，心里想着爱丽丝，回忆着我们的最后一次谈话，心想要是我早把许多心里话都说出来，该有多好。

过了一会儿，飞机忽然拉平，我们开始攀升，一切像是恢复了正常。我从地上捡起散落的三明治，用蜡纸将乱糟糟的配料包起来，放在我旁边的座椅上。

"抱歉，刚才遇到了空气湍流。"飞行员道。

"不怪你。你补救得不错。"

飞机飞到了阳光明媚的萨克拉门托上方，他总算放松了下来，我们聊起金州勇士队在这个赛季表现优异。

"今天是礼拜几？"我问。

"礼拜二。"

看到窗外熟悉的海岸线，我不由得松了口气，小小的半月湾机场出现在我的视线中，更是让我心存感激。降落非常顺利。我们刚一着陆，飞行员就扭头对我说："你不会常去那里吧？"

"我没这个打算。"

我抓起背包，走下飞机。飞行员一直开着引擎，他关上舱门，将飞机掉头，再次起飞。

我走进机场咖啡馆，点了杯热巧克力，给爱丽丝发了一条短信。现在是工作日的下午两点，她八成是在开没完没了的会议。我不想打扰她，但我必须见到她。

她回复了我的短信。你在哪里？

刚回半月湾。

五分钟后出发。

从爱丽丝的办公室到半月湾有三四十公里。她发短信说市中心会堵车，于是我点了食物，几乎把菜单左边的菜式都点了一遍。咖啡馆里客人寥寥无几。女招待打扮得很漂亮，穿着熨烫笔挺的工作服。我付账的时候，她说："祝你今天心情愉快，朋友。"

我走到外面，坐在长凳上等爱丽丝。天很冷，雾气弥漫。等到爱丽丝开着她那辆旧捷豹汽车赶来时，我都快冻僵了。我站起来，检查是否带齐了所有东西，这时，爱丽丝走到长凳边。她穿着一件职业装，只是为方便开车，她换下了高跟鞋，穿着运动鞋。她的一头黑发都被雾气打湿了，她的嘴唇是深红色的，我很想知道她的妆是不是为我化的。我希望是。

她踮起脚吻了我一下。到了这个时候，我才意识到我有多么想念她。她站好，上上下下地打量我。

"至少你好好地回来了。"她伸出手，轻轻摸着我的下巴，"出什么事了？"

"不知道。"

我把她抱在怀里。

"那他们把你叫去做什么？"

我有很多话要对她说，但我害怕。她知道得越多，就越危险。而且，还是面对现实吧，真相一定会让她怒不可遏。

我必须从头讲起。那时候我们还没结婚，芬尼根也没出现，契约组织更没有将我们的生活搅得天翻地覆。

"你现在有时间吗？"

"当然。你能开车吗？雾太大，我看不清楚。"她把车钥匙抛给我。

我把我的背包塞进后备厢，坐在驾驶席，探过身打开乘客门。我把车开回到高速公路上。在望后石海港，我转向，把车开向大海。我把车停在芭芭拉渔栅餐厅的街对面，然后，我四下张望，确认是否有人跟踪我们。

"你还好吧？"爱丽丝问。

"不太好。"

餐馆里空荡荡的，我们找了一张角落里的桌子，从桌边的窗户能看到薄雾弥漫的大海。她点了炸鱼薯条和健怡可乐。我叫了培根生菜番茄三明治和啤酒。饮料送来了，我一口就喝掉了一半。

"你现在把事情一五一十都告诉我。"她说，"不许有任何隐瞒。"

但这就是问题所在，不是吗？我隐瞒了一切。

我依然在琢磨该如何把事情讲给她听，我在心里粉饰我的故事。我不确定我是怎么走到这一步的，我真希望我从一开始就向她坦白了一切。当然了，我的所有细微决定在一开始看来都是合情合理的，但此时此刻，事后想来，各个部分的决定根本就是互相矛盾，说不通。

我告诉她，我和恰克到了芬利后就分开了。"他们给他戴了手铐，把他带去了另一栋楼里。"

"他现在在哪里？"

"不知道。"我告诉她我住进了奢华的房间。

"这么说你不会有麻烦了？"她的语气听来很惊讶。

女招待把我们的食物端了上来，爱丽丝狼吞虎咽地吃起了炸鱼薯条。我还是很饿，却没胃口吃东西。"这件事太复杂了。"

"你到底有没有麻烦？"

"他们想让我说出关于乔安妮的事。"

爱丽丝一直很放松，但听了我的这句话，她的态度立马就变了。我能看到她开始焦虑；她的眼神都变了；她的双眉紧紧皱在一起，由此可见她非常担忧。我说过了，爱丽丝的问题都集中在一个复杂阴暗的区域，在这个区域中，缺乏安全感、嫉妒和怀疑这三点碰撞在一起。我们刚认识那会儿，她经常突然因为这些原因和我闹别扭，让我措手不及。这样的性格很不好。我有时候会发脾气，还有时候会为自己辩解几句，而我的自卫只会加深她的怀疑。我告诉我自己，只要我们订婚了，只要她肯定我对她情深似海，会一直忠实于她，我们就可以解决这样的矛盾。自从订婚后，再加上后来的结婚，她的嫉妒心很少发作。在她产生嫉妒心的时候，我也更能凭直觉感知到。一般情况下，我看到她嫉妒了，就会想办法化解她的嫉妒。但是，此时此刻，我不确定该如何着手。

"和你住隔壁宿舍的乔安妮？"她说着把餐叉放在盘子边上。

"是的。"

"啊。"我能感觉到有无数念头在她的脑海里乱转。嫉妒的爱丽丝与平常那个特立独行、性格独立的爱丽丝截然不同。虽说我对爱丽丝的这两面都很了解，但她突然转变，总是让我的神经受不了。"就是在德雷格截住你和你说话的那个腼腆女人？"

我点点头。

"他们为什么找你问她的事？"她看起来有些糊涂。我说过了，乔安妮不是那种让人眼前一亮的人，不是那种会让妻子注意或是忌惮的女人。

"后来，在第二次派对上，我又和她说话了。一看就知道有些事搞得她很紧张。她担心内尔或别的什么人看到我们说话，我就问是否可以找个时间和地点再谈。我一直希望想办法让我们两个脱离契约组织。她终于同意和我在希尔斯代尔商场见面。"

"你怎么没告诉过我这件事？"

"她特别害怕，她要我别带你去，她担心要是内尔发现我们在谈论契约组织，那我们就都麻烦大了。她去过芬利，而且不想再回去。我还记得，在派对上，我看到她的腿上有瘀伤……她看起来有些精神不正常，总是战战兢兢的。我为什么要让你面对这种事呢？"

爱丽丝向后一靠，双臂抱怀。"你第一次介绍我和她认识的时候，我问你是不是和她睡过。你说没有。你说的是真话吗？"

我早该准备好面对这个问题的。但是，我无论如何也不能装作若无其事，对她没有任何隐瞒。"上大学那会儿，我们可能约会过一段很短的时间，但我们合不来，所以几个月后，我们就恢复了朋友关系。"

"几个月？这么说你是在骗我了，而且是故意欺骗我。"

"在第一次派对的那天晚上，我见到她，确实很意外。我一下子想不起那些前尘往事……"

"上过床这种事也想不起来？"爱丽丝现在已经火冒三丈了，泪水滚下她的脸颊。是的，我承认：看到她的眼泪，我也气大了。

"那都是十七年前的事了，爱丽丝！早就没有意义了。"我抬起头，意识到服务员正盯着我们看。我们真不该在这里谈，我们在公共场合什么都不该说。我压低声音："你十七年前在干什么？那时候，你在和谁上床？"

我说完就后悔了。

"首先，你知道我在哪里，我在做什么，因为我都告诉你了。现在重要的不是十七年前发生了什么，我一点也不在乎那些事。关键在于几个礼拜以来发生的事，关键在于你现在对我撒谎了。"爱丽丝沉默下来，我能看得出来她忽然想到了什么。"就因为这个，戴夫才一直提起你和希尔斯代尔商场。"她摇摇头，"我和你说起这事，你却只字未提。你是故意把我蒙在鼓里。"

爱丽丝的眼里闪过一丝失望，我从未见过她有这样的眼神。

"听着，我很抱歉。但我就是急着看看是否有办法退出。我很清楚，要是我告诉你，你肯定吵着跟去，那样风险就更大了。你才刚从芬利回来，我只是想保护你。"我听到自己的话，才意识到这些话听起来有多么无力。

"你不认为应该由我自己来决定吗？我们不是应该一起面对吗？"

"听我说，我在商场见到了乔安妮，她对我说了一些事，把我吓坏了。

她说，在我们之前有一对夫妇，他们叫伊莱和伊莲恩。就在我们加入的几个礼拜之前，他们失踪了。他们的车在斯丁森海滩被人发现，那之后，他们再也没有出现过。乔安妮很肯定他们遭到了谋杀。是契约组织谋杀了他们。"

怀疑从爱丽丝的脸上一闪而过。"我也认同他们的手段是有些极端，不过要说他们杀人，那就太不靠谱了，你说是吗？"

"你听我把话说完。她说了一件所有人都没提到的事，在契约组织中，婚姻以一方早逝而告终的比例非常高。"

爱丽丝摇摇头。

"戴夫呢？"我说，"他和克里在加入契约组织的时候，他们的配偶都是别人。"

"那只是个巧合。不可以根据一个巧合就提出严重的阴谋论。"

"这件事非常重要。乔安妮说我们必须想方设法避开他们的监视。她认为你有危险。她觉得他们喜欢你，但感觉你需要约束，需要把你驯服。她说他们不知道该怎么对我。"

"那之后你又见过她吗？"爱丽丝放下双臂，直勾勾地看着我。在我看来，她在比较难取证的情况下才会做出这样的举动。我感觉很不自在。

"她同意三个礼拜后在同样的地点和我见面，但她没有出现。我走的时候，才发现被人跟踪了。"

"你从那之后就再没见过她？"爱丽丝问。

"是的。啊，不是。她现在在芬利，但她在那里，可跟你和我不一样。她被关在了笼子里，爱丽丝。一个玻璃笼子，而且那个笼子还在不断地收缩。"

爱丽丝脸色大变，她大声笑了起来。"你肯定是在开玩笑！"爱丽丝在这方面很奇怪，她这一刻还嫉妒得发狂，怒发冲冠，下一刻，她就能恢复到正常的谈话模式。很难听出她这笑代表什么。

"我没有开玩笑，爱丽丝。她现在危在旦夕。"

我给她讲了没完没了的走廊和上锁的门，讲了戈登问我的那些话。"他们不停地问我关于乔安妮的问题。"

"杰克，他们为什么找你问她的事？要是你又和她上床了，那我们两个也就结束了。不管是你，还是契约组织，或是其他什么人，都不能劝我回心转意……"

"我才没有和她上床！"

但从她的眼睛里，我看出她完全不相信我。

我看向我们旁边的桌子，一对和我们差不多年纪的夫妇坐在那里，他们两个之间放了一桶炸虾。他们小口吃着，显然是在偷听我们说话。爱丽丝也注意到他们了，就把她的椅子又往桌边拉了一点。

我给她讲了禁闭室里的那个犯人，我还告诉她，乔安妮头发蓬乱，身上一丝不挂，一看就知道很害怕。我没有丝毫隐瞒。好吧，我是没提到乔安妮张开了腿，但其他的一切，我可都和盘托出了。爱丽丝的脸上先是出现了迷惑，随即现出恐惧。我能看出来，她已经忘了嫉妒，现在我们再次处在同一战线了。我和爱丽丝要联手对付一个比我们强大的敌人。

她坐在那里，错愕不已，一直沉默不语，这时候，她的手机响了。手机在桌子上振动，让我们两个都倒吸一口气。我马上就担心是契约组织打来的，可能是戴夫，甚至还可能是薇薇安。

"办公室打来的。"爱丽丝说完接听了电话。她听对方说了一分钟左右，然后说了句"好的"，便挂断了电话。"我得回去工作了。"

"现在？"

"现在。"她就说了这两个字。以前，她一定会给我讲讲她为什么加班。她放心把案情讲给我听，抱怨办公室政治。但她现在对我守口如瓶。我看得出来，此时此刻，她对我的爱不那么浓了。

我们来到车边，她找我要车钥匙。她把车开得很快，时不时就会急停或是急转弯。我们一路回家，穿过隧道，经过帕西菲卡和戴利城，我看得出来，爱丽丝仍在思索我对她说的事。她把车停在屋前，打开车库门让我进去，然后就去工作了。

我洗了个澡，换了衣服。我打开旅行袋，这才发现我的衣服都散发着芬利的气味。那种气味混合了荒漠的空气、清洁液和五星级美食的气味。我打开电视，只是我太累了，根本看不进去，而且，因为和爱丽丝的紧张关系，我感觉到了很大的压力。我们以前从未这样过。我是说，我们也会吵架，但现在这种情况还是头一次出现。

我穿上外套，去了办公室。黄看到我，皱起眉头。"我有个坏消息，杰克。我们今天失去了两对客户。斯坦顿夫妇和沃林夫妇打电话来取消了预约。"

"这个礼拜的预约吗？"

"不是。是以后都不来了。他们都申请离婚了。"

听到沃林夫妇离婚，我并不觉得意外，但对于斯坦顿夫妇，我确实抱着希望。吉姆和伊丽莎白结婚十四年，都是很好的人，十分般配。我气哼哼地沿走廊走了，感觉失败是如此沉重。如果我连自己的婚姻都无法挽救，又怎么能在别人的婚姻中力挽狂澜呢？

我最感兴趣的是有关婚姻咨询有效性的研究。婚姻咨询是会降低离婚的可能性，还是会提高这个可能性？根据我个人的经验，我觉得结果各有不同，不过，能接受至少八到十个礼拜辅导的夫妇，往往会建立起比第一次来时更强的纽带。

几年前有一个很有意思的研究，研究对象是一百三十四对遭遇严重婚姻危机的夫妇。三分之二的夫妇在经过一年的治疗后，婚姻关系都出现了很大的改善。五年后，四分之一的夫妇离婚了，而三分之一的夫妇称婚姻生活很幸福。其余的夫妇依然在一起，不过并不幸福。决定因素似乎在于，夫妻双方是否真心改善婚姻关系。

13

那天晚上，我给爱丽丝发短信，问她回不回来吃晚饭。我在芭芭拉渔栅餐厅其实没吃什么东西，这会儿，我有点饿。二十分钟后，她回复了我。你自己吃吧，我晚点回去。

通常情况下，这表示她午夜才回家，于是我就在办公室里处理文件。伊恩在八点左右接待完了他的最后一个病人，此时，办公室里静悄悄的，只有我一个人。

十一点左右，我离开了办公室。家里又黑又冷。我打开暖气，等着热气呼呼穿过老旧的管道，但我失算了。我没力气点燃壁炉，或是把火炉点燃，让屋子里暖和起来。和爱丽丝的问题像是一片乌云笼罩着我，斯坦顿夫妇离婚了，对我而言更是雪上加霜。我甚至都不愿意想起契约组织。当然了，麻烦还在后面。但在此刻，我没那个精力去想计划，或是想下一步该怎么办。

我躺在沙发上，已经筋疲力尽。从位于客厅后面的卧室里，我听到三声铃声，是爱丽丝的平板电脑上收到了新邮件。说来也怪，贝斯手艾瑞克根本不足为惧。我为什么要看以前那些电邮呢？真是太蠢了，这显得我缺乏安全感。

然而，我必须承认，这件事让我很生气，我去见了前女友，爱丽丝就对我爱搭不理，然而，她的平板电脑里可能收到了很多她前男友发来的邮件。当然了，人们总是说别人嫉妒，却不认为自己也有嫉妒心。

我想到了斯坦顿夫妇和我们进行过的九次咨询。治疗与其他人类互动不一样，对结果的预测完全不同。在九个小时严肃、直接和坚定的讨论中，会对一个人有很深的了解。我很少置身事外，只当旁观者。不，对于那些我真正抱着希望的对象，我花了很多时间考虑如何才能帮助他们到达他们需要抵达的地方。

我回想我们进行过的咨询治疗，我都说了什么，我还可以怎么说？很不幸，我记得所有我说过的话，所以我可以批评我的话，润色和修改我的话。我知道我应该说什么，我应该问哪些问题，但现在这对斯坦顿夫妇来说已经太迟了。

当我进行治疗的时候，我并没有意识到我其实是在给别人治疗，我想要帮助别人，我只看到了这份工作的积极一面。我要帮助在生活中遇到困难的人，我要帮助他们获得更大的幸福。这看似很简单。我不明白的是治疗要取得成功，进展其实十分缓慢，要通过很多次的咨询辅导才能实现，往往要花费几个月，甚至几年，而且，成功还有不同的伪装，但失败则会突然而至，没有模棱两可，而且往往没有任何预兆。

我并不觉得沃林夫妇的离婚是一次失败。在我第一次见到他们的时候，离婚已经是他们不可避免的结局了，只是他们尚未觉察到而已。更重要的是，离婚对他们而言是最好的选择。契约组织肯定不认同，但我可以肯定的一点是，有些人不适合结婚。然而，斯坦顿夫妇却是真正的失败。

我睡着了，突然，我听到车库的门开了。我看了一眼手机，都12：47了。我起来，刷了牙，这样如果爱丽丝愿意，我就可以给她一个吻，但她在车里待了很久，她在听音乐，音乐声很大，带有贝斯的乐声。我能听到音乐，还能通过地板感觉到音乐。最后，她终于轻轻地走上后楼梯，走进厨房。我看不出她是不是还在生气，抑或只是累了。她看了我一眼，但其实好像并没有看到我。"我太困了。"她说完便向卧室走去。就是这样。我打开洗碗机，检查了前门的锁定插销，随即把灯关上。

回到卧室，爱丽丝已经睡着了。我上床躺在她身边，她翻了个身，背对我，面向窗户。我很想抱住她，但我没有伸手。然而，我能感觉到她的身体散发出的热量，这让我的心里充满了渴望。在芬利发生了那么多事，我只想回到我的家，躺在我的床上，和我的妻子在一起。但那里发生的事改变了我们之间的关系。要是我能坦诚一点就好了，不仅仅是对在芬利发生的事，还有对在去芬利之前发生的所有事情。

我望着她的后背，盼着她能醒过来，但她没有。

那我就有话直说吧，我觉得自己很失败。这是一种糟糕透顶的感觉。很久以来，这还是第一次问题越堆越多，而我没有从一开始就找到解决办法。我无法分析解决困难，这让我有些猝不及防。凡事都能猜测个大概，这是对变老的安慰。年龄越大，就越有经验，在很多困难的情况下，就越能马上知道未来会怎样。在我十几岁的时候，一切都是那么新鲜，充满生气，又很神秘，我发现自己时时都会感到惊讶。后来，我的年纪渐长，能让我吃惊的事也就不多了。当你可以预知未来，生活也就少了几分刺激，但我却更喜欢这样。

现在，我所有的确定都消失了。

今天是礼拜三，所以，我没回家吃午饭。我假装我忙着工作，准备进行与患有抑郁症的高一新生迪伦的一对一辅导。当然了，事实是我不想在家等送信人来。我不想尴尬地说话，而我的眼睛却要一直盯着可怕的信封。我不想签收，也不想负责决定未来的方向。最重要的是，我不愿意面对摆在前面的麻烦。我知道我这么做很幼稚，但我今天就是做不到。

对迪伦的辅导进展得很不顺，我很担心。现在，是迪伦没有明确的答案，还是我没有明确的答案？然而，我试着打破魔咒，所以还是在正常时间离开办公室，我在回家路上买了一些新鲜的蔬菜和鸡肉。其他治疗师都嘲笑二十世纪七十年代兴起的"正面思考的力量"这一运动，但我才不会这么快否定该运动的有效性。积极的人比悲观或是愤世嫉俗的人更快乐，那样的人是有些蠢笨，却非常真实，即便有些时候，人们只是在假装乐观。

回到家里，我欣慰地看到送信人并没有送来邮件。我开始做晚餐，并沉浸在这个令人舒服自在的惯例中。我注意听爱丽丝是否开车回来，同时也注意电话有没有响。从卧室里，我听到平板电脑叮地响了一声，显示有邮件进来。七点三十五分，我把鸡肉从烤箱里拿出来，把面包切成片摆在桌上，又开了一瓶红酒，这时候，我收到了爱丽丝的短信。

加班，你先吃饭吧。

我等她。她没有出现。凌晨一点多了，我才上床。凌晨两点多，她蹑手蹑脚地躺在我身边。她穿着薄 T 恤衫和内裤，她的身体是那么温暖迷人。我一翻身，伸出一只胳膊搂住她，她的身体变得僵硬起来。六点，我一觉睡醒，发现她已经走了。

说真的，我真怕会失去我的妻子。

来到办公室，我打起精神，迎接漫长的一天。早晨我要接待三对夫妇，下午是礼拜四青少年团体辅导。那些十几岁的孩子都很好斗，就跟大草原上的野兽一样，但他们很快就会感觉无力，而且很少会对这么快展开攻击而心怀不安。

九点，和尤金·里德、朱迪·里德夫妇的咨询辅导进展得异常顺利。十一点，菲奥里纳夫妇来了。布莱恩和诺拉在我的客户中年纪最小，一个三十一岁，另一个二十九岁。通常情况下，来婚姻咨询，都是妻子的主意，但这对夫妇并非如此。他们才结婚十九个月，裂缝却已经开始出现了。布莱恩是在和我的一个老客户一起打网球时，从他那里拿到了我的电话。诺拉一开始很抵触，但为了她丈夫，只好答应下来。在第一次咨询辅导的时候，他们给我讲了他们的事：他们是在网上认识的，随即闪婚。诺拉来自新加坡，在移民方面遇到了一些问题，要是他们不结婚，她就得回国。他们都从事的是科技行业，不过在我们认识的时候，诺拉没有临时工作签证，仍在找新工作。她迟迟找不到工作，因此失去了信心，而这一点似乎对他们的婚姻造成了破坏。

今天早晨，诺拉有些烦躁不安。我看得出来，不是在开车来的路上，就是在把车停在我办公室外的时候，他们吵架了。布莱恩看起来一脸疲倦。"我也说不清我们为什么还要这么做。"诺拉瘫坐在椅子上说。

布莱恩坐在沙发上，双臂抱怀，靠在沙发一角，显然不会回答。诺拉的腰板笔直，头发向后梳得非常紧。

"那你为什么来这里？"我轻声问道。

诺拉看起来很泄气。"我想是因为这是我的一项日程吧。"

"就这样？"

"就是这样。"

布莱恩翻了翻白眼。

接下来的一分钟，我们都没有说话。一分钟可能让人觉得很漫长，但有时候，这正是咨询辅导所需要的。就好像在沙滩上跑步，有些时候，在治疗辅导中，一分钟的安静就像泄气阀，紧张感缓缓地漏光，焦虑达到顶峰，然后蒸发不见。

"你了解婚姻的价值吗？"我问，"你想结婚吗？"

诺拉瞥了一眼她丈夫，布莱恩动了动。他的表情告诉我，他很惊讶我问出了这样的问题，而且未必高兴。

"我是这样感觉的。"诺拉说，她在思忖该如何措辞，并且只是盯着我一个人，"单身更轻松。没有责任，想做什么就做什么，想吃什么就吃什么，想去哪儿就去哪儿，没有问题，不需要回答，多简单。"

"是的，这样的确轻松。"我表示同意，又让沉默蔓延了一会儿，"但简单的始终都是最好的？"

"当然了。"她不假思索地说。然后，她注视着我，像是在玩西洋跳棋，并且掌握了王棋。

"我很喜欢一首歌，"我道，"是布朗克斯流浪乐队唱的。我今天早晨还在听。这首合唱歌曲唱的是所有人都希望独身，但最后都不免感到孤独。"我很快从 iPod 找出那首歌，开始播放，轻柔的乐声改变了办公室里的氛围。

诺拉像是在思考这首歌。

"简单就是轻松。"我说，"可以这么说。没有麻烦，也不复杂。但你知道吗？人是复杂的。没错，我们喜欢简单，我们喜欢轻松，我们不喜欢问题。没有复杂的关系，过简单的生活，多放松啊。连我自己都很想这样。有时候，我真想一个人在家，躺在沙发上，吃麦片粥，看电视。"

布莱恩此时探身向前。我们已经连续五个礼拜进行咨询辅导了，我今天说的话比我在以前几次辅导中说的话加起来还要多。

"但你知道吗？"我对诺拉说，"有时候，我需要复杂。那是很有意思的，能对我构成挑战。简单是好，却得不到不可思议的结果，而有时候我需要不可思议。"

诺拉的态度似乎软化了下来，她的肩膀放松了，她的愤怒表情消失了，此时她的脸上没有任何表情。

"你喜欢布莱恩吗？"我问她。

"是的。"

"他对你好吗？"

"当然。"

"他吸引你吗？"

诺拉第一次露出了笑脸。"是的。"

"那我们有什么理由不去爱呢？"布莱恩拍着他的大肚腩说，他们都笑了。

这个时候，我知道他们将会重归于好。

又过了整整一天，爱丽丝没有给我打电话，也没有发邮件或是短信。我们现在所处的这个婚姻阶段很可怕，一般而言，结婚几年后才会出现这个阶段。我们现在就像是一对室友，而不是爱人。我们的确睡在一张床上，但醒着的时间并不同步。

天黑了，我拿起手机，给她发短信。回来吃晚饭吗？

加班。

你总得吃饭。

我有饼干。

要不要我给你送点吃的？

她很久都没有回复。我九点去你公司。我发短信说。

又是很久的沉默。好吧。

我把三明治、薯片、饮料和布朗尼蛋糕装在一个保温袋里。但我去早了，就把车停在爱丽丝办公楼旁边的卸货区，就这么坐在黑暗中听广播。吉默音乐台现在每晚播放一张专辑，今晚播放的是《路上的血迹》这张专辑。当然了，不管是哪个时代，这都是最伟大的专辑之一，然而，我还是希望他们能选一张别的专辑——更欢快的专辑。婚姻艰难，迪伦很明白这一点。

《命运的简单轮回》这首歌的前几节在电台中响起时，爱丽丝打开车门，坐到前座上。

"《路上的血迹》？"她哈哈笑了起来，"多么恰如其分。"

我递给她一个三明治和一袋阳光薯片。我让她选择是喝佩罗尼啤酒还是健怡可乐，她选择了后者。她像头小野兽一样，狼吞虎咽地吃了起来。我们没说话，只是吃东西、听音乐。

"我更喜欢《行星浪潮》。"我说。

"你当然是这样。"然后，她唱了几句《结婚进行曲》。即便她生我的气，她的歌声依然是那么纯粹，那么悦耳。之后，她不再唱明快的《结婚进行曲》，而是和电台里的迪伦一起，唱起了《愚蠢的风》。

她看着我，眼神中夹杂了太多的情绪。

她吃完了三明治，把包三明治的纸揉成一团，塞进保温袋。"三天以来，瓦蒂姆一直在为我不眠不休地工作。"

"这并不稀奇，瓦蒂姆一直奉你为女神。"

"我知道。不过听好了，他是在为我工作，进行一个私人研究项目。"

"见鬼，爱丽丝。你没把契约组织的事告诉他吧？"我几乎能感觉到我的血压在飙升。迪伦正在唱重力将我们向下拉。

"当然没有。我就是找他查了伊莱和伊莲恩的事。事情是这样的，杰克。他检查过了所有主数据库、公共记录、法律数据库、佩瑟数据库、谷歌、新闻，所有的一切。他打电话给了他的朋友们，那帮人都是最出色的黑客，你知道他发现什么了？什么都没发现。就没有叫伊莱和伊莲恩的失踪夫妇。五年以来，就没有叫这两个名字的人结婚。旧金山没有，整个加州都没有。在这几年里，也没有叫这两个名字的夫妇住在半月湾。斯丁森海滩没有发生过失踪事件。伊莱和伊莲恩并不存在。"

"这说不通啊。"我努力消化她告诉我的信息。乔安妮为什么编造这种事？

"还有呢。戴夫的第一任妻子在和癌症做了艰难的斗争后还是去世了，她是在斯坦福去世的，戴夫就在她身边。是很惨，但一点也不神秘。你说他的现任妻子克里以前是在很神秘的情况下成为寡妇的，但她的第一任丈夫亚历克斯是死于肝病。他死在伯林盖姆的米尔斯半岛医院。也很惨，但同样没什么玄妙。依我看，你那个面色苍白的前女友就是在故弄玄虚。"

　　我思考着她说的这些信息。迪伦依旧在唱歌，他说爱情走错了方向，这尖锐的歌词响彻车内，而且于事无补。

　　"见鬼。她为什么撒谎？"

　　"说不定她只是想接近你，也可能是测试，或者，她是在为契约组织办事。杰克，你有没有想过这样一个可能：她已经发疯了。"

　　我回想我和乔安妮见面的所有细节，希望能回想起某些线索，证明是她编造了这一切。

　　"说不定是内尔导演了这一切。"我推论道，"他撒谎骗她，就是为了让她听话。"

　　爱丽丝向后靠在车门上，看起来像是她想要离我远远的。"你还是不能释怀，杰克，对吗？你相信乔安妮是个瑟瑟发抖的受害者，需要你的帮助。"

　　"瓦蒂姆可能弄错了。"

　　"瓦蒂姆是个行家。他整整忙了三天。如果他说伊莱和伊莲恩不存在，那他们就不存在。"

　　一个恐怖的念头出现在我的脑海里。"如果瓦蒂姆也和这件事有关呢，爱丽丝？"

　　"你说真的？"

　　"好吧，你是对的。见鬼。我真搞不明白。"

　　"契约组织也许并没有杀人。更重要的是，你真正害怕的其实并不是契约组织。"

　　"你这话是什么意思？"

　　"就是字面意思，杰克。"爱丽丝说出这番话，气氛紧张到了极点。她还是很生气："你可能只是害怕和我结婚？"

　　"爱丽丝，是我提出结婚的。"

　　"是吗？"

有那么一刻，我惊讶不已。我立即很想知道，我们的婚姻在她说来会是什么样子。

"杰克，的确是你求婚的，但背负重担的人却是我。你每次对抗契约组织，听起来都好像你是在急于摆脱我们的婚姻。你做的每一件事，你和乔安妮进行的每一次秘密谈话，听起来都好像你有了二心，要找回从前的生活，要重获自由。后来，你还说了一个疯狂的故事，说什么她赤身裸体被关在一个会收缩的笼子里。"

"你现在是说这一切都是我编造的？"

"不是。听起来是很疯狂，但我真的相信你确实看到她被关在一个玻璃笼子里。我觉得契约组织有能力做一些小打小闹的勾当。但我估摸参与者都是自愿的。我去过芬利，还记得吗？那里的确很糟糕，这一点我承认。不，应该说那里很恐怖。但是，我能容忍，是因为我能成为一个更好的妻子，我真心相信他们能帮我做到这一点。"

"他们威胁到了你的事业！"我喊道，"他们还威胁到了我的事业！"

"那些威胁可能是真的，也可能不是。不论是怎样，他们都没有在海滩上杀害一对夫妻，他们并没有用玻璃墙把那个区域主管的妻子挤成肉泥。我觉得你犯了解释罪。"

"你这话是什么意思？"我忽然感觉自己像是在自由下落。我感觉好像我压根就不了解我的妻子。她刚刚说的那些话，还有解释罪这个词，不正是出自手册吗？

"你是一个治疗师。如果有人给你讲了那样一个故事，你会怎么想？你说得好像很可怕，但我想象你和她一起在笼子里的情形，我就情不自禁地认为你挺高兴，而且欲火焚身。"

"不是的。"我抗议，但我的话听起来并不可信。

"我还觉得这就是她的目的，她是在引诱你，她在玩一个恶心又愚蠢的游戏，而你正中圈套。"

我感觉自己要吐了。"爱丽丝，她很痛苦。根本就不是游戏。"

"她是在操控你，你甚至都没看出来。或许说，是你不愿意识破。"

"你真是越说越离谱了，爱丽丝。你到底怎么了？"

街上消防队的警铃大作，警报声很响，我们都捂住了耳朵。片刻后，消防车从我们身边疾驰而过，警笛呼啸。它距离我们很近，带起的风让我们的车一颤。然后，它驶远了。

"你向我求婚的时候，有什么希望？"爱丽丝的声音很轻，冷冰冰的，"你是不是觉得我们将一直幸福下去，一路上充满了鲜花和彩虹？你是不是以为都是《行星浪潮》，没有《路上的血迹》？你就是这么想的吧？"

"当然不是。"

"我去过芬利，我戴过那个该死的项圈。我站在法官前面，听他的训诫，我接受了他的审判。你知道是为什么吗？"

我不知道哪个更有毁灭性，是她声音里的怒气，还是悲伤。"你知道为什么吗，杰克？你知道那些下午，我为什么和戴夫在一起？你知道我为什么要戴那个该死的项圈？你知道他们把我带到沙漠，我在想什么？你知道当他们给我戴上脚链，拿走了我的所有衣服，让虱子爬满我的身体，那个大块头女看守把我扒光，说给我搜身，我在想什么？"

"光身搜查？你没对我说过……"

《路上的血迹》A面歌曲都放完了。虽然我看不到也听不到，但我知道爱丽丝在哭。最后，她说道："我是为了你，杰克。我希望我们的婚姻长长久久。我不怕被监禁。只要能让我们在一起，我做什么都不怕。我是为了我们两个。"

电台主持人的声音响起。他在谈论这张专辑，说起了迪伦和他妻子的激烈感情，他说，《低地的愁容女士》这首歌代表着他们感情的梦幻开始，他说他们夫妻之间的情感跌宕起伏，激情四射，他还说到了他们两个那被外界一再谣传的结局。当时是凌晨三点，迪伦正和他的乐队在录音棚，他已经好几天没回家了，这时候，他的妻子忽然出现，悄悄走进幽暗的小隔间，就站在后面，就连制作人都没注意到她。她就站在那里看着。最后，迪伦终于看到了她，于是便为她演唱了那天早些时候他为她写的一首歌。迪伦弹奏吉他，热切地注视着房间另一端，一边望着她的眼睛，一边演唱那首歌，歌中包含着炽热的感情，苦涩的怨恨，以及一切的一切。一曲终了，她悄悄走出侧门，就这样消失了。

"你想要我做什么？"我问爱丽丝。

爱丽丝擦掉泪水。看到她哭，感觉怪怪的。我觉得泪水会叫她感觉尴尬。

"我想要你想做什么就做什么。"

"是的。"我说，"但我做什么，能让你最开心？"

"我想要你忠实于我们的婚姻，杰克。我想要你对我忠诚。如果那需要你与契约组织休战，那你就与他们休战。如果你对我是真心的，对我们的婚姻是认真的，那就向前看，甘心接受好事和坏事。我想知道你是爱我的，杰克，我想知道你和我心连心，我想知道你已准备好做任何事来维系我们的婚姻。"

我们安静下来，只有迪伦在轻轻弹奏着。爱丽丝把一只手放在我的大腿上。"我的要求太多了？成年人的事就是这么严肃。你准备好了吗？"她悲伤地笑了笑。

我拉起她的手。她的手指冰凉，而在平常，她的手都是温暖的，这让我想到等她上了年纪，她的手会是什么样。我知道，我想要和她一起变老。我想知道她在八十岁时说话的声音是怎样的，我想知道，当她的酒窝布满了皱纹，会是什么样子，当她病了，她的身上会散发着什么气味，我也想知道，当她想不起老朋友的名字，会流露出怎样的眼神。我想要这一切。不光是因为像我曾经想的那样，我必须占有她，还因为我爱她。我深爱着她。

我把我的手机开机，找出薇薇安的名字。电话只响了一声，薇薇安就接听了。"朋友。"她说。

"你好，朋友。真抱歉这么晚打搅你。"

"不用抱歉。我随时准备为你和爱丽丝服务。"

"我需要坦白一些事。"

"我知道。"薇薇安说，"真高兴你打电话来。"一开始，我其实并没有注意到她说的话。

"事实上，我要坦白两件事。"

"我知道。"她又说，"抽出一天时间给你自己，整理一下思绪，花时间陪陪你妻子。礼拜六上午你在家吗？"

"礼拜六？"我看着爱丽丝说。她满意地注视着我，点了点头。"在半月湾机场见面怎么样？"

"没那个必要。"薇薇安说，"他们更喜欢在你家见面。晚安，朋友。"

我总感觉有人在监视我们，这是真的，还是只是我的想象？我抬头看着办公楼，只见爱丽丝办公室的灯还亮着。有个人站在窗前，双手插在裤兜里，正低头看着我们。那个人是瓦蒂姆。

我伸手去摸爱丽丝，她当然已经走了。仍像往常一样，厨房里留有剩咖啡和空酸奶盒。但在今天，我感觉更坚强了。虽然紧张，却异常冷静。昨天夜里，我和爱丽丝做爱了，我依然能从我的皮肤上闻到她的气味。

我一边洗澡、换衣服、准备在八点钟接待姓丘的一对夫妇，一边想乔安妮。经过了昨天晚上，听了爱丽丝说过的话，即便只是想到乔安妮，也感觉像是在背叛。但我怎么能不想她呢？我在脑海里重温我们的对话。她的恐惧是显而易见的，我想不起她有丝毫假装的痕迹。事后看来，我很清楚，她在过去给了我很多非语言信号。在伍德塞德派对的那天晚上，她从我身边走开。她是不是要阻止我问问题？或者，她只是想保护我，不受内尔和契约组织的伤害？

或者说，她是在保护我，不受我自己的伤害？

我想到了被关在玻璃笼子里的乔安妮。她那头缠结在一起的头发，赤裸的双腿微微叉开。我想到了爱丽丝的指责：那一幕让我欲火焚身。即便此时内疚如潮水般向我涌来，我依然硬了。昨晚和爱丽丝做爱之际，我想的只有爱丽丝。不，我主要想的是爱丽丝。但在想她的间隙，那个画面在我的脑海里一闪而过：乔安妮赤身裸体被关在笼子里，脆弱不堪，周身笼罩在探照灯的灯光下，她的赤裸皮肤贴在玻璃板上，她伸着手臂，要遮掩并不完美的胸部，随后手臂滑到身体两侧，像是在赌我不敢看她。昨天晚上，我睁开眼，注视着爱丽丝的脸，想要把乔安妮的画面抛开，虽然当时我正躺在我妻子的怀抱里。

"我了解你。"爱丽丝说，她的声音冷酷嘶哑，一点也不像我们婚礼上的爱丽丝，不像在家里的爱丽丝，更不像我们生活中的爱丽丝。听起来就像数年前组乐队的爱丽丝，彼时，我还不认识她，我听过她用那样的声音唱愤怒刺耳的歌曲，她唱那些歌的时候，肯定画着浓重的眼线，穿着扯坏的渔网袜，那些歌曲中包含了同样的愤怒和欲望。"你想和她上床。"爱丽丝说。然后，她达到了高潮。

是的，就是这样。我的爱丽丝就是这样复杂，这样可爱。

礼拜五晚上，我下班回到家，只见壁炉里生着火，爱丽丝正在做非常丰盛的晚饭，而且就快做完了。

"你的最后晚餐嘛，"她说，"我觉得应该做点特别的。"她说完哈哈笑了起来。这可是发自内心的甜美笑容。好几个月来，她的心情都没这么好过。她交给我一杯鸡尾酒，是百利甜酒加冰块。"我做了你最喜欢吃的饭。

坐吧。"

从前的爱丽丝又回来了。她没提昨天晚上，没提她在我们做爱之际说过的怪话。我开始觉得那不过是我的想象，觉得是我的潜意识非常残酷，在愚弄我，而这是极为不平常的事。

然而，爱丽丝做的这顿丰盛晚餐，再加上她给我的特别关注，却让我非常紧张，不知道明天会发生什么。爱丽丝努力让我放下心来。"没事的。这是你第一次犯规。好吧，"她承认，"也许不是完全没事。你的确犯了很多罪行：向伴侣隐瞒事实，对契约组织不坦诚，未经批准与非伴侣组织成员见面。"

"别忘了还有解释罪。"

关于契约组织，我们所说的只有这些。吃完晚饭，我们去后阳台吹海风，然后回屋，上了我们那张舒服的床。我们做爱了，我们缠绵了很久，身心愉悦，不知怎的，这次感觉很不一样，感觉像是我们之间的爱加深了。现在我们结婚有段时间了，我们也享受过床笫之欢，但这一次感觉非常特别，甚至感觉很关键。

我也说不清我是怎么知道的，但我就是知道：爱丽丝在用她自己的方式，明明白白地终于让我们的婚姻得到了完满。

礼拜六早晨，我步行去了尼布斯商店，买了一袋司康饼，我的是柠檬巧克力味，给爱丽丝的是香橙甜姜味，又随便买了两种口味给我们的访客。我觉得这样无所谓。我拿起一大杯热巧克力和一张报纸。在我从家里出来的时候，爱丽丝依然在睡觉，于是我坐下来，试着放松神经。我打开报纸看了起来，就这样看了二十分钟。我害怕回到家面对接下来的事。如果我合上报纸，拿起我的热巧克力，走出店门，步行向东，远离我们的家，远离契约组织，远离我们的未来呢？

可我只是向家中走去。我转过街角，原以为能看到家里的车道上停着那辆黑色雷克萨斯 SUV 车，但车道上空荡荡的。我为爱丽丝做了一壶咖啡。咖啡香并没有让她醒过来，于是我脱掉衣服，上床躺在她身边。她没有说话，只是缓缓地贴着我的身体。她的嘴唇触到了我的后脖颈，她的温暖呼吸扑到我的皮肤上，感觉舒爽极了。我觉得我做出了正确的选择。我在她的臂弯中睡着了。

等我醒来，房子里弥漫着培根的香气。我穿着四角裤走进厨房，看到爱丽丝站在烤炉边上，穿着内裤和印着性手枪乐队名的旧 T 恤衫，正把培根肉从她奶奶的铸铁煎锅中倒入铺着纸巾的盘子里。

"你应该摄入蛋白质，这对你的身体有好处。"我深深沉浸在她的语气中，感觉到了一种奇怪的眩晕感。尽管她很可能否认，但爱丽丝似乎觉得把我弄得发窘很有意思。

"我给你买了司康饼。"我说。

她指指一个满是碎屑的盘子。"我吃过了，不过还没吃饱。"

我们大口小口地吃了起来。在桌下，爱丽丝用她的脚磨蹭着我的脚。

"我看我们最好穿上裤子，再去刷刷牙。"她说。可我刚把衣服从衣橱里拿出来，她就拖着我上了床。我不知道爱丽丝是怎么了，我能料想的就是她很高兴我愿意接受苛刻的契约组织。最后，我们两个都洗了澡换了衣服，把厨房收拾干净，把我的物品都摆放整齐，然后，我们坐在沙发上。爱丽丝抱着吉他坐在一端，我则紧张地坐在另一端。

爱丽丝拨弄琴弦，开始弹奏约翰尼·卡什的《福尔森监狱蓝调》。我闭上眼，把头向后仰，靠在沙发上。我听到在家里的某个地方叮地响了一声，是爱丽丝有新电子邮件进来。

片刻后，她放在咖啡几上的手机响了。她没有查看。她唱的歌充满暴力，让我焦躁不安。

她的电话又响了。

"你不接电话？"

"等会儿再说吧。"

她现在唱起了门多萨线乐团的一首老歌，她很喜欢这首歌。"'无论如何，'"她唱道，嘴角挂着一抹苦笑，"'我对你的心和灵魂都没有兴趣。我只想见到你，让爱获得假释。'"

电话又响了。"是事务所打来的吗？"我问。她摇摇头。她又唱了一分钟，乐曲美妙动听，然后，电话铃声再一次响起。

她呻吟一声，放下吉他。"喂？"

电话那端的人语速很快，说得很大声。

"你确定？能不能给我发过来？我今天还没收邮件。你在办公桌边吗？我给你打过去。"爱丽丝挂断电话。她没有对我说什么，只是一跃而起，快步走进我们的卧室，拿着笔记本电脑走了回来。

"你要去灭火吗？"我问。

她没有回答。她按了很多按键，目光一直落在屏幕上。"见鬼。"她说，"见鬼。"她扭转笔记本电脑让我看，这时，我听到一辆车停在我们的车道上。接着，我们车库的门开了。他们怎么有遥控器？我向窗外看了一眼。那辆大型黑色 SUV 车正开进车库。爱丽丝的车挡住了路，他们只能把车开进去一半。

"快读读看。"爱丽丝急切地小声道。

砰砰，车门的开关声响起。

我拿起笔记本电脑。屏幕上显示的是一份波特兰非主流报纸上的文章。《北加州夫妇仍下落不明，107 名志愿者搜索南海岸沙滩》。

前门台阶响起了脚步声。有人敲门。

我飞快地看了看那篇文章。

一百天之前，艾略特·莱文和艾琳·莱文夫妇的萨博 9-2x 汽车在斯坦顿海滩附近的停车场被人发现。朋友们都说这对夫妇很幸福，彼此相爱，喜欢徒步旅行和骑单车，而且热爱大海。

敲门声变得越发急切。砰砰砰。

"等一下！"爱丽丝喊道，不过她并没有动。她看着我，眼里写满了惊恐。

这对夫妇去海边玩皮划艇并不是新鲜事，但他们并未对家人或朋友提起要离开北加州的家，去俄勒冈州海岸长途旅行。

砰砰砰。门廊里有声音响起："杰克，快开门。"

"来啦！"爱丽丝喊道。

事实上，信用卡记录显示，这对夫妇前一天晚上入住了加州波特兰附近的一家旅店，并且预订了几天后前往墨西哥的机票，结果却双双失踪。

我合上电脑，按下了电源键。乔安妮把细节弄错了：是艾略特和艾琳，不是伊莱和伊莲恩；是斯坦顿海滩，而不是斯丁森海滩。所以瓦蒂姆之前才没有任何发现。"见鬼。我们现在该怎么办？"

我能听到门把手在哐啷哐啷响。爱丽丝向前探身，搂住我的脖子。"老天，杰克，我害怕。你是对的。我怎么能那么幼稚呢？"

我们听到房子侧面的台阶有脚步声响起。

"我们必须得想想办法！"她催促道，紧紧抓着我的手，把我从沙发上拉起来。

门把手不停地嘎啦嘎啦响，跟着，做什么都没有意义了，因为前门砰一声打开了。爱丽丝在我耳边小声说道："表现得正常一点。"我飞快地握了握她的手。

来的正是带爱丽丝去芬利的那两个人。就在德克兰从前门走进来的时候，黛安则走进了厨房。

"我真没想过还会来这里。"德克兰说。

我和爱丽丝手拉着手，并排站在一起。"真有必要拧门撬锁吗？"我问，尽量让自己显得镇定。

"我没拧门撬锁。"德克兰回答，"我就是轻轻晃了晃门把手。你得花钱换个新把手了。"

黛安走过来，站在我们前面，德克兰则检查了各个房间，确认房子里只有我和爱丽丝两个人。等他回来，我看到他从卧室里拿了我的手机。爱丽丝伸手去咖啡几上拿她的手机，但他更快。德克兰把两个手机都放在壁炉架我们两个都够不到的位置上。

"你要干什么？"我向他走了一步，我能感觉到爱丽丝的身体紧绷起来。

"别担心，待会儿还给你们。"

爱丽丝松开我的手。"我去拿咖啡。"她说，她的声音异常冷静。

"不用了，谢谢。"德克兰说，"我们坐下聊吧。"

我和爱丽丝并排坐在沙发上。德克兰坐在椅子上。黛安走过去，站在前门边。爱丽丝伸手拉住了我的手。

"听着……"我说，不过我根本不清楚自己要说什么。我忽然意识到一件事，不禁为此不知所措：此时此刻，我压根就无牌可出。

德克兰在椅子上动动，他的上衣被轻轻扯向一侧。此时，我看到他的夹克下面有把枪，就别在枪套里。我忽然感觉很恶心。

爱丽丝死死抓住我的手，弄得我的手生疼。我知道她是有话想告诉我，只可惜我弄不清楚她的意思。

"我准备好可以走了。"我说。

此时此刻，我只有一个目标：把德克兰和黛安带离我们的家，让他们远离爱丽丝。不管他们说什么，我都会乖乖听话。

"你还记得规矩吗？"德克兰问。

"当然。"我说。我尽量说得若无其事，一点也不害怕，但我早就吓得三魂不见了七魄。

"把手放在墙上，双脚放在后面，双腿叉开。"爱丽丝死活不肯松开我的手。我转头看着她。"亲爱的。"我说着掰开她的手指，轻触她的脸颊。

"我没事的。"

接下来，我按照他说的做了。

我站在那里，把手按在墙上，德克兰踢我的腿，让我把双腿之间的距离叉得更大一些。我还记得那天在芬利，有人猛踢我的腿，让我摔倒在地，我现在才毛骨悚然地清楚意识到，那个人就是德克兰。就在我快要摔倒的时候，他一把揪住我，将我按在墙上。

"不要！"爱丽丝喊道。

"抵抗只会雪上加霜。"黛安说。

德克兰粗暴地在我身上搜索。我的本能告诉我应该抵抗，但他有枪，黛安肯定也有。我必须让他们离开这里，这样爱丽丝才会安全无虞。

"为什么不给他下命令？"爱丽丝绝望地问道，"他一定会去机场的。没必要使用武力。他早就同意接受一切了。"

德克兰继续搜身，我感觉他十分享受，毕竟他此时处在支配地位，而我只能任其宰割。"问得好。"他说，"我也在好奇同样的问题。杰克，你是不是惹到什么人了？"

他向后退，我转身面对他。"我不知道。"

"有人对你很不满。"他说，"我们得到了死命令，没有回旋的余地。"

德克兰冲黛安一点头。"把手伸出来。"她命令道。

"求求你们……"

"爱丽丝。"我厉声道，"没事的。"

当然有事。现在情况糟透了。

爱丽丝站在那里，默默地掉眼泪。

黛安从她的黑色帆布袋里拿出一件约束衣。她把衣服套在我伸出的手臂上，彻底的绝望将我包围。黛安把衣服系紧。我闻到她的呼吸中夹杂着不新鲜的咖啡的气味，我从走廊的镜子里看了我们一眼。在那一刻，我恨我自己，我恨我自己这么懦弱，这么优柔寡断。正是我之前所做的一切将我们推到了现在的境地。以前，我完全可以做出不同的选择，带我们走上不同的道路。在我们收到芬尼根的结婚礼物之际，我们本可以拒绝，当时我们还有的选，只要把礼物给他退回去就好了。或者，在薇薇安第一次来我们的家，将契约摆在我们面前，我们还可以拒绝签字。我不该安排和乔安妮秘密见面，我不该问那么多问题。

如果在这些关键节点上我做出了不同的选择，那爱丽丝就不会站在那里，害怕得直掉眼泪。

黛安将最后一条系带从我的双腿之间拉出来，系在位于我背部中心的一个皮带扣上。她现在处在我下面，德克兰也是。我看不到他们，但我能听到锁链嘎啦嘎啦的声音，我感觉到黛安把锁链穿过我腰部的铁环，然后俯下身，把铁环扣在我的脚踝上，又把铁链连接在铁环上。

我的双臂动弹不得，我几乎都抬不起我的腿。爱丽丝在哽咽。

"我很欣赏你们两个这么合作。"德克兰说，"我和黛安都很高兴接受这个任务。"

我忽然想到，德克兰八成都不是契约组织的成员，这是不是只是他的工作？

黛安在她的帆布袋里翻找。

"临走前，你们两个还有什么话和对方说吗？"德克兰问。

爱丽丝没有丝毫犹豫，她跑到我面前，给了我一个温柔的长吻。在她吻我的时候，我能尝到她的泪水是咸的。"我爱你。"她喃喃地说，"当心点。"

"我爱你。"我希望我的话能传递出我此刻的全部感情。我很想拥抱她，体会将她拥入怀中的感觉。我希望我能回到十五分钟前，当时只有我们两个，爱丽丝在唱歌。如果我们在邮件来的时候就看，如果她在电话第一次响的时候就接听，说不定我们还可以逃。没准我们此时已经到了280号高速公路上，正向南疾驰。

我们真是愚蠢到了不可饶恕的地步，我们真是幼稚啊。

然后，我看到爱丽丝的眼睛里流露出了恐惧，我忽然知道事情没那么简单，出大问题了。

"用不着非得这样。"爱丽丝抗议道。她的声音在颤抖。

听到她这么害怕，我心中的恐惧更深了。

"恐怕非得如此。"德克兰答道，"对不起。"听起来这话是真心的。"命令里就是这么写的。我不清楚为什么，但事实就是这样。现在请你张大嘴巴。"

"不要。"爱丽丝小声说。

但我想到了那把枪，于是我照做了。

"请再张大一点。"

我感觉德克兰把一个东西罩在我的头上，他把一个堵嘴球塞进我的嘴里，系带紧紧拉着堵嘴球的边缘。我咬了一下，感觉到了金属和干橡胶的味。

爱丽丝看着这一幕，她的目光非常迷茫。德克兰正在调整系带和皮带扣。然后，有一个东西罩在了我的眼睛上，我知道他们给我戴上了马眼罩，把我当成了一匹要上赛马场的马。我只能看到正前方，看不到周围。我将全部注意力都放在爱丽丝身上，我试着用我的双眼与她交流。然后，又有一个东西罩在了我的脑袋上，是一块黑布。这下子，我什么都看不到了。

每往前走一步，每次在这个疯狂的深渊中陷得更深，我都会因为自己失去的东西震撼不已。几天前，我盼望的是我们能回到从前，彼时，只有我和爱丽丝快乐地生活在一起。而在五分钟之前，我希望我能拥抱她。六十秒钟之前，我只希望我能和她说说话。而在此时此刻，我迫切希望能再看到她。透过厚厚的帆布约束衣，我感觉到她用一只手摸着我的胸口，但仅此而已。我陷入了黑暗当中。四下里安静了片刻，只能听到爱丽丝的呼吸声和啜泣声，她急切地说着"我爱你"，我试图专心听她的声音，要把她的声音印在我的脑海里，生怕他们连她的声音也会夺走，毕竟这是我和清醒头脑之间的最后纽带，是我与爱丽丝之间的最后一根纽带。

过了一会儿，爱丽丝放在我胸口上的那只手，那只能带给我安慰的手，也消失了，我被人牵着走进厨房，因为我能闻到培根的香气，能感觉到脚下不再是硬木地板，而是瓷砖。我们此时正在走下房子后面的台阶。

"杰克！"爱丽丝哀求道。

"待在这里，爱丽丝。"黛安停下来和她说话，"现在接受惩罚的人是杰克，不是你。"

"他什么时候回来？"她哀号着。她现在的声音有些歇斯底里，失去了往日的沉着，剩下的只有绝望。

"爱丽丝，"黛安说，"你现在的任务是该做什么就做什么，假装一切正常。去上班吧。毕竟，如果你想再见你丈夫，那就别对任何人提起这件事。"

"求你们不要……"爱丽丝恳求道。

我有很多话想对她说，但我的舌头不能动，我的牙齿被金属和橡胶卡住了。我的嘴巴很干，我的眼睛刺痛不已。我现在能做的就是自喉咙里发音。一句话从我的喉咙里发出来……

我爱你，爱丽丝。我想说的只有这句话。

德克兰用力把我推进 SUV 车里，这下，我的全部希望都消失了。

就在汽车驶走的时候，我看不到她，却能感觉到她。我想象爱丽丝站在那里，泪流满面，盼着我能回到她身边。

我们都做了什么？我还能再见到我的妻子吗？

14

我能感觉到汽车向右转到了巴尔博亚路上。通过在我们周围空转的汽车的声音，我判断下一个转弯处有交通信号灯，所以那里肯定是阿奎罗路。我希望能说服我自己相信这一切只是个噩梦，但锁链锁住我的脚踝，我嘴里的橡胶味让我恶心不已。我需要分辨路线，将其刻在脑海中。

汽车开了一会儿后停了下来，通过周围的声音，我知道我们是在海湾大桥上，我能感觉到轮子下的桥面。我发现我面前的光线出现了变化，然后，忽然黑布被抬了起来。我看到了坐在驾驶席上的德克兰的后脑勺，还能看到黛安的侧影。前座和后座之间有一个隔板。车里很暗，车窗显然是被遮住了。

汽车开动，这次速度更快，可以听到耶尔瓦布埃纳岛隧道的隆隆声。我感觉到我旁边有什么东西在动。我挣扎着扭过头，在影影绰绰的车厢里，我惊讶地看到一个小个子女人坐在我旁边。我觉得她有五十多岁了。和我一样，她系着安全带，也穿着约束衣，不过她没戴头罩。她盯着我看了多久了？她同情地看了我一眼，她的眼中主要是同情，却还有一丝坚硬的笑意，像是在说，她很明白我的感受。我本来也想对她笑笑，但我无法挪动我的嘴唇。我的嘴巴又干又疼。出于礼貌，我本应该别开脸，但我没有。那个女人看起来很有钱，整形手术做得不错，戴着钻石耳环，但她那头光泽闪动的头发有些蓬乱，由此可见她也曾挣扎过。

我笨拙地把头向后仰，达到了约束衣所能允许的极限。我想到了爱丽丝。

我还想到了那些孩子。我倒不是自高自大，以为我的病人没有我就活不下去。人们都说年轻人适应力强，但他们也很脆弱。如果他们的治疗师忽然人间蒸发，对他们而言有什么影响？我那些十几岁的客户和已婚夫妇客户之间的最根本差别在于：成年人来的时候都认为，我不管说什么，都改变不了现状，但那些青少年就觉得，我随时都有可能说出一些带有魔力的话，立即就能拨开迷雾。

就拿礼拜二辅导小组里的马库斯来说吧。他是马林一所"磁石"中学的初二学生。马库斯很有煽动性，又很好斗，总是看起来会把事情搅成一锅粥。在上次咨询辅导的时候，他问我："人生有什么目的？不是人生的意义，是人生的目的。"这对我而言是一个困境，他抛出一个问题，我就必须回答。如果我的答案没有切中要害，我就会被冠上"骗子"的罪名。如果我拒绝回答，他们就会说我挂羊头卖狗肉，对辅导小组一点用也没有。

"你这个问题很难回答啊。"我答，"如果我回答了，你能不能告诉我们，你觉得人生的目的是什么？"

他轻轻摇晃他的右腿，他没想到我会这么说。"可以。"他勉强地回答。

经验、时间和我受过的教育教会了我如何读懂人的想法，如何评估所处的环境。一般而言，我能很敏锐地感觉到某些人会说什么，会做出怎样的反应，甚至能预判人们为什么做某件事，为什么某些情况会导致某种结果。然而，在我最不经意的时候，我却发现我的知识中存在着一个漏洞。有一点是我不知道的，甚至是我没考虑过的，那就是人生的种种经历累加在一起，会怎么样，能有什么意义？

我看看坐成一圈的少年人，给出了我能给出的最好的回答：

"努力做好一切，但要清楚一点，那就是你不可能做到一切。"我说，"尽量去享受每一天，但要记住，不是每一天都很享受。试着去宽恕别人和你自己。忘记坏，记住好。可以吃饼干，但不要吃太多。强迫你自己多做一些，多见识一些。制订计划，计划成功了要庆祝，计划失败了要坚持不懈。发生了好事要笑，发生了坏事也要笑。尽情地爱，无私地爱。生活是简单的，也是复杂的，生命转瞬即逝。你所拥有的唯一真正的货币就是时间，所以要审慎地使用。"

我说完，马库斯和其他人都惊诧地看着我。他们都没说话，没有做出任何反应。这表示我说对了，还是说错了？可能两者皆有。

此时此刻，我和一个陌生人坐在幽暗的 SUV 车里，我想到了我对孩子们说过的那番话。我现在就处在一个可怕的环境中，至于结果怎样，我无法预知。我曾经不顾一切地去爱，但我真的付出过无私的爱吗？对于时间这个珍贵的货币，我还剩下多少？我在使用时间的时候，够审慎吗？

几个小时过去了，我拼命维持清醒。我们现在肯定到了沙漠，我的嘴里有股尘土味。因为塞了堵嘴球，我的舌头都肿了，嘴唇开裂，疼得厉害，喉咙焦干。我连呼吸都很困难。我真希望能吞吞口水，但我无法活动喉咙部位的肌肉。

车子开得很颠簸，由此可见我们已经下了高速公路。口水从我的嘴里向外流，滴落在约束衣和我的腿上，我尴尬极了。我强忍着疼，把头转向右边。我身边的女人睡着了，她的脸上一块青一块红，还有伤口。不喜欢我的人显然对她也没好感。

前后座之间的隔板忽然降了下去。阳光从挡风玻璃照射进来，我被亮光一照，赶紧闭上眼。那个女人在我旁边窸窣地动了动。我扭头看着她，希望能用眼神和她交流，建立一些联系，但她只是盯着前面看。

在远处，我能看到监狱矗立在炽热的沙漠中。

车子停在一扇高大的铁门前，我们等着一个穿制服的警卫检查我们的文件。我能听到他在警卫室里打电话，报告我们来了。铁门开了，我们开车驶入。我听到大门在我们后面关闭，同时在心里盘算那扇门高不高，我能不能爬过去。如果能爬，我用多久能爬过去？如果我试着去爬门，他们将怎么对付我？

这时，我想到在我第一次来芬利时，我曾穿过一道玻璃走廊：走廊一端是度假村，另一端则是无边无际的沙漠。要想从这样一个地方逃出去，无异于游泳逃出恶魔岛监狱。从这里跑出去，怎么才能活下来？沙漠地处偏远，条件恶劣。没有水，我撑不过几个小时。在监狱里被抓我的人摆布折磨而死，与一个人在沙漠中渴死，哪种死法更好？

我们的车驶入第二扇门。最后，汽车停在我上次下飞机的地方。然而，这次是我站在黄线上，看起来疲惫不堪，忧惧不安。那个女人站在我旁边。

只听嗡嗡一声，一扇门开了。一个穿着黑色制服的矮个子喊道："动起来，沿线走！"我们走过被围栏围起来的狭窄走廊，尽量沿黄线走。我的脚踝上的锁链勒进了我的肉里，吃痛之下，我只能迈小步。那个女人走得很快，所以她肯定没戴脚镣，我奋力才能跟上她。

在黄线的尽头，我们来到了建筑的入口。门开了，我们走进去。两个身着制服的女人带着那个女人向左走。两个男人一左一右夹着我，带我走向相反的方向。我们走进一个空房间，他们除去了我的腰部和脚踝上的铐镣。我立即就感觉轻松了很多。他们脱掉了我的约束衣，我的手臂都麻木了。或许他们接下来将除去我的堵嘴球，我希望能这样。我真想舔舔嘴唇，尝尝哪怕是一小口水的味道。

"把衣服脱掉。"一个男人说道。

我很快就赤身裸体地站在那里，只剩下我脑袋上的束缚物。我的嘴唇已经麻木，我感觉到口水顺着下巴往下流。

那两个男人盯着我，像是有些兴奋。

我的嘴疼得厉害，根本顾不上什么耻辱不耻辱的。我只想把堵嘴球弄走。我指指我的嘴，做出央求的手势。我示意我想喝水。

终于，个子矮的那个从腰带上拿出一串钥匙，打开了我后脑勺处的一把锁。堵嘴球从我嘴里出来，我大口大口喘着气。解脱的泪水刺痛了我的脸颊。我拼命想闭上嘴，但我做不到。

高个子一指："那里可以洗澡。慢慢来，洗完了，就穿上那套红色连体服，然后到后面去。"

我走过一扇门。左边有五个水槽，右边有五个淋浴器，中间有一张长凳，没有门，没有帘子。我走到中间的淋浴器。我觉得不会有水，这不过是个残酷的恶作剧，要摧垮我的心理。

我转动把手，竟然有水奇迹般地流了下来。冰凉的水接触到我的皮肤，我不禁打了个寒战。我抬起头，大口大口地把水吞了下去。忽然，原本冰凉的水变得滚烫，我猛地向后退开。然后，我在排水沟里小便，看着深黄色的尿液打着漩，随水一起流走，消失不见。

我按了按塑料给皂器，粉红色的液体流到我的手心。我把一路上沾染的尘垢都洗掉。现在的水是温热的。我洗了脸，洗了头发，把浑身上下都洗了一遍。我闭着眼睛站在花洒下面。我真想躺下睡觉，永远都不要醒来。我不想从浴室里出去，不想穿上连体服。我不想穿过那扇门。我每经过一扇门，在我逃离这个地狱的时候，就多一扇门要过，当然，前提是我有可能逃出去。

最后，我关掉淋浴器，从浴室里走出来。墙壁的挂钩上挂着一件红色连体服和一条白色内裤，衣服下面有一双拖鞋。我穿上内衣和连体服。衣服异常舒服，就跟爱丽丝描述的一模一样。衣服倒是合身，但拖鞋太小了。不过我还是穿上拖鞋，走出那扇门。

我走进的是一个很狭小的房间。和我一起来的那个女人站在我前面，她旁边有把椅子，她和我一样，也穿着一件大红色连体服。前襟上用大写字母印着"囚犯"二字。椅子边上有一张很高的桌子，桌面是优雅的大理石台面，看起来与周围的环境格格不入。桌子中央摆着一个木盒。一想到盒子里的东西，我不由得浑身战栗。

那个女人忸怩地伸出手，拍拍她的头发。她洗了澡，皮肤还是湿的，但她的头发是干的。"这里无路可逃。"她说。

她说得对，没有其他出口。我转身看着我进来的那扇门，不过门已经关上了。我想到了被关在收缩玻璃笼子里的乔安妮，不由得惊慌起来。我晃了晃门把手，不过门没开。我们被困在屋里了。

我缓缓地转身，观察整个房间。

"请坐吧。"那个女人试探性地说。见我没动，她又说道："请吧。"她的眼睛通红，我看得出来她哭过。

我走到椅子边上，坐下。

"对不起。"她说。

"为什么这么说？"

她沉默片刻，哭了起来。

"你没事吧？"就在我把这个问题问出来的时候，我也知道这么说很荒唐，但我想要她知道我理解她的感受。

"没事。"她说。显然她正努力让自己平静下来，恢复平日里的端庄。她打开盒子，在里面翻找起来。听到金属碰撞的声音，我有点恶心。

"那里面装的是什么？"我问，很害怕听到答案。

"他们给了我们一个选择。"她说，"我们之中有个人必须把头发剃光，才能走出这个房间。他们让我来做这个决定。他们说，只要还剩下一根头发，他们就剃光我们两个的头发，甚至还有更糟的。"

"你决定了。"

"是的。对不起。"

把头发剃光。我可以忍受，没问题。但还有一个问题叫人不安：他们为什么这么安排？他们给了她一个选择，很可能也会给我一个选择。那个选择会是什么？

　　剃刀从我的头皮上划过，我想到了艾略特和艾琳。乔安妮说他们叫伊莱和伊莲恩，说不定是波特兰的那家报纸把名字搞错了，也可能是乔安妮搞错了。随便吧。有没有可能是我听错了？我们的耳朵往往只会听到我们想听的，而不是真正的事实。

　　我记得还有一对夫妇在去海边划皮划艇时失踪了。那次的事发生在两三年前，地点在马里布北部的某个地方。一连几个礼拜，他们都杳无音信，后来，他们的双人皮划艇被人发现，船身上留有凹凸不平的齿痕，鲨鱼牙齿的碎片依然嵌在玻璃纤维上。

　　如果契约组织的人看过那篇报道，并且认为对艾略特和艾琳这样的夫妇所遇到的情况，这是个貌似说得通的解释呢？如果戴夫妻子的癌症也是这样一个貌似有理的解释呢？

　　我想到有一百零七个人在艾略特和艾琳失踪后搜索了俄勒冈海滩。报道上提到的数字就是一百零七。我想象他们排成一列纵队沿着长海滩搜索，他们低着头，搜索被埋在沙滩下的线索。如果我失踪了，会有一百零七个人来找我吗？我希望是这样，但事实未必如此。

　　那篇报道的日期是三个月前。我希望我还有时间去找后续的报道来看。那些亲朋好友放弃了吗？还是依然在找？如果我不见了，他们会坚持找我多久？

　　我的头发都没了，但那个女人依然抚摸我的头皮，确认是否有遗漏。她时不时停下来，拿起剃刀，挤出一些洗剂，剃掉真正或想象出来的头发。她似乎很专注，对未知的结果心怀恐惧。她的发型是精心打理过的，看起来很有品位，这种发型在她这个年纪的富有女人之间很流行：她的头发剪得很短，看起来像是金色，又不完全是金色，可以衬托出她那动人的颧骨，做这种发型非常贵。我感觉她每天早晨都要花很多时间来打理头发，我能理解她为什么会做出这个选择。然而，她把我的头发剃得一点不剩，也太心狠手辣了。

她向后退了一步，说道："你看起来挺帅。"

她心存内疚，便想办法给她的行为寻找借口，显得像是在帮我的忙。

从天花板上的内部通话设备，我们听到了一个女人的声音。"做得好。现在，杰克，轮到你做选择了。"

我知道这一刻迟早会来。然而，我的身体还是紧绷起来。

"我们有两个牢房。"那个女人说，"一个又暗又冷，另一个又亮又热。你想住哪一个？"

我看着那个女人。我感觉她丈夫一向都由着她做选择，是要巧克力味还是香草味，是坐在窗边还是挨着过道，是吃鸡肉还是吃鱼，幸好我不是她丈夫。她张开嘴，想告诉我她更喜欢哪个牢房，我则说道："我要又亮又热的。"

"选得不错，杰克。"

门开了，我们走到一条明亮的小路上，路尽头是一条走廊，过了走廊是一片公共区域，那里设有八个牢房。喇叭里再次传来说话声："杰克，请你进入三十六号牢房。芭芭拉，你去三十五号。"

原来这就是她的名字。我和芭芭拉对视一眼，都没有动。"快点。"那个声音道。

芭芭拉向她的牢房走去，停在门前。里面很黑。芭芭拉抓住了我的手，好像我能拯救她。"进去。"那个声音说。她犹豫地松开了我的手，慢慢地走了进去。就在牢房门关闭之后，芭芭拉惊恐地尖叫起来。我坚定地走进了另一个牢房，表现得比我以为的还要勇敢。荧光灯亮得刺眼，温度接近三十八摄氏度。门在我身后砰地关闭。

一张狭窄的金属床固定在墙壁上。有一床被子，没有枕头。有个马桶固定在墙上，悬在地面之上。一本破烂的手册孤零零摆在一个架子上，我假装没看到那本书，直接躺在床上。灯光太亮，我只好趴着，用被子盖在头上。

一晃几个小时过去了。我汗如雨下，烦躁不安，根本睡不着。从隔壁牢房里，我听到芭芭拉尖叫了两次，然后便悄无声息了。我再次检查我的牢房，我的双眼依然不适应令人目眩的灯光。我很渴，但他们没有给我送水。我告诉自己，要是出了问题，我就喝马桶里的水，那样的话，我或许能撑上五六天。那之后呢？我尽量不去想那么远的事。

我也说不准，但我觉得一天过去了，门才打开。我感觉牢房里的热气一下子就涌到了公共区域。我的连体服都被汗水浸透了。我从小床上下来，走出牢房。凉爽的空气让我有些眩晕。

旁边牢房的门也开了。芭芭拉走出来，她用两只手捂着脸，保护眼睛不受光线刺激。我选择让她住进昏暗的牢房，此时我很内疚。我把一只手放在她的肩膀上，她啜泣起来。我们没有得到任何指示，但我看到前方有个出口标志牌。我带她穿过走廊，走出出口。我感觉自己就像老鼠，正穿行于熟悉的迷宫，走过别人让我走的小路，我的自由意志不过是个摆设。

芭芭拉现在已经睁开了眼睛，不过她的眼睛显然还是很疼，她紧紧跟在我后面，还抓着我的一只手。

"我们这是去哪儿？"她小声说。

"这是你第一次？"

"是的。"

"一扇门后面总有另一扇门，我看我们就一直走好了，等他们想要我们停，自然就会让我们知道。可以数数我们穿过了多少扇门。那样的话，我们至少能知道我们走了多久。"

"一个密西西比，"她说道，"两个密西西比，三个……"

我缓缓地走着，但十分谨慎。正如我所预见到的，每次走到走廊的尽头，那里的门就会打开，我们过去后，门就会关上。难道门都是由传感器控制的？或是有人通过摄像头监视我们，并且掌握好时机开关门？

我们来到两扇玻璃门前，芭芭拉正好数到一千零一十四个密西西比。两扇门上都挂了一个塑料标志牌，上边印着"公共辩护律师"。那个女人的声音从上方传来。"芭芭拉，现在该你选择了。你想要大卫·雷顿还是伊丽莎白·沃森当你的律师？"

我对我的狱友不甚了解，但我很肯定她将做何选择。

"大卫·雷顿。"她毫不犹豫地说。

两扇门都开了，可以看到里面有一张办公桌，有人站在桌边。芭芭拉走向左边的那个男人，我则向右边的一个女人走去。

伊丽莎白·沃森是个又高又瘦的女人，面色苍白，穿着深蓝色连体服，活像个人体模特。一开始，她没有动，我能感觉到她是在打量我。我的衣服和拖鞋都汗湿了，我估摸自己的样子一定不怎么好看。这个房间里的空调开得很大，我穿着湿衣服，开始瑟瑟发抖。我的律师示意我坐在办公桌对面的椅子上。她在坐下之前，漫不经心地推开窗户，让炽热的沙漠空气飘进来。

"这里挺冷的。"她喃喃地说，"我在塔拉哈西长大。我妈妈总是让家里保持在十八九度。我这人受不了开空调。"

她的直率让我惊讶，她是我在芬利见到的第一个说到自己的人。

她坐在椅子上转了一圈，打开她那个很大的皮手袋。

我这才意识到，这里其实不是她的办公室。这里没有照片，也没有私人物品。从近处，我能看到她的衣服皱皱巴巴，右边有一道折痕，可能是放在行李箱里压出来的，她的左边袖子上有一片污渍。手提袋里装满了东西，她肯定是临时被叫来的，刚下飞机。

她把三杯饮料放在办公桌上：有健怡可乐，树莓精华冰岛矿泉水，还有冰茶。"你来选吧。"她带着善解人意的微笑说道。我想象她在匆匆离开律师事务所豪华办公室途中随手拿起了这些饮料。与德克兰、黛安不一样，伊丽莎白·沃森很可能是契约组织的成员。说不定她做过一两件错事，现在，她时而要乘飞机来这里，为她的"朋友们"做代理人。

我伸手拿过矿泉水，她则选了冰茶。"这么说，"她说着向后靠在椅子上，"现在是你第一次违反规定？"

"是的。"

"第一次是最糟的。"她打开办公桌上的文件。

我大口大口喝着水，伊丽莎白则专心看文件。"他们还没有控告你，这种情况很少见，他们是想先和你谈谈。"

"我有选择吗？"

伊丽莎白瞥了一眼窗外亮晶晶的沙漠。"没有。我们还有几分钟时间，饿了吗？"

"我已经饿得前胸贴后背了。"

她在钱袋里翻找，拿出了半个用蓝色蜡纸包着的三明治，推到桌子这边。"对不起，我只有这个。不过挺好吃，是火鸡和布里干酪的。"

"谢谢。"我只用四口，就吃掉了三明治。

"要不要打电话给你妻子？"

"真的可以？"这样的情况好得不真实。

"是的，你可以用我的手机。"她把手机推到我面前，轻声说，"我们来芬利，都要把手机登记。"她用手对"登记"两个字比画了引号，提醒我，我要是打电话，很可能被监听。看起来她的确是偏向我。然而，这可能又是一个叫人恶心的游戏，一个测试，可能她是在扮演红脸。

"谢谢。"我不确定地说。我拿起手机。我太想和爱丽丝说话了，但我能说什么呢？

电话只响了一声，爱丽丝就接了，她有些气喘吁吁，声音里透着恐惧。"喂。"

"是我，宝贝。"

"老天。杰克！你还好吗？"

"他们给我剃头了，此外都还好。"

"剃头？什么意思？你什么时候回家？"

"我现在是光头了。而且，很不幸，我也不知道什么时候能回家。"

光头这一点似乎没有引起她的注意。"你在哪里？"

"我和我的律师在一起。我还没受到指控，他们想先和我谈谈。"

我抬头看了伊丽莎白一眼，她好像正全神贯注地看我的文件。"瓦蒂姆那边怎么样了？"我轻声问道。

"他在很努力地找。"爱丽丝说，"他又找到了一些东西。"

伊丽莎白抬头看着我，敲敲她的手表。

"我得挂了。"我说。

"等一下。"爱丽丝说，我能听到她在哭。"不管你做过什么，都不要说任何会将你定罪的话。"

"放心吧。"我保证，"爱丽丝，我爱你。"

我听到办公室的门把手响了，便赶紧挂断电话，把手机从桌上推到伊丽莎白面前。办公室的门开了，我第一次来芬利时找我问话的戈登站在门边，他穿着一身黑色西装，拿着一个公文包。还有个人和他在一起，比起戈登上次的伙伴，现在这个人块头更大，长相更凶狠，粗大的脖子上文着一条盘旋的蛇。"该走了。"戈登说。

伊丽莎白站起来，绕过办公桌，站在我和戈登之间。我对她的好感更多了。"面谈需要多长时间？"她问。

"这要看情况。"戈登说。

"我希望可以旁听。"

"那不可能。"

"见鬼，我是他的律师。要是我不能列席面谈，那要我这个律师还有什么用？"

"听着。"戈登不耐烦地说，"让我把我的工作完成，等我那边完事了，我就把他送回来，可以吗？"

"要一个钟头？还是两个钟头？"

"那就要看我们的朋友配不配合了。"戈登抓住我的手肘，拉着我向房门走去。伊丽莎白跟在我们后面，但戈登回头看了一眼，打了个响指，说："玛里耶，交给你了。"文身男站在门口，挡住了伊丽莎白的路。

我们又穿过很多长走廊。最后，戈登在一个键盘上输入了一串密码，我们走进了一个没有窗户的房间，里面有一张桌子和三把椅子。我能感觉到玛里耶在我身后的呼吸。

"坐吧。"戈登说，我照做。他坐在我对面，将公文包放在我们之间的桌上。

桌上固定着一个金属箍。"手。"玛里耶说道。

我把双手放在桌上。玛里耶把手铐穿过金属箍，然后紧紧扣在我的手腕上。戈登从公文包里拿出一个红色文件夹，把它打开。里面都是文件。全是关于我的？

"正式开始之前，你有没有什么要说的？"他问。

在爱丽丝给我看那篇报道之前，我原本计划开诚布公，把全部真相都说出来，并且准备兵来将挡水来土掩，现在我可不那么肯定了。

我本不该问下面这个问题，但我还是问了，因为我必须知道。"乔安妮怎么样了？"

"你竟然这么问，我感到很惊讶。"戈登皱起眉头，"你为什么这么关心乔安妮？你难道没学到教训吗？"他看了玛里耶一眼。"他显然还没学乖。"

玛里耶咧开嘴笑了。

"我这么问，"我说，"是因为我上次见到她，你们扒光了她的衣服，把她关在一个会收缩的牢笼里。"

"确实是我们做的。"戈登温和地说，"有什么问题吗？"

他翻看文件，随即向前探身，他的脸距离我的脸只有咫尺之遥。"我很理解，你是想招供。"

我没有回答。

"看看这个，可能与你的记忆不一样。"他把一张照片从桌上推到我面前。玛里耶靠在门上，显得很无聊。照片是黑白的，很粗糙，不过我看到的画面无从否认。

"上次见面时我问你的问题，"戈登说，"现在我要再问一次。你还记得在希尔斯代尔美食广场，你和乔安妮见面的情形吗？"

我低头看着那张照片，显然是从监控录像中截取的画面，我点点头。

"很好。"他说，"我们取得了一些进展。你能描述一下你和乔安妮的关系吗？"

"我们是在大学认识的，我们在一起共事过，我们谈过恋爱，不过没多久就分手了。毕业之后，我一直没见过她，后来，我和我妻子爱丽丝在加州希尔斯堡城，参加我们的第一次契约组织派对，我们才见面。"

"然后呢？"

"在加州伍德塞德的第二次契约组织派对上，我又见到了她。一个礼拜后，在我的要求下，我们在圣马特奥市希尔斯代尔美食广场一起吃了午饭。我们吃了热狗，喝了柠檬汽水。我们还聊了聊。"

"你们聊了什么？"

"契约组织。"

"关于契约组织，乔安妮都说了什么？"

"我有点担心，不确定契约组织是否适合我和我妻子。乔安妮打消了我的疑虑。她说，契约组织对她的婚姻大有好处。"我把这些话在脑海里彩排过一百次了，然而，当我把它说出来，还是显得有些牵强。

"还有吗？"

"我们约好再次见面，但她没有出现。"

"那之后呢？"

"那之后你都知道了，我在这里见到了她。"我极力控制我声音里的急躁。我提醒自己，在这里，做主的是戈登。

"你对你妻子说过你和乔安妮见面的事吗？"

"没有。"

"为什么？"

"不知道。"

"因为你打算和乔安妮上床？"

"不是。"我断然道。

"你和她见面，只是为了重温昔日时光？只是为了吃热狗这样的美食？只是为了享受希尔斯代尔美食广场不可思议的氛围？你难道没有勾引她？"

"没有！"

戈登把椅子向后一推，站了起来，把两只手撑在桌上。玛里耶像是对我们的谈话有了点兴趣。"你难道没有提议再续前缘？"

"我当然没有。"

"你有没有提议在凯悦酒店见面？"

"我没有！"

他走过来站在我身边，把一只手搭在我的肩上，好像我们又是好兄弟了。"现在就是你不配合了，杰克。你编造了一个故事，并且铁了心绝不改口。我明白，你这是在自保，但我们的消息人士证实，三月一日，在加州伯林盖姆的凯悦酒店，你和乔安妮·查尔斯上床了。"

"什么消息人士？纯属胡言乱语。"

戈登叹了口气。"我们一直以来都取得了不错的进展，杰克。我抱着很高的希望，还以为我们能在午休时间前把事情解决了。"他再次坐下。

"我没和乔安妮上床。"这话一出口，我就意识到它听起来很不对劲。

"但你和她上过床，你已经承认了！"

"那是十七年前的事！不是最近。我甚至都从未动过这样的念头。"当然了，这不是实话，我确实动过这样的念头。见鬼。乔安妮，赤身裸体，又开双腿，嘴角挂着怪异挑衅的笑容，我怎么可能不动那种念头？但这是犯罪吗？我绝对不会付诸行动，绝对不会。

"谁又能读懂别人的想法呢？"戈登问道。他说这话的时机当真不可思议。然而，我知道这不过是他的一个策略。契约组织是要我相信他们对我的想法一清二楚，但他们不能，不是吗？

"杰克，"戈登说道，几乎是满怀柔情地说出了我的名字，"我现在要问你一些非常重要的事。我希望你能好好想想，不要马上作答。你是否愿意做出对乔安妮不利的证词，结束现在的一切？"

我早就知道答案了，但我还是沉吟片刻，显得我是在考虑他的提议。

最后，我只是说："不愿意。"

戈登眨眨眼，好像我刚刚给了他一巴掌。"那好吧，杰克。鉴于我们得到的信息和我们的信息来源，我不太明白，但我还是尊重你的决定。你以后要是改变了心意，可以通知他们你想和我谈。"

鉴于他们的消息来源？这是什么意思？他是在暗示正是乔安妮交代了我们曾在凯悦酒店上床。但乔安妮为什么要那样说？她可能遭到了恐怖的胁迫，不然不可能说出这种话。我想到了收缩的笼子。折磨拷问或许可以逼人说出答案，却很少能叫人透露真相。

"我不会改变主意。我只在美食广场见过乔安妮·查尔斯一次，至于你说的其他情况，都是子虚乌有。"

戈登轻蔑地看了我一眼。然后，他站起来，走出了房间。玛里耶跟在后面。

我坐在那里，双手被铐在桌上。我听到气流咝咝通过我头顶上方的通风孔，房间里越来越冷了。我很累，肚子饿，又冻得要命，我甚至都没办法思考了。我真希望能和爱丽丝说说话。我把头搭在桌上，灯随即熄灭。我抬起头，灯又亮了。我又试了几次，每次的情况都一样。房间里是不是有传感器，还是有人在愚弄我？最后，我趴在桌上，睡着了。

等我醒来，只见周围一片漆黑。过了多久了？一个小时？五分钟？我把头从桌上抬起来，灯光随即亮起。房间里冷飕飕的。手铐勒进了我的肉里。金属桌上有几滴干了的血点。我的嘴里有股苔藓味。我很可能睡了很久。他们是不是给我下药了？

一晃又过了很久。无聊本身就是一种折磨。我想到了远在旧金山的爱丽丝。她此刻在做什么？是在工作吗？还是在家？她是不是觉得很孤单？

门开了。"嗨，玛里耶。"我说。他没有回答。他解开手铐，我把手从桌上抬起来。我的手感觉很重，都好像不是我的了。我动动手指，揉搓着我的手，甩了甩。玛里耶揪住我的手臂，粗暴地把我的手臂扳到身后，又给我戴上了手铐。

他带我穿过走廊，上了电梯。

"你要带我去哪儿？"

他没搭理我。他好像忽然很紧张，甚至比我还要紧张。我想起了杜塞尔多夫的研究：当人类处在恐惧或慌张之下，大脑的感觉器官就会通过汗液释放一种化学物质。我从玛里耶的皮肤上闻到了焦虑的气味。

电梯门关上。"你有老婆吗，玛里耶？生孩子了吗？"

他勉强地注视着我的眼睛，轻轻摇了摇头。

"没老婆？"我重复道，"也没孩子？"

他又轻轻地摇摇头。我意识到他不是在回答我的问题，而是在提醒我。

叮叮叮叮叮，电梯带着我们下降了五层。我那空空如也的肚子里一阵翻腾，我的决心开始动摇了。我现在处在沙漠地下十几米，与周围最近的地方相隔一两百公里。如果发生了地震，这个地方坍塌了，我就将被深埋在此处，永远被人遗忘。

我们走出电梯。玛里耶看起来好像也没那么坚定了，因为他都没费神去抓我的手臂。他走了起来，我跟在他后面。他在一个键盘里输入密码，我们走进一个房间，还有一个警卫站在屋里，此人是个女人，大约四十五岁，一头漂白了的金发梳成老式发型。她看起来不像是契约组织的成员，肯定很难找到人到沙漠里工作，说不定在这座监狱关闭之前，她就在这里工作。

砰的一声，房门在我们身后关闭。玛里耶解开我的手铐，我们三个就这样站着。玛里耶看着那个女人。"来吧。"他说。

"不，还是你动手吧。"她说。

我感觉，不管他们要做什么，都是第一次做，而且谁也不愿意首先出手。最后，那个女人告诉我："我需要你把衣服全部脱掉。"

"又脱？"

"是的。"

"都脱了？"

她点头。

我缓缓地脱下拖鞋，边脱边思考。玛里耶在电梯里冲我摇头以示警告，他那个动作谈不上敌意，对此我很肯定，但充满了阴谋的意味。他们两个人都有点战战兢兢。我能说服他们放我走吗？当然是在只有我们三个的时候，不能当着戈登的面。他们的薪水是多少？我能不能收买他们？

268

"你是从内华达州来的吗？"我问。我假装解不开连体服最上面的一颗扣子，借此拖延时间。

那个女人看了玛里耶一眼。"不是，我是犹他州的。"她说。玛里耶瞪了她一眼。

"快点。"他说。

我解开了连体服的扣子，任由它落在地上。那个女人别开目光。"你是从哪个州来的？"她问，面对我的裸体，她显然很不自在。

"加州。"我站着不动，只穿着监狱发的四角裤，"你能不能帮帮我？"我小声说。

"够了。"玛里耶低声呵斥道。我知道我距离越界不远了。我感觉他随时都可能发火，但我没有选择。"我有钱。"我说，"我有很多钱。"我撒谎了。

我听到在门的另一端，响起了向键盘输入密码的哔哔声。金发女人看了玛里耶一眼。见鬼，她和他一样，都很紧张。门开了，一个又高又胖的女人走了进来。看她那样子，像极了从前的那种监狱长，并且好像很高兴用拳头打得我脑浆迸裂。"警卫，"她看着写字夹板说，她的声音异常轻柔，"我们必须加快速度了。"她看着我："都脱掉，动作麻利点。"

我脱掉内裤，用手遮住私处，在一群穿衣服的人中间脱了个精光，感觉糟透了。

监狱长抬起头，不再看写字夹板。我赤身裸体的样子，既没有让她惊讶，也没有勾起她的兴趣。"带他去2200。"她告诉玛里耶和金发女人，"快点。送他去仪器那里。大家都在等。"

见鬼。肯定没好事。

金发女显然很忌惮监狱长，便推着我向前走。我们走过走廊，进入了另一个房间。房间中央有一张全部由树脂玻璃制成的台子，一个风姿绰约的女人站在台边。她也拿着一个写字夹板，不过她没穿惯常的制服，而是身着清爽的白衬衫和白色亚麻裤，穿着漂亮的皮凉鞋。她那头微红的金黄色头发打理成鲍勃发型。她肯定是个特殊人物，说不定她也是"朋友"之一。

她的目光在我身上游移。"到台子上来。"她说。

"你在开玩笑吗？"

"不是。"她的眼神冷冰冰的，"玛里耶还有一个选择给你，不过我可以向你保证，那个选择更糟。"

我回头看看玛里耶。见鬼。就连他看起来都很害怕。

"听着。"我说，"我不知道这是哪种中世纪……"

那个女人飞快地把手伸了过来，我都来不及躲开。她用写字夹板狠狠抽打我的脸，我的眼前一花。"请你到台子上去。"她镇定地说，"你得明白，我们有好几个人，而你是孤身一个。你可以照我们的吩咐办，也可以反抗，但不管怎么样，该来的还是会来。你反抗得越激烈，受到的痛苦就越大，结果都是一样的。道理很简单：抵抗等于痛苦。"

我颤抖着爬到台子上，感觉自己就像砧板上的鱼肉。台子一端有一个泡沫头枕，边上是一根皮带。此外台子上还有很多皮带，尾端有个木块。金发女人望着天花板，玛里耶则看着白衣女人，显然是在等待命令。

我的赤裸皮肤接触到树脂玻璃，感觉冰凉。我的头很疼，我感觉到有血顺着我的脸向下流。昨天我渴望挣脱约束衣，现在，我则恨不得有些东西能遮盖我赤裸的身体，让我不至受辱。

金发女人让我把头躺在泡沫头枕上，又用皮带勒住我的喉咙，便从我的视线中消失了。我感觉我的手臂也被绑住了，肯定是玛里耶干的。他抓我的手臂时力气很大，现在的动作却很轻。然后，我感觉皮带勒住了我的脚踝。肯定是金发女。她把我绑好之后，拍拍我的脚。这是一个充满母爱的手势。我强忍着泪水，他们两个为什么做出这样的举动？他们都知道什么？这是屠杀之前的善意？

我一动不动地望着天花板，都快冻僵了。我能看到的就是刺眼的荧光灯。房间里鸦雀无声。我感觉自己像是高中生物课上一只被绑起来的青蛙，正等着被解剖。

我听到了脚步声，好像又有两个人走了进来。白衣女此时站在我旁边。"封闭。"她说。

有人把一大块树脂玻璃板向我移过来。我的心在狂跳，我都能听到我的心跳声，我想知道他们能否听到。我想动，想反抗，但毫无结果。那块玻璃板看起来很重。"不要！"我慌张地喊道。

"冷静。"白衣女说，"未必很疼。记住我刚才说的道理。"

我闭上眼睛，浑身紧绷，等着玻璃板砸在我身上。很快就能结束，我将迎来一个恐怖的死法。就是这样吗？他们要私自处死我？他们是打算把我闷死，还是有更狠的招数？又或者，他们是在故技重施，这是恐怖策略，精神虐待，还是在吓唬我？

树脂玻璃板距离我只有十几厘米。

"不要。"我央求道，我的声音听来是那么软弱，我自己都觉得不齿。

新闻里将怎么写？有人在划皮划艇时失踪了？也可能根本不会有报道。也许会说我死于常规疾病，比如死于肝功能衰竭，或是动脉瘤。他们想说什么就可以说什么，没有人会向他们提出质疑。爱丽丝除外。老天，爱丽丝，但愿他们能放过她。

但他们不可能让她想做什么就做什么。他们会安排她嫁人。他们会给她找一个什么样的人？找一个也有我这样伴侣的人？

八成会是内尔。如果这就是内尔精心策划的阴谋呢，为的就是甩掉乔安妮，娶爱丽丝？我感觉喉咙里非常苦涩。然后，玻璃板落了下来。

我等着玻璃板把我压扁，但我预计的结果没有到来。我听到了钻孔的声音，我意识到他们是把这块玻璃板固定住四个角，盖在我上面。我的急促呼吸让周围的玻璃板蒙上了一层雾气，很快我就什么都看不到了。

钻孔声停了，四周安静了下来。一个女人数道："一二三四。"我感觉自己被抬了起来，然后，我直立起来，悬在树脂玻璃板里面。我的手臂垂在身体两侧，双腿微微叉开，双脚立在木块上，面冲前。我前面有一面空白的白墙。我能感觉到其他人在我后面，但我看不到他们。我感觉自己就像个夹在载片之间的组织，正等着被送进显微镜下。

我脚下的地面开始震动，我意识到树脂玻璃板被人放在了滑轮上。我紧紧闭上眼，强迫自己呼吸。等我睁开眼睛，我看到自己被推着穿过一道很窄的走廊。有人从我身边走过，总是偷偷看我那赤裸的身体。有些人向前面走，有些人向后面走。我被推上了一架货梯，厚重的电梯门关闭后，我们开始上升。我不确定白衣女或金发女是否还跟着我们，看起来好像负责人站在我后面。

"玛里耶？"我说，"我们要去哪里？出什么事了？"

"玛里耶走了。"一个声音响起，是个男人。

我想到他们给我戴上马眼罩之前爱丽丝的样子。我想到她在我穿上约束衣后把一只手放在我的胸口，她的手让我倍感安慰，等她把手拿开，我是多么难过。我想到，几个小时以来，我的生活接连发生巨变，所有的一切被一点点从我身边带走。

我很想哭，但我没有泪水。我很想尖叫，但我很清楚，就算我喊破嗓子，也改变不了什么。

我屏住呼吸，我面前玻璃板上的雾气消失了。一扇电梯门打开，我意识到我们是在一个宽敞的房间里。我记得我在第一次来芬利时来过这里，这个房间是饭厅。

我听到脚步声渐渐远去，我被丢在了这里，只有我一个人透过布满雾气的玻璃板，看着正前方。

我竖起耳朵听，但什么都听不到。我想动，却根本动不了。几分钟之后，我感觉不到我的腿，我也感觉不到我的手臂，我只好闭上眼。此时此刻，我能支配的只有我的思想。我已经失去了反抗的意志。

此时，我终于想到，这就是他们的计划，他们要夺走我的勇气，要让我失去全部希望。

时间就这么过去了。过了多久了？我的思绪飘到了爱丽丝身上，飘到了海滩和我们的婚礼上。我想到她和艾瑞克在我们的车库里唱歌。

我试着甩掉这些念头，但我做不到。我真傻，都到这一刻了，还在嫉妒。事实是，等我死了，如果我死了，就算她想，也不能自由地和艾瑞克在一起。她依旧要受契约组织的摆布，要听从他们的胡乱决策。兴许余生都要如此度过。

我渴望听到人们的说话声，随便什么都可以，来段音乐也成。我想见到戈登，想见到德克兰，甚至是薇薇安。只要让我再见到别的人，任何人都可以。这就是孤独吗？肯定是。

我听到电梯响了，我忽然感觉放松下来。有人的说话声传来，可能有两个人，也许是三个。地面开始颤动。有人把一个重物向我推过来。我等着那东西进入我的视线，但我没有等到。过了一会儿，说话声在走廊里逐渐远去。电梯又响了，人的说话声再次响起，又有东西被推过走廊。

是一个树脂玻璃笼子，和我所在的这个东西一样。

里面有一个女人，浅黑肤色，中等身材，和我一样也是赤身裸体。她面前的玻璃上也有雾气，所以我看不清楚她的五官。他们将她推到我的斜对面。脚步声远去，说话声也消失了。后来，电梯又响了，又有人说话，又有一个树脂玻璃笼子被推了过来。我看不到，却能听到。

现在有三个树脂玻璃笼子了。我感觉此刻只剩下我们三个人，负责的人都走了，我便鼓起勇气，开始说话。"你们两个都还好吗？"我轻声问。

我听到一个女人在啜泣。

然后，在我的右边，一个男人说道："你说他们要怎么对付我们？"

"都怪你！"那个女人喊道，"我早告诉过你，我们跑不了的！"

"小点声。"男人提醒道，我这才想到她是在对他说话。他们认识。"你们犯了什么错？"我小声说。

扩音器里传来一个声音："请犯人不要讨论罪行。"

一个穿着白色厨师制服的老人从我们中间走过。"你们三个真是自找麻烦。"他直勾勾地看着我说。然后，他走开了。

一分钟后，电梯响了。另一个树脂玻璃笼子被人从我旁边推过。我看到了一个赤身裸体的女人，她背对我，头发油腻且缠结在一起。我觉得她只能是那个人。警卫把笼子转了过来，她随即和我面对面，我们之间相隔只有不到两米。那个女人面色苍白，身材瘦削，看起来像是有好几个礼拜都没晒过太阳了。雾气遮住了她的眼睛所在的位置，过了会儿，玻璃变得清晰，她看到了我。不，她不是乔安妮。他们把乔安妮怎么了？

我听到了很多脚步声。片刻后，一长串穿着红色连体服的犯人和穿着灰色制服的员工鱼贯进入饭厅。这个时候，我忽然弄明白了他们这个阴险招数的目的。我们四个人被放在这里，人们来吃饭，就必须从我们身边走过。我试着去看我对面那个女人的眼睛，但她紧紧闭着眼，泪水从她的脸颊不断地向下流。

排长队的人停止不动了。我听到托盘和银餐具叮叮咣咣地碰撞在一起，餐厅的工作人员大声喊出命令。又有很多犯人走了进来，队伍变长了，究竟有多少人？怎么会有这么多"朋友"惹契约组织不高兴？

没过多久，队伍就在我们前面静止不动了。大部分人都垂着头，避免眼神接触，但有些人一方面看起来很兴奋，另一方面又显得很害怕，这些人八成是第一次来。有个二十来岁留着黑发、长着一口白牙的男人甚至还在笑，他好像觉得我们这样很有意思。其他人看来则百无聊赖，只是打发时间，在芬利又吃了一顿午饭而已。好像他们对此情此景已然司空见惯。

一开始，我不敢看别人的眼睛，因为我羞愧难当，感觉很丢脸。然而，我想到如果我的末日即将来临，那我想要强迫他们看着我。我想要他们看到我，让他们知道，也许明天，他们也将遭遇同样的对待。如果我将死在这里，那这里也可能成为每一个"朋友"的葬身之地。

人群中男女参半。红色连体服也无法掩盖一个事实：几乎所有人都很干净，还可能非常富有，一点也不像普通的犯人。我很想知道，他们都犯了什么罪才沦落到这里。人数越来越多，队伍变成了两行，随即变成三行。餐厅里太拥挤了，有些人甚至都贴在了我的玻璃牢笼上，只有透明的玻璃板将他们和我赤裸的身体隔开。四下里人声鼎沸，我不光愤怒，还很失望。我希望他们能做点什么，随便什么都行。我希望他们能起来反抗契约组织。

他们怎么会允许这一切发生？

一个女人对我微微一笑，她有一头赤褐色的头发，太阳穴处的头发是灰白色的，看来十分优雅。她看看四周，确定没人在看，便飞快地亲吻了我的嘴巴所在位置的玻璃板。她说了什么，不过周围太过喧嚣，我听不清。什么？我用口型说道。她缓缓地用口型回答我：不要屈服。

至少我觉得她说的就是这个。不要屈服。

15

我回到牢房，又穿上红色连体服，躺在薄被子上。我很想睡觉，但牢房里太亮，也太热。这里没什么可做，除了《手册》，没什么可看。我就是死也不肯摸那本书。

我开始魂游天外。不知道是为了什么，我想到了我的一个病人马库斯，正是他问我人生的目的是什么。他正在写一篇关于拉尔森 B 冰架的论文，这块冰架与罗德岛的大小差不多，位于南极洲的边缘。2004 年，在保持了将近一万两千年的坚硬和稳定之后，拉尔森 B 冰架破裂，碎片流入大海。一万两千年啊，然而，仅仅是三个礼拜的工夫，这块冰架就化为了碎片。科学家并不确定冰架解体的原因，不过他们怀疑冰架是受到了一系列重要事件的影响才会消融，比如水流温度升高，太阳温度提升，臭氧枯竭，夏季周期的二十四小时光照。温热的水流致使冰架出现了细小的裂缝，炽热的阳光让很薄的顶层冰层融化，滴下的水滚到裂缝中，使得裂缝不断扩大，造成整个冰架变得脆弱。最后，也就是在片刻之间，一个在一万两千年里看起来都匪夷所思的大灾祸突然降临了。

然后，我想到了我的新客户罗森丁夫妇。达琳和里奇结婚二十三年，总的来说，他们的婚姻还算幸福。漂亮的房子，体面的工作，两个孩子都上了大学。一切都很完美，但在大约六个月前，达琳做了几件傻事。从大局看，她所做的那些事不过是沧海一粟，没什么大不了，但在那之后的几个礼拜，事情变得一发不可收拾，引起了愤怒和不信任，他们的婚姻崩溃了。我承认，我对他们的婚姻前景并不乐观。一直以来，他们都让周围的一切凝聚在

一起，但在一瞬间，一个人一个不留神，松开了手里的线，结果整体便开始
土崩瓦解。

"准备好可以谈了吗？"

我僵硬地站着，跟戈登和玛里耶走出牢房，穿过走廊，走进接见
室。这次他们没有把我绑在桌上。或许他们看出我已经精疲力竭，无力
再反抗了。

戈登坐在桌对面，盯着我看。玛里耶仍站在门边，他一直没有与我
对视。

"那么，"戈登说，"我们是否能找到共同点？你有没有好好思考你
的问题？"

我没有回答，我觉得我根本无话可说。他们把我推到餐厅，感觉就好
像我打开了一扇门，门后是一个兔子洞，走过兔子洞，就是地狱。我已经
准备好迎接一切，这么做是为了我和乔安妮，也是为了爱丽丝，但那个陌
生人用口型对我说了那句话，赐予我力量，让我坚持立场，不要屈服。

"其实现在的事和你没有多大关系。"戈登告诉我，"真正诡计多端的人
是乔安妮。你是否有兴趣知道，这不是她第一次犯不忠罪了？内尔要我弄
个水落石出。"这还是在芬利第一次有人直呼当权者的名讳，可不是好兆
头，是否表示他计划除掉证人？

"听着，杰克，我知道你现在的处境极为糟糕。你觉得你帮我解决问
题，就会把你自己牵连进去。"戈登站起来，走到角落一个小冰箱边上，
"来点饮料吗？"

"是的，谢谢。"

他把一个塑料瓶放在我面前，又是冰岛矿泉水，蓝莓薄荷味的。

"你看起来像是下了很大的决心，杰克。我一直都在仔细思考，我们

现在有两个选择。第一，我击溃你的决心，这样的话，我就必须花费大量时间和精力，对你而言也不是什么有意思的事；第二，我们想办法，让你可以帮助我解决我的问题，若是那样的话，你就可以相对毫发无伤地离开这里。"

"你们对我这么狠毒，我根本就不相信你对毫发无伤的定义。"

"相信我，你现在经历的一切根本不算什么。"

"这算正常？"

"什么是正常？"

"我原本以为契约组织的目的在于促成成功、健康和持久的婚姻。审讯和折磨适合健康的婚姻关系吗？"

戈登叹了口气。"这就是问题所在。我总是不断地处理乔安妮的问题。通常情况下，顺序是这样的：我和奸夫当面对证，乔安妮服罪，接受判决，并且服药。之后，乔安妮夫妇继续过日子。多简单。婚姻是相当有弹性的。我见过很多人的婚姻都经历了恐怖和毁灭性的打击，但依然没有瓦解。真的很不可思议。痛苦的经历结束后，大多数婚姻反而变得更加坚固。你知道这是为什么吗？"

我拒绝回答。

"当夫妻中的过错方接受了他们的行为带来的后果时，杰克，婚姻关系就恢复了平衡，稳定期再次出现。这样就可以消除不和谐的声音，解决问题，让婚姻关系有全新的开始。平衡是关键，平衡就像是燃料，为成功的婚姻提供动力。"

他说这番话，很像是在背诵早已准备好的答案，但在另一方面，这些话也有一定的道理。我记得我对我的病人也说过类似的话。

"大多数夫妇都无法自行让他们的关系恢复平衡，而这就是我发挥作用之处。"

"那么，"我问道，"你到底想要什么？"

"乔安妮拒绝完全坦白供认，在我被迫干预的案件中，这是极为少见的情况。"

"你有没有想过，也许她根本没有任何罪行可以坦白？"

戈登又叹息一声。"在我的团队对乔安妮实施监控的第一天，她就对内尔撒谎了。她偷偷溜出家，去美食广场见你。多年以来，我都为外国一家情报部门工作。我的调查对象都是专业人士，他们很清楚如何毁灭证据。那样的工作很难，但现在的案子很简单。"

"你有没有想过，乔安妮可能并没有对内尔撒谎？你有没有想过，她是去见我，但我们只是朋友关系？"

"在现在这样的情况中，我发现有嫌疑的一方总是在说谎。现在也不例外，关键在于如何才能得出不可避免的结局。"

"我不能帮你找到结局，因为你说的一切都是在信口雌黄。"

在这个大数据和信息泛滥的时代，总是有可能找到证据，支持任何或对或错的观点。我想到了伊拉克战争的预备阶段，非洲的"黄饼"铀，库尔德斯坦的酷刑，真真假假的证据如潮水般出现，导致各国决定开战。

戈登冲我露出痛苦的微笑。"来说说我的建议吧。你可以做证，说乔安妮做出了一些明显的行为或说了一些明显的话，表示她有兴趣与你发生性关系。你只要说这些就够了。而且，你这样一说，也不会被牵扯进来。到了这一步，就可以结案了。你可以承认犯过一些不相干的小过错，接受判决，然后继续过你自己的生活，多简单啊，你难道不愿意为了爱丽丝这么做？"

见我没有回答，他沉下脸。"听着，我已经尽全力帮你了，杰克。我这么做是要担风险的，你却好像一点也不感激。你可能还不知道有一本辅助手册，上面写明了契约组织的执行要求。辅助手册不是给会员看的，而是给我这样的执法人员准备的，我就是按照辅助手册来执行我的职责。这次的案件中涉及主管人员的妻子，所以情况非常特别。为了行事方便，内尔安排我们掌握了很多技巧。我们每次使用新办法，都需要申请法官的指令，而我已经得到了授权。我不能向你透露得到授权的具体方法，但我可以告诉你，你肯定不情愿让我们在你身上用这些新办法。"他的脸变得很红，"如果你只是抱着受到误导的利他主义，那我向你保证，乔安妮肯定也不愿意体验我们的新办法。"

"你现在说的是，要想救我自己和乔安妮，唯一的办法就是撒谎。但如果我撒谎了，说了你想要我说的话，那我怎么才能知道，对乔安妮的惩罚不会更残忍？"

"我认为你只能相信我。"

我抬头看看玛里耶，希望他能给我提供一些引导，但他只是盯着地面看。

"杰克，有这样一条硬性的原则，那就是在受到指控之前，我们只能把你关在这里六天。一旦你被起诉，我们有一个礼拜来准备调查预审。你可以要求延长时间，但我不能。你清不清楚我为什么要告诉你这些？"

"不清楚。"

"那表示我们必须在未来三到四天内达成共识。我必须很快加大力度，其实我是很不喜欢这样的，我知道你也不喜欢。在我以前工作的时候，我可以慢慢来，把犯人关上几个礼拜。我可以逐渐了解他们，慢慢地惩罚他们，确保我们达成的共识牢不可破，真实可信。"

"听着，我已经很多年都没见过乔安妮·查尔斯了，我们之间没有任何关系。不管你问我多少次这个问题，事实都不会改变。我不是奸夫。"

我们注视着彼此，显然我们进入了僵局，我看不到任何出路。"我能给我妻子打电话吗？"

"是的，或许这是个好主意。"

戈登从后兜里拿出一部手机。我背出爱丽丝的手机号码，他输入到手机里，并打开免提功能。

我不知道她在什么地方，我还意识到，我压根就不清楚今天是礼拜几，此时是几点。

"喂？"

过去几个小时发生了那么多事，一听到爱丽丝的声音，我几乎无法自持。

"杰克？是你吗？"

"爱丽丝。"

我能听到背景中有办公室的声音，随即响起一声关门声，背景中静了下来。"杰克，你受伤了吗？你在哪儿？我能去接你吗？"

"我还在芬利。律师不在我旁边，但我身边有别人。我在接受审问。"

我听到她惊恐地倒吸一口气。"法官怎么说？"

"我还没见到法官。他们就是不停地问我问题，还逼我撒谎。"

电话里安静了良久。更多开关门的声音和电梯声响起，然后电话里传来了街上的车流声。终于，爱丽丝说道："那他们想听什么，你就说什么好了。"

"可他们要听的是谎言，爱丽丝。"

"杰克，你就当是为了我，为了我们的婚姻，他们要你说什么你就说好了。"

然后，戈登关掉了免提功能。玛里耶走出房间，关上了门。

"你现在准备好和我谈谈了吗？"

"我要考虑一下。"

"回答错误。"他说着站了起来，他的动作太快，都把椅子掀翻了。"时间到了。"他大步走出房间。灯熄灭了，我坐在黑暗中，迷惑不解，心里充满了不确定，我感觉好像依然能听到爱丽丝的声音在墙壁之间回荡。

几分钟后，灯光再次亮起。一个留着大胡子、身穿黑色制服的男人走了进来。他看起来既像个水管工，又像个会计。"看起来你是第一个实验对象。"他拿着一个黑色帆布袋，"我先说声抱歉，你要是问我疼不疼，那我可以肯定非常疼。"

水管工把两个金属环套在我的手腕上，然后，他俯下身，把我的裤腿向上拉，又把两个金属环套在我的脚踝上。我欣慰地看到他站起来走开了，但我感觉到他就在我身后。他把一个橡胶球塞进我的嘴里，用系带将其固定住。"很高兴见到你，杰克。"他说完便离开了房间。

等到戈登拿着一台笔记本电脑回来，我只觉得嘴里干巴巴的，下巴疼得厉害。"现在我们给你上的措施是升级级别的第四级。"他告诉我，"真抱歉这样做。"他按了按键盘上的几个按键，随即抬起头来。"你可能猜到了，你手腕和脚踝上的那些东西是电极。"

我没猜到。

"我把程序设定了一个小时。每隔四分钟，你的肢体就将受到电击。这个程序是随机的，所以完全预料不到哪个肢体将受到电击。好吗？"

不好。一点也不好。我的口水从橡胶球周围流到了下巴上。

"抱歉在你的嘴里塞了橡胶球，那是用来保护你的牙齿和牙龈的。总之，程序将在四分钟后启动。就算你想谈，我现在也无法将其停止。"

我摇摇头，试图在含着橡胶球的情况下说话，但我的舌头根本派不上用场。

"一个小时后见。"戈登说，"在升到五级之前，我们还有机会谈话。"

"求你了。"我想的就是这个，我想把这句话说出来，但我的发音含含混混。

灯熄灭了。有那么几分钟，什么事都没发生，说不定他只是在吓唬我，说不定戈登并不知道如何操作那个该死的程序。跟着，一股电流击中了我的右脚踝。疼痛感蔓延到我的腿上，随即传到了我的整个身体。我闻到了烧焦毛发的气味。我吃不住痛，大叫起来，或者说，我试着大叫来着。口水向下滴落，我满嘴都是橡胶味，我的呼吸变得粗重起来，我的脑袋嗡嗡作响，我不知道这是因为电击，还是因为我害怕下次电击。

下一次电击击中了我的另一边脚踝，我浑身上下都被汗湿透了。我又闻到了毛发烧焦的气味，我再次尖叫起来。这是我头一次感觉这么疼，我甚至从未想象过会有这么剧烈的痛苦。我的连体服被汗水和尿液浸透了，我嘴里的橡胶球几乎被我咬碎。还剩下十三次。

在第六次电击后，我昏了过去。下一次电击传遍我的身体，我惊恐地清醒过来。房间里弥漫着焦肉、尿液和大便的恶臭。我的脑袋耷拉在桌子上，我的大脑空空如也，只记得这深入骨髓的痛苦。

等到戈登终于回来的时候，我看到他，竟然觉得如释重负，我不由得为此愧疚不已。

玛里耶在戈登后面进入房间。这次，他注视着我的眼睛。我看到他的眼神有些异样，那是恐惧，还是怜悯？抑或厌恶？

戈登若无其事地拉过一把椅子，坐在上面。他嗅嗅房间里的气味，露出一脸苦相。"不要为了无法控制身体机能而觉得尴尬，杰克。我向你保证，这都是自然反应。我们是不是应该进入五级了？"

我发现他以前肯定也这么干过，我觉得到最后结果都是一样的。

我拼命摇头，但我不确定我的头有没有动。"不……"我喃喃地说，令人恶心的唾液和橡胶几乎令我窒息。

"什么？"

"不要！"

他笑了，看来是发自内心地高兴。"那好吧，你的选择不错。"

玛里耶把门打开一道缝，对一个我看不到的人说了什么。片刻后，水管工回来了，他摘掉了我的口塞。他正要解开我手腕上的金属环，但戈登阻止了他。"先戴着吧。"

水管工没有说话，他只是叮叮当当地收拾好他的东西，走出了房间。

戈登掏出他的苹果手机，轻轻地把手机放在我们之间的桌面上。他拿出一条干净的白毛巾，擦掉我脸上的汗水。"好点了吗？"他问。

我舔舔嘴唇，我尝到了金属味、橡胶味和血的味道。

"你肯定很想清洗清洗。"他说。

我勉强点点头。我的身体仍在颤抖，我的膀胱都清空了。我坐在自己的尿液和粪便中，屈辱不堪，痛苦难当。

"很快就好。"戈登安慰道，"我保证。"

即便我知道这一切对他而言不过是个残忍的游戏，我在一定程度上却还是对他温柔的语气做出了反应，我迫切希望相信他说的是真的。

他把一个标准拍纸簿放在手机旁边。"你只要回答是或不是就可以了。"他说着按下手机上的录音按钮。他读出拍纸簿上的内容："你以前和乔安妮·查尔斯发生过性关系吗？"

"是。"

"你在将近两个月前的契约组织派对上见到她了？"

"是。"

"一个礼拜后，你又和她见面了？"

"是。"

"你是否密谋和她在希尔斯代尔美食广场秘密见面？"

"是。"

"你在希尔斯代尔美食广场见到她了吗？"

"是。"

"你请她吃午饭了？"

"是。"

"她是否对你性骚扰？"

"是。"我嘟囔着说。

"你说什么？"

"是。"我更清楚地说。

"你和她上床了吗？"

"最近吗？"

"你只需要回答问题。"

"是，我和乔安妮·查尔斯上床了。"

"请把这句话重复一遍。"戈登把电话向我这边推了推。

"是，我和乔安妮·查尔斯上床了。"

"你是否于三月十七日在加州伯林盖姆市的一家酒店与乔安妮·查尔斯发生了性关系？"

我望着他的眼睛，试着说出他想听到的话。五级，那意味着什么？无数念头在我的脑海里转动。这是不是又是他们的花招？如果我招供，他们是否将以我的证词为理由，把我送去他们送艾略特和艾琳去的地方？甚至更糟，他们是否会把我的证词放给爱丽丝听？他们是否会让我心爱的妻子弃我而去？哪个更加危险，是假证词，还是真相？

有件事是我明确知道的：我不能失去爱丽丝。

最后，我说："不是。"

他的眼里顿时燃烧起两团怒火。他扭头看着电脑，飞快地按了几个键。他把刚才给我擦脸的毛巾交给我。"你可能想要咬着这个。"

"求你了，不要。"我央求道。

他看着我，咧开嘴笑了。"三十秒。"他说，"你是否在伯林盖姆的凯悦酒店和乔安妮·查尔斯发生了性关系？"

我大汗淋漓，脑海里一片空白。我还没来得及回答，就感觉电流击中了我的身体。我呻吟着从椅子上跌落，摔倒在地，手铐勒进了我的手腕中。

"三十秒。"戈登说。

我躺在那里，不确定我是否还活着。

"十五秒。"

我的大脑火烧火燎的。

"十秒。"

我盯着地上的一个东西，一只鞋，是戈登的鞋。

电流从我的左腿传到我的胸口，我在地上打滚，我闻到我的皮肤烧焦了。我抬头看着玛里耶，流露出央求的眼神，却连一句话都说不出来。他皱起眉头，别开了目光。

我现在在桌子底下，鲜血从手腕上的伤口流到了手臂上。我第一次注意到，我身后的墙壁可以反射影像。是谁在监视我？

电流消失了，有人拆开了我手上的金属环。我一动不动地躺在我自己的尿液中，不知所措。我真想死，这个念头叫我震惊不已。我宁愿死，也不愿意再经历一次电击。

"救命。"我小声说。

我在这里躺了多久？一个小时？一天？门开了。

"够了。"内尔说。

"现在还不是时候。"戈登道，"就快有结果了。"

"跟我来。"内尔说。我觉得他是在说我。我试着移动，却无法做到。但在此时，戈登跟着他走出了房间。"救命。"我又说道。

"你只能自己救自己。"玛里耶说。他走出去，轻轻关上了门。我现在很肯定地明白了一件事，那就是玛里耶不会为我做任何事，念及此，我心下一沉。这里的人都不会救我，他们只会听命行事。

在随后一段时间里，四下里鸦雀无声，这是安静时间最长的一次。

终于，门又开了。伊丽莎白·沃森看似行色匆匆地走了进来，然后，她看到我躺在地上，惊呼道："老天，他们都对你做过什么？"

她扶我起来，显露出痛苦的表情。屋子里臭气熏天，我的衣服上都是污渍，我为此尴尬不已。她把手伸进手提袋，交给我一瓶水。我渴坏了，但我几乎握不住水瓶。我费尽九牛二虎之力，依然打不开瓶盖，伊丽莎白轻轻地从我手里接过水瓶，拧开瓶盖，把水瓶举到我的嘴边。我一口气喝光了整瓶水，水顺着我的下巴往下流，她交给我一件新的连体服，衣服上面放着一条整齐叠放的白色内裤。"真对不起，杰克，你现在可以去清洗一下了，跟我来吧。"

我跌跌撞撞地穿过走廊，无疑留下了一串污秽的痕迹。她停在一扇门前，门上写着淋浴室几个字。我走进去，站在温热的水下。我在水下站了很久，到最后，水都变凉了，我才穿上干净的衣服。

伊丽莎白一直站在淋浴室外等我，她从手提袋里拿出一袋 M&M 牌花生酱，倒了一些在我的手心里。我早就饿极了，可当我去吃甜甜的花生酱，却弄得整张脸都疼了起来。她一言不发，我们走进她的办公室，关上了门。

"放松一下吧。"她指着椅子说。

我瘫坐在椅子上，闭上双眼。我听到伊丽莎白拉下了百叶窗，锁上门，打开了音乐。惊惧之泪乐队唱起了《每个人都想统治世界》。我这辈子都不可能再像这样听这首歌了。

她把音量调大，拉过椅子坐在我身边，我这才发现音乐声盖过了她的声音，以免被别人窃听。

"我一直在找你，可就是找不到。"她小声道，"他们不肯告诉我把你带去了哪里，我就到处找，打了很多电话。最后，我只好向法官申请禁止令。他们推三阻四，我就知道，不管他们对你做了什么，情况都不太妙。"

我看了她一眼，意思是"你根本不了解内情"。

"法官同意他们对你使用强化手段，我从文件上看到了他们经授权所使用的手段。"她握握我的手，"我真的很抱歉。"

"我能回家吗？"我的声音听起来是那么陌生。

"我很抱歉，暂时还不行。他们对你的评价都很负面，然而，因为他们的要求中涉及违规行为，我们或许得到了一些有利的机会。"

我仍旧弄不清伊丽莎白·沃森的底细。她的衣着过时，骨瘦如柴，但她举手投足间的自信告诉我，她是个真正的律师，而且有多年的从业经验。

"你在这里工作吗？"我的下巴很疼，我的全身都疼。

她用异样的眼神看着我："不是。"

"你是契约组织的成员吗？"

"是的，我入会八年了。我和我老公住在圣地亚哥。"

她向我这边靠了靠，她的嘴距离我的耳朵只有几厘米。"我们不应该谈论这个。我来这里是因为信任违规，我对我的伴侣没有适宜的信任。"

"那在私设法庭上做我的代表律师，这就是你受到的惩罚？"

"是的，这是我第一次违规。我认罪了，并且同意服务十二天。平时，我在世纪城为一家国防公司处理审判工作。你算是找到了好帮手，我的收费可是很贵的。"她说完笑了笑，"不过，对你免费。"

伊丽莎白·沃森的身上有股榛子洗发水的气味，闻起来很舒服。我恨不得将我的头搭在她的腿上，美美地睡上一觉。

"我妻子也是律师。"我说。

我想象爱丽丝在家里，穿着法兰绒睡衣裤，喝咖啡，读书，坐在桌边望着大门，等我回来。我并不后悔和她结婚，即便是现在，即便是今天，即便我的身体仍像是在受电击，即便我的脑袋疼得厉害，无论好坏——现在肯定是属于坏的情况，但我不后悔。

我再次闭上眼。爱丽丝，我梦到了爱丽丝。

我梦到我们度蜜月时的情形，我梦到了我们的婚礼，我梦到了我们那次去卖她父亲的房子，我一直把求婚戒指揣在衣兜里。刚送来的时候，那枚戒指看起来不过是一个金属环箍上有一块闪亮的石头，就是个简单的物件，我觉得它是很好看，却贵得离谱。然而，在飞机上，以及那之后的日子里，戒指好像拥有了魔力。我想到了戒指具有的力量，我把戒指套在她的手指上，就是施加了咒语。

我觉得那枚戒指就像个法宝，可以把爱丽丝变成我的人，看起来是那么简单。现在，我看清了我当初那个计划的本质，真是太过天真，太过阴险了。

我睁开眼，就见伊丽莎白坐回到办公桌边，正在标准拍纸簿上做记录。她发现我在看她，便对我笑笑。"十二天本应该很容易混过去，头十天的确如此。所有人都抗辩，一切都直截了当。我尽我所能为他们服务，大多数情况下，他们都很感激我。"她用笔敲敲拍纸簿，"现在我接了你的案子。"

"对不起。我能给我妻子打电话吗？"

她在拍纸簿上写了什么，然后举起来给我看。这主意不太好！她把那张纸团成一团，然后摸摸耳朵。有人在窃听。

音乐还在播放，现在是史班杜芭蕾乐队的歌。

她又过来坐在我旁边，并且探身过来小声对我说："那个法官就是个白痴，他是第二巡回法庭的法官。我想象不出他做了什么，才来到这里。我看过他的判决，他青睐妥协，喜欢那些尽量解决问题的人，我们真的需要辩护。"

"我只要离开这里。"

"杰克，在你的婚姻中，"她说，"你做过哪些错事？"

我想了想："我应该从哪里说起？"

在认识爱丽丝的前一个礼拜，我在海滨牧场租了一栋房子，那个地方在旧金山以北的一片沿海地区，车程三个小时。这是我给自己的礼物，庆祝我在诊所里辛辛苦苦熬了一年，终于完成了实习。我从网上选了一栋位于山上的小屋，没有卧室，只有一个阁楼和厨房。

在开车上山的途中，我去了佩特卢马的书店和莎巴斯特堡的馅饼店，又在盖尔南维尔买了些日常用品，然后，我驱车沿着蜿蜒的海岸公路行驶。

公路边就是紧挨太平洋的高耸悬崖，但我把车开得飞快。我应该在瓜拉拉一家飙车族酒吧附近的租赁公司去拿钥匙和签合同，然而，当我来到租赁公司，却发现里面空无一人。我坐在那里看房地产杂志，等了半天，才看到一个肤色苍白的年轻女人走了进来。当时是冬天的一个礼拜二，看起来好像他们已经有好几个月都没租出去一栋房子了。

这时候下起了瓢泼大雨，她开始给我找钥匙。她一共找了二十分钟，其间连连向我道歉，到最后终于承认出了岔子。我预订的那栋小屋前一天刚做了熏蒸消毒。她给了我一串钥匙，让我去一个叫双岩的地方，并给我指了路，便把我打发走了。就在我走出大门的时候，她说："我有预感，你肯定喜欢那里。"

我沿一条高速公路向山下开了五英里，这期间只有一轮圆月和满天繁星给我照亮，我开到一条漆黑的公路上，两侧的桉树投下了浓重的阴影。我沿公路转弯，进入一条车道，车道尽头是一个大院子。院子里有栋大房子，大宅临海而建，两侧各有一个旅馆。进入院门，我看到了一个室外的滚球场地，球场周围有一个豪华的热水浴缸和一个散发着雪松香气的桑拿房。

我本应该大喜过望，毕竟我将一个人独享这么宽敞的豪宅。可这个地方太冷了，连个人影都没有，我这辈子第一次感觉到了彻底的孤独。

客厅面向大海，有一扇巨大的落地窗，中间放着一架望远镜，一个书架上摆着一摞关于鲸鱼迁徙路线的书籍。到了第二天，我花了一早晨盯着望远镜，等着看是否有迹象显示鲸鱼的喷水孔缓缓地沿海岸线移动，但是我什么都没看到。

那栋出租屋里不时传出空洞的响声，巨大的电视机的响声在空荡的走廊里回荡，海浪时刻不停地冲刷着岩石。在我和爱丽丝开始谈恋爱之初，这些情形不断地出现在我的脑海中。对海滨牧场的记忆使我更需要她，它让我盼望下班后可以在家里看到她，盼望和她一起共度周末，和她一起躺在床上。那段记忆让我不能没有她，而我从未对任何人有过如此强烈的渴望。

伊丽莎白摇晃我的肩膀。"还有两分钟就六点了，杰克。"

"现在是早晨还是晚上？"

"晚上。"

"明天上午九点开庭。"她告诉我。她身后的办公桌上摆满了文件。"他们现在要带你回牢房了。开庭前两个小时，他们会把你送回来。"

就在此时，敲门声响起。伊丽莎白看着两个穿灰色制服的男人把铁链穿过我的束带圈，然后连接在我的手铐和脚镣上。

"不用担心，杰克。"伊丽莎白注意到我的难堪，便说道，"我们都经历过这些。"

我回到原先的牢房，灯光显然更亮了，我还注意到他们把热度也调高了。牢房里依然只有一床薄被和一本破旧的《手册》。牢房里太热了，就跟蒸桑拿一样。一个小时后，我的连体服便被汗湿了。后来，有人从门上的开口送进来一个托盘，上面有一碗奶酪通心粉和两瓶冰岛矿泉水，而且是松露奶酪通心粉。我的下巴依旧很痛，看到食物只有那么一点点，我就知道厨师以前肯定是在昂贵的餐厅里上班。真好吃。

到了第二天早晨，我等了像是好几个小时，牢房门才打开，一个警卫押我去了伊丽莎白的办公室。她又给了我一套干净的连体服，这次是黄色的，还给了我一瓶水。我站在一角换衣服，她则一直盯着电脑屏幕、打文件。

我坐在椅子上等着。过了一会儿，她抬起头："我们说不定终于可以达成协议了，杰克。饿了吗？"

"饿死了。"

她打了个电话，几分钟后，一个身穿制服的女人用托盘端来了吐司、果汁、酸奶、培根和炒鸡蛋，做这些的显然不是昨晚的那个厨师。我慢条斯理地吃着早饭，品味着食物的味道。

到了楼下，我看到法庭就跟真法庭一样，有陪审团席和速记员位，原告席在一侧，我和伊丽莎白在另一侧，几个观众在长椅上窃窃私语。我们分别落座，交谈声平息了下来。然后，一个女法警说道："全体起立，法院现在开庭。"

法官从一扇侧门走了进来，他留着一头银白头发，戴着厚眼镜，穿着传统的黑色长袍，看起来就像是电视里那些扮演法官的演员。他坐在法庭前面，没有说话。书记员递给他一份文件。

他在那里看文件，我们都默默地坐着。我拉拉黄色连体服的衣领，这件衣服的式样与红色那件是一样的，但面料不同，穿上感觉很痒。我很想知道这衣服是不是特制的，为的就是让被告在法庭上不自在。在我们等待的当儿，那个穿着西装、不苟言笑的公诉人时不时低头看一眼手机。

法官终于看着我。他打量了我片刻，"你好，朋友。"他说。

我颔首作为回答。

"早上好，各位律师。"他说，"我知道我们已经达成了协议，要对两项控罪进行抗辩。"

"是的，法官大人。"公诉人说。

法官拿起文件，却戏剧性地把文件掉在了桌上。"这些文件真厚啊。"他说道。

那些文件都是关于我的。里面写了什么？我和爱丽丝才结婚六个月，我真的是个糟糕透顶的丈夫，竟然要用这么多张纸来罗列我的罪名？

"是的，法官大人。"公诉人表示同意，"现在有些问题需要解决。"

"文件中的内容非常严重。"法官说道，"尽管有一项重罪三，但一共只对两项控罪进行辩护，看起来还是挺出人意料的，是吗？"

"那个……"公诉人有些局促不安。

"我原以为至少还要对另外几项控罪进行抗辩,你是不是让被告律师利用了?我必须说我很惊讶。"

我瞥了伊丽莎白一眼,她的表情一直都让人捉摸不透。

"法官大人,"公诉人说道,"在这次极为特殊的案件中,我相信对两项控罪进行抗辩是恰如其分的。"

法官没有说话,他再次翻看文件。除了沙沙的纸声,法庭中一片沉寂。我觉得所有人都有点害怕法官。我还发现,尽管这里有法官的黑袍、法警和所有司法系统里常见的标志,但这个法庭依然是那么超乎寻常。就连律师都是战战兢兢的,他们随时都有可能沦落到我所坐的位置,为那些对他们自己的莫须有的指控进行抗辩,为他们犯过或是没有犯过的罪行而受到惩罚。

最后,法官把文件塞回文件夹。他摘掉老花镜,看着我。"杰克,你很幸运。"

我怎么不觉得自己幸运?

"就在上个礼拜,我们的被告辩护律师来自洛斯达,是个唯利是图的低级律师。依我看,他根本无法像沃森太太这样,为你争取到现在的结果。"法官似乎有些泄气,但决心坚定。跟着,他道:"请你站起来。"

我站起来,我身边的伊丽莎白也站了起来。

"杰克,你被控犯有以下罪名:一项重罪,即占有欲太强,根据是第九部分第四单元第一到第六段;一项轻罪,即寻求反契约组织的宣传,根据是第九部分第七单元第二段。你有权要求其他犯人组成陪审团。你如何抗辩?"

我看了伊丽莎白一眼,她对我耳语几句。

"我对这两项指控都认罪,法官大人。"我说。

"你是否明白,做出这样的抗辩,如果在宣判后你改变主意,将没有机会上诉？"

"是的，我明白。"

"你是否熟悉《手册》中有关占有欲的教导？"

"是的。"

"你认为占有欲是什么？"

"表现出控制配偶的欲望。"

"你认为这个说法充分描述出你的行为了吗？"

"是的，法官大人。在我求婚的时候，我本来的意图之一便是深深扎根于这种欲望。"

"你是否清楚，上网搜索信息以诽谤或是污蔑契约组织，是一种我们无法容忍的罪行，不然会有损契约组织的名誉，并且会破坏你的婚姻。"

"我清楚，大人。"

"很好，杰克，我接受你的抗辩。按照第九部分第四单元第一到第六段，你被判犯有占有欲罪，你知道，那是重罪三。按照第九部分第七单元第二段，你被判犯有寻求反契约组织宣传罪，那是轻罪四。这两项都是严重的罪行。鉴于这是你第一次触犯这两项罪名，并且主动认罪，现对你宣判如下：在六个月内，每个礼拜接受经认证的契约组织导师进行的辅导，该导师由你的区域协调人挑选而出；在一年内，要参加我们的长期咨询项目；照惯例判处你支付一百美元罚金；除发邮件外，三个月内禁止上网；你在芬利这四天作为已服刑期。"

已服刑期，这表示我很快就能离开了。我长出了一口气，膝盖有些发软。

然而，他继续说道："关于你的文件很厚，其中谈及的控告令我十分不安，我的直觉告诉我，你很有可能再次犯罪，所以，我还要做出如下缓刑判决：一年居家监禁，一年一级移动监禁，在芬利连续关押三十天。虽然我现在决定判处这些缓刑判决，但要将其作为激励，每天都要行得正坐得端。如果任何时候我注意到你开始质疑契约组织，如果我发现你继续与契约组织过去和现在的敌人交谈，或是做出类似不恰当的调查，你还将被送回这里。而且，我向你保证，杰克，你之前受到的惩罚就跟小孩子玩游戏一样。"

我直视前方，尽量不把我心里的恐惧显露出来，可实际上我的心直往下沉：我永远都没有重获自由的那一天了吗？

"杰克，"法官继续说，"我不清楚文件中对你的指控是否真实，我也不打算就此盘问你。坦白说，你的态度叫我很不安。契约组织和你的婚姻是同一回事，没有尊重和顺从，就没有成功。你加入契约组织只有很短一段时间，所以我会对你宽大处理。但你也看得出来，我的仁慈是有限的。契约组织凌驾于我们之上，没有人可以超越契约组织。你要与契约组织和平共处，现在就要和解，不是五年后，更不是十年后，这样做是为了你自己好。用不着去别的地方，看看你的周围，这座监狱的墙壁非常坚固，里面的人都有强大的影响力，契约组织的势力范围要比你知道的还要大。最重要的是，我们坚定不移地衷心相信我们的使命完全正确。在契约组织中找到你的位置，在你的婚姻中找到你的位置，那样的话，你每天都能得到奖励。"

"是的，法官大人。"

法官敲了敲槌子，站起来走了出去。

我和伊丽莎白收拾东西，等着法庭里的人都离开。等速记员终于收拾好机器离开了，我扭头看着伊丽莎白："一级移动监禁是什么意思？"

"我会去调查一下的。"她看起来很严肃，而且很担心，"我不知道你都做了什么，也不清楚你得罪了谁，但你必须改正。如果你在这里把事情搞糟了，我想没人能帮你。"

我和伊丽莎白站在法庭前面的过道里。一面墙上挂满了奥尔拉的黑白照片，从照片里可以看到她站在崎岖的海岸线上，身后是雾气弥漫下的一栋小屋。另一面墙上挂着许多夫妇在婚礼上的照片，他们都是大人物，在这些照片拍摄出来的时候，他们自然不清楚等待他们的是什么。

伊丽莎白的手机振动起来。她看看手机里的短信。"你的飞机准备好了。"她说完便带我向另一扇门走去。

外面很亮，有那么一刻，我什么都看不到，然后，我发现我们来到的正是我走进这场噩梦的地方。忽然，芬利让我想到了我在嘉年华会上很喜欢的游艺项目：有情侣隧道，还有奇幻屋，都很恐怖。一个守卫交给我一个密封塑料袋，里面装的是我的为数不多的一些私人物品。

"我们就在这里分手吧。"伊丽莎白说。

我感觉她很想拥抱我，但她只是向后退了一步。"一路平安，朋友。"

我走进男士卫生间，飞快地脱掉连体服，穿上我自己的便服。在出去的路上，我从一面镜子边走过，镜子里的影像把我吓了一跳，我向身后看了一眼，还以为会看到一个留着光头的陌生人，然而，我意识到镜子里的陌生人其实是我自己。

我走出卫生间，依然不敢相信他们就这样放我走，但两扇前门已经为我打开。我穿过长走廊向跑道走去，我很想跑，但我不愿意让别人觉得他们放我走是个错误。等我终于走到最后一扇门，我看到跑道上有一架塞斯纳航空公司的飞机，但愿那就是为我准备的飞机。

我转动门把手，但门是锁住的。我看了一眼摄像头，但什么都没有发生。时间在一分一秒过去，被关在上锁的门内，让我越来越紧张。

一架更大的飞机落在跑道上，停在那架飞机旁边。飞机的引擎声停止，一扇门缓缓地打开。一辆面包车转过弯，停在飞机边上。面包车车门滑开，两个穿着一模一样深蓝色裙子的年轻女人从车上下来。不，不能说她们是女人，她们看起来也就十六七岁。比起别人的制服，她们的制服又短又紧。我感觉她们是在举行特殊的欢迎仪式。

我看到地平线上出现了一辆高尔夫球车，正向我们移动过来。司机是个女人，乘客是一个穿着西装的男人。一只穿着监狱拖鞋的脚迈下了面包车，从车门处可以看到红色连体服的边缘，跟着，边缘被提了上去，露出一截赤裸的脚踝。我也不知道是为什么，但我知道那个人是乔安妮。

两只纤细的手臂出现了，手腕上戴着手铐。然后进入眼帘的是那个人的头，她还戴着黑色头罩。两个年轻女人架着她的手臂，带她向那架大飞机走去。就在乔安妮摇摇晃晃穿过跑道的时候，黑色头罩向我的方向转了过来。她看得见我吗？我很害怕，像是被催眠了，看着她拖着脚走向飞机。她这个样子，都是我造成的吗？

她费力地走向舷梯，走进飞机不见了。

高尔夫球车开过来，停在上锁的门外。那个男人下车，他背对我站在那里，距离我只有三十厘米。他身着昂贵的定制西装，脚穿意大利皮鞋。有那么一会儿，所有人都没有动。

那个人终于转过身来，是内尔。

"你好，杰克。"他说着从衣兜里拿出一个钥匙圈，"你在这里还愉快吗？"钥匙圈上只有一把钥匙。

"不太愉快。"

"下次，杰克，我们就不会这么好客了。"

钥匙在阳光下闪烁着光亮，将光线反射到他的西装上。他的衣服有种很讨人厌的光泽，他的额头显然注射过很多次肉毒素，我想象不出乔安妮到底看上他哪一点。

他直视我的眼睛。"有人坏了规矩，"内尔说道，"就得付出代价。只有这样，平衡才能恢复，平等才能重新实现，而契约组织就跟婚姻一样，才能向前发展。"他把钥匙插进钥匙孔，但没有转动。"都是因为你，现在情况严重失衡。你和爱丽丝失去了平衡，我和乔安妮失去了平衡，更重要的是，契约组织失去了平衡。"

内尔转动钥匙，门滑开。

"除非恢复平衡，否则我的心总是悬着，放不下来。明白吗？"

我没有回答。

他的语气很熟悉。"你会看到飞机上装备齐全。"然后，我听到他在我后面说，"来瓶胡椒博士饮料吗，杰克？"

在我心里，我按照往常的样子，回答了他的话：好吧，听起来真不错。

就在此时，我恍然大悟，在伍德塞德的派对上，我为什么觉得他很眼熟。上大学那时，我一直不知道他叫什么名字，始终都当他是"斯普尔宿舍里那个要跳楼的人"。乔安妮竟然嫁给了她从楼顶上劝下来的男孩。她嫁给了她救的男孩，弗洛伊德知道了这件事，会怎么说？

那她为什么告诉我，她是在一起车祸后认识的内尔？她为什么对我撒谎？

我步履稳健地向飞机走去，看着乔安妮的飞机在跑道上滑行，升入空中，然后，消失在炽热闪亮的荒漠中。

16

飞机的轮子落在半月湾的跑道上，机身有些颤动。我拿起密封塑料袋，谢过飞行员，便摇摇晃晃地下了舷梯。

走进咖啡馆，我依然头昏眼花，饿得肚子咕咕叫。我坐在角落里的一张桌边。穿着复古制服的女招待把一份菜单放在我面前，"照旧？"她友好地说道。

"是的。"我答，惊讶于我来这里的次数竟然多到连服务员都记住我喜欢吃什么了。

她端着法式吐司和一片培根走了回来。

我吃完东西，把手机开机。过了一会儿，手机才开启。开机后，我注意到主屏幕上有一个新图标，那是个很小的蓝色字母 P。我想把它删除，却无法做到，图标消失一会儿后便会再次出现。手机里有很多条短信和几条语音信箱留言，我没有看那些东西，只是拨打了爱丽丝的电话。

"我回来了。"她都还没开口，我便说道。

"你没事吧？"我听到背景里有她的办公室的声音。

"应该是。"

"我三十分钟后到你那里。"

我走到店外，找了张长凳坐下。有很多架飞机在我头顶上方盘旋，一辆黑色雪佛兰萨博班汽车停在停车场一角。

我听到爱丽丝那辆旧捷豹转下高速公路，她的车子发出的声音与众不同。她把车停在我身边，探身过来打开副驾驶门。我抓起塑料袋，坐在她身边。她抚摸着我的光头，同情地看着我，然后把车驶出停车场，回到高速公路上。

那辆雪佛兰缓缓开出停车场，在我们后面开上了高速公路。

爱丽丝穿着她最喜欢的裹身裙，穿上这件裙子，能突显出她的纤细腰肢、圆润的美臀，并且能露出一点点乳沟。我们开进隧道，向着太平洋的方向前进，这时候，我把手伸到她的裙摆下面，将手掌放在她赤裸的大腿上，她摸起来是那么暖。我清晰地记得我是怎么走到现在这个境地的，我的美妙婚姻，我刚刚经历的可怕噩梦，这一切都是始于那个触摸，她的皮肤让我感觉异常温暖，异常平滑。

我从车子侧视镜看到了那辆SUV，我听到内尔的声音在我的脑海里响起：除非恢复平衡，否则我的心总是悬着，放不下来。

爱丽丝的苹果手机放在我们之间的操控台上，一个小小的蓝色字母P在上角闪烁着。

在开车回家的一路上，爱丽丝什么都没问，我也没有给她讲我的遭遇。我还没有准备好把我经历的事告诉她，我感觉她也没准备好听我讲。然而，在她把车停在车道上、探身过来亲吻我的脸颊之后，我伤心地意识到她并不打算和我一起进去。此时此刻，我急切地盼望和她在一起。

"真抱歉。"她说，"明天有个重要的案子开庭。我晚点回来。"

夫妻分开很久之后，需要花一段时间才能重新融合在一起，我就是这么对我的病人说的。在电影和文学作品中，"真命天子"和"真命天女"这些有缘人像是在魔力的影响下在一起的，但是，那些自然都是假的。对有些人而言，"真命天子"有很多，对于另一些人，根本就没有什么"真命天子"。就跟原子一样，夫妇结合在一起，都是时机和环境的促成，而不是因为魔力。

当然了，魔力还是有的。和原子一样，只有在互相吸引的情况下，夫妇才会结合，要有逻辑连接，还要有化学反应。然而，当两个人分开了，即便是最强的纽带也不可避免地消失，所以必须重新发现联系，重新建立纽带。

几年前，我在美国退役军人管理局实习。我最早遇到的病人中有个叫凯文·沃尔什的，他参加预备队，借此来支付大学的学费，但叫他惊讶的是，他竟然被派到了中东。一次服役期结束了，还有第二次和第三次等着他。等他返回旧金山，回到妻子和两个孩子身边时，凯文说他感觉自己好像进入了另一个人的生活。孩子们都表现端正，很有意思，他的妻子温柔可人，有吸引力，但他时时刻刻都觉得这不是他的生活，他感觉现在的生活是另一个人选择的，而他只是个冒名顶替要来维持这种生活的人。

我在家里转了转，重新熟悉我们的物品和我们的生活。家里乱糟糟的，显然爱丽丝没想到我今天回家。她在车库里的工作室整理过了，里面有两张椅子，两副耳机，两把吉他面对面立在一起。一张破烂的乐谱放在桌上，我拿起乐谱，徒然地看着那张纸上的内容，仿佛那上面的纵线和音符暗藏玄机，看懂了，我就能了解爱丽丝，但那种语言匪夷所思，我无法理解。

我很担心，不是担心我自己，而是担心爱丽丝。

来到楼上，我用全新的视角审视这栋房子：水槽里有两个盘子，两把叉子，沙发边上的地上有两个空酒杯。我感觉很恶心。我走到窗边，在街上寻找那辆黑色 SUV，但我没有发现。我抬头看着路灯，那盏灯一直在，它每天都在那里，所以并不显眼。但我现在注意到路灯顶部有三个小盒子，以前就有吗？

我不在的这段时间，这栋房子里到底发生了什么？更重要的是，契约组织一直都在监视吗？这是肯定的。爱丽丝怎么能这么大意？如果契约组织再次把她带走，那么到时候，她就将彻底改变。她或许会更忠诚，更顺从，但那不是我想要的结果。我想要爱丽丝，不止如此，我想要爱丽丝做真正的爱丽丝，不管是好的，还是坏的，我都要真正的她。这就是爱吗？

我打电话到办公室，通知他们我回来了。黄很惊讶："杰克先生，你到哪里去了？"

"随便走走。我理发了。"

一个笔记本打开着放在沙发上，吉他和扬声器散落在房子各处，蒂亚克四轨录音机放在早餐室的桌上，旁边还有一个笔记本，上面写着歌曲名。

在我们的床上，我发现了一个包装过的礼物，上面写着我的名字，是一张光盘。

我把光盘插进床头柜上的播放器，打开电源键，把耳机戴好，坐在床上，按下播放键。里面的歌是爱丽丝唱的，伴奏的有吉他、键盘、鼓，有的地方还出现了一套儿童打击乐器的伴奏音。背景中还能听到几个声音，不过也是爱丽丝唱的。那些歌很美，忧郁缠绵。

第五首歌是一首对唱歌曲。除了爱丽丝，还有一个男声。这又是一首关于男女爱情的歌曲，歌中诠释的关系很熟悉，我意识到歌中唱的是我和爱丽丝，只是感觉有些陌生。爱丽丝唱的是从她的眼中看到的我们两个的故事。男声唱的是我，自然比我唱得好。这两个声音显得那么亲昵，让这首歌听来令人深深地不安。每每唱出一句歌词之前，歌手都会吸一口气，这本来在最后的编辑中会被删除，却让我感觉我好像就在车库里。我尽全力将自己抽离出来，我想站在局外人的角度，想从一个对爱丽丝没有爱意的人的角度去听，但我做不到。

我还记得那天在楼梯上，艾瑞克知道我在，但爱丽丝不知道。我想到了他看我的眼神，他的眼中含有挑衅，不过有可能是我解读错了，也许我看到的是他对我的同情，也可能是怜悯，因为他知道一些我不知道的事。

我把光盘里的歌都听了一遍，随即又听了一遍。就跟在车库里的房间时一样，我感觉是在窥探我曾想象过却不曾真正见过的爱丽丝的那一面。

她用音乐把我的形象描绘得细致入微，偶尔显露出宽恕，并且非常诚实。

很久以来，我都是紧紧抓着爱丽丝，让她处在我的视线之下，只看我想看到的她。我鼓励我深爱着的她身上的特点，诱哄她发展这些特点，下意识地希望如果我忽略其他部分，那它们就会消失不见。当然了，在我离开的这段时间，那些部分便死灰复燃了。是的，爱丽丝又变成了爱丽丝，恢复了她那个完完全全的自我，这实在令人抓狂。我闭上眼睛，聆听她的声音。

过了一会儿，我听到厨房里有声音，我摘下耳机，爱丽丝回来了。我穿过走廊，看到她的高跟鞋散落在客厅的地板上。我闻到了鸡肉、大蒜和热巧克力的香气。闻着这些气味，我不由得感觉完美，感觉自己受到了欢迎，可跟着一种隐约的恐惧感渐渐逼近。我看向窗外，确认是否有可疑车辆停在街上。

爱丽丝穿着睡裤和印着柠檬头乐队字样的 T 恤衫站在烤炉边上，一只手拿着木勺煎黄油蘑菇，另一只手拿着一瓶啤酒。煎锅里一阵响，空气中弥漫着一丝油烟。我伸手搂住她的腰。

"啊，看看是谁死里逃生回来了。"她说。

我在她耳边小声说："你的歌很好听。"

她转身面向我，我从她手里拿过玻璃酒瓶和木勺，把它们放在厨台上。我拉着她从火炉边走开，来到厨房中央。我们站在那里，紧紧相拥着，慢慢地舞动。一开始，她身体僵硬，她的手搭在我的肩膀上，手背微微拱起，像是不愿意全身心投入这一刻，投入我的怀抱。过了一会儿，她的身体放松下来，她把头搭在我的肩上，双手慢慢地从我的背向下移动，将我拉近，我能透过我的衣服感觉到她的呼吸。"有些歌词，我很抱歉。"

我看得出来她还想说些别的，我只是抱着她，等待着。"还有其余的歌词。"她叹口气说，"对于其余的歌词，我也很抱歉。"

她的话像是在忏悔，既让人惊恐，又使人放松。如果这件事发生在我的客户身上，那我会恭喜他们取得了突破。我会告诉他们，诚实是好品质，是第一步。当然了，我还会提醒他们，现在真相已经公开，但事情可能尚未变好，就已经恶化了。

"你只要做你自己就好了。"我说，我觉得这是我的真心话。

爱丽丝跳起来，用双腿圈住我的腰，我现在是抱住了她整个人。我们有很久都没这么做过了，我都忘了她整个人挂在我的身上是多么轻。

真的很不可思议，但我和爱丽丝很快就恢复了往常的相处模式。我照常工作，她也投入到了新案件中。不过，她每天都会晚一点去上班，并且早一点回家。她回到家后，我很少看到她打开公文包，复查法律资料和做调查研究。在我们坐到沙发上看新一集的电视剧之前，她总是花一个来小时在她的笔记本电脑上打开音频工作站软件，戴着耳机，为她新专辑里的歌曲做混音、微调和审查。

我们很少聊起我离开的那段日子，我们没有说过我在芬利遇到了什么，也没有说过家里发生了哪些事，这就好像我们达成了某种默契。法官判处我一年移动监禁，但他没有多做解释。我等着被戴上手铐，但他们并没有那么做。我只能认为他们是在比以往更严密地监视我们。说不定他们在房子里装了窃听器，说不定他们在我的车里装了窃听装置。或许这就是一种残忍的心理博弈，让我处在未知的疑云中，其实与坐监狱差不多。

我的头发慢慢长了回来。头发长得越长，芬利似乎就像一个越发遥远的噩梦。

在工作中，我恢复了以往的模式，接待客户，为青少年和已婚夫妇提供咨询指导。我渐渐开始与那些已经准备好的客户把事情整理一番。治疗就跟所有漫长的谈话一样，也有起始、中间和结束。

在家里，我非常珍视我们几个礼拜以来找到的幸福、稳定、安全感和温暖。从爱丽丝的眼中，我看得出，她感觉更幸福了。我想象她惊讶地找到了一条隐秘的小路，让她可以将她性格中的不同方面融合在一起。感觉像是我们在慢慢地建立我们的关系，这种关系与其他关系都不同，但与契约组织描述的婚姻没什么不一样。

然而，我的大脑就像一台电脑，永远在后台中计算圆周率，我仍在脑海中急切地盘算如何想办法脱离契约组织。我感觉爱丽丝也是如此。

就在昨天晚上，我看到街角有一辆深色 SUV。前一天，爱丽丝看到街对面有一辆宾利。我们都很清楚必须做出改变，必须做点什么，但我们都没有把这话说出来。

礼拜二，爱丽丝得到消息，她以前的乐队阶梯的键盘手在大公路的一起摩托车交通事故中去世了。他今年四十出头，丢下了妻子和还在上幼儿园的双胞胎女儿。爱丽丝曾和他一起在一辆面包车里住了两年，到处巡回演出，所以这个消息对她打击很大。

礼拜六晚上，他们临时计划在山脚下表演场地举办一场义演。我提议让她一个人前往，但她坚持要我同去。到了礼拜六那天，我外出办完事回到家，看到她站在卧室的镜子前，我几乎都认不出她了。她的头发蓬乱，化着浓妆，穿着黑色超短裙和渔网袜，脚穿马丁靴，她很多年都没穿过这样的鞋子了。她看起来很美，但她竟能这么快就转换到昔日的她，叫我心里有些忐忑。

我也去换衣服，最后选了牛仔裤和一件旧的领尖钉纽扣的白衬衫。我们看起来极为不协调，就像是一对夫妇第一次出门约会，只是安排约会的朋友对我们两个不太熟，所以安排得很不周到。爱丽丝很紧张，生怕迟到。我们终于在六个街区之外找到了一个停车位，一路小跑着去了俱乐部。

进了俱乐部，爱丽丝立即就被一大群老朋友、熟人和粉丝团团围住，我则站在一旁看着。

音乐声响起，音乐人开始表演各种怀旧经典，各种歌曲混合在一起，听来怪怪的。有绿日乐队，有来自巴巴里航海者乐队的键盘手，有芩克·普罗菲，还有肯尼·戴尔·约翰逊，其他人看起来也有些眼熟。那些人看起来非常享受。悲伤和快乐的气氛交缠在一起，人们赞美他们故去老友的生前事迹，依然对他的死惊诧不已。音乐很棒，我看得出来，音乐人都是在全身心地演奏。然而，我已经很久没来过山脚下这样的酒吧了，所以，没过多久，我的耳边就开始嗡嗡作响。我环顾人群，并没有看到爱丽丝。

我在吧台拿起一瓶卡里斯托加酒，在后面阴暗处找了个靠墙的位置。我的眼睛适应了这里的光线，这才发现还有三个人靠着后墙站着，其中两个也在喝卡里斯托加酒，而且他们三个穿的也是领尖钉纽扣的白衬衫和牛仔裤，全都和我差不多年纪。他们八成都是有钱有势的人。

我是从什么时候开始变老的？

变老的过程十分缓慢，却很少有模棱两可的情况。在餐馆里，服务员会把账单放在你旁边；在工作中，开会的时候，只要出现了很难做出的决策，其他人首先都会听你的意见；太阳穴旁边的头发开始斑白，还会出现很多明显的迹象：有房子，要养车，不再交女朋友，而是有了妻子。

妻子。我终于找到了爱丽丝，她正和一些我不认识的人说话，那些人夹在我和她之间。尽管纷繁复杂，状况不断，我还是很满意自己的选择，我希望她也满意她的选择。

过了一会儿，四周的声音让我无法忍受，我只好走到外面。雾气扑到我的脸上，感觉很凉爽。我看到汽车在第十七大街上往来穿梭。

"听说你是个治疗师。"

我转身看到艾瑞克·威尔逊站在我身边。我现在看到了我那天在车库里没有注意到的细节，这可能是因为当时我的注意力都在爱丽丝身上。他看起来不再是菲尔莫尔前面那张照片里年轻帅气的贝斯手：他的头发有些油腻，而且有了蛀牙。

"是的。"我道，"而你是乐队里的贝斯手。"我这话说得很是嘲弄，我没想这样来着，不过我的话里也可能并没有嘲弄的意味。事实是，我对一般的贝斯手没什么不满，只是对眼前这个心存芥蒂。

他拿出一根烟，把烟点燃。"那是我晚上的行当。"他承认，"在白天，我是加州大学生物系的教授。爱丽丝没和你说过这件事？"

"没有。"

"我这种情况还是破天荒头一回，邪教合唱团的家伙竟在加州大学洛杉矶分校教书。"

"有意思。"

"是呀，我正在和别人联合创作一篇论文，写的是阿森松岛上的绿海龟。听说过那种海龟吗？"

"没有。"

我好似能透过墙壁感觉到俱乐部里音乐的震颤，我想回去，但我更想给艾瑞克·威尔逊的脸上来一拳。这是一种全新的感觉。我很想知道，如果我把理性抛到一边，仅此一次听凭直觉行动，会怎么样呢？

艾瑞克的脖子上直往下流汗，他肯定刚从台上下来。我想到了近来《美国医学会杂志》刊登的一篇文章，讲的是女性往往是被汗味吸引，才迷上了他们未来的伴侣。文章中提到的理论是，女性寻找具有独特汗味的男人，因为这暗示这个男人的基因有所不同，这样他们的孩子就会有更强的免疫力，也有更大的机会让香火一直延续下去。永存不朽，竟然是从汗味开始的。

"那些巨大的绿色海龟,"艾瑞克说,"都是在阿森松岛上出生的。然后,它们终其一生都远离出生地,在不同的海域里漂泊、探索,甚至会从巴西海岸游走。但有件事你知道吗?"艾瑞克转身面对我,他距离我很近,我都能感觉到他的呼吸扑到我的脸上。

"我想你会告诉我。"

"到了该安定下来的时候,该生儿育女了,它们就会变回原本的模样。你能想象吗?到了该认真的时候——相信我,总会有这样的时候——不管它们在何处,不管它们以为它们变成了什么,它们都会将这些忘记,只剩下游泳、游泳。有时候,它们要游上数千公里。它们没有片刻犹豫地抛弃当下的生活,返回阿森松岛的海滩,卸去所有伪装,恢复昔日的面貌。"

艾瑞克抽完烟,把烟蒂丢在地上,用脚后跟踩了踩。

"很高兴见到你,杰克。"他说。

我看着他走开,他的衬衫背部都被汗湿了。

过了一会儿,艾瑞克和他的乐队一起上台。很难不去看他,很难不去想他出现在我家,用我们的盘子吃东西,用别人当结婚礼物送给我们的杯子喝酒。

艾瑞克叫爱丽丝上台唱歌。她从侧面走上舞台,台下顿时掌声雷动,我听了非常惊讶。她坐在艾瑞克旁边的一张凳子上,他们开始唱他们乐队的一首很流行的歌曲,然后唱起了她送我那张 CD 里的一首歌。

我看着他们一起在台上,他们坐得那么近,我开始浑身哆嗦起来。我和爱丽丝刚认识那会儿,她已经逐渐淡出音乐圈,走上了一条不同的路。那条路的目的地是什么并不确定,但有一点显而易见,那就是她放弃了昔日的生活,决定向前,展开一场全新的探险。我真担心,有朝一日她会发现,有我在的这场新探险不过是她偏离了轨道,担心她准备放弃这场探险,回归从前的生活。

有时候，我鼓励她远离原本的生活。我鼓励她接受律师事务所的工作，为她买了她的第一件高档套装。我这样的确很傻，而且有操纵他人之嫌，但我真的害怕，我就是想把她留在我身边。

我并不完全明白的是，爱丽丝不是个只有简单想法的人，她不是个一心一意的人，她不是永恒不变的展览品。是的，我知道她很复杂，我并不需要心理学专业文凭，就能看出这一点。在我认识她的第一天，我就想到了沃尔特·惠特曼的诗句：我自相矛盾吗？没错，我的确自相矛盾。因为我伟大，我包罗万象。

不，我从一开始就看出了爱丽丝的复杂。我没有看明白的是，爱丽丝是一个在不断发展变化的人。我也是如此。

我想要相信我们并不像阿森松岛上的绿海龟，我想要相信我们已经深度进化，超越了自然界的基本模式。我想要相信爱丽丝不可能恢复成我认识她之前的那个她。我想要告诉艾瑞克，他对我妻子的观点是错的。她上过法学院，有自己的事业，并且与我有一段婚姻，这一切都不是一段岔路，她不可能离开这条路，返回她的预定路线。我们的婚姻不是艾瑞克·威尔逊希望的那样，是一次误入歧途的冒险。

我忽然想到，我爱的就是爱丽丝的这一点。她是矛盾的，她是千变万化的。她热切地投入她生命中的每个阶段，从每个阶段中吸取经验，积累经验，没有任何遗漏。每过去一年，她都凭直觉调整自己，变得不同，变得更加复杂。

我一直把婚姻当成一扇门，我们两个会一起走进那扇门，就好像有一座新房子，你走进屋内，希望那栋房子永恒不变，可以供你栖身其中。不过我当然是错的，婚姻其实像个活物，一直处在不断的变化中，你时而觉得孤独，时而有人陪伴。婚姻在各个方面都在发展，有时候很普通，有时候却出乎意料。就像是我们前窗外的那棵树，也好像我们订婚那晚长在爱丽丝父亲家后院的野葛，婚姻是一个充满矛盾的活物，既是可以预测的，也是变化莫测的，有好也有坏，每天都变得更加复杂一点。

过了一会儿，爱丽丝扭头面对艾瑞克，像是与他面对面在唱歌。他们唱到了二重唱，整个俱乐部里鸦雀无声，人们都心醉神迷地看他们一起在台上表演。他们面对面，膝盖碰触在一起。她闭着眼睛。怀疑在逐渐逼近，原本我只是有一丝担心，但我抱着乐观的态度和盲目的爱，不让自己胡思乱想，但此时此刻，我的脑海里像是升起了一团浓浓的迷雾。

她今晚非要我来，就是为了让我亲眼看到她和艾瑞克的亲昵？她就是在用这种方式告诉我，我们的婚姻已经走到了终点？我试着让我自己稳定下来，准备迎接必须独自走出俱乐部的那一刻。

我在治疗中常问来咨询的夫妻一个问题，那就是"你们是否依然相信有能力给对方惊喜？"。

答案往往是否定的。

我希望我能想到容易的办法，让惊喜重新回到一段婚姻当中，而这个简单的变化或许可以拯救我知道的很多桩婚姻。我管这叫婚姻除颤器，只要一次有效且猛烈的刺激，就能让整个婚姻机制再次焕发生机。

看到爱丽丝穿上黑色超短裙和马丁靴，就是个惊喜，但台上的那一幕则不是。看到她和艾瑞克一起唱歌，我觉得我能看到我们两个的故事画上了句号。

事实证明，我错了。晚上的表演结束后，人们差不多都走了，我再次站在外面，此时的我被自己亲眼看到的一切搞得筋疲力尽，苦恼到了极点，困惑不解，这时候，她走出了俱乐部。

她的睫毛膏都糊了，我看不出那是因为俱乐部里太热，还是因为她哭过了。但她在我面前，紧紧地抓着我。"我喝威士忌喝太多了。"她说，她说得很慢，含含混混的，"我得靠着你才行。"

在开车回家的路上，爱丽丝又给了我一个惊喜。她拉下副驾驶那边的遮阳板，看着镜子，扮了个鬼脸。"早知道就涂防水睫毛膏了。快结束的时候，我们几个人聊到了他，我们讲了上次巡演的事，我笑得太厉害，眼泪都出来了。"

我们把车开到富尔顿大街，这条长长的公路空空荡荡，向海边延伸，她放下她那边的车窗。在路灯的照耀下，团团雾气亮晶晶的。"唔。"她把头探出窗外说，"大海的气味。"

一段往事忽然浮现在我的心头：几年前，也是在这样一个夜晚，我们当时刚刚坠入爱河。这样的似曾相识太残酷了，那个时候，事情还很简单，摆在我们前面的路似乎很清晰。

过了一会儿，我问："你听说过阿森松岛上的绿海龟吗？"

"什么乱七八糟的。"她说着把镜子收了回去，没有看我。

都凌晨三点多了，我们才回到卧室。窗帘拉开着，我能看到一轮明月挂在太平洋上。爱丽丝喝得醉醺醺的，但我们还是做爱了，因为她想要，我也想要。我想要收回属于我的东西，属于我们的东西。

我睁着眼躺在床上，爱丽丝在我旁边睡着了，打着鼾。我们之间还是有希望的，对吧？我想到海龟没完没了地游泳，向南穿过大西洋。然而，更重要的是，我想到了契约组织，我们坠入了契约组织这个深渊，我依然时刻不停地在想方设法从中挣脱出去。

上午9:12，我才发现我睡过头了，没听到闹钟响。闹钟铃声很轻，是克莱克乐队的大卫·洛维演唱的《那些时光都去哪儿了》，闹钟侧倒在床头柜上。爱丽丝在我身边熟睡，她嘴角的一点口水和蓬乱的头发是唯一的证据，说明她度过了一个疯狂的夜晚。

我意识到我醒来，是因为隔壁在咚咚响。墙壁像是在摇晃，一开始，我还以为是邻居家闹出的动静。我们的邻居是一对平易近人的老夫妇，我一直很喜欢他们，但他们总喜欢请人打麻将。

这时候，我意识到那个声音是来自我们的前门。

"爱丽丝。"我小声说，"爱丽丝？"

她没有反应。

我晃晃她的肩膀："有人在门外！"

她翻了个身，把头发从眼前拨开。阳光明媚，她眨眨眼。"什么？"

"门外有人。"

"别理他。"她呻吟一声。

"那些人是不会走的。"

她忽然彻底清醒过来，猛地坐了起来。"见鬼。"

"我们该怎么办？"

"见鬼，见鬼，见鬼。"

"快穿衣服。"我说，"麻利点，我们必须离开这里。"

爱丽丝跳下床，穿上昨晚的裙子和靴子，又穿上风衣。我穿上脏牛仔裤、T恤衫和运动鞋。

砰砰敲门声再次响起。"爱丽丝！杰克！"门把手在嘎啦嘎啦响。我认得这个声音，是德克兰。

我们跑出后门，下台阶来到后院。外面很冷，雾气弥漫在整个街区，冷风从海上吹过来。我搀扶爱丽丝翻过后院栅栏，到了旁边的院子里，然后，我自己也匆匆翻了过去。我们飞快地穿过网格状的长方形院子，翻过摇摇欲坠的木栅栏。有一道栅栏很高，我们不得不爬上一棵红千层树才翻了过去。我们终于来到卡布里洛路和第三十九大街的拐角，我们走出一扇栅栏门，来到人行道上。

在远处，我能听到德克兰在大喊我的名字。他的同伴此时肯定在SUV车里，沿着大街小巷寻找我们。

我拉着爱丽丝躲在一排垃圾桶后面。我翻翻口袋，只有一百七十三美元、手机、房子钥匙、钱包和信用卡。爱丽丝在瑟瑟发抖，她用风衣紧紧包着身体，她看着我，眼神里满是惊慌。树叶卡在她的外套上，那是从红千层树飘落下来的黏黏的红色花瓣。

"我们走哪边？"她呆呆地问。我则一无所知。

我们紧挨着树木，沿富尔顿大街向东走，然后，我们悄悄溜进第三十六大街的金门公园。我们在浓雾中穿行，快步经过链湖车行道，走到公园深处杂草丛生的小径。我听到前面有嘈杂的说话声，这才想到今天是跑步嘉年华。旧金山每年都举行一次公路赛跑，从旧金山湾堤岸开始，一直到海滩为止，线路贯穿整个城市。参加赛跑的人鱼龙混杂，千奇百怪，有速度飞快的埃塞俄比亚运动员，有举家前来的人，有赤身裸体的人，还有穿着啦啦队的服装殿后的醉鬼。

活动肯定至少进行了一半，因为在我们穿过肯尼迪大道的时候，参加赛跑的人都穿着花里胡哨的服装，有的在走，很多人都拿着酒。爱丽丝扭头看着我，她的脸上带着震惊和放松两种表情。要想不引起别人的注意，再也没有比跑步嘉年华更适合的伪装了。我们看着人们经过，有十几个人穿着M&M品牌的服饰，有一个新郎在前面跑，新娘在后面追，一支全是由女人组成的旧金山淘金者队在四人防守线进攻，还有很多人在慢跑，他们全都咬紧牙关，要跑完全程七点四六英里的最后一段。一个男人扮成了《辛普森一家》里的多夫曼，推着一辆装满桶装啤酒的小车，他给了我和爱丽丝每人一满杯啤酒。

"干杯。"他说。

我们坐在草地上，小口喝着温热的啤酒。我们都没说话，只顾着琢磨下一步该怎么办。爱丽丝指了指二十来个扮成小黄人的男女，露出了笑脸。

"你说我们什么时候能回家?"我问。

"永远都回不去了。"她说。

她向我靠过来,我搂住了她的肩膀。

太阳出来了,爱丽丝把风衣铺在潮湿的草地上,躺在上面。"我有好多年都没这样悠闲过了。"她嘟囔着说。她闭上眼睛,一两分钟后,她睡着了。我真希望我也能睡着,但周围的人群开始散开,我们没有多少时间了。

我拿出手机翻来翻去,希望能想到接下来可以到哪里去。蓝色字母 P 在屏幕一角闪烁着,我飞快地查找到汽车租赁公司,然后把手机关机。我翻找爱丽丝的外套口袋,却没有找到她的手机,她肯定是把手机留在家里了。

"醒醒。"我把她摇醒说,"我们得走了。"

"去哪儿?"

"距离这里不远有一家赫兹租车公司。"

我们沿着海特街,在越来越少的人群中穿行,一直走了很久。

"要是他们没车呢?"

"他们肯定有车。"我说。

爱丽丝穿着皱巴巴的风衣,我穿着脏的旧衬衫和破洞牛仔裤,我们混在早晨参加跑步嘉年华的醉汉之间,并不显眼。我们向东穿过公园,向潘汉德尔方向走去,终于来到斯坦亚大街和海特街的交叉口。我们去了皮特糕点店,点了一杯热巧克力和一大杯美式咖啡,接着从自动提款机取了每日最高限额的现金。在赫兹租车公司外,她一屁股坐在路边,大口喝着咖啡,希望能清醒过来。

我开着一辆橘红色敞篷卡玛洛汽车停在她旁边,这是租车行里仅有的一辆车。她对我笑了。

我们在城市里穿行,经过金门大桥,向北穿过马林县。我们在圣拉斐尔的一家电子商店停下，买了一张新的电话卡。回到公路上，爱丽丝把旧电话卡从我的手机里抽出来，扔出窗外。我们到了索诺玛后，她把座位向后倾斜，闭上眼，享受着温暖的阳光。我喜欢她问都不问我们去哪里。

我打开旧金山广播，在信号允许的情况下听巨人队的比赛。现在的比分是 4∶2，圣地亚哥·卡西拉正在尽全力拿下第九局，这时候终于没信号了。我们沿着 116 号高速公路行驶，向大海驶去，旁边是俄罗斯河。来到俄罗斯河汇入大海的琴那，我把卡玛洛停在停车购物超市外。

进了超市，爱丽丝去上厕所，我则去采办一些食物。回到车内，她打开一瓶维生素水，一口气喝光了，然后，她往购物袋里面看，"有巧克力威化饼！"她尖声说。

过了琴那，道路变得非常狭窄，路边就是万丈悬崖。这样开车虽然很恐怖，但感觉好极了。自从我和爱丽丝认识之前的那个礼拜以来，我还没有来过高速公路的这个路段。从那时到现在，发生了太多事情。这个驾驶橘红色卡玛洛车疯狂逃命的男人是谁？而且，副驾驶上还坐着一个稀里糊涂的美女，她没有洗澡，正大嚼着巧克力威化饼？

到了瓜拉拉，我把车开进一家杂货店的停车场。我们买了牛奶和面包，还买了点吃的当早餐，又买了连帽衫和短裤。我们沿着公路又开了一两公里，我把车停在海滨牧场租房公司前面。"海滨牧场！"爱丽丝说，"我一直都想来这里住段时间呢。"

还是上次租给我大宅的苍白女孩坐在办公桌后面，正在看一本平装本的《拍卖第四十九批》。我走进去，她抬起头。"又是你。"她说，不过我觉得她其实并不记得我。"我不喜欢你这个新发型。"她说，"有预订吗？"

"没有。"

她把书放下，转身面对电脑。"住多久？"

"不知道。一个礼拜吧。"

"你上次住的房子现在空着。"她说,"双岩。"她是真的记得我。"只要是我见过的人,我就不会忘记。"她说,像是能读懂我的心。真不可思议,我心想。又或者,她有阴谋?我甩掉这个念头,不过我飞快地看了一眼她的无名指,她未婚。

"我租不起。"

"我给你个老顾客折扣。你是和家人一起来的吗?"

"我妻子算吗?"

我听到有人在我们旁边的房间里走动。

女孩拿起一支笔,写了一张二百二十五美元的账单,从桌面推到我面前,让我确认。我点点头,冲她竖起大拇指。这个价钱比最低租金还要便宜几百美元。我把信用卡放在柜台上。"能不能把卡押在你那里,等我们退房了,你再刷卡?"我小声问。

"你能保证房子干干净净的吗?"她小声说。

"保证像是没人住过。"

她把信用卡装进信封,并把信封密封好,然后,她交给我一个装有钥匙和指示图的透明塑料袋。我谢过她。

"要是有人来打听我,就说你没见过我。"

"没问题。"

"我是认真的。"我轻声道。

"我也是。"

我驱车沿路行驶,进入海滨牧场,爱丽丝靠在座位上,凝视大海。随着我们向西往悬崖开去,木头和玻璃建成的房子就越大越漂亮。我把车开进我们租来的场院,爱丽丝拍着我的肩膀,说:"天哪!"

我打开门，她跑进客厅，站在落地窗前眺望大海，我打开暖气。这个地方的样子和气味都跟以前一模一样。海风吹拂，桉树的气味扑鼻而来，还可以闻到桑拿浴房的雪松味。

"脱衣服。"我说。

她也没问为什么，便脱掉了裙子。"把内衣也脱了。"我说。她脱掉内裤，赤裸地站在那里。我们一起在这里，轻松感将我包围。我吻了吻她，捡起脏衣服，上楼去洗。等我回到楼下，就看到爱丽丝坐在望远镜旁边的椅子上，裹着一条毯子，凝视大海。

"可能就是今天。"她说，神情有些恍惚。我知道她在寻找什么。只要我们在海岸上，她就会寻找。

过了一会儿，我去了厨房，烹制我们在镇里买的石斑鱼和芦笋，这时候，我听到一声尖叫，吓了一大跳。我飞快地跑到客厅，以为会看到最糟糕的情况：德克兰和他的朋友追来了。但当我到了那里，却看到爱丽丝正用望远镜眺望大海，还指着海面。

"鲸鱼，杰克！有鲸鱼！"

我望着浩瀚的灰色海面，却什么都没看到。

"好几头鲸鱼呀！"她再次喊道，示意我用望远镜看。

我透过目镜看去，但我能看到的只是平缓的蓝色波浪冲刷着布满岩石的海岸线，一艘货船正驶向远方。

"看到了吗？"

"没有。"

"再看看。"爱丽丝坐在椅子上，翻看莱尔·华特森写的关于鲸鱼的书。

我向左看，向右看，还是什么都没看到。我又来回看，但依然看不到任何东西。可跟着我看到了，有两道水柱缓缓沿着海岸线移动，其实那就是喷向空中的水而已，却叫我震撼不已。

第二天一大早，我去双鱼面包店排队买面包。上次我来这里，这家店八点开门营业，到了八点十五分，店里的糕点就被抢购一空。我来得很早，买到了一个早餐包、一个蓝莓司康饼、一个巧克力松饼、咖啡和热巧。我还记得第一次来这里，我吃着早餐包，房子巨大空旷，厨房大得像个洞穴，孤独将我包围。

我回到出租屋，看到爱丽丝洗了澡，头发湿漉漉的，脸上没有妆，却精致可爱。我们坐在一起，一边望着大海，一边吃点心，都没有说话。

我们看着主卧里不拘一格的藏书，就这样懒洋洋地过了大半天。到了下午三点，我终于说服爱丽丝放下她那本挪威侦探小说，和我一起去海岸线上散步。我们穿着从当地杂货店里买来的不合身的衣服，完全没有了从前的样子。爱丽丝的连帽衫上有加州洪堡州立大学的标志，还有那家大学的非官方杂草标志；我那件连帽衫上则印着"退后200英尺"几个字。

我们沿海岸小路走了八公里，找到了一张长凳坐下，我打开装了新电话卡的手机：没有闪烁的字母P。我们都给各自的公司留了信息，匆忙编了些借口，说要出门一段时间。我觉得很对不起我要辅导的夫妇，尤为对不起每个礼拜都来的孩子们。我知道我让所有人失望了，但我没有别的办法。

"这下真是玉石俱焚了。"爱丽丝挂断电话说。我知道她很为难。如果我们能回家，伊恩、伊芙琳和黄会张开手臂，热情地欢迎我。但爱丽丝在律师事务所上班，现在她抛下重要的案子不管，那可就是另外一回事了。

到了晚上，我煎了剩下的石斑鱼，爱丽丝把她的书看完。吃完饭，我们来到露天平台，抬头仰望星空，我真的很惊讶我们两个竟然这么快就适应了这个美丽的新地方，适应了海滨生活的轻松节奏。我忽然想到，我们可以生活在这里啊，我们轻而易举就能适应这里的节奏。

爱丽丝在我旁边，仰靠在阿第伦达克椅上，像是很久以来头一次这么全身心地放松。

"我们的钱足够在这里买栋房子。"我说，"只要我们把市里的房子卖了就成。"

"你不觉得无聊吗？"

"不觉得。你呢？"

她看了我一眼，显得很惊讶，看起来像是因为她突然意识到她也很喜欢这里而惊讶。"不是。在这里肯定很不错。"

那天晚上，我睡得很沉，呼噜打得震天响，远处的海浪不停地拍打着。我梦到了爱丽丝，梦到我们两个住在一栋可以俯瞰大海的小屋里。那其实不算是梦，更像是一种幸福感和安全感。我醒过来，做了个深呼吸，冰冷的海风填满了我的肺。这时候，一份强烈而肯定的期待油然而生，我们真的可能创造出全新且截然不同的生活。

在我和爱丽丝结婚的时候，我唯一的担心便是，我如何才能把这桩美好的婚姻和我们的生活模式结合在一起。我躺在床上，我觉得从前的生活已不再必要，至少对我而言是这样的，而且，只要有婚姻就够了，且不论我的婚姻怎么样，如何发展。过去发生的事似乎已经无关紧要。这是我第一次知道我和爱丽丝将一起发展，我们的婚姻将以我了解或不了解的方式逐步发展。这还是第一次我知道我们一定可以天长地久。

我在床上一翻身，想亲吻爱丽丝，给她讲讲我的梦，把我那份无法抗拒的乐观感告诉她，但我发现她不在身边。

她肯定在客厅，拿望远镜寻找鲸鱼朋友。

"爱丽丝？"我喊道。

没人回应。

我把腿放在床下，我的脚触到了一个又硬又凉的东西。是我的手机，正面朝下放在地上。恐惧立即向我涌来，但我随即想到我换了新电话卡。他们不可能追踪到我们。我捡起手机，这才意识到手机从床头柜掉下来时肯定自行开机了。里面有二十八条短信和九条语音信箱留言。而且，在右上角，我看到了那个闪烁的蓝色字母 P。

17

我猛地从床上下来，只穿着内裤就跑过了走廊。无数问题在我的脑海里闪过。手机开机多久了？自从小小的蓝色字母 P 开始闪烁，泄露我们的确切地点，已经过去了多久？这怎么可能？我们必须离开这里。我现在就得去收拾东西，把随身物品装车，尽可能远离。要想离开海滨牧场，只有一条路，而我们只能向北去俄勒冈州，因为往南肯定会碰到沿海岸来追我们的德克兰。

然而，我还是相信只要我转过弯，就能看到爱丽丝蜷缩在椅子上，裹着毯子，用望远镜看大海。她会嘲笑我像个疯子一样，只穿着内裤在屋里乱跑。她会把我叫到她身边，我就把她从椅子上抱起来，回到床上，缠绵温存。

那之后，我们会去海岸上散步，我们会喝掉一整瓶红酒，坐在桑拿浴房里，将痛苦和恐惧都蒸出去。

但她不在望远镜边上。我能看到巨大的窗户、通往海边的小路、滚滚的海浪，还能看到向海岸以南移动的乌云，只是看不到爱丽丝。

我听到厨房里有声音，我哆哆嗦嗦地吸了一口气，总算放松下来。她肯定在煮咖啡，正在鼓捣这栋房子里最新式的咖啡机。

但她不在厨房里。厨台上有一个咖啡杯，里面的咖啡几乎是满的，还冒着热气。莱尔·华特森写的那本书打开着放在咖啡杯旁边，打开那一页的内容是关于蓝鲸的。那张纸页被扯破了，一道口子从右上角一直延伸到书页底部，几乎将纸页从书上扯了下来。

这自然没什么大不了。毕竟有很多客人住过这栋房子，有很多孩子抓扯过那本书。

什么味？烤炉开着，我打开烤炉门，看到里面有一盘烤焦的肉桂卷？我的心跳开始加速，我的预感很不好。我抓起一条毛巾，把烤盘拿出来，放在厨台上。

刚才是什么声音？好像是砰砰声。

我打开餐具抽屉，拿出一把刀。这是一把厨师用刀，是用德国钢铁制成的。

我把刀子紧紧握在手中，穿过早餐室，但爱丽丝也不在那里。

又有声音响起，好像是从车库传来的，是双脚在地上拖行的声音。说不定她去外面的车里取东西，忘了还在烤肉桂卷，反正我就是这么告诉自己的。

我沿着这栋空旷房子的走廊向下，往车库的方向走。又有声音响起，不对，不是从车库传来的。声音的来源是位于大宅和旅店之间的脏衣寄存室。

此时，我抓着刀，走得更加谨慎。我的心扑腾扑腾狂跳，肯定出事了。

"爱丽丝？"

没人回答。

"爱丽丝？"

声响绝对来自脏衣寄存室。

又有拖脚的声音，紧跟着是一声刮擦声，随即四周安静下来，只有永不停歇的海浪声。她为什么不回答我？

就在此时，我听到了开门声。我很肯定那是从脏衣寄存室通往外面的那扇侧门。

我现在知道我该去哪里了。不管是谁走出了那扇门，我都必须在那个人消失前赶过去。有那么一刻，我脑海里闪现的就是这个愚蠢的念头。

但就在我转弯向脏衣寄存室走去的时候，我看到了德克兰。他好像比我印象中高大得多。在他身后，他的搭档黛安站在门边。并不只有她一个人，她前面还有个人，她正推搡那个人向前走。就算那个人的双手被绑在身后，头上套着黑色袋子，我也知道她肯定就是爱丽丝。她打着赤脚，穿着她昨晚睡觉时穿的 T 恤衫。

"朋友。"德克兰说。

我举着刀向他冲了过去。

"喂。"他那粗大的胳膊在我身前一闪，我的刀突然就落在了地上，我的右臂被他扭到了身后，我登时就感觉疼痛钻心。德克兰的衬衫上出现了一道裂口，有血渗了出来。他惊讶地摸摸伤口。"杰克，这可不是什么好开始。我倒是不疼，但你真是惹恼我了。"

"爱丽丝！"我喊道，同时在不停地挣扎。

脏衣寄存室的门关上了，把我和爱丽丝分隔两边。

"杰克。"德克兰怒斥道，"你很清楚这么做对你没好处。我一直都很尊重你。"他的拳头扎进了我的腰背部。我想把我的手臂挣脱开，但他的力道很大。我把左臂向后伸去打他。他的拳头离开我的腰部，他一把抓住我的左臂手肘，用力一扯，我疼得大叫起来，疯狂地摆动着手臂。

"你这样真是太蠢了，杰克。你居然逃跑，你凭什么觉得能逃离契约组织？"

他一脚踢在我的腿上，我立即跪倒在地。有那么一刻，我很想给他讲一讲我的梦，我的梦带给我的感觉，以及我对重新开始的憧憬。

"杰克，说真的，千万不要逼我。我忙活了一整夜，刚把别人的问题整理清楚，又开了那么久的车，我现在的心情可不太好。"

"你们放了她，把我带走。"我说。

德克兰松开我的手臂，我扯着他的夹克挣扎着站起来。我的脸与他的腰部位置齐平，我能看到手枪在枪套里。要是我能把枪抢过来就好了。

"事情可不能这么办。你给我把眼睛放亮了，看看以后会怎么样。"他的语气听起来更像是恼火，而不是愤怒。"而且，用不着担心，"他在走开的时候又说道，"很快就轮到你了。"

我听到外面有车门关闭的声音。

"你们要指控她什么罪名？"我羞于这么问，但我必须知道，"至少把这件事告诉我。"

德克兰打开门，随即回头看着我，他好像很高兴把下面的消息告诉我："一级通奸罪。"

他的话在我的脑海里乱转，他走到了外面的大雾中。"你们不是法律！"我喊道，跌跌撞撞地去追他，"你们都不是！你们就是一群邪教徒！"

他甚至都没扭过头，以表示听到了我的话。德克兰坐进黑色SUV车的驾驶席，砰一声关上车门，启动了汽车。车窗是染色的，我只是隐约能看到爱丽丝坐在后座上，戴着头罩。我使劲敲打驾驶席的车窗："我会报警！"

德克兰按下车窗。"尽管去吧。"他笑了，完全对我不屑一顾，"替我向我在警局的朋友问声好。"

"你少吓唬人。"

"相不相信随便你。"德克兰眨眨眼，"艾略特和艾琳也是这么想的。"他把车窗按了上去。我跪在沙地上，看着汽车驶上高速公路，消失在了视线中。

我穿着内裤独自跪在地上，浑身冰冷。我帮不了我妻子，也帮不了我自己。

爱丽丝。啊，爱丽丝。

在我见到德克兰之前，我都不肯定我的妻子出轨了。是的，迹象比比皆是，比如沙发边的两个空酒杯，水槽里的两个盘子。我想我意识到了，但我把心中的怀疑抛到了九霄云外。

那天早晨我们穿过后院逃跑，我还以为契约组织是来抓我的。

通奸。一级。

孤独感压迫着我，与此同时，一种全新的感觉向我袭来，那是一种全新的确定。尽管爱丽丝对我不忠，我还是必须去救爱丽丝，我必须想出救她的办法。她现在只有我，不管她做过什么，她都依然是我的妻子。

我浑身淤青，疼痛难忍，但好在没断胳膊断腿。我拿起固定电话，拨打了911，不过有点不对劲，一个录音的声音说道："您呼叫的电话将被重新定向。"

过了一会儿，一个男声响起："您有紧急情况吗？"

"有人被绑架了。"我脱口而出。

"朋友，"那个声音道，"你确定？"

我猛地挂断电话。

我穿好衣服，把我们仅有的物品放进车内，把烤焦的肉桂卷扔进垃圾袋，飞快地把厨台擦干净。我觉得信守诺言非常重要。我没有留下任何我们来过的迹象，我抹去了仅仅在一个小时前还看似很有可能的新生活的印记。

我把钥匙还给租房公司，那个女人看到我，似乎并不惊讶。她穿着一件印着《标语》名言的T恤衫。她身后的电视打开着。

"我得提前退房了。"我说着把钥匙放在柜台上。

"好吧。"她把我的信用卡从信封里拿出来，刷了卡，然后把卡交还给我，"下次我安排另一个地方给你。我有这方面的天赋，我能为人们推荐适合他们的房子。我越是了解你，就越容易推荐合适的房子。那栋房子看起来适合你，但实际上不合适，你一定要再给我一个机会。"

"好吧。"但我想到的是我没有机会了。

回到家里，我看到门阶上堆着好几个包裹。我头一次注意到人行道的裂缝处都长出了野草。我们是从什么时候开始放任自流的？我想到了灾难发生前后的琼斯镇的照片，那个奇怪的理想国很快就被丛林彻底吞没，几乎被人忘记。我想到了吉姆·琼斯，以及他那个临时王座，还有王座上的标志：那些不从历史中吸取教训的人，注定将重蹈覆辙。

房子里冷冰冰的。此时此刻，好像我们的婚姻只为我留下了这栋小房子。我必须把这栋房子重新整理好，决不能让它被风雨侵蚀。我疯狂地清洗、整理，取邮件，用洗碗机洗碗，把洗净的衣服叠好。我真害怕我和爱丽丝一起创造的小家遭到蹂躏，被我们根本不可能控制的丛林吞没。

我把家里收拾干净了，便开始干正事，只有做好了这件事，我和爱丽丝才有可能破镜重圆。

我上网搜索，找到了一个位于爱尔兰海岸线上的小岛——拉斯林岛。我画了一张路线图。我花了大价钱买了好几张机票，然后从保险柜里拿出我的护照，把个人物品塞进行李箱，并打电话叫了出租车。

在去机场的路上，我把手机开机。字母 P 再次开始闪烁。一条未知号码发来的短信里有《旧金山纪事报》的链接。打开主页，在新餐馆开业和租户权利争议的新闻之间，我找到了一条新闻：《当地音乐人失踪》。我哆哆嗦嗦地把拇指悬在标题上方。

我点开那条新闻。

据报道，前阶梯乐队贝斯手艾瑞克·威尔逊在礼拜一晚上失踪，此前，他的汽车被人发现丢弃在海滩上。最后一次有人见到他是在礼拜日凌晨，当时，他刚参加完在山脚下酒吧为已故乐队成员达米安·李举办的纪念演出。警方已经在威尔逊经常冲浪的凯利湾展开了调查。

那篇文章列出了他参加过的乐队和出过的专辑。因为和阶梯乐队出过的专辑最受欢迎，所以新闻里也提到了爱丽丝的名字。他的一个生物系学生在接受采访时称并不知道他是个音乐人，而一个前乐队成员则称并不知道他是教授。新闻里有一段视频，是阶梯乐队在十二年前表演的画面，可以看到爱丽丝在他旁边，我从没见过这段表演。他的父母和妹妹特意乘飞机从波士顿赶来，帮忙进行搜寻。我紧张地把这篇报道又看了两次，仿佛会有更多细节凭空出现，但什么都没有。

他失踪了，我是否应该伤心？我是不是不应该感觉欣慰？

我想到了艾略特和艾琳。乔安妮是怎么说的来着？"他们就这样人间蒸发了，没有留下一丝痕迹。"

来到机场，东海岸的天气不好，飞机都晚点了。我飞越了整个国家，从旧金山到丹佛、奥黑尔，又到纽瓦克机场和盖特威克机场，最后到了北爱尔兰。等我终于到了贝尔法斯特，只觉得饥肠辘辘，浑身僵硬，我也不知道今天是礼拜几。我只是急切地想要得到关于爱丽丝的消息。她是被关在幽暗的牢房，还是被囚禁在明亮的牢房？他们有没有给她戴手铐？他们有没有审讯她？她受到了什么样的惩罚？她有好律师吗？

等待通关的队列看起来犹如一条长龙。穿着西装的商人都像是急着去赴重要的约会。一个长满雀斑的海关代理人拿着我的护照看了很久，然后瞧着我的脸："这一路坐飞机过来，很辛苦吧，先生？"

"时间的确是长了点。"

她又看看护照："你的爱尔兰名字真不错。"

确实如此。我们一家都是爱尔兰人，我的家庭是在四代前定居旧金山的，当时，我的高祖父是个有轨电车司机，酗酒成瘾，他在这座城市里杀死了一个女人。于是，他为了不去坐牢，便乘坐蒸汽轮船逃到了美国。这是我第一次来爱尔兰，我觉得你可能会说，我终于返回了犯罪现场。说不定我遗传了祖先的嗜杀基因。

长满雀斑的边境守卫把我的护照翻到最后一页，然后砰的一声，盖上了大红印章。"欢迎回家。"她说。

我找了个自动提款机，取出一沓现金。我来到机场外面，坐上一辆出租车，前往火车站。我摘下手表，调整到当地时间。戴回去之前，我把手表翻转过来，看着上面的简单刻字：*送给杰克，给你我所有的爱，爱丽丝*。

我只觉得头昏体乏，早晨的喧嚣和拥堵对我没有丝毫作用。来到火车站，我才发现要去我的目的地，远比我以为的还要复杂。如果我能坐上火车，那也只能走一部分路程。但火车站被警戒线封锁了，十几个工人举着牌子，上书：官方纠纷。

我步行去了马尔梅森旅店。接待员大腹便便，穿着布满褶皱的西装。我向他打听火车的事，他说了一长串叫人费解的解释。我大致明白他的意思是我来北爱尔兰的时机不太好，巴士在闹罢工，火车在闹罢工，而且，显然很重要的足球联赛刚刚开战。

"你喜欢足球吗？"他问。

"呃……"

"我也不喜欢。如果你能等到中午，我可以送你去阿莫伊。"他递给我一张像是消费券的纸，"你要是乐意，那边有免费的英式早餐。"他指了指一个看起来活像是个废弃的小学饭厅的颜色发暗的宽敞房间，立马就有一个服务员走到我身边，非要给我倒一杯奇怪的棕色茶水。我谢过他，便拿着一个塑料盘向餐车走去。

餐车里有几个大碗，里面装着还在滴水的鸡蛋、细香肠和一些看不出由什么材料做成的砂锅菜，还有好几堆薄薄的白面包。我把两盒叫作果味糖惊喜的食物泡在脱脂牛奶里，强吃下去。我看到了许多游客、球迷和来度蜜月的英国人，他们大都很年轻，显然非常快乐，他们举着相机、地图和雨伞。我真羡慕他们。

到了中午，坐在接待台后面的那个男人拍了拍我的肩膀，我们坐进一辆很小的车，每次他换挡，我们的手臂都会碰到一起。

在去阿莫伊的一路上，他一直在说话，不过我只能听懂一半。他这是去他前妻家接他儿子，带他参加生日派对。他儿子十岁，他们有一个月没见了。他说，要不是他迟到了，本可以一直把我送到巴利卡斯尔。他的前妻肯定要大发雷霆，他儿子一定会闷闷不乐，所以他得快点。

阿莫伊是个小镇，只不过是公路沿线上的一个小地方。他告诉我阿莫伊距离巴利卡斯尔有十公里。他让我坐出租车去，我就说我打算步行。他一听就笑了起来："这里可是北爱尔兰，你还没到那里呢，就能下四场雨。这还不算什么，光是那大风，说不定就能把你吹回贝尔法斯特。"

来到他前妻家，我们便分道扬镳。我走了七八米，回头从树篱的缝隙中看到他走到屋门前。他前妻来开门，那个女人很漂亮，看起来疲倦不堪，这有可能是厌倦了生活，但百分百肯定是已经厌倦了他。即便离得这么远，我也能感觉到她站在前门边，对他又爱又恨，怀着一份悲伤复杂的感情。那个孩子冲出来拥抱他，他是个瘦高个，留着难看的发型。我转过头继续向前。

我走了一两公里后，果然下起了雨，我还来不及从袋子里拿出防风夹克，外套就湿透了，冻了个透心凉。我顶着风向前走，时不时被路过的卡车溅一身水。我很冷，但雨水时时刻刻都能让我维持清醒，我需要雨水抽打我的脸。

等我到了巴利卡斯尔，我的衣服都干得差不多了，只是有点潮，但现在又开始下雨了。我吃力地径直走向终点站，希望能赶上去拉斯林岛的渡轮。终点站大楼的门上了锁，停车场里空荡荡的。在码头的尽头，有三个渔民正从一艘船往下卸东西，他们像是不把冰冷的雨当回事。我向他们打听是否有船去拉斯林岛，他们三个人盯着我，好像我是从另一个星球来的，他们用我听不懂的语言回答我。看到我迷惑的表情，船长耐心地解释说去拉斯林岛的渡船也参加了交通系统的罢工。"但愿你没有急事。"他说。

见鬼。

我回到镇中心。我情不自禁地觉得即便雨下个不停，这里依然风景秀美，建筑物五颜六色，悬崖峭壁郁郁葱葱，可以俯瞰到大海，爱丽丝准会喜欢这个地方。我找到了一家旅行社，不过他们已经关门停业了，就钻进一家名叫狗和鞋的酒吧。里面挤满了人，我刚一走进酒吧的大门，二十来桌的客人本来说得热闹，却突然停下来，都扭头看着我。片刻之后，酒吧里恢复了喧闹，就跟刚才停止的时候一样突然。数年前，我在特拉维夫市的一个讨论会上做讲座。讲座完毕，我独自在镇里闲逛。我每次走进咖啡馆和餐馆，里面的说话声就会戛然而止，每个人都扭头看我。他们立即同时在心里盘算，一致认为我不是威胁，便继续聊天。

我在角落里找到了一张脏桌子，旁边就是壁炉。我把湿外套搭在椅背上，先让眼睛适应了昏暗的环境，才向吧台走去。我很想喝一杯健怡可乐，好驱散我的疲劳。但他们只有啤酒，很多很多啤酒。

"有没有办法能出这个镇子？"我问酒保。

"那得等罢工结束。"

"就雇不到水上出租车吗？"

他摇摇头，显然觉得我这么无知很有意思。

我要了一瓶哈普啤酒，回到座位上思考下一步该怎么办。我把手机开机，惊讶地发现还能用。我在旧金山机场买了个新手机，这个手机本身很便宜，但必须使用两年的手机卡却价格昂贵。为了甩掉蓝色字母P，这点钱不算什么。我把旧号码上的电话都转移到了这部手机上，以防爱丽丝打电话来。

但她没有。

我站起来，看着酒吧。"我想去拉斯林岛。"我大声说，"我有急事。"长久的沉默过后，只听吱一声，有人把椅子向后一推。一个肌肉发达的男人大步向我走过来。"没船。"他说，"我们罢工了，我们一向都说一不二。"

"我碰到了事关生死的问题。"我央求道，但我收到的只是空洞和愤怒的目光。

外面的雨停了。我快步返回码头，只见二三十艘汽船在风中摇摆。一个渔民坐在一艘船上，正在解开一根钓线。

"只要你送我去拉斯林岛，我就给你五百英镑。"我说着从钱夹里拿出一沓硬挺的新钞票。

他打量了我一会儿。"一千。"

我上了船，又拿出五百英镑，把钱塞进他的手里。

他看了一眼我的手腕。"把表也给我。"

"这是我妻子送给我的。"我说。

"送你过去，这里的人知道了，肯定不待见我。"他说着又开始鼓捣钓线。

我无奈，只好解开扣钩，摘下手表。我最后看了一眼表上的刻字。他把表戴在手腕上，欣赏了一会儿，然后示意我坐在船尾一张摇晃的长凳上。"穿上救生衣，朋友。大风大浪的，危险着呢。"

如果说巴利卡斯尔很小，那拉斯林只能算个弹丸之地。就我所见的，岛上只有一栋供出租的公寓、一家酒吧、一家小饭馆和一家兼做邮局的礼品店，再有就是长达一两公里的空荡海岸线了。

我走到出租公寓。"住满了？"我对柜台后面那个十几岁的男孩说。

"只有你一个人。"

在多给了九英镑之后，我订下了一个房间，从客房里的窗户能看到大海。厕所是共用的，但显然只有我一个人用。

"请问一下，能不能告诉我怎么去……"

"奥尔拉知道你来了。"他说，"她准备好了就来找你。"

我还没回答，他就继续看球赛了。我上楼，时而在小房间里来回踱步，时而眺望大海。这里没有手机信号。

我心急如焚，便外出散步。海滩上两个方向都空无一人。这里的海滩与我和爱丽丝每个礼拜都去散步的那片海滩异常相似。浪涛汹涌，浓重的雾气让我想起了家。天都黑了，我才回寄宿公寓，没有给我的留言。那个男孩子还在看足球比赛。

到了第二天早晨，我越发不耐烦，便待在大厅里。"我有重要的事要见奥尔拉。"我坚持。

"是这样的，先生，"男孩说道，"拉斯林岛的情况可与旧金山不一样，你用不着在这里无所事事。等有消息了，我去找你。"

我在岛上游荡。我爬上小山，穿过沙丘，翻过光滑的岩石。我在岛上找到了一个有手机信号的地方，但还是没有来自爱丽丝的只言片语。我愣愣地望着大海，身心俱疲，心情压抑到了极点，不知道我是不是永远失去了我的妻子。

那天夜里，我慌张地从噩梦中惊醒，我梦到我在一片狂怒的大海中游泳，要过去救爱丽丝，但我无论如何都够不到她。

到了第三天，那个男孩交给我一个羊皮纸信封，信封正面用优雅的草书写着我的名字。

我上楼来到我的房间，坐在床上，做了个深呼吸，我的心狂跳不已。我在信封里找到了一张这个小岛的地图，在快到北端的一个地方有一个蓝色 X 标志。地图背面有一句手写的话：上午十点，穿轻便的鞋来。

我一整夜都没睡觉。天亮的时候，我穿上暖和的衣服，吃了一顿英式早餐，便去了小岛的远端。在地图上有 X 标记的地方，我只发现了一张长凳，坐在上面可以俯瞰到青灰色的大海。在长凳的另一端，有一条沿着悬崖向西边延伸的小径。我来早了一个多小时，于是我坐在长凳上。我环顾四周，连个人影都没看到，也没看到有任何异样。雾气渐渐弥漫，将我吞没。我等待着。

过了一会儿，我听到有动静，抬头看到一个女人站在我旁边。

"朋友。"她说，"跟我来吧。"

奥尔拉比我想象的还要高，她的一头银发剪得很短，穿着十分朴素。我对她的怒火几乎让我感觉窒息，我已经准备好恨她，恨她创造的这个组织，恨这个给我和爱丽丝造成巨大伤害的丑陋阴谋。我有很多话要对她说，我要告诉她我反对她所做的一切，我要批评她，严厉斥责她。

但我知道我必须格外小心。我很清楚，不管是对付奥尔拉，还是应对我的很多病人，对着干是行不通的。我是很想怒斥她一顿，我想要大喊大叫，但那么做解决不了任何问题，那样只会给爱丽丝带来更多麻烦。就算我明着暗着威胁，奥尔拉也不是那种惧怕威胁的女人。为了完成我的目标，我必须像她一样冷静，还要更有心机。

我们默默地走着。一开始，我时刻提防她，准备着，等待着恶语相加。她的安静叫人抓狂，我恨不得张嘴说话，震慑住她。

"我喜欢散步。"她终于说道，"这样我就可以清晰地思考。杰克，你觉得你的思路清晰吗？"

"我的脑袋已经有好几个月没这么清楚了。"

她没有回答。

我们登上了一座小山，我看到山下有一栋宽大的木屋，与周围草木繁盛的风景融为一体。我马上就认出了那栋房子。看到这栋由再生木材和玻璃墙建造而成的房子，我立马就想到了挂在芬利法庭外面走廊里的照片。爱丽丝是在法庭里吗？她是否也像我那样，在看着那些照片的时候，恨不得身在别的地方？她现在安全吗？

奥尔拉看了我一眼，她脸上的表情让我很想知道我是否在不知不觉中把心里的想法说了出来。"朋友。"她说，此时，我们开始下山，"我们有很多事要谈。"

这栋房子的规模和简单的陈设都叫我惊讶不已。是的，这里无懈可击，水泥地面擦得很亮，可以看到壮丽的景色，却十分朴实无华，寥寥几件家具都是白色的。我还以为这里是国际总部，是指挥中心，有视频监视器和智能黑板，有管理员，有人溜须拍马，信徒成群。

但这些通通都没有。事实上，就我所知，这里只有我们两个。

"别拘束，朋友。"

她脱掉步行鞋，去了别的房间。我在房间里踱步，盼着她快点回来。我看着书架上的书，希望能找到蛛丝马迹，了解奥尔拉的个性。我看到了叶芝的诗集，威廉·迪安·豪威尔斯的绝妙婚姻小说《现代婚姻》，琼·迪迪翁、辛西娅·奥齐克和唐·卡罗尔的作品集，带有作者签名的初版《1984》和《第二十二条军规》。书架顶层放着罗姆尼·席尔的《在迪斯科舞厅》和米甲·霍罗曼斯基的《复杂的感情》。我的目光落在一个破烂的书脊上，我仔细看了看，才看清楚那是斯坦利·米尔格兰姆的《服从权威：实验观》。

书架上还有照片。有一张照片里有四个人，一个是奥尔拉，另一个可能是她丈夫，剩下的是阿里·修森和博诺夫妇；有一张是奥尔拉和布鲁斯·斯普林斯廷、帕蒂·莎尔法的合影；有一张照片里的奥尔拉比较年轻，和她在一起的是托尼·布莱尔和他妻子切丽；有一张照片是黑白的，很模糊，是奥尔拉和已故詹姆斯·加纳夫妇的合影；还有她与比尔·盖茨夫妇的合影，与克林顿夫妇的合影，与杰克逊·波洛克夫妇、桃莉·巴顿夫妇的合影。在书籍和照片之间摆放着一些小摆件。我拿起一块百年灵手表，正面上有一个红色的数字 5，我把表翻转过来，看到了一个可能不受拉斯林岛民欢迎的标志。

我都没想到自己能壮着胆子看这些东西，但是，此时我独自待在她的房子里，还是感觉这一切都是她安排好的。如果奥尔拉不想我看到她的东西，还会带我来这里吗？

我走进厨房，看到一个金属容器，里面装了十个不同的刮铲，颜色不同，式样也不同。我正把一个紫色硅胶刮铲拿在手里把玩时，奥尔拉就回来了。"我想看看这把刮铲是哪里生产的。"我说，"不管你信不信，我喜欢收集刮铲。"

"我知道。"

我把刮铲放回容器里。

"这把刮铲来自哥本哈根的一家设计工作室。我和理查德在差不多十年前去过那里，我很喜欢这个颜色。我没说我喜欢，但他注意到了。几个月后，它就这样神秘地出现在我们的厨房里。"

她走到厨台边上，按下一个按钮，一个触控屏从隐秘的隔断里升起。"当初，这栋房子的建筑师把房屋钥匙交给我，说有了这个屏幕，就能更好地欣赏音乐。我当时不知就里，但我逐渐发现他是对的。"阿尔弗雷德·布伦德尔的《致爱丽丝》从隐秘的扩音器中传出，飘荡在整栋房子里。

奥尔拉从一个橱柜里拿出一瓶红酒。"这瓶酒很特别。"她说，"是一个成员送给我的礼物。我是很想打开，不过现在还早吧。"

"在别的地方，天已经黑了。"我说。

她打开瓶盖，把酒倒出来。是黑皮诺葡萄酒，有股苔藓味，口感浓郁。

"请坐吧。"她说着带我走进客厅。

"我觉得坐在你的白沙发上喝红酒不太合适。"

"无所谓。"

"说真的，只要打个喷嚏，我和爱丽丝就非破产不可了。"

奥尔拉轻轻一笑，有那么一刻，我好像看到了她在慎重回答前的真实反应。"那你就算帮了我的忙了，我不太喜欢那张沙发。"她转转杯子里的酒，喝了一小口，闭上眼睛品着滋味。

我把杯子放在咖啡几上，坐了下来。奥尔拉坐在我旁边的皮椅上，她的举手投足像个年轻女人，跷着二郎腿，高举着酒杯。

"我是为了爱丽丝的事来找你谈的。"

"你当然是为了这件事。"她平静地说。

"一个礼拜之前，我的妻子被绑架了。她是被拖走的，她吓坏了，而且衣衫不整。"

奥尔拉直勾勾地看着我。"对不起，杰克，我应该先承认他们确实有些滥用武力。"

她的反应让我吃了一惊，我还以为她必然矢口否认一切，不会道歉。"她在芬利？"

"是的，不过她在宾馆那一边。"

我想到了舒适的大床，美丽的风景，体贴的客房服务，想象着爱丽丝就在那里。是的，我承认我清楚地记得德克兰的话："一级通奸罪。"我想象着她无事可做，只是思考我们的婚姻。我还内疚地想象着她被关在禁闭室里，甚至遇到了更加糟糕的境遇。

"我为什么相信你？"我问道。

"你妻子得到了芬尼根的大力支持。"奥尔拉泰然自若地说，"我以后会把细节告诉你，但首先请你迁就我一下。我为了和你聊天，已经等了很久。"显而易见，她只会在有所准备的时候聊到爱丽丝，而不是现在。我好像能听到爱丽丝在我的脑海里提醒我：一定要表现得亲切一点。

奥尔拉微微向我探身，我能感觉到她在打量我。"请允许我问一个问题。假设在五百年后，地球依然存在，并且基本上与现在一样，你觉得到时候婚姻还会存在吗？"

"不知道。"我真不耐烦回答这种不知所谓的问题，"你呢？"

"不可以这样，是我先问你的。"

我想了一会儿。"在内心深处，我们有一个真正的目标，那就是永生不朽。"我说，"实现永生，唯一的办法就是生殖。当一男一女一直在一起，特别是处在合法的婚姻结构下，子孙后代就有最大的机会生存，因此，个人就有最大的机会可以实现永生不朽。先把孩子的问题搁在一边，我相信，大部分人都强烈渴望拥有生活伴侣。"

"我早就想到你会这么说。"

奥尔拉紧紧盯着我。我不肯定她是在恭维我，还是在侮辱我。

"我给你讲个故事，好吗？"奥尔拉问。

我感觉她给我讲的一定是我在第一天听到的那个故事，当时，薇薇安拿着契约来到我们家，我们天真地在上面签了字，从那之后，我们就被吸入了这场噩梦之中。我提醒我自己，她虽然热情好客，而且看起来很有亲和力，但这个满头银发的脆弱女人实际上是一头披着羊皮的狼，更准确地说，她是一头穿着细麻布衣的狼。

"我的父母身无分文。"奥尔拉说，"我父亲在纽卡斯尔的一个煤矿里工作，我母亲是个裁缝。他们是为我和我姐姐提供了一个家，给予了我们很大的支持，却从未给我们任何建议。他们有建议，但他们的建议里没有坚强的信念，也没有清晰的思维。一旦涉及重要的问题，比如宗教、政治和工作，我就只能自己摸索着向前走。我并不责怪他们。我们的世界在快速发展，我们怎么可能都拥有适当的建议传递给下一代？当今的世界与我的父母生长的世界并不一样，甚至与我成长的世界也不一样。

"我越来越担心现代世界照这样发展，将会抛弃婚姻这个传统，这与全球化和分享型经济有很大的关系。"

"全球化与婚姻之死有什么关系？这些事与你创造的这个残酷组织又有什么关系？"

她向后一靠，挑着眉毛，显然对我声音里的怒气很是惊讶。"婚姻的效率很低。"她说，"婚姻的整体构造其实是在浪费资源。哪怕只有一个孩子，妻子往往也会留在家里看孩子，她们放弃了为之付出过努力的事业，失去了多年的创造成果。除了浪费人才，再想想物质的浪费。每个家庭都有很多累赘。你觉得这世上有多少烤面包机？"

"不知道。"

"我说真的。你猜猜看？"

"一千万台？"我不耐烦地说。

"两亿多台！你觉得每个家庭平均多久用一次烤面包机？"她又一次没有等我回答，"每年只有二点六个小时。据统计，两亿多台烤面包机就这么闲置着，浪费了百分之九十九点九七的使用寿命。"

她喝完最后一点红酒，站起来，走进厨房，把酒瓶拿了出来。她问也没问，就给我把酒倒满，然后又给她自己倒了一杯。"全世界都想保护资源，杰克。人们一早醒来，就会面对很多事实，比如我们并不需要烤面包机，并不需要小家庭与他们那自私和自给自足的家。发展往往都伴随着效率的提高，而现代婚姻和单一家庭的效率非常低。"

她对这个主题微微有些疯狂。这也在意料之中。若是不疯狂，契约组织怎么会存在？

"那么，你是说我们应该摒弃婚姻？"我真的很震惊。对于这样一个明显自我矛盾的人，我怎么和她讲道理？

"并不是！我不是经济学家，杰克，这还真是谢天谢地！我只是相信效率高并不总是好的。在婚姻这个方面来说，简单的，甚至是好的，并不总是适合的。我为什么相信婚姻？"她站在我面前，"因为婚姻并不简单，可以向我们发起挑战。婚姻让我让步，考虑其他观点，放弃我自己的自私欲望。"

"我来说得直接点吧。你相信婚姻，是因为婚姻艰难？"

"婚姻或许艰难，但这一点无关紧要。重要的是婚姻创造了一个理解的平台。婚姻能让你从配偶的想法和需要出发，去真正发现另一个人的本质。"

此时，奥尔拉在房间里踱步。"这个理解使我们能够进行创造和思考，超越单一和自私的存在。人类往往会重复，会一次次地做安全和轻松的事。婚姻就是在向这个趋势发起挑战。如你所知，契约组织之所以诞生，是因为我的第一次婚姻失败了。我看到了婚姻可能的发展方向，但我知道，和我的婚姻一样，大多数婚姻都无法朝那个方向发展。我希望用一套严格的规则限定人们的自私。"

"从理论上听起来倒是不错。但是，奥尔拉，我所见到的一点也不好。"

听到我喊她的名字，她好像有点激动。她转过身："你来这里，就是为了要我同意你和你妻子脱离契约组织。我说得对吗？"

"是的。"

她注视着我，没有说话。

"你肯定认为我的话很荒唐。"我站起来和她面对面，我压低声音，她只能探过身来听我说话，"你相信你的使命是崇高的，你相信契约组织是纯洁的，然而，你却把这个组织领导成了最残酷的邪教。"

她大声地吸了一口气："朋友，你难道不想要你的婚姻成功？你难道不想一辈子和爱丽丝生活在一起？你不愿意挑战你自己？"

"这些我自然通通都想要！你觉得我为什么来？我想要爱丽丝回来，我想要她恢复成我们被恐惧侵蚀前的她。我想要我们的生活回来。在你出现影响我们、搞砸一切之前，我们是那么幸福。"

"是吗？"奥尔拉笑了。她好像很是自得其乐。我真想掐住这个女人的脖子，把她狠狠勒死。

"是的，奥尔拉，我们以前很幸福。我爱爱丽丝，我愿意为她做任何事，任何事。"

我忽然想到，我从未对任何人谈起这件事。而且，在一瞬间，我很想知道，我把这话大声说了出来，那我说的是否就会变成事实。是的，为了我自己，我是需要爱丽丝，但我对她的爱可能并没有那么深。

"那你为什么放弃？"

"我没有放弃我的婚姻！我只是要退出契约组织。一看就知道你是个非常聪明的女人，我才不信你不理解这其中的差别。请你向我解释一下，使用监视、威胁和审讯这些手段，怎么能实现你说的那些宏图伟业？！你说起话来像是律师，但你管理你的组织，活像个暴君！"

房子里面有电话响了。奥尔拉看了一眼钟表。"对不起。"她说，"你知道的，我太忙了。"她说完走进了房子内间。我走来走去，十分钟过去了，十五分钟过去了，我以为她会回来，但她没有。

奥尔拉到底是个什么样的人？我很肯定她有超凡的魅力，为人坚定，是一个吉姆·琼斯或大卫·考雷什那样的领袖。但她并不完全是那样的人。事实上，她看起来很体贴，说她温和也不为过。她看起来愿意接受新信息、吸收新思想，积极寻找与她的意见相左的主张。如果我能把她的成就装在瓶子里，一定会都送给我的病人，不过我首先会为自己留一些。

当然了，这一切很可能是在演戏。我刚一质问她契约组织的残酷手段，她的电话就响了，有这么巧的事吗？

我盯着壁炉架上方的一张照片。可以看到奥尔拉和她丈夫站在另外两对夫妇之间，他们是梅丽尔·斯特里普夫妇和皮尔斯·布鲁斯南夫妇，这两对夫妇都结婚很久了。这些名人真的觉得她是他们的朋友？我真想知道。还是他们也陷入了一张无法逃脱的网？记录在册的审讯有多少？如果他们胆敢挣脱牢笼，那有多少秘密将大白于天下？

一个高个男人走了进来，一条苏格兰梗犬跟在他身后。那个男人看起来很疲倦，他的袖子卷了上去，靴子都磨损了。我一直都以为这里只有我和奥尔拉两个人，他是打哪里冒出来的？

"杰克，你好。"他伸出手说，"我是理查德，它是索吉。"理查德比奥尔拉大十到十五岁，他长得很帅气，但有些不修边幅，一副乡绅派头。那只狗待在他身边盯着我，始终很警惕。

"奥尔拉很想和你继续谈，不过现在得等一会儿。"

"听着，我等得够久了，我就是想要我妻子回来……"

"很不幸。"理查德打断了我，"关于这件事，你只能和我们那位无畏的领袖谈。"他冲我眨眨眼，好像我们是同一边的。"我肯定她很快就会回到你身边了。在小岛的南端，我们有一个旅馆，叫艾尔特肖，你住在那里一定很舒服。你沿小路往南走六百米，见到孤树右转，继续往前走，就能看到了。"

"听着，我不清楚你们在玩什么把戏……"

苏格兰梗犬开始吼叫。理查德站在我后面，他把手伸过我的肩膀，拉开插销，用力地拍了拍我的后背。"你知道的，她生病了。"

我还以为她说的是我妻子，心里立马就慌了。"你说爱丽丝？"

他向后退了一步。"不是，不是爱丽丝。我说的是奥尔拉。"

我悬着的心总算放了下来，不由得有些头昏目眩。"我……我不知道。"我结结巴巴地说。

他看了我一眼，眼神很是悲伤，不过他的手依然放在我背上，示意我出去。"真高兴有机会见到你，杰克。奥尔拉很欣赏你和爱丽丝。"

屋门在我身后关闭，从海上吹来一阵冷风，我感觉透心凉。我能听到索吉在温暖的房子里吠叫。

空气潮湿，雾气浓重。我根本看不到远处有小屋。这是否又是陷阱？这是契约组织的暗语，是处理问题的简短说法？"怎么没看到杰克？"要是有会员这么说，另一个就会回答："他们把他送去艾尔特肖了。"这样一来，他们两个就都知道那个人是被丢下了拉斯林岛的悬崖，尸体撞在岩石上，随即被冲进大海，向北漂过法罗群岛，从此湮灭于世。

18

　　艾尔特肖位于一座葱茏小山的山腹，笼罩在雾气中，简直就是奥尔拉那栋房子的缩小版。我使劲用肩膀一撞，才把门撞开。里面十分简朴，只有一个卧室、一个浴室、一个客厅和一个小厨房。房子里冷冰冰的，还有点霉臭味。我打开水龙头，流出来的水都是棕色的，还夹杂着颗粒物。橱柜里没有食物，冰箱里只有瓶装水。我打开窗户，抖了抖床单。

　　在小屋外面的金属棚屋里，我找到了半架子木柴和一把斧子。我把一些木头拖进院子，开始劈砍，把满腔愤怒都撒在了那些木头上，砍到最后，我的胳膊火烧火燎的，后背疼痛难耐。我头昏脑涨，筋疲力尽，盯着那堆劈好的木头。最后，我走进屋，关上窗户，在燃木炉里生了火。现在该怎么办？

　　奥尔拉要让我在这里待多久？这是她好客，还是另一种形式的监禁？艾略特和艾琳在失踪前，是否也曾住在艾尔特肖？

　　我一直希望奥尔拉来敲门，但她始终没来。我走了很久，回到寄宿公寓去拿我的东西。我去杂货店买了些必需品，把它们塞进背包，飞快地沿小路返回艾尔特肖，希望能在日落前回去，生怕天一黑，我就会在寒冷的大雾中迷失方向。我时不时看看手机，等着接收到信号。

　　走进小屋，我打开灯，做了个三明治，但我没胃口。奥尔拉一直没来。

　　午夜时分，我从壁橱里拿出毯子，去外面把斧子拿进来，藏在床下。我睁着眼躺在硬邦邦的床垫上，看着天花板上的阴影，我想到了我的高祖父，他在贝尔法斯特杀了一个女人，随后逃到了美国。我们都习惯了我们以为我们是的那个人，我们心里都住着一个我们想象出来的自己，我们天真地肯定我们自己的道德界限，哪些事情可以做，哪些事情不能越雷池半步。

在晨光的笼罩下，这个地方看起来完全不同。雾气散了，透过观景窗，我能看到碧海蓝天。我又生了火，小屋里很快暖和了起来，我用不冷不热的水洗了个澡。

沙发边上有一本访客留言簿。我翻到第一页。日期是 2001 年 11 月 22 日，伊尔琳和博尔在这栋小屋里度过了他们结婚十周年纪念日。我继续往后翻。2008 年 4 月 2 日，杰伊和茱莉娅来镇里参加签名售书。他们看到了三只狐狸，当时一连下了一个礼拜的雨。

10 月 4 日，年份不详：我录了三首歌，我那美丽的妻子做了有史以来时间最长最丰盛的晚饭。我再次感觉自己是完整的，我已经准备好创作一张新专辑了。终于见到了侵权案件的那个年轻律师，又和奥尔拉谈过了，我们都认为她很完美。芬尼根。

完美？他们对爱丽丝有什么目的？我不由得打了个寒战。芬尼根，那个始作俑者，如果爱丽丝从不认识他，该有多好。我又把他的留言读了一遍，感觉好像时光倒流了。有那么一刻，我忽然产生了一个神奇的想法，觉得很有意思：我可以把这一页扯下来，丢进火里，那过去几个月的伤害就将化为乌有。我试着想象不受契约组织控制的婚姻是什么样子。我忽然想到我根本不知道那样的婚姻是怎样，我和爱丽丝只清楚在契约组织约束下的婚姻。我们之间的浓情蜜意，那些充满激情的夜晚，手铐和注意力项圈，以及我要保护我妻子的强烈渴望，这一切通通是在契约组织的控制下才存在的。

我还记得刚结婚那会儿，我很担心婚姻对爱丽丝而言不够刺激。有一点无可否认，契约组织确实向我们发出了挑战。契约组织让我们充满了不确定，让我们倍感刺激。在对抗共同敌人的过程中，我和爱丽丝的关系变得异常紧密，但这也险些让我们分道扬镳。

我看到卧室里有一台小电视和很多摆放整齐的 DVD。我放了《罪与错》。两个小时后，我开始坐卧不安，紧张到了极点，但我没有离开小屋，生怕错过了奥尔拉。我在厨房的水槽里放满温热的肥皂水，把我没穿的衣服都放在水里浸湿，然后放在燃木炉边烤干。一整天，我都在来回踱步，等着奥尔拉。

我从后向前看了宾客留言簿。我又看到了很多条芬尼根的留言，还有几对夫妇留下的简短感谢词，这些夫妇的照片都曾出现在奥尔拉的书架上。

到了下午，我听到有人敲门。奥尔拉打着雨具，穿着网球鞋，站在那儿。我示意她进来，但她往后走了一步，像是在打量我。

"去走走？"她说。

我拿起防风夹克，走到外面，发现她已经沿小路走出了一百米，她看起来一点也没有生病的样子。我追上她，她没有说话。我们默默地走了很久，直到雨开始被侧吹时，才转弯向她的房子走去。

来到屋内，她给了我一条毛巾让我擦干头发，便离开了房间。她换了干净衣服出来，还给她自己拿了杯红酒，给我端来了热巧克力。

"或许我该问问杯子里装的是什么。"我说着摆摆手，谢绝了她递过来的杯子。

她没有理会我的挖苦。"坐吧。"

她坐在皮椅上，没提为什么过了这么久才来找我。在她的世界里，时间好像很有弹性。我感觉她的生活中另有烦心事，是像理查德说的那样，她病了吗？可当她说话的时候，她好像十分专注。

"我真的很喜欢你，朋友。"

"你以为这样说就能让我相信你？"

她摆摆手，像是这件事一点也不重要。"现在还不行，但你会相信我的。你想好了吗？"

"是的。"我说，突然明白过来，她为什么让我独自在艾尔特肖待着，为什么让我在公寓里等那么长时间。这世上就没有巧合。

"你是否依然认为契约组织无助于你和爱丽丝维系成功的婚姻？"她直率地说，但没有评判。

"你给我讲了一个故事，我也给你讲一个，怎么样？"

她颔首。

"小时候，我懵懵懂懂地对婚姻有着理想化的设想。说是设想，其实就是我把我父母的婚姻、我从书里看到的、从电视里看到的都融合在一起。我的想法很不现实，就算现实，也是不同时代下的婚姻结构。后来我长大了，这个不现实的概念成了一道屏障，让我无法向前，建立更加深刻的关系。对于和我约过会的那些女人，我就是觉得她们不符合我理想中的婚姻。"

"继续。"她说，一直都在仔细听我讲。

"不过，自从我认识爱丽丝之后，情况就变了。突然，我的理想婚姻概念开始消散，一同消失的还有一份重担，我再也不必事事都要求至真至美了。我知道如果我想把她留在身边，我就必须放弃我从前对婚姻先入为主的看法，还要任由其自行发展。后来，爱丽丝接受了我的求婚，我和她便默契地决定顺其自然，摸索着去探索什么方式适合我们。后来，契约组织介入了我们的婚姻，我们都很欣慰地发现我们有了方向。也许我们很懒惰，这就好像我们在一片广袤的未知领域里迷路了，而你们为我们提供了一张清晰的路线图。"

奥尔拉没说话。

"契约组织有很多很好的主意，多亏了你们，我和爱丽丝以后都将互送礼物，还会时不时一起出去旅行。对于与衷心致力于婚姻成功的人交往这个概念，我也很欣赏。还有件事我要感谢你们，那是爱丽丝第一次去芬利回来后，她开始不再那么晚回家，开始更关注我们的家庭生活。尽管我和爱丽丝经历了那么多痛苦，但我还是看得出来，你当初设想的那个契约组织其实是善良的，听我这么说，你或许很吃惊。我很认同作为契约组织思想体系根基的那个概念。"

"什么概念？"奥尔拉似乎对我的回答十分着迷。

"平衡。契约组织是要把平衡和公平带进婚姻。我们必须面对一个事实，那就是从婚姻中的不同角度出发，一方可能十分需要另一方。在大多数时候，都是一方比另一方付出得多，更多的爱，更多的资源，更多的时间，不是吗？夫妻双方的角色会发生变化，但依然是不平衡的。我欣赏契约组织努力让夫妻关系更靠近那个微妙的平衡点。我身为一名婚姻咨询师，通过很多惨痛的经验，我知道大多数婚姻之所以失败，都是因为这种平衡失常得太严重，难以纠正。"

房子的其他地方有说话声，奥尔拉蹙起眉头。

"不用管他们。"她说，"他们都是些负责操作的人员。"

"我与契约组织的问题在于，"我继续说道，再三斟酌用词，"我不赞同你们使用的方法。你们要实现你们的目标，应该采用温和且富于引导性的办法，而不是出铁拳。你们那么做，完全没有正当的理由。暴力是野蛮的行径，我实在搞不懂你为什么允许这种事。"

"契约组织以一系列精妙的思想为指导，铁拳只是一小部分。"

"但你无法把这二者区分开。"我愤怒地说，"威胁让人恐惧。你让成员产生恐惧，那你就永远都无从得知，他们的婚姻是真正成功了，还是他们只是因为害怕受到严厉的惩罚，而不得不尊重规章。"

奥尔拉站起来，走到窗边。"杰克，每天，契约组织的成员几乎全都过着富有成效且有创造性的生活，成功的婚姻让他们的生活变得丰富多彩，和一群志同道合之人在一起，对他们也是助益良多。超过九成的成员从未见过芬利、柯滕汉姆和普罗夫迪夫这样的地方。"

柯滕汉姆？普罗夫迪夫？

"他们过着满足的生活，十分接近完美的平衡状态。"

"那其他人呢？"

"要听实话吗？一些人的小小不便，或者说在很少的情况下由少数人来负担主要的罪过，就能提供有效的范例或是警世故事，有助于其他人维持更好的婚姻，这说得过去吧？"她背对着我。在窗外，海上很快起了雾。"我了解你的背景，杰克，我读过你的毕业论文。那个时候，你说不定还会强烈捍卫我们的办法，你能否认吗？"

我有些难堪。在研究生院和随后的几年里，我沉迷于一些恐怖残忍的研究，比如斯坦福监狱实验和米尔格拉姆实验，还比如奥地利和苏联进行的鲜为人知的实验。我选择进入以"同情和个人选择"为特点的治疗这一行，但我不得不承认我的论文有一个十分无情的结论：有时候需要个人的顺从来服务更大的善，而恐惧是迫使人服从的一个极为有效的手段。

"杰克，你怎么说我都无所谓，但统计资料显示，即便是在婚姻远比普通人成功得多的契约组织成员之间，从长期来看，去过改造设施的成员也拥有更亲密的夫妻关系，更大的幸福。"

"你有没有听到你在说什么？你这还真是教科书般的宣传语啊！"

她走到房间另一边，再次坐下。这次，她没有坐在椅子上，而是挨着我坐在沙发上，我们距离很近，我们的大腿和手臂都挨在一起。房子里的其他说话声停止了。

"杰克，我一直在密切注意着你，我知道你在芬利的境遇。我不会为了我们制造出的结果道歉，但我得承认，对于你，我们的手段非常严厉，应该说是太过严厉了。"

348

"你知不知道，他们给我上了一个小时的电击？你知不知道，他们就坐在那里，看着我在剧痛下，在地上打滚？我真以为我会死在芬利。"

她皱起眉头。"我真的很抱歉，杰克，你不会知道我有多抱歉。几个月以来，对于少数几个掌权的人，我已经控制不了他们了，很多事情都没有经过我。"

"这算不上借口。"

奥尔拉闭上眼睛，轻轻地吸了一口气。我意识到，此时此刻，她的身体非常疼痛。等她张开眼，便正视我的眼睛，没有丝毫闪烁。

我真是个白痴。她的头发剪短了，双颊深陷，血管都是淤青。这个女人一只脚已经踏进鬼门关。我太傻了，竟然到现在才注意到这些。

"杰克，理事会的行为确实应受谴责。我们制定规则是为了确保执行人员可以拒绝服从不公正的命令。至于领导权，将会有改变……"

"他们现在在哪儿？"我插口道，"我是说内尔和戈登那帮理事会成员。还有那个批准对我使用强化审讯手段的法官，他在哪儿？是谁准许绑架爱丽丝的？"

"他们在接受再教育。那之后，我们将决定契约组织里是否还有他们的位置。要做的事还有很多，杰克。契约组织是我的骄傲，尽管近来发生了很多不愉快，我依然每天都能收到新的证据让我相信契约组织在发挥效力。没错，契约组织以婚姻为中心，但这个组织还涉及了更多方面。我们在全世界一共有将近一万两千位朋友，他们都是精英中的精英，是最聪明、最有天赋的人。每个人都是精挑细选的，并且经过了严格审查。但不仅仅是这样，请你记住我的这句话。我也说不清契约组织将走向何方，但我希望它能茁壮发展。婚姻或许无法永恒，但我希望能够尽可能久地为了这个目标而奋斗。正如你所说的，杰克，所有的婚姻都需要发展，契约组织也是一样。"

她走到长台面边上，按动了几个控制按钮，音乐声开始在屋子里飘扬。

"契约组织犯过错吗？我犯过错吗？是的。绝对肯定！然而我依然骄傲我尝试过了。朋友，或许我们站在对立面，但我们找到了折中状态，我们的目的相同。我们倾尽了全力，要么成功要么失败。不管是什么结果，都没什么可怕。杰克，无所事事才是我最害怕的。"

我走过去，站在她面前。我把手放在她那孱弱的肩膀上，我能透过她的薄毛衣感觉到她的骨头。我的脸距离她的脸只有咫尺之遥。"你那些理论，"我说，"你说的那些话，对我而言都毫无意义。你瞎了吗，连这都看不懂？我和爱丽丝想要退出。"

她疼得皱起眉头，我意识到我正紧紧地握住了她的肩膀。我赶忙松开手，她退后两步，虽然很吃惊，却没有屈服。

一个穿着灰色亚麻裙子的女人走了过来，在奥尔拉的耳边小声说了什么，还交给她一个绿色文件夹，然后便走了。就在此时，我听到房子深处有其他人的说话声，是男人的声音，至少有三个。他们打算怎么对付我？

"我知道你和爱丽丝在接受考验，那都是必须经历的。"

我没有动，但我的脑筋一直在转。

"有些人对你和爱丽丝的看法与我和芬尼根的不同。"奥尔拉说道，仔细地看着我，"他们并不了解你们的潜力。"

"你们有什么图谋？"我糊里糊涂地问道。她到底在耍什么把戏？

"我这一生最喜欢发问，杰克。我很少接受事物的表面价值。我还很欣赏你的品质。怀疑是很有用的工具，比盲目相信更加可取。没错，你的怀疑让你在契约组织里寸步难行，但也因为这一点，你赢得了我的尊重。你的确有敌人，但我不是其中之一，相信我的话。"

"什么敌人？"

我回想十二月在希尔斯堡城的第一次派对。所有人很友好，都那么好客。

奥尔拉站在那里端详我。在她身后，无垠的大海浪潮涌动。这就好像她在等我在我的脑海里完成一道十分复杂的数学题，等我看清她一直以来的观点。

"如果你能看看这些文件，或许会有帮助。"她把绿色文件夹交给我。文件夹很厚，有股淡淡的腐烂味，像是从一个充满霉臭味的仓库里找出来的。

我低下头，看到封面上有一个名字：乔安妮·韦伯·查尔斯。

奥尔拉已经离开了房间，只剩下我拿着文件。良久，我都没有打开它。

第一页上有一张多年前的照片。

那是我在大学时认识的乔安妮，整个人轻松自在，皮肤黝黑，非常快乐。

第二页是她的履历，既有她的职业介绍，还有她个人的信息，但里面没写到她曾经肄业，没提到她考取了 MBA，更没提到她在嘉信公司上过班。文件里面记载的一切都与她在美食广场和我说的完全不一样。不过她以优异成绩得到了认知心理学的博士学位，但她在瑞典一所名牌大学读博士后，却突然中断，后来便嫁给了内尔。

文件夹里有一张内尔和乔安妮在结婚当天拍摄的照片，他们手拉着手，背景是一片明亮的沙漠。下面一页有一张内尔和另一个女人的照片。照片下面的打印字迹是这样写的：**内尔·查尔斯，鳏夫，与其第一任妻子格雷西的照片。死因：意外。**

这是怎么回事？我把图片说明看了三遍，真不愿意相信那上面说的。

下一页是一份瑞典报纸的剪报，还附着翻译。状告乔安妮·韦伯和那所瑞典大学的案子庭外和解，赔偿金额高达七位数，报道称，身穿西装的原告是一个异常扭曲的心理实验的志愿者。我看了细节，感觉那么残忍又那么熟悉，一时间真是恶心到了极点。

下面有一篇没有出版的学术文章的手稿，是乔安妮和别人共同创作的，有关恐惧和期望的行为变化之间的相互关系。有一条脚注被突出标记出来：对自己的安危显示出很少或没有显示出恐惧的实验对象，在见到朋友或爱人遇到暴力危险的时候，往往能被说服与他们自己的道德准则产生正面冲突。

我哆哆嗦嗦地翻看文件。最后几张纸用订书钉钉在一起，配有红色封面，正面印着一行字：4879和4880号实验对象的报告。

这些纸上的内容不是打印的，我看到了乔安妮那熟悉的字体。在希尔斯代尔商场见到了4879号实验对象。附上音频文件。从其对我的问题和意见的反应可知，他对契约组织并不忠诚。

我颤抖着翻到下一页。玻璃笼实验，乔安妮在最上方写道。4879号展现出了异常冷淡的倾向，继续表现出对契约组织的不忠诚。看到我身陷困境，他似乎很害怕，但显然也从中得到了乐趣。

我强忍着才没有呕吐出来。乔安妮并不是玻璃牢笼实验的实验对象，我才是。

我翻到下一页。不忠报告：实验对象4880号。我的手心开始出汗。

一张模糊的照片用别针别在这一页上，从中可以看到一个男人走上我家的楼梯，手里还拿着一把吉他。即便此人背对镜头，我也清楚地知道他是谁。

发现非契约组织成员艾瑞克·威尔逊（详见2a）在4879号实验对象待在芬利期间去了4879和4880号实验对象的家。威尔逊是礼拜六深夜10：47到达，礼拜日凌晨4：13离开。一整夜都有音乐声从房子里传出来。

音乐声响了一整夜。五到六个小时是爱丽丝理想的认真彩排时间。她坚持认为，要是比这个时间短，就不可能了解音乐的精髓；要是比这个时间长，就没有成效了。

我抬起头，才看到奥尔拉一声不吭地回来了。她坐在我对面的椅子上，一边喝红酒，一边注视着我。

"有件事我必须知道。"我说，"就只是根据这份报告，你们就控诉爱丽丝犯了一级通奸罪？"

奥尔拉点点头。

我忽然明白了真相：爱丽丝并没有和艾瑞克发生关系。没错，艾瑞克的确去了我家，没错，看起来好像爱丽丝出轨了，但没有背景的断章取义往往并不是真相，他并没有和我的妻子乱搞，他们只是在彩排。我真是太愚蠢了，我竟然怀疑我的妻子，实在是大错特错。

我不可置信地摇摇头。"乔安妮为什么这么做？"

"契约组织积累了出乎意料的巨额财富，并且发展得十分强大，有些人打破脑袋也要把权力握在手里。内尔和乔安妮知道我生病了，便觉得机会来了，他们妄想成为契约组织的领导者。但那些拼命想夺权的人，很少能成为出色的领袖。"

奥尔拉有些犹豫。"现在我必须决定该怎么处置他们。"一抹顽皮的微笑在她的脸上漾开，"你会怎么做？"

就像我之前提到过的，我们想要成为的人和真正的我们之间总是存在着一个阴影。我们心里都有一个我们想象出来的自己，并且天真地对我们的道德界限十分肯定。我想要成为善良的理想模范，而不是无所事事。但善与恶都很复杂，不是吗？而且，做事比什么都不做困难得多。

我毫不犹豫地给出了答复，没有丝毫迟疑。等我说完，奥尔拉喝了一小口红酒，点了点头。

在贝尔法斯特机场，我把墙上的充电器插头插进手机，等待着。我望着外面的潮湿跑道，思考着下一步。我的手机充了电，终于哔哔响了几声，屏幕一角有闪烁的蓝色字母 P。

电邮和短信都涌了进来。我只是离开了七天，但我从前的生活却显得那么遥远。我翻看短信和电邮，希望其中有爱丽丝发来的。我惊讶地发现昔日的生活仍在原地等待着我。有黄、伊恩和伊芙琳发来的短信。迪伦参加了新演出，将扮演《彼得潘》里的铁钩船长，希望我空出时间，去参加首演之夜。伊泽贝尔在短信里写道：*康拉德带我去了一家新开的面包店，老板是个佛教徒，他们那里的面包好吃极了。我们做了法式吐司。告诉你一个生活的秘诀吧：只要有面包，人生就完美了。*

最后，我翻看了很多条短信之后，终于看到了爱丽丝的名字。一股真真切切的轻松感将我围住，仿佛一根紧绷在我胸口上的带子突然崩断，这下子，我隔了那么久，终于可以真正喘口气了。我点开那条短信，渴望看到爱丽丝的信息，让我可以坚持下去。信息是两天前发来的，当时我仍在艾尔特肖。*你什么时候回家？*就这一句话。我好像听到了她的声音。

我给她回短信：*在回家的路上，你还好吗？*但她没有回复。我把电话打过去，铃声响了很多声都没人接。

从贝尔法斯特到都柏林的飞行摇摇晃晃，从都柏林到伦敦的飞行拥挤不堪，我还在盖特威克机场过了一夜，冷得要命，简直是活受罪。最后，飞机终于在旧金山降落。我疲惫不堪地穿过干净和闪闪发亮的航站楼。我的裤子松松垮垮地挂在腰间，自从离开这里，我肯定瘦了十斤。我坚定地走出机场，只希望别碰到熟人。走到自动扶梯的底部，我把帽子罩在头上，在拥挤的人群中穿行。

我好像听到有人叫我的名字，但我回头看，并没有看到我认识的人就继续往前走。到了机场外面，我向出租车候车处走去，这时，我又听到有人喊我。

"朋友。"一个熟悉的声音响起。

我转过身，不由得大吃一惊。"你来这里做什么？"

"车在这边。"薇薇安轻轻拉着我的手臂。

"我还是坐出租车吧。"我坚持道。

"奥尔拉给我打电话了。"薇薇安笑着说，"她希望我务必保证你舒适自在。"

薇薇安带我走到一辆停在路边的金色特斯拉汽车边。我从没见过这款车，兴许是辆样品车。司机从车里下来，把我的背包放进后备厢。他穿着西装，但还是可以看出他是个大块头，肌肉发达。看到汽车后门还开着，他便来到我后面。我渴望地看着前面一排人坐上一长串看不到头的黄色出租车。微微安示意我上车："放松。后面的路还长着呢。"

我们旁边的座位上摆着一个篮子，里面装着瓶装水和点心。她把身体探过两个座位之间的空隙与司机说话："我们都准备好了。"

薇薇安把手伸进控制台，交给我一杯热巧克力。然后，她在座位上坐好。司机开车绕过了机场拥堵处。我喝了一口，热巧克力口感浓郁，夹杂着薄荷香，我又喝了一口。这时，我注意到薇薇安向我探身过来，伸出手，准备把杯子接过去。

忽然，浓重的困意向我袭来。我坐了太久飞机，这次外出奔波，再加上几个月以来的经历，我已经筋疲力尽。我努力睁着眼睛。我们这是要去哪里？我必须知道我们现在是回家。

"睡吧。"薇薇安安抚地说道。

"你是要送我去找爱丽丝，对吧？"我对薇薇安说，但她正在看手机。她的脸变得模糊不清。

司机转弯向北101号高速公路驶去。我的嘴里有股金属味，我感觉头重脚轻。我拼命维持清醒，这时候车子开到了80号岔路，这里有一条路通往我在海边的家，另一条路则过桥向东延伸到山区，但我们脚下的路开始变得朦朦胧胧。

19

在我的梦里，我走上前门台阶，从背包里拿出钥匙，走进屋内。

"爱丽丝？"我喊道，但没有人回应。

厨台上有张字条，字条是用铁蓝色蜡笔写的，她在字条的末尾画了一幅画，画的是我们站在我们的房子前面，一轮明亮的橘红色太阳在我们头顶上方散发着光辉。我喜欢她的乐观。我都想不起上次是什么时候看到太阳驱散了我们这片街区的雾气。她用别针将一张票别在纸条下面。

接下来，我忽然离开了家，在山脚下酒吧外面排队。等我走到大门，表演已经开始了。爱丽丝站在中央，带领乐队表演她的一首新歌。灯光昏暗，一个女服务员走到我身边，交给我一瓶卡利斯托加酒。她把托盘举在身侧，在我旁边向后靠在墙上。我感觉她撞了我的肩膀，一连撞了两下，连我的身体都在震动。我扭头看她，可我看到的是特斯拉汽车的染色玻璃。我的脑袋发沉，头昏眼花。我想继续留在梦里，我还没准备好翻页。

我用意志力让自己继续睡，并且回到了音乐酒吧，我用意志力让爱丽丝回到了舞台上。

"她真迷人。"女服务员看着爱丽丝说，"是吧？"她说完就消失了。

我的肩膀又被撞了一下，阳光穿过染色玻璃，爱丽丝的声音几近耳语，越来越小。我在哪里？我勉强把眼睛张开一条缝。怎么还没到家？

又是一下，汽车在来回摇晃。我们开上了一条土路，周围尘土纷飞，什么都看不到。即便是坐在染色玻璃窗里，我依然觉得阳光明媚，太过刺眼。

阳光？我这才发现这里并不是海滩，也不在旧金山附近。在我们那个街区，至少要三个月之后，才能见到阳光。

汽车周围尘土飞扬，如同一团密实的云将我们包围。高温，耀眼的阳光，开阔的地域，单调的颜色，感觉好像我们正穿过火星上的一道巨大山谷。我还在做梦？

出问题了，出大问题了。我猛地坐直身体，原以为会看到薇薇安。我要问问她，我想知道我们在哪里，更重要的是，我们要去哪里。然而，我发现只有我一个人坐在汽车后座。现在有一道玻璃隔断把前座和后座分开了。阳光一刻不停地照射下来，我遮住眼睛。透过隔断玻璃，我隐隐能看到前座有两个脑袋的轮廓。

我慌了，我感觉自己就是个白痴。我又犯天真的老毛病了，我竟然相信奥尔拉，相信她为人亲切，也相信她的那些理由。我怎么能听了那些好话就相信她？

我不愿意让薇薇安知道我醒了。我看了一眼后座，没什么能派上用场的东西，只有一袋司康饼，还有一张有人盖在我身上的灰色羊毛毯，此时毯子被我压在腿上。我摸索着车窗控制按钮，按钮不在车门上，而是在一张连接在控制台一侧的中央面板上。我慢慢地移动身体，伸手去够按钮。我没有任何计划，我只想下车，我唯一的念头就是逃走。

我的手指碰到了标记着"左后门"的按钮，我刚要按，就想到或许我应该按另一个按钮，那上面标记的是"右后门"。虽说要跨过后座、翻出窗户，在布满浮土的贫瘠土地上狂奔简直难如登天，但我还是觉得这是我最好的机会。如果我从这边跳下车，司机只要跑几步，就能抓住我。如果我从另一边跳，就得需要薇薇安穿着她那八厘米高的高跟鞋来追我了。是的，我肯定我跑得比薇薇安快。

我挪了挪身体，滑到后座的另一边，悄悄地把毯子从我的腿上抽开，我的手指距离车窗控制按钮不远了。我想了想，重新审视了我面对的异常有限的选择，我忽然想到，这个不太可能实现的逃跑计划是我唯一真正的选择。这么做是为了救我自己，救爱丽丝。她还活着吗？

我一下子按下按钮，向车窗冲去。我准备头冲前翻出车窗，那么做肯定很疼，不过我可以滚上几滚，然后站起来飞奔。

可什么都没有发生。窗户上锁了。我绝望地拉动门把手，调整好姿势，准备好跳车、翻滚，但还是什么都没发生。后座的控制按钮都失效了，我被困住了。

特斯拉汽车突然停下，车窗外飞扬的尘土隔了很久才消散。我什么都看不到，但我能听到司机那一侧的窗户放了下去，还有模糊的说话声传来。

这时，我听到有大门打开的声音。我感觉汽车轮胎开到了混凝土路上。我的心开始往下沉。我不再需要看向车外，也知道这里是什么地方。芬利。

他们到底把爱丽丝怎么了？

我们驶过大门，穿着灰色制服的守卫看着车里的我。我哆嗦了一下，听到前面又有一扇门打开了。汽车向前行驶，大门在我们后面关闭。来到场院，我们绕过跑道，选择了一条最远的路。在我们上方，有飞机在着陆时发出的嗡嗡声，那架飞机就在我们前面降落。

特斯拉汽车停在飞机后面等待着。一个男人被押着走出飞机。看他站立的方式，以及举手投足间表现出的不确定，就知道这是他第一次来这里。两个守卫带他走过跑道，进入了设有栅栏的过道，向那栋巨大的建筑走去。

我望着监狱，感受着它制造的恐惧，这时候车门开了。我抬起头，看到司机站在车外。我黯然地下车，把手放在眼前遮挡阳光。他示意我坐在一辆高尔夫球车的前座。他把手伸进口袋，我发自本能地一缩，但他拿出一副雷朋眼镜交给我。眼镜很合适。

一个穿着制服的男人坐在驾驶座上，他留着一头红头发，个子奇高，沙漠上的阳光照射在他那张苍白的脸上。他紧张地看了我一眼，随即面向前方。薇薇安坐在我们后面，我扭头看着她，她笑了，一脸平静，但那个笑容让情况变得更糟。

"爱丽丝在什么地方？"

司机和薇薇安都守口如瓶。在芬利，人们都是这样，就跟在教堂、校长办公室或是更糟糕的地方一样。

高尔夫球车飞快地绕过监狱一侧，沿一条又长又窄的通道而行，进入监狱地下。隧道里潮湿冰冷。车子开得很快，我只好伸手抓住我前面的安全杆。我想跳下车，只是我又能到哪里去呢？过了一会儿，我们停在一个装卸区。一个人站在那里等我们，那个人穿着考究，留着一头银发。

"朋友。"他说着伸手和我握手。我注视着他的眼睛，但没有说话，并且一直把手放在身侧。我憎恨这个无情的游戏，我憎恨礼貌的握手和亲切的问候，文明的表象下掩盖着莫名的恐惧。

我们两个走过装卸区，穿过一扇带锁的门。薇薇安不知所踪，那个高个男人一直跟在我们后面。

我们走进一道走廊，尽头是一段楼梯。上了楼梯又是一条走廊，走廊途经一个洗衣区，空气中弥漫着热气。看到我们，工人都停下手里的活，目送我们走过。我们又穿过很多楼梯、走廊和带锁的门，每扇门都带着复杂的键盘，这座迷宫里的每一扇门都会在我们身后砰地关闭。

整个地方空荡安静，只有关门声和我们的脚步声在回荡。那个人没有和我说话。我估摸我拒绝和他握手，只是让情况变得更加糟糕。

但他那时候喊我朋友，看到我没回答，他似乎有些慌张。规则一直在变，叫人怎么才能学会玩这个游戏？

我们穿过迷宫一样的楼梯间，进入了这栋建筑的深处。我们经过一个嘈杂的锅炉房，穿过了几个储藏间，又上了四层楼梯。汗水流进了我的眼睛里，模糊了我的视线。这段路简直长到了荒唐的地步。四周感觉有些闷，我努力维持呼吸。我想到我第一次来这里时，就是跟着戈登穿行于监狱之中。即便还不知道他要带我去哪里，我也知道我不可能逃脱。一路上，我的向导未发一言。

我们又穿过很多扇上锁的门、一个禁区，还接受了金属探测器的检查，这之后，我们走进了一条我见过的最长的走廊。地上铺着丝绒地毯，刺眼的阳光从很多扇窗户照射进来。我把手遮在眼前挡住阳光。在我们身后，我依然能听到高个男人穿着十五号鞋发出的轻轻的脚步声。走着走着，我看到尽头有一个房间，房间的门开着。

这条走廊太长，从高处的窗户照射进来的阳光又是那么刺眼，所以，一开始，我还以为远端的那抹红色是我想象出来的，根本没有人站在敞开的门口。那是个女人。我们向她走过去，我的心如擂鼓。有那么一刻，看到她做出了一个警示动作，我愣住了。她抱着手肘，像是很冷。她的动作是那么熟悉，肯定是我的眼睛在愚弄我。

但随着我们之间距离的拉近，我意识到那不是我的幻觉，我是真的看到了。

我走进敞开的门。她就这样一动不动地站在房间里，穿着红色的正装裙子，裙子的剪裁正好露出她那白皙的肩膀。她的头发紧紧梳向一侧，挽成了一个精致的发髻。她整个人看起来光彩照人，脸上的妆容比我平时看惯了的还要深一些，她的指甲染成了大红色，她还佩戴着一条我从未见过的珍珠项链和小而闪亮的耳环，可谓无可挑剔。我走到近处，她没有说话。

"我想你们两个肯定想单独待会儿。"陪我来的男人说。他看着我的眼睛，显得很紧张，然后走出房间，关上了门。我估摸我们肯定是在酒店一侧。这个房间里有一张大床，一张雅致的书桌，从窗户可以俯瞰到沙漠。

我张开嘴想说话，却什么都说不出来。美丽动人的爱丽丝站在我面前，幸福和欣慰将我的心填得满满的，一时间竟无语凝噎。

她在这个房间里等我等了多久？

我情不自禁地伸出手，将她拉到我怀里。她环住我的腰，依偎在我的怀里。她深深地叹息着，我知道她也感觉如释重负。我紧紧地拥抱着她，感受着她的体温，她的手就放在我的肩膀上。抱着她感觉好极了，但她好像并不完全是从前的爱丽丝，也可能是因为她的头发、妆容和裙子，反正我也说不准。我退后一步打量着她，她整个人亭亭玉立，却不一样了。她的确是爱丽丝，却在扮演一个不同的角色，而且是一部我从未看过的戏剧中的角色。

"我去了爱尔兰。"我说，"我去找奥尔拉了。"

"现在你回来了。"

听到她的声音，我才发现这一切并不是惩罚，他们并不是要置我于死地。奥尔拉说的的确是真话。

"我们还是可以逃跑的。"我说。

爱丽丝悲伤地笑了："就穿这双鞋子？"

她给了我一个绵长轻柔的吻，有那么一瞬间，我几乎忘记了我们身在何地。

但在此时，我听到有人说话，便拉开了她。我多疑地扫了一眼天花板的各个角落，寻找指示灯，并注意听有没有设备的嗡嗡声。我盯着从门下照射进来的灯光，想看看是否有人经过。我走到窗边，视线越过覆满常春藤的栅栏，落在无边的沙漠上，那里只有绵延数公里的黄沙和矮树。这一切都显得那么不真实，有那么一瞬间，我被沙漠上方那颗橘红色的太阳迷住了。

等我扭过头看着房间，只见爱丽丝站在我面前，赤身裸体，那件红裙子堆在她的脚边。阳光穿透窗户照射进来，我惊诧地注视着我的妻子。我发现她竟是如此苍白，如此纤瘦。我很想知道她肋骨处的那道痕迹是几天前留下的淤伤，还是只是光影效果。

我走到她身边。她伸手解我的衬衫扣子，松开我的皮带扣，用指甲划过我的胸口。我抚摸她的脸和她的胸，她的皮肤摸起来是那么温暖。我对她思念至极。

我的妻子将我拉向她，我不由自主地想知道这动人的时刻是否一个梦，或者更糟，这一切是不是只是表演？

刹那间，我想象有一个小房间，里面装满了监控显示器，穿着灰褐色制服的人在监视我们，听我们说的话。爱丽丝走开，我看着她向大床走去。她向后躺在白色的床单上，张开手臂。"过来。"她命令道。我看不懂她脸上的表情。

我翻了个身，伸手去摸我的妻子，惊讶地发现我旁边的床是空的。我猛地坐起来，已然慌了神。但爱丽丝就在那里，坐在床尾的一张椅子上看着我。她穿上了红裙，但卸了妆，精心梳理的发型也散开了。她看起来又像她自己了。

我问了我一直在回避的问题。"他们伤害你了吗？"

爱丽丝摇了摇头，她走过来坐在我旁边。"他们把我放在禁闭室里关了两天，也许不止两天，然后，他们没有解释，就把我转移到了这个房间。我可以随意在这个地方走动。"她指着窗外，"但我能到哪里去呢？"

我下床，正要伸手从地上拿起我的衣服，这时候爱丽丝说道："去衣橱里看看吧。"

我打开衣橱，只见天鹅绒衣架上挂着一套高档西装、一件清爽的亚麻衬衫和一条泰德·贝克牌领带。地上有一个鞋盒，里面放着一双意大利皮鞋。"今天早晨，我洗完澡出来，"爱丽丝说，"我的衣服就都不见了，这条裙子就挂在衣橱里。一个女人过来给我做了发型，化了妆，涂了指甲。我问她为什么做这些，她说她无权透露，她好像很紧张。"

我穿上白衬衫、裤子和上衣，每一件都非常合身，那双鞋更是如同为我定做的一样。

爱丽丝从书桌上拿起一个小丝绒盒子，并把它打开，里面有两个金袖扣，那两枚袖扣合在一起，组成了字母 P 的形状。我举起手腕，她把袖口给我扣上。

"现在怎么办？"我问。

"我不知道。杰克，我很怕。"

我走到门边，原以为门是从外面锁上的。但我转动门把手，门竟然开了。我拿起了一大坡璃瓶水，尽管这东西不是趁手的武器。我们一起走进空荡的走廊。

我们两个一起在这个地方，感觉怪怪的。我和我妻子站在这里，我几乎可以假装此处只有我们两个，我几乎可以假装我们没有被混凝土、带刺铁丝网和无边的沙漠包围。

我们向升降梯走去。我听到了说话声，但分辨不出声音是从什么地方传来的。跟着，一扇门开了，一个男人走了进来。这个人很高，穿着深色西装，打着红色领带。尽管和此人面对面让我很吃惊，但从某种程度来说，这又是完全合情合理的。

"你们好，朋友们。"

我点点头。"芬尼根。"

他先看看爱丽丝，又看看我。他的目光十分犀利，但我没有别开眼。"奥尔拉希望你们去看一些东西。"

说完，芬尼根推开一扇门，门内是一个没有窗户的小房间。爱丽丝比我先走了进去，我感觉芬尼根的手放在我的背上，推着我往前走。一面墙上挂着深色的帘子，芬尼根把帘子拉开，露出一扇长窗，窗户另一边像是一个小教堂，由一盏巨大的枝形吊灯照明。

整个地方挤满了人。可以听到嗡嗡的说话声，夹杂着期待的紧张情绪弥漫在整个房间里。人们都举着倒满香槟的杯子，但没人喝酒。他们像是在等待什么。说来也怪，窗帘打开的时候，没人朝我们这边看。

"他们看不到我们。"爱丽丝说。

我认得一些面孔，但很多都是陌生人。我寻找内尔、乔安妮和戈登，寻找我在大理石法庭的墙壁上看到的黑白照片里的人。我记得，在法庭前面的过道里，我看过他们每个人的脸。有那么一刻，我很想知道他们在哪里，但我随即恍然大悟。

我们看着人群，芬尼根则默默地站着。一分钟后，他按动一个按钮，另一扇门打开，外面黑漆漆的。爱丽丝哆哆嗦嗦地吸了口气，和我十指相扣，拉着我走进未知当中。

我感觉有一只手搭上了我的肩膀，我扭过头，看到了芬尼根的妻子菲奥娜。她穿着在我们的婚礼上穿过的绿裙子，和芬尼根一言不发地跟在我们后面。

狭窄走廊的墙壁上点燃着蜡烛，烛火在黑暗中摇曳。在我们身后只有脚步声。有呻吟声从前面的走廊里传来，看来这里还有别人。我的心跳开始加速，我感觉汗水流下了我的手臂和后背。然而，我身边的爱丽丝却很平静，甚至有些急切。

走着走着，各种声响开始变大，有铁链的嘎啦声，像是有什么东西正在封闭的空间里挣扎。呼吸声更加响亮，又有铁链的摇晃声响起，有东西在猛烈扯动，甚至是被卡住了。一个运动传感器咔嗒响了一声，在我们前面的路投下了昏暗的灯光。我看向右边，看到了一个高大熟悉的构造物。我愣住了，发现它距离我竟然这么近。然后，我看到了一个人，他站在树脂玻璃板之中，手臂和双腿伸展开，还戴着手铐和脚镣。他戴着注意力项圈，所以只能直视前方。就在我们走过的时候，另一个运动传感器响了，一盏探照灯照射在那个构造物上，一两秒钟后便熄灭了。透过布满雾气的玻璃板，我看清了那个人的脸。刹那间，我紧紧盯着法官，盯着这个批准对我进行刑讯的人。他的眼睛没有泄露任何情绪，然后，他再次陷入了黑暗之中。

我扭头看爱丽丝，却发现她正在看另一边。那里也有一个树脂玻璃牢笼，里面关着一个女人。我记得在派对上见过这个人，还在芬利的走廊里见过她，她是一个受人尊敬的理事会成员。她的头发蓬乱缠结，脸上布满了晶莹的汗珠。

爱丽丝停在她前面，看得有些入迷。

我们逐个从这些高大的玻璃牢笼边走过。运动传感器一个个开启，短暂地照亮了那些囚犯的脸。他们的表情难以捉摸。害怕？羞愧？还是别的什么，比如终于明白正义得到了实现？明白没人能凌驾于契约组织的规则之上？契约组织的使命必须完成，不管怎么样，都必须恢复平衡。

芬尼根和菲奥娜跟在我们身后几步远的地方，我们停下看，他们也停下，我们走他们也走。走廊里充满闪烁的灯光。理事会成员被分别关押在玻璃牢笼中，戴着手铐脚镣，见证了他们自己的失势。现在的他们和当初的我一样，都是研究标本，是显微镜下的研究对象。只有他们眼中的恐惧，和某个犯人在挣扎牢固的锁链之际不断发出的声音提醒着我们，这是生活，不是艺术。

我想到奥尔拉问我应该怎么惩罚那些滥用权力的人，惩罚他们为实现一己私欲，便颠覆了契约组织的目标。我并不后悔我的回答。

善与恶都很复杂。我们是谁，我们以为我们是谁，这二者少有相同。

或许我和奥尔拉，我和契约组织，并不与我当初以为的那样截然不同。

前面只有最后两个玻璃牢笼了，那两个笼子相隔一段距离，周围摆放着蜡烛。我和爱丽丝从牢笼之间走过，我将目光牢牢定格在我的前面。我不需要看，也知道谁在笼子里。在我的左边，我感觉到爱丽丝把手伸向将她和乔安妮分隔开的薄玻璃板。随着动作传感器咔嗒一声，灯光亮起，我听到爱丽丝的手指划过了玻璃板。

　　来到走廊的尽头，我们向右转了个急转弯，然后又向右转了个弯。周围光线昏暗，我试着找回自己的风度。我感觉我们是要回到我们最初待的地方，每走一步，就更深入监狱。跟着，一盏灯亮起，奥尔拉出现在我们的视线中。她站在一盏高大的枝形烛台边上，穿着一身白色衣服，看着我们，等我们走过去。

　　我停住脚步，爱丽丝则轻轻拉着我向前走去。她走路的样子没有丝毫犹豫，她的手是那么温暖，那么正常。这样的惯性，这样的动力，推着我们前进，这种情况看起来是那么不协调。

　　我们站在奥尔拉面前。烛火在她那张苍白的脸上投下阴影。她左边有一扇关闭的门，门漆成了金色。在她的右边，还有一扇关闭的门，这扇门漆成了白色。

　　"你们好，朋友们。"她向前探身，亲吻了爱丽丝的脸颊，随后亲吻了我。她现在比几天前我见到她时更虚弱了。她肤色灰黄，说起话来有气无力。"我现在应该得到你的信任了吧。"她说。

　　我颔首。

　　"而且你也赢得了我的信任。"她指指她左边那扇金色大门，"走近点，来听听。"

　　我把耳朵贴在门上，爱丽丝也如法炮制。门内有说话声，几十个人在同时说话。有觥筹交错的声音，还能隐约听到乐声，听来像是在开派对。我发现我们又被带回了小教堂外。

　　爱丽丝低头看着她的红裙子，像是第一次明白了这身衣服的作用。

"在那扇门的另一边，有四十个我们最受人尊重、最可信的会员。"奥尔拉说，"他们并不知道为什么会被叫到这里来。"

我看着爱丽丝，她好像并不害怕，不仅如此，她看起来还很感兴趣。

"我已经尽可能久地管理契约组织了。"奥尔拉继续说道，"现在是我该放手的时候了。如果我不知道会有人接替我继续精心打理契约组织，不知道契约组织会发展壮大，我死不瞑目。"

爱丽丝在我旁边一动不动。奥尔拉仔细地看着她，我忽然想到，奥尔拉从一开始就知道结局怎样。

"一方面，领导者要仁慈，另一方面，领导者还要懂得惩戒。我看得出来，你们有能力找到这二者的平衡。"她走近，"杰克，爱丽丝，我衷心相信你们是可以带领契约组织进入新篇章的人。然而，要想成为伟大的领导者，就必须心甘情愿，必须毫不犹豫地接受责任，而且不能后悔。"

奥尔拉把一只手放在我的肩膀上，把另一只手放在爱丽丝的肩膀上。"出于这个原因，我给你们一个选择。如果你们走进那扇金门，那契约组织的所有资源将听凭你们的处置，你们可以按照你们的意愿来整顿契约组织。我将和你们一起去小教堂，我们面对朋友们，我将宣布你们接替我成为新领袖。"

"那白门呢？"爱丽丝问。

奥尔拉剧烈地咳嗽起来，她无力地靠在我身上，紧紧抓着我的手臂。我伸手扶她站稳，透过我的西服布料，我感觉到她的手指异常有力。片刻后，她恢复过来，她的身板好像比刚才更挺直了，仿佛她聚集起了全身的力气。

"亲爱的杰克，亲爱的爱丽丝，你们知道，在契约组织的历史上，从未有人获准退出，从来没有。然而，鉴于我要求你们去做的事重要至极，所以，允许你们选择，才叫公平。白门是出口。如果你们走白门，你们对契约组织的义务将立即终止。但要知道一点：出了那扇门，没人会去救你，没人会去救爱丽丝，你们得完全依靠自己。是生是死，都得靠你们自己了。"

我看着爱丽丝，只见她穿着红裙，看起来端庄典雅。她的眼睛闪闪发光，表情若有所期。我试着分析她此刻在想什么，我知道我的妻子总是好胜心切，千变万化。

我想象着我们走过金门。我能看到我们走在众人之间，人们的手拂过我们的手臂和后背。我想象着衣着考究的夫妇对契约组织的奉献，我想象着他们的拥抱。我想象着众人安静下来，我和爱丽丝走到前面，举起酒杯，说出三个强有力的字："朋友们。"

爱丽丝抓住我的手，在那一刻，我的心里和明镜一样。不论好坏，她都会对我不离不弃。她将我拉到身边，我感觉她的呼吸拂到我的脖子上，她对我耳语几句。她鼓励了我，还说了别的话，只给我一个人听的话。

我把手放在门把手上，将之转动。

20

我们走进黑夜中的沙漠。夜空中繁星点点，我从没见过这么多星星。我们脚下是翠绿色的草坪，依然留有洒水器洒的水。两三米高的锁链栅栏在一百米开外，上面长满了常春藤。

爱丽丝脱掉高跟鞋，把鞋子丢到草坪上。"快点。"她小声说。我们向栅栏冲去。没有警笛声，没有闪烁的灯光，只有我们的脚踩在草坪上发出的轻轻的脚步声。

来到栅栏跟前，我们扯掉一片常春藤好寻找立足点，然后并排着向上爬。爱丽丝虽然在芬利待了这么久，却依然强壮——这多亏了她在海滩的早课，而且，只是一眨眼工夫，她就爬上了栅栏。我们落在栅栏另一边的冰凉沙子上。我们哈哈笑着倒在对方的怀里，为了我们刚刚获得的自由而眩晕不已。

过了一会儿，我们的呼吸才平复。他们竟然放我们走了。

我们不再笑。我望着爱丽丝的眼睛，我知道她在想什么。我们真的只能靠自己了？

我估摸远处肯定有一条高速公路，月光洒在黑色的路面上，黄色的条纹指出了家的方向。但我看不到任何高速公路。

沙漠上分布着巨大的仙人掌，黄沙漫漫，一眼望不到边。远处没有城镇的灯光，没有任何文明的声音。

我们只有我从客房里拿出的那瓶水。我们必须赶在太阳升起、天气变热之前快速行进。我们跑了起来，远离芬利，向着高速公路的方向跑去，在某个地方肯定有这样一条公路。但黄沙又软又深，很快，我们就跑不动了，只能费力跋涉。爱丽丝的裙摆拖在沙子上。

最后，我们来到一条泥土夯实的小路，开始沿着平整的路面前行，时不时会踩到尖利的卵石。我让爱丽丝穿我的鞋，我则穿着袜子走。一道光呈弧线划过天空，随即接二连三有光划过天空。"流星雨呀。"爱丽丝说，"太美了。"我们每个人都喝了一小口水，小心翼翼地不弄洒一滴。

我们走了很长时间。我的腿疼得厉害，我的脚都麻木了。我也说不清过了多久，但我注意到爱丽丝放慢了速度，开始气喘吁吁。高速公路到底在哪里？星星不见了，天光渐亮，月亮只是隐约可见。我拧开瓶盖，让她喝水。

爱丽丝喝了一大口，把瓶子交给我，便瘫倒在布满石块的小路上。"我们休息一会儿吧。"她说。我喝了一小口水，小心翼翼地拧上瓶盖，坐在她旁边。

"这附近肯定有公路，有加油站。"我说。

"没错，肯定有。"

她扶住我的后脖颈。我轻轻地吻了她，良久都没有松开。我警惕地注意到她的唇都干燥皲裂了。一个可怕的念头划过我的脑海：我们是不是选错了？但在我勉强拉开我们之间的距离之际，我才发现爱丽丝在笑。

这就是我娶到的女人，她出色、复杂。我们去亚得里亚海滩度蜜月那时，她躺在我旁边。她站在格兰德酒店的大厅里，缓缓地围着我跳舞，满怀深情地唱着阿尔·格林的《我们结婚吧》。在亚拉巴马州，在那个游泳池旁边，她坐在我前面，凝视着我手捧的戒指，只是说了句："我愿意。"

我看到她内心坚定，持续向前，绝不后退，我看到她果断地接受了这段奇怪的旅程和我们的婚姻，接受随之而来的全部意外。我看到她坚定地看到了结局，不论好坏。

在荒漠中，我明白了我在很久前就应该明白的一件事：我们的爱坚如磐石，我们的承诺是可靠的，我并不需要契约组织来把我的妻子留在我身边。没错，婚姻犹如一片无垠的未知区域，没有一件事是肯定的。然而，我们一定会找到属于我们自己的路。

忽然，随着巨大的太阳从地平线上升起，天空中充满了炫目的光亮。我能听到风呼呼吹过谷底。一波波热浪开始从地上散发出来。几分钟过去了，我们依然一动不动地坐着，目不转睛地望着眼前的景象。我们都累坏了，而前面还有很远的路要走。我的脑袋里一片茫然。毒辣的太阳和这片陌生沙漠里的干燥气候，像是把我生命中的一切都一扫而空。

很快，沙漠里就将热得叫人难以忍受，我们脚下的黄沙将变得滚烫灼人。

"朋友。"爱丽丝站起来说。她拉住我的一只手，用异乎寻常的力气把我拉起来。我们一起迈步向前走。

图书在版编目（CIP）数据

完美婚姻/（美）米歇尔·里奇曼（Michelle Richmond）著；刘勇军译.
— 长沙：湖南文艺出版社，2018.5
书名原文：The marriage pact
ISBN 978-7-5404-8573-3

Ⅰ .①完… Ⅱ .①米… ②刘… Ⅲ .①长篇小说—美国—现代 Ⅳ .① I712.45

中国版本图书馆 CIP 数据核字（2018）第 038459 号

著作权合同登记号：18-2018-011

THE MARRIAGE PACT by Michelle Richmond
Published by arrangement with Georges Borchardt, Inc. through Bardon-Chinese Media Agency
Simplified Chinese translation copyright ©2018 by China South Booky Culture Media Co., Ltd.
ALL RIGHTS RESERVED

上架建议：畅销·外国文学

WANMEI HUNYIN
完美婚姻

著　　者：	［美］米歇尔·里奇曼（Michelle Richmond）
译　　者：	刘勇军
出 版 人：	曾赛丰
责任编辑：	薛　健　刘诗哲
监　　制：	蔡明菲　邢越超
策划编辑：	马冬冬
特约编辑：	温雅卿
版权支持：	辛　艳
营销支持：	李　群　张锦涵
版式设计：	梁秋晨
封面设计：	棱角视觉
内文排版：	百朗文化
出版发行：	湖南文艺出版社
	（长沙市雨花区东二环一段 508 号　邮编：410014）
网　　址：	www.hnwy.net
印　　刷：	天津宇达印务有限公司
经　　销：	新华书店
开　　本：	880mm×1230mm　1/32
字　　数：	320 千字
印　　张：	11.75
版　　次：	2018 年 5 月第 1 版
印　　次：	2018 年 5 月第 1 次印刷
书　　号：	ISBN 978-7-5404-8573-3
定　　价：	46.80 元

若有质量问题，请致电质量监督电话：010-59096394
团购电话：010-59320018